DISPARITION D'UNE ADO DU COIN

LISA REGAN

DISPARITION D'UNE ADO DU COIN

Traduit par Anne-Emmanuelle Boterf

bookouture

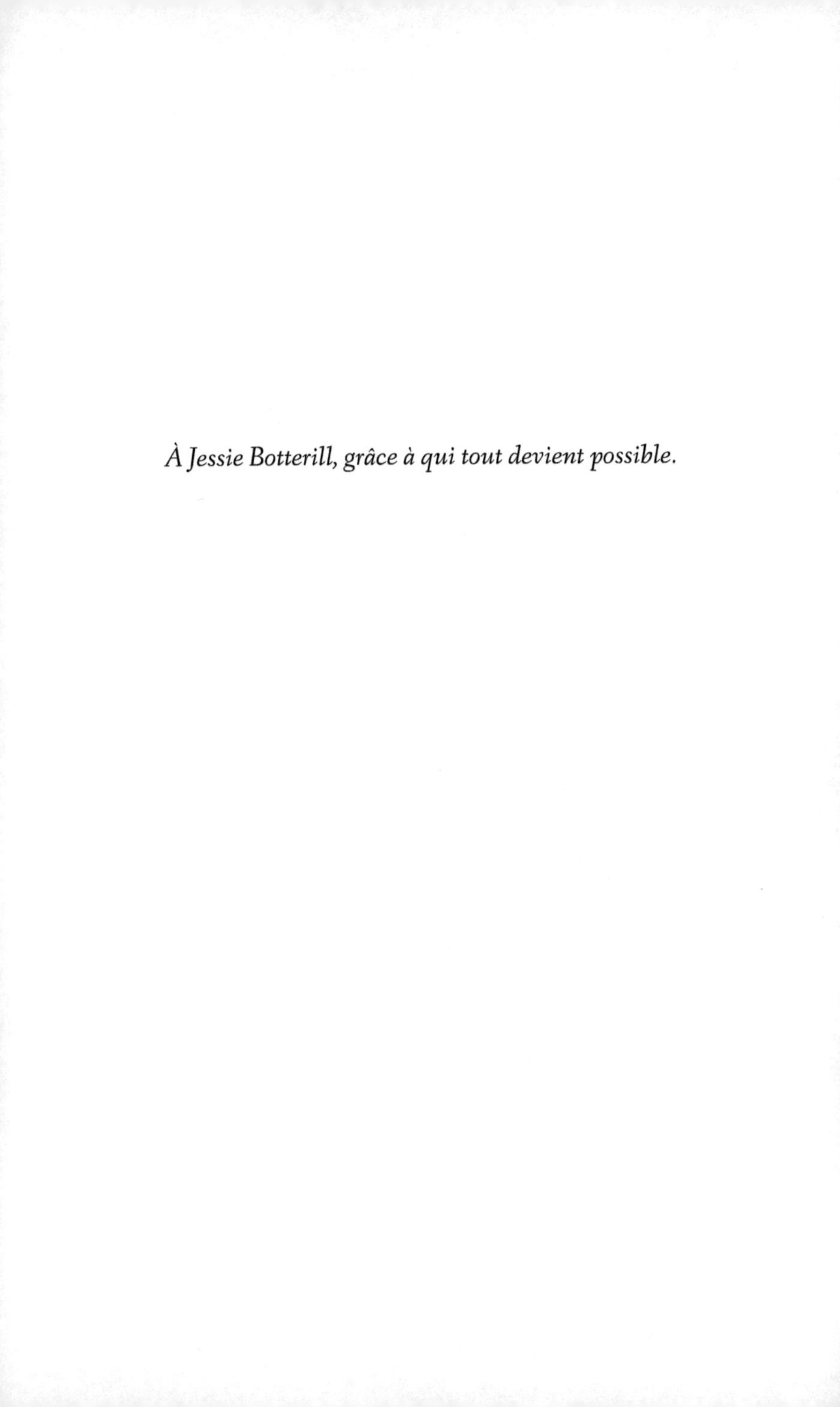

À Jessie Botterill, grâce à qui tout devient possible.

1

Elle a huit ans la première fois qu'elle entend les différents sons produits par les os quand ils se brisent. Certains craquent. Certains crissent comme du gravier sous une semelle. D'autres... éclatent. Elle entend aussi d'autres bruits, ce jour-là. Elle était descendue au garage pour voir si son père avait réparé le pneu crevé sur son vélo, comme il le lui avait promis. Il fait beaucoup de promesses, mais il ne les tient pas toujours. En général, maman finit par s'en occuper elle-même, tout en lui trouvant mille excuses. C'était pourtant une promesse d'importance, cette fois, d'autant qu'il l'avait faite trois fois, en trois occasions différentes.

Mais quand elle pénètre dans le garage, son père n'est pas là. À la place, elle voit un groupe d'hommes. Elle en reconnaît quelques-uns, sans pour autant savoir leur nom. Ils forment un cercle autour de quelque chose, par terre. Au début, son cœur s'emballe dans sa poitrine : son vélo ! Ils sont venus aider son père à réparer le pneu crevé. Promesse tenue. Peut-être que c'est pour ça qu'il lui a fallu autant de temps pour le faire. Il avait besoin d'aide.

Quand elle entend quelqu'un pousser un cri d'agonie, elle

comprend qu'elle s'est trompée. À la droite de ces hommes, son vélo est là, calé contre le mur du garage, sa roue avant totalement dégonflée. Pendant un instant, elle est un peu perdue. Puis elle entend un nouveau coup asséné. Un peu... humide, suivi d'un bruit comme celui que fait son pistolet à eau quand elle vise vers le haut et que l'eau forme un arc avant d'arroser le mur. Et après ça, un gargouillis.

Elle ressent un pincement dans sa poitrine. Elle se sent toute bizarre quand elle respire.

Les hommes ne l'ont pas encore vue, et elle a peur de ce qui se passerait si c'était le cas. La porte de derrière lui semble se trouver à des kilomètres, et elle se sent incapable d'avancer. Les hommes discutent, maintenant, ils paraissent plus détendus, et elle craint qu'ils se retournent et la repèrent. Sans qu'elle y réfléchisse, ses jambes la portent jusqu'à un coin du garage, à l'opposé de son vélo. Elle trouve une cachette derrière une souffleuse, s'y recroqueville et se concentre sur le pincement qu'elle ressent en elle, sur la façon dont l'air semble peiner à trouver son chemin jusqu'à ses poumons.

C'est alors que commence le bruit des os qui se brisent.

Ça dure longtemps. Une éternité, et puis les hommes se dispersent. Elle ne sent plus ses jambes ni le froid du béton sur lequel elles reposent. À vrai dire, tout lui paraît flou, comme dans un rêve. Elle se demande d'ailleurs si elle n'est pas en train de dormir quand un homme apparaît au-dessus d'elle, ses sourcils broussailleux froncés par l'inquiétude. Elle n'a même pas peur quand il tend la main pour la soulever et l'extirper de sa cachette. Elle le connaît, c'est un des meilleurs amis de son père. Elle ignore son véritable nom. Son père l'appelle Mug. Elle sait que c'est un surnom, parce qu'un jour, elle a demandé à son père pourquoi son ami avait un nom de tasse. « C'est un surnom, Chouchou. Un peu comme moi qui t'appelle Chouchou parce que tu es aussi mignonne qu'un petit chou. »

— Tu as tout vu, ma puce ? demande doucement Mug.

Chouchou ne répond pas. Elle ne veut pas parler de *ça*. Elle veut juste que son vélo soit réparé. Elle veut juste rentrer dans la maison retrouver ses jouets et oublier jusqu'à l'existence de ce garage.

Il la porte dans ses bras, comme son père le faisait quand elle était toute petite, un bras calé à l'arrière de ses cuisses. Dans la maison, tout est calme, ensoleillé, doux. Il l'installe sur le canapé, avec précaution, comme si elle était aussi fragile que du verre.

— Écoute, ma puce, dit-il. Je pense qu'on ne devrait pas parler de ça à tes parents, qu'est-ce que tu en penses ? Ils risquent d'être contrariés s'ils apprennent que tu as assisté à ça.

Chouchou hoche la tête parce qu'elle ne veut même pas penser à *ça*. Jamais. En ce qui la concerne, *ça* n'est jamais arrivé.

— Parfait, dit Mug en lui tapotant le crâne.

2

Josie avait mal aux mains à force de serrer le volant. Devant elle, le brouillard était si épais qu'il semblait tout engloutir. Un coup d'œil au compteur lui indiqua qu'ils ne roulaient qu'à vingt-cinq kilomètres-heure. À ce train-là, il leur faudrait une éternité pour parcourir les huit kilomètres qui les séparaient de chez eux. Le jour se levait, et la faible luminosité tentait tant bien que mal de percer tout autour d'eux. L'horloge sur le tableau de bord lui rappela qu'il était près de 7 h 30. Josie avait du mal à garder les yeux ouverts. Avec son mari, Noah, ils venaient de faire un voyage de douze heures, et ils étaient tous deux épuisés.

Depuis le siège passager, Noah marmonna :

— On aurait mieux fait de rester un jour de plus à Saint-Thomas.

— Et prendre le risque de se retrouver coincés au milieu d'un ouragan ? répliqua Josie. Non merci.

— Il y a pire que devoir rester enfermés dans une chambre d'hôtel, non ?

Josie sentit la chaleur de sa paume contre sa cuisse et sourit en repensant à la semaine qu'ils venaient de passer dans une station balnéaire. Toutes ces heures rien que tous les deux, nus, loin de toutes les considérations du monde... Elle se sentit rougir de bonheur. Dix-huit mois après leur mariage, ils s'étaient enfin envolés pour l'île de Saint-Thomas où ils avaient passé une lune de miel en bonne et due forme, loin de Denton et du commissariat où ils travaillaient tous les deux – Josie comme inspectrice, Noah comme lieutenant. Ils étaient désormais de retour dans leur petite ville nichée au creux des montagnes de Pennsylvanie centrale. Bien que le plus gros de l'agglomération se situe dans une vallée, le reste était disséminé le long de routes de montagne sinueuses comme celle qu'ils empruntaient en ce moment même.

Leur avion avait atterri à Philadelphie deux heures plus tôt, après avoir été retardé plusieurs fois. Ils avaient ensuite pris l'autoroute et étaient presque arrivés à destination quand plusieurs accidents causés par la mauvaise météo s'étaient succédé. C'était Josie qui avait eu l'idée de gagner Denton par les petites routes. Elle les connaissait par cœur, mais le brouillard s'avérait être un adversaire bien plus coriace que ce qu'ils avaient imaginé.

Noah lui pressa la cuisse.

— Gare-toi sur le côté. On va attendre que ça se lève. C'est plus sûr. En plus, j'ai pensé à un bon moyen de passer le temps.

Josie sourit, envisageant sérieusement de le prendre au mot. Leur travail était très exigeant, en plus d'être éreintant. La violence à laquelle ils étaient confrontés quotidiennement était insoutenable. Alors souvent, c'était la seule chose qui leur permettait de survivre. La semaine passée leur avait fait un bien fou. Elle ne s'était jamais sentie aussi en phase avec Noah, et l'électricité entre eux était plus palpable encore qu'aux débuts de leur relation. Aussi épuisée soit-elle, chaque cellule de son corps n'aspirait qu'à se laisser aller sous ses caresses.

Comme s'il lisait dans ses pensées, il ajouta :

— Juste pour être parfaitement clair, je parlais de dormir.

Elle lui adressa un bref coup d'œil, remarqua son sourire malicieux et éclata de rire.

— Je suis sûre que je peux te faire changer d'avis.

— Chiche.

Mais même se garer sur le bas-côté était risqué, étant donné qu'ils ne voyaient pas à un mètre devant eux et qu'ils se trouvaient sur une route qui bordait le flanc d'une gigantesque montagne. Elle préférait ne pas s'approcher de trop près de certaines crêtes. Josie visualisa mentalement la carte des lieux, prenant en compte le nombre de kilomètres qu'ils avaient déjà parcourus sur cette route. Si ses calculs étaient corrects, ils approchaient d'une grande aire herbeuse sur leur droite, où ils pourraient s'arrêter sans danger pendant une heure ou deux.

— Je devrais pouvoir me garer bientôt, dit Josie, soudain interrompue par un bruit qui transperça le brouillard.

— Tu as entendu ? demanda Noah en ouvrant sa vitre.

— On aurait dit un cri.

Josie appuya sur un bouton du tableau de bord pour stopper la ventilation. Elle gardait les yeux rivés sur la route, à l'affût du moindre son.

Un nouveau hurlement retentit, plus proche. Puis une personne émergea du brouillard, juste devant le capot. Josie ne distingua qu'une silhouette gracile, un éclat de tissu blanc, et de longs cheveux noirs. Elle écrasa la pédale de frein, mais c'était inutile. La silhouette avait disparu. La brume dévorait tous les environs.

Noah posa sa main sur le tableau de bord.

— C'était quoi, ça ?

— Une fille, je crois ?

Ils tendirent l'oreille pendant quelques secondes, mais aucun bruit ne leur parvint.

— Arrête-toi, ordonna Noah. N'importe où.

Josie fit quelques mètres puis tourna prudemment pour se

garer sur le bas-côté, priant intérieurement pour qu'il y ait suffisamment de place et qu'ils ne finissent pas en chute libre.

— Allume les feux de détresse, comme ça on pourra
retrouver la voiture au milieu de cette purée de pois.

Ils sortirent du véhicule, tournant lentement la tête dans
toutes les directions dans l'espoir de voir ou d'entendre quelque
chose.

Le monde était étrangement silencieux. On aurait dit que le
brouillard avait coupé le son. Josie ne parvenait même pas à
entendre le chant des oiseaux. Noah pointa le doigt vers leur
gauche.

— Elle est partie par là.

Ils traversèrent la route, Josie en tête.

— Bonjour ? cria-t-elle.

Josie reconnaissait l'endroit où ils se trouvaient : ce bois
s'étendait sur des kilomètres, jusqu'à une ancienne usine textile
et le lycée qu'elle avait fréquenté.

Ils s'avancèrent de quelques pas entre les arbres, tout en
appelant la jeune fille.

Pas de réponse.

Josie se retourna vers la route. Elle percevait à peine la
lumière des clignotants de la voiture.

— La question, c'est : qu'est-ce qu'elle cherchait à fuir ?

Noah partit pour rejoindre leur voiture, Josie sur les talons.
De l'autre côté du véhicule, une légère pente herbeuse conduisait à une nouvelle ligne d'arbres. Josie et Noah entreprirent de
traverser l'herbe humide de rosée, toujours incapables de voir à
plus d'un mètre devant eux.

De la musique étouffée parvint à leurs oreilles, flottant dans
l'air. Alors qu'ils poursuivaient leur descente, Josie reconnut les
paroles d'une chanson récente de la jeune chanteuse Vyla
Grace. Elle était très populaire et on l'entendait partout à la
radio et à la télévision. Josie la connaissait par cœur sans avoir
fait l'effort de l'apprendre.

Stay or die, tell the lie. You don't love me[1].

— Par là, indiqua Noah.

Il la prit par la main et la tira derrière lui, s'orientant grâce à la musique.

Keep me there. You don't care. You don't love me[2].

Le ronronnement discret d'un moteur se fit entendre. Quelqu'un s'était garé. À moins qu'il s'agisse d'un accident ?

Quelque chose craqua sous le pied de Josie. Puis elle glissa, heureusement rattrapée par Noah. Quand elle eut regagné son équilibre, elle baissa les yeux et vit qu'elle venait de marcher sur une petite boîte de maquillage. Le miroir était brisé, et de la poudre ivoire était dispersée dans l'herbe. Ils poursuivirent leur chemin, ponctué de divers objets : une brosse bleue avec des cheveux bruns épais emmêlés dans les pics, un tube de gloss rose, un téléphone portable face contre terre dont la coque en caoutchouc rose épais avait la forme d'une bouteille et portait les mots « *Boy's Tears*[3] ».

La musique était de plus en plus forte.

I'll tell your lie, tell your lie until I die from your savage heart. You don't love me[4].

Puis ils entendirent des grondements, des froissements. Noah ouvrit la bouche pour appeler, mais Josie serra sa main dans la sienne pour lui intimer de garder le silence. Elle avança droit vers la source du bruit, à leur droite. Quand les bruits se

---

1. « Reste ou meurs, dis le mensonge. Tu ne m'aimes pas. »
2. « Garde-moi ici. Tu t'en fiches. Tu ne m'aimes pas. »
3. « Larmes de garçons ».
4. « Je dirai ton mensonge, je le dirai jusqu'à ce que ton cœur brutal ait ma peau. Tu ne m'aimes pas. »

firent plus distincts – la chanson, le moteur de la voiture et ce qui ressemblait à une bagarre –, le cœur de Josie manqua un battement.

Au loin, la lumière des feux de freinage luisait à travers la brume. À proximité de la voiture, Josie aperçut deux pieds dans des baskets à carreaux roses. Et un jean.

Puis elle eut une vision d'ensemble de ce qui se tramait.

La fille était couchée sur le dos. Un homme vêtu d'un costume gris clair la chevauchait, les mains serrées autour de son cou.

— Il est où ? gronda-t-il. Il est où, putain ?

— Hé ! l'interpella Josie en arrachant sa main à celle de Noah.

Elle bondit vers l'homme et le bouscula violemment. Ils roulèrent sur le côté, libérant la fille. Josie atterrit sur le dos et sentit la rosée tremper son t-shirt et ses cheveux. L'homme l'écrasait de tout son poids, son souffle chaud et haletant contre son oreille. Elle percevait à peine la voix de Noah qui l'appelait. D'une torsion du bassin, elle se dégagea. Au lieu de résister, l'homme roula sur le côté et se remit sur ses pieds avant de s'éloigner en titubant.

— Arrêtez-vous ! cria Josie en se relevant à son tour.

Instinctivement, elle plaça sa main droite à sa ceinture pour attraper son pistolet, mais il ne s'y trouvait pas. Évidemment, elle n'était pas en service. Elle rentrait à peine de sa fichue lune de miel.

L'homme se figea et la regarda par-dessus son épaule. Le brouillard était toujours aussi dense mais, à quelques dizaines de centimètres de distance, elle put parfaitement distinguer son visage. La quarantaine, il avait des cheveux sombres décoiffés, une barbe naissante le long de sa mâchoire, des yeux marron où se lisait de la pure panique. Et des gouttes de sang parsemaient son t-shirt blanc.

— Police de Denton, dit Josie. Ne bougez plus.

Il devint livide. Il écarquilla les yeux, son expression se teintant d'horreur. Puis il fit volte-face et courut.

3

Josie vit du coin de l'œil que Noah venait de s'agenouiller près de la fille. Devant l'inspectrice, la brume menaçait d'engloutir totalement la silhouette de l'homme. Alors elle se lança à sa poursuite. Il quitta la route pour s'enfoncer dans la forêt, mais elle parvint à suivre sa piste grâce à sa respiration laborieuse et aux branches qui craquaient sous ses pieds. L'atmosphère était lourde et humide. En quelques secondes, Josie se retrouva trempée, sa transpiration se mêlant aux gouttelettes dans l'air.

— Arrêtez-vous !

Sans le voir distinctement, Josie savait avec certitude qu'elle gagnait du terrain : elle l'entendait qui peinait à trouver son souffle, ses pas se faisaient plus lourds. Une légère déclivité dans le terrain l'obligea à ralentir, suffisamment pour qu'elle l'aperçoive de nouveau. Le gris de son costume se fondait dans les vapeurs de l'aube, mais ses cheveux noirs étaient facilement repérables.

— Stop !

Il regarda par-dessus son épaule, comme surpris par la proximité de la voix, mais ne ralentit pas. Autour d'eux, les arbres se firent plus frêles, laissant la place à de gros rochers.

D'après sa carte mentale, Josie devina qu'ils approchaient d'un promontoire qui surplombait Roaring Creek, une grande et large rivière qui coupait à travers les montagnes jusqu'à East Bridge, le pont situé dans l'Est de Denton. Une chute depuis l'endroit où ils se trouvaient serait dangereuse, bien que le niveau de l'eau de tous les cours d'eau en amont et en aval de la ville soit actuellement très haut, après les récentes pluies torrentielles de début octobre.

— Il y a une falaise droit devant, hurla Josie. Vous devez vous arrêter, vous allez tomber !

Elle vit à sa démarche que l'homme hésitait. Il trébucha, ses chaussures de ville glissant dans la boue et les broussailles. Puis il entreprit d'escalader un gros roc. Il s'arrêta au sommet, peinant à garder l'équilibre. Josie se demanda s'il pouvait voir la rivière en contrebas ou si, même dans le ravin, tout était gris comme partout ailleurs. Elle n'osa pas s'approcher, de peur de l'effrayer et de le voir passer par-dessus bord. Alors, elle s'arrêta au pied du rocher et attendit qu'il soit bien stable sur ses pieds. Le bruit du courant parvint à ses oreilles. L'homme se tourna vers elle.

La sueur perlait sur son front et sur sa lèvre supérieure. Sous sa barbe naissante, son visage était d'une pâleur mortelle. Ses mains tremblaient le long de son corps. Une seule émotion crépitait dans ses yeux sombres : la peur. Il se tourna de nouveau vers l'abysse.

— Je ne sais pas ce qui vous arrive, mais vous n'avez aucune raison de fuir, dit Josie. Je veux juste vous parler. Rien de plus.

Pas de réponse.

— On va faire encore mieux, poursuivit-elle. On n'a même pas besoin de parler de ce qui vient de se passer ou de la raison de votre fuite. Commençons déjà par nous présenter. Je m'appelle Josie. Et vous ?

Il lui jeta un rapide coup d'œil sans répondre.

— Très bien, oublions les prénoms. On n'est pas du tout

obligés de parler, mais j'aimerais que vous descendiez de là. Vous voulez bien ? Vous risquez une sacrée chute, et vous avez toutes les chances de vous blesser en atterrissant dans l'eau.

La voix de l'homme était si ténue qu'elle perçut à peine ses mots.

— Je ne vais pas tomber. Je vais sauter.

— Je vous le déconseille aussi. Vous n'êtes pas obligé de faire ça. Quoi qu'il se passe dans votre vie actuellement, on peut en discuter. Pour voir en quoi on pourrait vous aider.

— Personne ne peut m'aider, lâcha-t-il en se penchant en avant.

Josie se rapprocha d'un pas, se préparant à tenter de le retenir par ses vêtements.

— Ça, vous n'en savez rien tant que nous n'en avons pas discuté ensemble, rétorqua-t-elle. Écoutez-moi : tout ce que je vous demande, c'est de descendre de ce rocher. C'est tout.

Sans la regarder, il demanda :

— Ça risque de me tuer ? Si je saute ?

Elle hésita. En réalité, elle n'en savait rien. Cela dépendait de la profondeur de l'eau, de la nature du fond de la rivière, de la manière et de l'endroit où il atterrirait, de la présence ou non d'objets, et de sa capacité à nager.

— Je prends le risque, décida-t-il.

Et il sauta.

Josie bondit en avant dans l'espoir d'agripper un bout de son corps ou de ses vêtements. Ses doigts effleurèrent le tissu de son pantalon, mais il avait déjà disparu.

Il tomba sans un bruit. À bout de souffle, sous le choc, elle grimpa jusqu'au sommet du rocher et regarda en bas, où elle ne vit rien d'autre qu'une masse de brouillard gris.

4

Le soleil s'était levé et tentait courageusement de traverser
le brouillard, mais Josie eut malgré tout besoin de son application de géolocalisation pour retrouver l'endroit où elle avait
laissé Noah. Avant de l'apercevoir, elle entendit la musique
jouée dans la voiture qu'ils avaient découverte un peu plus tôt.
Cette fois, il s'agissait d'une ballade, dont les notes puissantes
montaient entre les branches des arbres.

I'll love you in every lifetime.
Forever doesn't stand a chance[1].

Noah se trouvait dans la même position que quand elle
l'avait quitté, agenouillé près de la fille, si ce n'est qu'il prati-
quait un massage cardiaque. Josie se mit à courir, esquivant de
nouveaux objets dans l'herbe : un tube de mascara, un trousseau
de clés, un chargeur de téléphone, un paquet de chewing-gums.
Noah se pencha au-dessus de la bouche de la victime, inclina
son menton et souffla de l'air dans ses poumons. Deux expira-

---

1. « Je t'aimerai dans toutes les vies. Pour toujours ne fait pas le poids. »

tions. Puis il plaça ses mains, l'une sur l'autre, sur son torse et commença les compressions. La sueur collait son t-shirt blanc à sa peau et trempait ses cheveux. Arrivée à côté de lui, Josie le poussa pour prendre le relais. Loin de protester, Noah se laissa tomber sur le dos, épuisé. Tandis que Josie collait sa bouche aux lèvres froides de la jeune fille, il sortit son téléphone.

— Nom de Dieu... dit-il. Ça fait pas loin de vingt minutes.

Elle entama les compressions, les comptant dans sa tête pendant que Noah composait le numéro du central afin d'indiquer approximativement l'endroit où ils se trouvaient et faire un rapide résumé de la situation.

Josie se redressa pour lui communiquer quelques infos :

— Je n'ai pas vu l'autre fille. Le suspect a sauté dans la rivière. Il faut partir à sa recherche.

Noah se chargea de transmettre cette requête tandis qu'elle poursuivait les compressions. Des gouttes de sueur glissaient le long de son nez et tombaient sur le t-shirt sombre de la fille. Elle ignorait combien de minutes s'étaient écoulées quand Noah vint prendre sa place. Les muscles de ses bras et de ses épaules la brûlaient, mais elle ne parvenait pas à se défaire du contact froid du corps de la victime contre ses paumes. Elle était déjà morte et, après un si long massage cardiaque sans la moindre réaction de sa part, Josie doutait qu'ils soient en mesure de la réanimer.

— Noah, dit-elle en lui effleurant l'épaule. C'est fini.

Il repoussa sa main et poursuivit les compressions.

— Je peux pas m'arrêter.

Josie l'observa et remarqua sa mâchoire serrée, ses sourcils froncés. Elle savait qu'il était en train de revivre ce qui s'était passé quatre plus tôt, quand il avait trouvé sa mère dans son jardin, inconsciente. Sur le coup, il avait été incapable de réagir et c'était Josie qui avait tenté de la réanimer, en vain. Elle savait qu'il s'était toujours reproché de s'être retrouvé comme paralysé, ce jour-là. Aujourd'hui, il n'abandonnerait pas avant l'arrivée des secours.

Josie attendit que ses muscles fatigués l'obligent à ralentir avant de le pousser sur le côté.

— À mon tour.

À eux deux, ils continuèrent, même si la jeune fille se refroidissait progressivement. La brume avait presque fini de s'évaporer à l'arrivée de l'ambulance et des voitures de patrouille. Le premier secouriste à s'approcher fut Sawyer Hayes. Même s'ils n'avaient pas de lien de sang, lui et Josie avaient eu la même grand-mère. Leur relation n'était pas au beau fixe mais, quand leurs regards se croisèrent, il sembla comprendre la situation. Il jeta un coup d'œil au visage de la jeune fille avant de revenir sur Josie, à qui il adressa un petit signe du menton. Il s'agenouilla à proximité de Noah pour le relayer, bientôt rejoint par son collègue, tandis que les deux policiers reculaient pour reprendre leur souffle.

Pour la première fois, Josie prit le temps de vraiment observer la jeune fille. Elle était toute en courbes, avec de longs cheveux foncés, désormais pleins de terre et d'herbe. Elle avait des pommettes hautes, un nez étroit et des lèvres fines. Même en cette heure matinale, Josie remarqua que sa peau mate était lourdement maquillée, jusqu'aux faux cils. Un minuscule diamant brillait à sa narine gauche. Malgré tout ce qui venait de lui arriver, allongée ainsi à leurs pieds, elle paraissait jeune ; sa peau était souple, lisse, intacte. Le mot *LOVE* était inscrit en lettres pailletées sur son crop top.

Sawyer se tourna vers eux.

— D'après les indications de Fraley quand il a appelé le central, ça fait plus de trente minutes. C'est fini.

Josie repensa à l'homme qui avait enserré la gorge de la jeune fille avec ses mains.

— Je vais appeler la docteure Feist et l'équipe d'identification criminelle.

— Je m'en occupe, dit Noah.

Il s'éloigna de la scène de crime, son téléphone à la main.

Deux officiers de police s'approchèrent. Josie leur fit un résumé de tout ce qui s'était passé et leur donna ses instructions : sécuriser la zone et envoyer d'autres unités d'intervention d'urgence dans la forêt pour rechercher l'homme et l'autre fille qu'ils avaient vue. Quand ils furent partis, Sawyer vint la voir à son tour.

— Il y a de la musique ? demanda-t-il.

— Oui, ça vient de la voiture.

Pour la première fois depuis qu'ils s'étaient garés en bord de route, Josie put regarder les environs et tout ce qui avait été jusqu'ici dissimulé par le brouillard. Elle fit le tour de la berline, remarquant sa distance par rapport à la route et le fait que les deux portières avant étaient grandes ouvertes. La carrosserie semblait intacte, la personne au volant avait donc dû se garer, comme Josie et Noah peu après. L'herbe, du côté conducteur, avait été écrasée jusqu'à l'endroit où reposait le corps de la victime. Divers objets, sur lesquels Josie avait manqué trébucher, étaient disséminés tout autour. Un grand sac à main marron gisait près d'un pneu arrière. Juste à côté se trouvait un sac à dos rose, vidé des vêtements qu'il contenait – un jean noir et une chemise blanche. Le côté passager était encore plus encombré. Un autre sac à main, celui-ci plus petit et noir, avait été jeté par terre, et la fermeture en avait été à moitié arrachée. Tout autour étaient dispersés un flacon d'ibuprofène, une serviette hygiénique, un stylo, un petit porte-monnaie et un téléphone, celui-ci protégé par une coque violette unie. Venait ensuite un sac de sport dont le contenu avait été balancé dans l'herbe : Josie remarqua un autre jean noir et une chemise blanche, en plus de ce qui ressemblait à un pyjama.

— Anya Feist et son équipe sont en route, l'informa Noah en la rejoignant. J'ai aussi passé un coup de fil à Gretchen, étant donné que ce n'est pas un simple accident de la circulation. Tu as trouvé quelque chose ?

Josie était soulagée de voir que la tension avait quitté son visage. Noah était bien ancré dans le présent.

— Il y avait a priori deux filles, dit-elle. Je pense qu'elles se sont garées. Je n'ai pas pu déterminer si l'homme était dans la voiture avec elles ou non...

— Il n'était pas avec elles. Il y a une autre voiture garée un peu plus haut sur le bas-côté. Un de nos gars a relevé la plaque pour voir à qui elle appartient. Il va faire des recherches pour celle-ci aussi.

— Parfait, dit Josie. Alors peut-être que cet homme les suivait. Elles se sont garées, il les a dépassées et s'est garé lui aussi.

— Elles ne l'ont sans doute pas vu approcher, avec le brouillard, précisa Noah.

— Il a marché droit vers leur voiture. On dirait que la conductrice a été traînée hors du véhicule.

Josie retint son souffle quand elle se pencha pour regarder plus précisément le côté passager.

— Regarde, Noah.

Sans toucher la voiture, le lieutenant se pencha vers l'intérieur. Une giclée de sang barrait le tableau de bord beige et, sur le siège, deux grosses gouttes commençaient à virer au brun.

— Il s'en est pris à la passagère aussi, dit-il, mais elle a réussi à lui échapper.

— Je n'ai pas vu d'armes, fit Josie. Je ne crois pas qu'il en avait sur lui.

— Vu le sens de la projection, fit Noah en désignant le sang, je suis presque sûr qu'il lui a frappé la tête contre le tableau de bord et lui a cassé le nez. Un nez cassé, ça peut saigner vraiment beaucoup.

— Espérons qu'il s'est arrêté là. Les deux sacs à main ont été vidés par terre, il cherchait quelque chose. L'autre fille est là, quelque part, et elle est blessée.

— Je vais faire venir plus de monde, répondit Noah, son téléphone déjà en main. Voyons si on retrouve sa carte d'identité.

Josie était réticente à l'idée de déranger la scène de crime encore plus qu'ils ne l'avaient déjà fait, mais une deuxième adolescente se trouvait actuellement dans la forêt, seule et terrorisée, elle ne pouvait donc pas se permettre d'attendre. Elle marcha vers l'ambulance et s'équipa d'une paire de gants en latex. Elle et Noah en avaient généralement toujours sur eux quand ils étaient en service. Mais, en l'occurrence, ils étaient censés être toujours en vacances.

Sawyer la dépanna d'une paire, qu'elle enfila. Elle découvrit un portefeuille, du côté conducteur. Elle le prit en photo afin de garder une trace de son emplacement avant de déranger la scène, puis elle le ramassa.

— Dina Hale, lut Josie sur le permis de conduire. Dix-huit ans. Elle habitait Denton.

Noah raccrocha et rempocha son téléphone. Il jeta un coup d'œil au permis de conduire par-dessus son épaule. Sur la photo, la fille avait des cheveux brillants et bien coiffés. Elle affichait un large sourire ; l'une de ses dents du haut était très légèrement de travers, mais cela n'enlevait rien à sa beauté rayonnante.

— C'est elle qui était au volant, c'est sûr.

Josie leva le permis de conduire vers lui afin qu'il puisse en prendre une photo avec son téléphone. Puis elle le remit en place pour l'équipe d'identification criminelle. Le deuxième portefeuille leur donna du fil à retordre, mais ils finirent par mettre la main dessus et procédèrent de la même manière qu'avec le premier.

— Alison Mills, lut Josie. Elle est de Denton aussi. Dix-sept ans.

Les cheveux d'Alison étaient d'un brun plus clair que ceux

de Dina, et bouclés. Si la peau de Dina était mate, celle d'Alison était pâle et couverte de taches de rousseur. Sur son permis de conduire, elle avait un sourire nerveux, comme si elle ne comprenait pas comment elle avait pu obtenir ledit permis. En se basant uniquement sur les deux portraits en sa possession, Josie en aurait conclu que Dina était probablement la plus assurée et la plus extravertie des deux. Une vague de tristesse la traversa soudain. Étaient-elles meilleures amies ? Ce n'était qu'une des nombreuses questions qu'elle aurait voulu poser à Alison.

Mais pour ça, ils allaient d'abord devoir la retrouver.

Noah prit le permis de conduire en photo, et Josie le reposa à sa place.

— Il nous reste un peu de temps avant que la docteure Feist et son équipe arrivent pour les relevés, dit-il. Gretchen est en route. La scène de crime est sécurisée. On se joint aux recherches dans la forêt ?

5

Josie partagea la photo du permis de conduire d'Alison Mills avec ses collègues, puis elle rejoignit avec Noah les équipes de recherche qui fouillaient les bois de l'autre côté de la route. Les rayons du soleil filtraient à travers ce qui restait de brouillard, réchauffant l'atmosphère et leur offrant une meilleure vue sur les environs. Il était impossible de savoir précisément dans quelle direction avait fui la jeune fille. Tout ce qu'avaient vu Josie et Noah, c'était qu'elle avait traversé la route et qu'elle s'était dirigée vers l'à-pic au-dessus de Roaring Creek. Si elle avait couru en ligne droite depuis l'endroit où ils l'avaient aperçue pour la dernière fois, elle aurait émergé de la forêt à l'est de Denton, près de l'ancienne usine textile. Si elle avait poursuivi sa course à l'abri des arbres, elle serait arrivée derrière le lycée de Denton East, à un endroit appelé les Stacks. Les lycéens aimaient se retrouver sur ces énormes amas de pierres plates pour fumer, boire, ou faire un tas d'autres choses peu recommandables. Mais il était facile de se perdre quand on marchait dans les bois. Tout se ressemblait, et Josie savait que, dans cette partie de la forêt, les repères naturels étaient peu nombreux voire inexistants. Elle pouvait tout aussi bien tourner en rond.

Tout en crapahutant entre les arbres, Josie, Noah et le reste de l'équipe criaient le nom d'Alison. Peut-être qu'elle s'était arrêtée pour se reposer. Peut-être qu'elle avait décidé de retourner à la voiture. Après tout, elle avait laissé son téléphone sur place. Elle n'aurait pas pu deviner que Josie et Noah s'étaient arrêtés, ni qu'ils étaient policiers. Un type bizarre avait émergé du brouillard sur une petite route de montagne isolée, les avait agressées, elle et son amie. Elle était blessée, en sang. En panique.

Les heures défilèrent. Le soleil était maintenant haut dans le ciel. Même si la température chutait drastiquement la nuit, les journées de mi-octobre à Denton étaient de plus en plus douces chaque année. Josie et Noah étaient trempés de transpiration et affamés quand ils furent de retour à la scène de crime. D'autres chercheurs avaient découvert des gouttes de sang, mais pas la moindre trace d'Alison. Alors qu'ils partaient récupérer leur voiture, Josie repéra Gretchen, debout au bord de la route, griffonnant dans son fidèle bloc-notes. La quarantaine passée, elle était sans conteste la plus expérimentée de leur équipe d'enquêteurs. Avant de rejoindre le commissariat de Denton, elle avait travaillé pendant quinze ans à Philadelphie comme enquêtrice spécialisée dans les homicides.

À côté d'elle, un agent en uniforme faisait le guet, examinant chaque véhicule qui ralentissait en passant devant lui, avant de faire signe au conducteur qu'il pouvait poursuivre sa route. Gretchen leva les yeux vers eux à leur approche et glissa son stylo derrière son oreille.

— Moi qui pensais que vous aviez tous les deux reçu des instructions claires de la part du chef Chitwood au sujet d'une interdiction formelle de travailler pendant votre lune de miel... Si je ne me trompe pas, elle ne se termine que demain.

Noah sourit.

— J'ai dit à Josie qu'on aurait mieux fait de rester un jour de plus.

Josie essuya la sueur sur son front d'un revers de main.

— Finalement, j'en viens à penser que rester coincée avec toi en plein ouragan n'aurait pas été une si mauvaise option. Tu as trouvé quelque chose ?

Gretchen leva la main vers ses cheveux bruns striés de blanc et coupés court, qui pointaient dans tous les sens, pour y récupérer ses lunettes de vue. Elle tourna quelques pages de son bloc-notes.

— Le corps de Dina Hale a été emmené à la morgue. La voiture qu'elle conduisait est enregistrée au nom d'un certain Guy Hale, à la même adresse que Dina. Certainement son père, vu la différence d'âge. L'équipe d'identification criminelle a presque terminé les relevés. Ils vont faire saisir les deux véhicules. La priorité, c'est de retrouver Alison, mais j'ai aussi envoyé des équipes à la recherche de l'agresseur, aux alentours de Roaring Creek et le long de la rivière.

Noah passa une main dans ses cheveux humides.

— Est-ce qu'on connaît son identité ?

Gretchen hocha la tête.

— A priori, l'homme que vous avez vu était Elliott Calvert, quarante ans. De Denton. La voiture lui appartient. J'ai trouvé une copie de son permis de conduire depuis le terminal de données mobiles. Vous pouvez y jeter un œil pour confirmer qu'il s'agit bien de lui.

Elle fouilla la poche arrière de son jean et en sortit son téléphone, qu'elle posa sur son bloc-notes. Après quelques secondes à tapoter l'écran, elle le tourna vers Josie et Noah pour leur montrer la photo en question.

Noah secoua la tête.

— Je ne l'ai pas vu d'assez près.

— C'est lui, déclara Josie. J'en suis sûre.

— Est-ce qu'il a un casier ? demanda Noah.

— Non, dit Gretchen. Quelques excès de vitesse, mais c'est tout. J'ai fait des recherches en attendant que les relevés sur la scène de crime soient terminés. Il est sur les réseaux sociaux mais il ne poste quasiment rien. J'ai quand même réussi à en déduire qu'il travaillait comme architecte dans une entreprise du nom de Stamoran. Ah, et il est marié. Lui et sa femme viennent d'avoir un bébé.

Josie secoua la tête.

— Rien qu'à l'idée de devoir aller annoncer à sa femme ce qui est arrivé aujourd'hui...

— Qu'est-ce qui peut pousser un homme marié de quarante ans, père d'un nouveau-né, à s'en prendre à deux adolescentes au milieu de nulle part ? se questionna Noah. Qu'est-ce qu'il cherchait ?

— On va enquêter, et on va trouver, déclara Gretchen. Comme je vous l'ai dit, il y a du monde à sa recherche en ce moment même. Mais la priorité, c'est Alison Mills, d'autant plus si elle est blessée. Il va falloir envoyer quelqu'un chez elle pour parler à ses parents. Pour le moment, on a fait en sorte de ne pas trop ébruiter l'affaire, mais ça va vite se savoir. Je ne voudrais pas qu'ils apprennent la nouvelle de la disparition de leur fille sur les réseaux ou dans le journal. Avec un peu de chance, on l'aura retrouvée avant que ça fuite, mais il faudrait quand même tenir les parents au courant. Et pour ça, j'ai besoin de vous... Mettner et Amber ne travaillent pas ce week-end, ils ne reviendront pas au bureau avant lundi.

Finn Mettner était le quatrième enquêteur de l'équipe, et le plus jeune d'entre eux. Il avait gravi les échelons au sein du commissariat de Denton, jusqu'à être promu à ce poste par Bob Chitwood, chef de police. Amber Watts, sa petite amie, était l'attachée de presse du commissariat.

— On va aller parler à la famille, dit Josie.

— Parfait, approuva Gretchen avant de les scruter de la tête aux pieds, le nez froncé. Peut-être que vous devriez commencer par prendre une douche et changer de tenue.

Josie baissa les yeux vers ses vêtements tachés de boue et de sueur, puis vers ceux de Noah, qui ne valaient pas mieux.

— Bien sûr, dit-elle.

6

Josie et Noah tirèrent leurs bagages jusqu'à la porte de leur maison. Instinctivement, Josie guetta le cliquètement des griffes de leur Boston Terrier, Trout, sur le parquet, avant de se souvenir que leur chien avait passé la semaine chez leur amie Misty Derossi et son fils Harris.

Une fois la porte ouverte, Noah fit une pause et sourit.

— Ça fait bizarre, hein ? Pas de Trout !

Josie sourit en retour.

— Je suis sûre qu'il est tellement pourri gâté par Misty et Harris qu'il ne voudra pas rentrer à la maison.

Même Pepper, le chiweenie de Misty, adorait Trout.

Noah saisit les deux valises par leur poignée et commença à monter l'escalier.

— C'est évident, répondit-il.

Josie le suivit à l'étage.

— Enfin, on va quand même le récupérer ce soir. J'ai tellement hâte !

— Moi aussi. Bien que j'aie apprécié chaque seconde de ces nuits passées tout contre ma femme, et pas collé à un chien qui pète.

Vingt minutes plus tard, ils avaient tous deux pris une douche et enfilé un pantalon propre et un polo au logo de la police de Denton. Ils récupérèrent leurs armes de service et leurs badges dans le coffre-fort qu'ils gardaient cachés chez eux. Dans la cuisine, Josie ouvrit le réfrigérateur, s'attendant à être assaillie par l'odeur nauséabonde des produits périmés. Mais à la place, elle découvrit un Tupperware avec un petit mot collé dessus. Josie reconnut l'écriture de Misty.

Je sais qu'aucun de vous deux ne ~~pourra~~ voudra cuisiner à votre retour, alors voici un gratin. Quelques minutes au micro-ondes, et vous pourrez passer à table. P. S. : Trout a dit qu'il voulait rester vivre avec nous pour toujours. Mais non, je plaisante. Vous lui manquez. Un peu. Hâte de vous revoir, les amoureux ! Et bon appétit ! M.

Josie pouffa en déposant la boîte dans leur four à micro-ondes.

— Qu'est-ce que c'est ? demanda Noah.

Elle lui tendit le bout de papier, qu'il lut pendant que le repas chauffait en emplissant la cuisine d'une odeur alléchante.

— Je ne suis même pas vexé qu'elle ait dit qu'on était incapables de cuisiner, déclara-t-il.

Des années auparavant, après que Josie s'était séparée de son premier mari, feu Raymond Quinn, Misty était devenue la petite amie de ce dernier. Leur fils, Harris, était né après le décès de Ray, et ce qui avait démarré comme un simple coup de main de la part de Josie s'était transformé en une solide amitié : ni Josie ni Noah ne pouvaient désormais imaginer leur quotidien sans Misty. Pendant la majorité de sa vie, Josie n'avait pas eu d'amis de sexe féminin, voire d'amis tout court, mais avec Misty, tout avait changé. Son soutien n'avait pas de prix et, de bien des manières, c'était grâce à elle que Josie et Noah parvenaient à surmonter les difficultés et la pression de leur métier. À cette pensée, Josie replongea dans la scène de crime qu'ils avaient découverte ce matin-là. De nouveau, elle se demanda quelle était la nature de la relation entre Dina et Alison. Est-ce que c'était superficiel, ou étaient-elles très proches ? Quoi qu'il en soit, maintenant que Dina était morte, tout allait voler en éclats. La famille de Dina ne serait plus jamais la même. Alison non plus, après ce qu'elle avait vécu. Josie ne pouvait imaginer la peur qu'avait dû ressentir l'adolescente sur le moment – en fuite, seule, blessée, et consciente que son amie avait elle aussi été agressée.

Josie ne goûta le plat de Misty que du bout des lèvres. Mais Noah et elle n'avaient rien avalé depuis des heures, et il leur fallait un minimum de carburant pour affronter ce qui les attendait. Dans la voiture, Josie consulta son téléphone.

— Pas de nouvelles de Gretchen. Elle a fait fouiller l'ancienne usine textile, mais ça n'a rien donné. Où est-ce qu'elle a bien pu aller, cette fille ?

— Aucune idée, soupira Noah tout en entrant l'adresse d'Alison Mills dans le GPS. Elle a dû ressortir du bois. Vu le nombre de personnes à sa recherche depuis ce matin, je pense qu'on l'aurait aperçue, si elle y était encore. Je suis étonné qu'ils ne l'aient pas retrouvée dans l'usine.

Josie quitta l'allée et s'engagea sur la route.

— Ce qui veut dire qu'elle est ressortie de l'autre côté de la forêt, vers le lycée, sans doute – c'est là que se dirigent les équipes de recherche, en tout cas. À moins qu'elle soit allée encore plus loin, dans un endroit plus peuplé. Sauf que là-bas, personne ne donnera l'alerte après l'avoir croisée.

— Oui, mais elle a été agressée, nuança Noah. Elle est blessée. Même si ce n'est qu'un nez cassé, il est possible qu'elle soit désorientée, effrayée, ou prise de vertige. Pourquoi est-ce qu'elle n'irait pas demander à la première personne qu'elle croise d'appeler la police pour elle ?

— Peut-être parce qu'elle gît quelque part, inconsciente ou incapable de bouger. Si tu as vu juste et qu'on lui a bien fracassé la tête contre le tableau de bord, elle pourrait avoir une commotion cérébrale.

— Si elle était blessée à ce point, on l'aurait retrouvée dans la forêt bien avant qu'elle atteigne la ville.

— Pas forcément, rétorqua Josie. Tu te souviens de la fois où un homme s'était échappé de l'unité spécialisée Alzheimer de la maison de retraite ?

Josie louvoya dans les rues du centre-ville, toutes parallèles et perpendiculaires les unes aux autres, jusqu'à atteindre les quartiers nord, à la population plus clairsemée.

Noah laissa échapper un soupir.

— J'avais oublié cette affaire. On était plus de trente à sa recherche.

— Et on est passés juste à côté de sa planque, continua Josie. Il avait réussi à se faufiler sous des buissons et s'était endormi. Personne n'avait imaginé qu'il pouvait se trouver là. Quand tu vois un roncier, toi, tu passes à côté, non ?

— Oui, mais je ne suis pas atteint de démence, moi. Il n'a fallu que quelques minutes aux chiens pour le retrouver. C'est ça qu'il nous faut !

Il sortit son téléphone.

— Je vais envoyer un message à Gretchen, qu'elle demande si on peut avoir la brigade canine du shérif avec nous.

Pendant que Noah rédigeait son message, Josie se concentra sur la route. Autour d'eux, la verdure occupait presque tout l'espace entre les maisons. Les larges rues résidentielles avec trottoirs laissèrent la place à des routes de montagne sinueuses avec des bas-côtés étroits, très semblables à celle où ils avaient découvert les jeunes filles le matin même.

— Nous y voilà, annonça Josie en ralentissant devant une boîte aux lettres rouge vif.

Elle s'engagea dans une longue allée qui montait le long

d'une colline. La résidence de la famille Mills se trouvait au sommet, au milieu des arbres. Aucune voiture n'était garée devant, et la porte du garage attenant était fermée. Malgré tout, Josie et Noah coupèrent le moteur et se dirigèrent vers la porte d'entrée. Noah appuya sur la sonnette. Après quelques minutes de silence, il sonna de nouveau. Finalement, Josie entendit des bruits de pas de l'autre côté de la porte. Celle-ci s'ouvrit soudainement sur une femme d'environ cinquante ans. Sa ressemblance avec Alison était flagrante – cheveux bruns bouclés, peau pâle, taches de rousseur. Elle était plus grande que Josie et portait un chemisier jaune large avec un col en V par-dessus un jean. Pas de chaussures. Ses orteils étaient vernis en bleu.

— Madame Mills ? demanda Josie.

— Oui, je suis Marlene Mills. Je... De quoi s'agit-il ?

— Êtes-vous la mère d'Alison Mills ?

Elle plissa le front, perplexe, et scruta les deux policiers devant elle, les yeux écarquillés. D'une voix haut perchée, elle demanda :

— Qu'est-ce qui se passe ? Qu'est-ce qui est arrivé ? Où est Alison ?

— Madame Mills, commença Noah, je me présente : lieutenant...

Elle ne le laissa pas finir sa phrase et se mit à hurler :

— Où est ma fille ? Où est Alison ? Il lui est arrivé quelque chose ? Je vous en prie, dites-le-moi. Est-ce qu'elle est morte ?

7

Josie s'avança d'un pas et saisit Marlene par le bras alors qu'elle s'effondrait. Noah se précipita à la droite de la femme et glissa un bras autour de sa taille. Ils l'aidèrent à rester debout, et Josie lui parla doucement à l'oreille :

— Madame Mills, gardez votre calme. On est venus vous parler d'Alison. C'est très important.

Marlene Mills tourna des yeux larmoyants vers elle.

— Dites-moi la vérité. Est-ce qu'elle est morte ? S'il vous plaît, dites-moi la vérité ! On n'envoie pas la police chez des gens pour leur parler de leur enfant si... Oh, mon Dieu. Allez-y, parlez.

— Nous ne pensons pas qu'Alison soit morte, dit Noah.

Elle se figea pendant un instant, et sa tête pivota vers lui.

— Comment ça, vous ne « pensez pas » qu'elle soit morte ? Dites-moi ce qui se passe, bon sang !

Elle commença à se débattre entre leurs bras, et ils la relâchèrent.

— Madame Mills, reprit Josie, je vous promets que nous allons tout vous expliquer, mais il faut que vous vous calmiez. Pouvons-nous entrer et nous asseoir un moment ?

Prise de tremblements, la femme prit le temps de les étudier, les yeux brillants de larmes. Puis elle hocha la tête et les précéda dans un grand salon où tout était d'une différente teinte de gris : les murs, le canapé, ses coussins et même un plaid déplié. Josie remarqua les mots « Famille Mills » brodés dessus. Sur les tables d'appoint se trouvaient plusieurs photos encadrées d'Alison, et une de la jeune fille avec sa mère et un homme qui devait être son père.

— Est-ce que le père d'Alison est ici ? demanda Josie.

Marlene se laissa tomber à l'extrémité du canapé d'angle en secouant la tête. Elle fit un geste de la main, indiquant à ses visiteurs qu'ils pouvaient s'asseoir.

— Il est à Hong Kong, figurez-vous. Pour le travail. Mon Dieu... Je devrais l'appeler, non ? Il est quelle heure, là-bas ? Il a le droit de savoir ce qui se passe.

Elle balaya la pièce du regard et s'arrêta sur une table basse, où reposait un téléphone portable parmi divers objets : deux télécommandes, un magazine, une pile de courrier et une boîte de mouchoirs. Josie attrapa le téléphone et le lui tendit.

— Madame Mills, dit Noah, nous avons vraiment besoin de vous parler, avant toute autre chose.

Marlene laissa tomber le téléphone sur ses genoux. Elle se passa les mains sur le visage, dont les joues avaient viré au rose.

— Je suis désolée. Je suis vraiment désolée de me mettre dans un état pareil. Mais vous savez... avec tout ce qui est arrivé à Alison, même si c'est désormais derrière nous, je m'attends toujours au pire. Je m'attends toujours à ce qu'un nouveau malheur me tombe dessus à tout moment.

Josie nota intérieurement de l'interroger à ce sujet plus tard pour comprendre ce qui avait pu arriver à Alison qui justifiait son comportement.

— Madame Mills, aux environs de 7 h 30 ce matin, le lieutenant Fraley et moi-même étions sur la route, de retour de voyage. Nous avons emprunté Widow's Ridge Road à travers un brouillard si épais qu'on n'y voyait pas à un mètre. Nous avons aperçu une silhouette qui a traversé la route, alors nous avons décidé de nous garer sur le bas-côté pour voir si quelqu'un avait besoin d'aide. Quand nous avons quitté notre véhicule, nous avons vu qu'une autre voiture était garée à proximité. Cette voiture est enregistrée au nom de Guy Hale.

— Le père de Dina, dit Marlene. C'est toujours Dina qui conduit. Alison n'a pas de voiture. Est-ce qu'elles ont eu un accident ? Où sont-elles ? Mon Dieu, mon Dieu... Elles sont à l'hôpital, c'est ça ? Je dois y aller. Attendez, que je retrouve mon sac, et...

Noah leva une main pour la faire taire.

— Madame Mills, s'il vous plaît, laissez-nous terminer.

Josie reprit :

— Nous ne pensons pas qu'il s'agisse d'un accident. A priori, elles s'étaient juste garées à cause du brouillard. Quand nous nous sommes approchés de la voiture, nous avons surpris un homme en train d'agresser Dina. Nous pensons qu'Alison a pris la fuite et que c'est elle qui a traversé la route devant nous.

Marlene secoua la tête plusieurs fois.

— Une agression ? Je ne comprends pas. Non. Mais non, qui irait agresser deux adolescentes ? Ça n'a aucun sens. Où est Alison, alors ? Est-ce qu'elle va bien ?

— Nous ne l'avons pas encore retrouvée, précisa Noah. C'est pour cette raison que nous sommes ici.

— Ah...

Marlene récupéra son téléphone.

— Eh bien, je vais l'appeler. Je vais l'appeler et lui dire de rentrer à la maison. Ou bien j'irai la chercher, puisqu'elle n'a plus de voiture. Évidemment. Je ne vais quand même pas lui dire de rentrer à pied.

Elle laissa échapper un éclat de rire nerveux.

Josie posa une main sur son bras.

— Elle n'a pas son téléphone sur elle, nous l'avons retrouvé sur place.

— Hein ? Non, non, elle ne ferait jamais ça. Vous ne savez pas comment sont les enfants aujourd'hui. Leur téléphone, c'est leur bouteille d'oxygène, ils ne peuvent pas s'en passer. Elle ne serait jamais partie sans.

— Nous l'avons placé sous scellé, précisa Josie.

— Madame Mills, intervint Noah. Il y a autre chose. Nous avons toutes les raisons de croire qu'Alison a été blessée par cet agresseur.

Marlene Mills serra ses deux mains contre sa poitrine.

— C'est pas vrai. Comment ça, blessée ? Qu'est-ce qui vous laisse penser ça ? Vous ne voulez pas simplement me raconter ce qui s'est passé ?

Sa voix était montée dans les aigus. Josie et Noah avaient bien l'intention de tout lui raconter, mais il n'était pas simple de conserver son attention. Doucement, Josie poursuivit :

— Ce qui s'est passé, c'est qu'Alison a fui son agresseur et est entrée dans la forêt. Nous avons des équipes sur place à sa recherche. Nous ne l'avons pas localisée à l'heure où nous vous parlons, mais nous ferons tout notre possible pour la retrouver. Je vous le promets.

— Et sa blessure ?

— Nous avons retrouvé du sang sur place. Étant donné que les traces se trouvaient du côté passager, nous en avons conclu qu'il appartenait sans doute à Alison. Nous n'en savons pas plus pour le moment.

La poitrine de Mme Mills se souleva sous ses mains. Son visage avait perdu toutes ses couleurs. Josie craignit qu'elle fasse un malaise. Noah se leva et vint s'agenouiller devant elle.

— Madame Mills, je comprends à quel point tout cela est terrifiant mais, croyez-moi, nous mettons tout en œuvre pour retrouver votre fille. Dans l'immédiat, je voudrais que vous preniez le temps de respirer profondément. Vous voulez bien faire ça pour moi ?

Elle hocha violemment la tête tout en le regardant dans les yeux. Il posa une main sur sa propre poitrine, exagérant le mouvement tandis qu'il inspirait et expirait lentement.

— Continuez à me regarder, indiqua-t-il. C'est bien. On inspire, on expire. Doucement.

Après quelques minutes, Mme Mills parvint à caler sa respiration sur celle de Noah. Elle avait repris des couleurs. Josie se dirigea vers l'arrière de la maison et trouva la cuisine. Il y avait des verres propres posés sur l'égouttoir à vaisselle. Elle en remplit un au robinet et retourna au salon pour le donner à Marlene Mills.

Celle-ci but quelques gorgées et tendit le verre à Noah, qui le posa sur la table basse.

— Je suis sincèrement désolée, souffla-t-elle.

— Vous n'avez pas à vous excuser, dit Josie. Nous comprenons l'horreur de ce que vous vivez, c'est pourquoi nous voulons retrouver Alison aussi vite que possible.

— Mais pour ça, nous avons besoin de votre aide, poursuivit Noah en s'asseyant sur la table basse face à Marlene.

Elle prit encore plusieurs inspirations, attrapa son téléphone, le reposa, et dit :

— Vous n'avez pas plus d'informations ? Vous savez juste que les filles étaient sur la route, qu'elles se sont garées, qu'elles ont été agressées, et qu'ensuite Alison, en sang, s'est enfuie ? Vous pensez qu'on a pu lui tirer dessus ? La poignarder ? Elle pourrait être dans un fossé en train d'agoniser ?

— Aucune arme n'a été utilisée, a priori. Elle s'est sans doute blessée en se cognant la tête contre le tableau de bord et s'est cassé le nez. Il n'y avait pas assez de sang pour craindre une hémorragie fatale.

Noah intervint :

— L'inspectrice Quinn et moi-même avons participé aux

recherches ce matin. On a retrouvé d'autres traces de sang, mais juste quelques gouttes.

— C'est une bonne nouvelle, non ? dit Marlene, pleine d'espoir.

— C'est ce que nous pensons, oui, dit Josie.

— Et Dina ? Comment va Dina ? Zut, il faut que j'appelle son père tout de suite !

Elle saisit de nouveau son téléphone.

Josie croisa le regard de Noah. Ils ne pouvaient pas lui annoncer la mort de Dina Hale avant que sa propre famille en ait été informée.

— Quelqu'un de chez nous va aller parler au père de Dina. Pour le moment, nous avons des questions à vous poser.

Josie laissa échapper un long soupir de soulagement en voyant que Mme Mills reposait son téléphone et se tournait vers Noah, trop distraite et préoccupée pour se rendre compte qu'il n'avait pas répondu au sujet de l'état de santé de Dina.

— Des questions ? Quelles questions ?

8

— Commençons par ce matin, décida Josie. Quand avez-vous vu Alison pour la dernière fois ?

— Oh, ce n'était pas ce matin, répondit Marlene. Elle a passé la nuit chez Dina. Elles travaillent au même endroit. C'est là-bas qu'elles se sont rencontrées... au travail.

— Où est-ce qu'elles travaillent ? demanda Noah.

— À l'hôtel *Eudora*. Mon amie, Sadie, y est employée comme femme de ménage. L'an dernier, elle m'a dit que le service restauration et événementiel cherchait des jeunes femmes pour faire des extras. Elles ne travaillent que quelques heures le week-end. En gros, elles s'occupent de porter des plateaux aux invités. Il leur arrive parfois de faire la plonge. Ça dépend des besoins du service et du type d'événement : mariage, fête, séminaire, conférence... Tout ce qui nécessite du personnel pour répondre aux besoins des clients. C'est de l'argent facile. En plus, elles ont souvent de gros pourboires.

— Est-ce qu'elles travaillaient hier soir ? la questionna Josie.

— Oui. C'était un genre de soirée d'entreprise. En général, ça finit tard, et je sais qu'il y avait un brunch organisé par une association ce matin, donc Alison a préféré rester dormir chez

Dina. C'est elle qui devait la ramener à la maison après le travail, aujourd'hui. Mon Dieu...

De nouveau, elle serra ses mains contre sa poitrine. Avant qu'elle cède à une autre vague de panique, Noah demanda :

— Quand avez-vous été en contact par téléphone avec Alison pour la dernière fois ?

Marlene Mills se saisit de son téléphone sans vraiment le regarder.

— Hier soir. Il devait être minuit. Elle m'a envoyé un message pour me dire qu'elles étaient bien arrivées chez Dina et...

Elle hésita, sa respiration s'emballa. Elle entra un code pour déverrouiller son téléphone, balaya l'écran plusieurs fois avant de le tourner vers Josie et Noah.

Bien arrivée chez Dina. Grosse soirée mais super pour-boires ! Bonne nuit, maman, je t'aime fort fort fort.

Des émojis représentant des sacs d'argent suivaient le mot « pourboire », et le message se terminait par une ribambelle de cœurs et de baisers. Mais, en tout dernier, il y avait l'émoji d'une grande roue.

— Ça veut dire quoi, la grande roue ? demanda Josie.

Marlene retourna l'écran vers elle pour relire le message. Elle pouffa.

— C'est stupide. Alison et moi, on... C'est notre petit truc. Je ne sais pas comment on pourrait appeler ça. Un jeu ? Une tradition ? Quand on s'envoie un texto, on ajoute toujours au moins un émoji sans aucun rapport avec ce qu'on vient d'écrire. Je sais que ça peut sembler ridicule, mais ça nous amuse beau-coup. Regardez, quand j'ai répondu, j'ai ajouté un émoji fourchette.

Elle leur montra l'écran et fit défiler la conversation jusqu'à sa réponse.

Super, ma chérie. Bonne nuit, je t'aime à la folie.
À demain.

Marlene avait effectivement conclu son message par trois cœurs et une fourchette.

Josie sourit.

— C'est mignon.

— La première fois, c'était un accident, expliqua Marlene. Quand j'ai eu ce téléphone, j'avais tendance à appuyer sans le vouloir sur les émojis quand j'écrivais un message. Maintenant, c'est notre petit truc.

— Est-ce que vous savez à quelle heure elles devaient arriver à l'hôtel ce matin ? demanda Noah.

— Je ne sais pas exactement, mais assez tôt. Même si c'était un brunch, les filles devaient arriver de bonne heure pour tout installer.

— Personne là-bas ne vous a contactée en voyant qu'Alison n'était pas venue travailler ? s'étonna Josie.

— Non, mais je ne vois pas pourquoi ils l'auraient fait. Je suis référencée comme la personne à contacter en cas d'urgence, bien sûr, mais elle a presque dix-huit ans. Ils l'auraient appelée, elle, en voyant qu'elle n'était pas venue travailler. Pareil pour Dina. Ils ont certainement cherché à les joindre, j'imagine.

— Comme vous l'a expliqué l'inspectrice Quinn, nous avons saisi le téléphone d'Alison. Est-ce que, sachant qu'elle est mineure, son abonnement est à votre nom ?

— Oui, on a un contrat familial.

— Vous pourriez nous donner la permission d'accéder au contenu du téléphone pour analyse ? Avant qu'on vous le rende ?

Les yeux écarquillés, Mme Mills les regarda tour à tour.

— Pour analyse ?

— Étant donné que les filles ont été agressées ce matin, c'est la procédure, expliqua Josie. On veut vérifier que personne ne les a harcelées récemment. L'un des moyens de le faire est de regarder la teneur des messages échangés par texto ou sur les réseaux sociaux ces dernières semaines. Savez-vous si les filles avaient des soucis avec quelqu'un ?

Marlene secoua lentement la tête.

— Non, je ne vois pas. Alison m'en aurait parlé si c'était le cas. Je sais que c'est ce que tout le monde dit au sujet de ses enfants – « Oh, ils me disent tout, je sais tout ce qu'ils font, que ce soit sur internet ou non » – alors que c'est complètement faux, mais Alison ne nous cache rien. Je ne veux pas qu'elle ait de secrets pour nous. Nous lui avons toujours répété que si elle a un problème, il faut que sa première pensée soit : « Je ferais mieux d'en parler à papa et maman pour qu'ils m'aident. » Enfin, bref. Mais vous pouvez évidemment avoir accès au contenu de son téléphone, je vous en prie.

— Merci, dit Josie. Et Dina ? Est-ce qu'Alison a évoqué un problème entre elle et quelqu'un d'autre ?

— Non, rien du tout.

— Est-ce qu'Alison et Dina étaient proches ? demanda Josie.

— Oui. Elles ont tout de suite accroché quand elles se sont rencontrées pour la première fois à l'hôtel, l'an dernier. Elles ne fréquentent pas le même lycée, mais elles se voyaient quasiment tous les week-ends au travail, donc elles sont presque devenues meilleures amies. Alison a beaucoup d'amis mais, si je devais dire de qui elle est le plus proche, c'est certainement Dina que je citerais.

— Et ni Alison ni Dina n'ont rencontré de problème particulier, que ce soit au lycée ou avec la police ?

Josie savait qu'ils n'auraient aucun mal à le vérifier une fois de retour au commissariat, mais il était toujours instructif de savoir à quel point les parents étaient impliqués dans la vie de leurs enfants et ce qu'ils en savaient. Il arrivait qu'un parent déclare à la police que son enfant était un ange, alors même qu'il posait de gros soucis à l'école depuis des semaines. Il se pouvait aussi qu'un enfant soit accusé de quelque chose sans que les parents soient au courant de rien.

— Alison, non, dit Mme Mills, mais je sais que Dina a été arrêtée pour des vols par le passé. Alison m'en a parlé.

— Pas de drogue non plus ? demanda Josie.

Marlene fit la moue puis laissa échapper un long soupir.

— Si Alison a pris de la drogue, elle ne me l'a jamais dit. Je suspecte qu'elle et Dina aient fumé de l'herbe une fois ou deux, mais je n'aurais aucun moyen de le prouver. J'ai fait la leçon à Alison un paquet de fois. Le jour où j'ai cru qu'elle venait de le faire, j'ai eu une discussion avec elle et j'en ai remis une couche sur les dangers de la drogue et de l'alcool, mais elle a nié en bloc. Si elle a pris de la drogue depuis, je ne m'en suis pas rendu compte, et je n'ai rien retrouvé à la maison de louche. Mon mari non plus, et lui aussi a eu des conversations avec elle à ce sujet.

— Vous avez dit que votre mari était à Hong Kong, rebondit Noah. Il est parti depuis longtemps ?

À la mention de son mari, Marlene Mills baissa les yeux vers son téléphone. Elle effleura l'écran noir avec son pouce, sans qu'il s'allume pour autant.

— Ça va faire deux mois. Il travaille pour une grosse entreprise qui vend et installe des systèmes de production d'énergie solaire partout dans le monde. Malheureusement, le projet du moment l'oblige à rester au bureau de Hong Kong. Avant, il avait sa propre boîte et installait des panneaux solaires chez les particuliers, mais... Eh bien, il a eu des soucis. De gros soucis. Après, avec ce qui est arrivé à Alison... On rembourse encore les frais médicaux engagés à cette période.

— Quel genre de soucis ? demanda Noah.

Mme Mills faisait passer son téléphone d'une main à l'autre à un rythme lent, comme un métronome d'anxiété.

— Son associé, Billy, est mort. Ils étaient meilleurs amis depuis l'enfance. Ils faisaient tout ensemble. Leur entreprise commençait enfin à bien marcher, et là, il y a eu cet horrible accident de voiture. La police a jugé Clint responsable. Il ne se l'est jamais pardonné. Il ne se le pardonnera jamais. Ils étaient sur la route pour aller faire un devis chez un client, et ils avaient prévu de dîner ensemble après ça. Clint était au volant. Alison était dans la voiture. Clint était... euh... distrait. Au téléphone. Il n'avait pas de kit mains-libres, alors il tenait son téléphone à la main. Le tracteur devant lui a perdu une roue. Vous savez, quand le pneu explose, se désintègre et qu'il y en a plein la route ? Clint a réussi à en éviter une bonne partie, mais un gros morceau a foncé droit sur lui, et il a perdu le contrôle du véhicule. Ils ont fini dans le fossé, sur le toit. C'était affreux. Il n'a plus jamais été le même après ça. Pas après avoir perdu Billy. En plus, Alison a été blessée. Elle s'en est sortie avec une hanche fracturée, on lui a mis des broches. Et puis la zone qui avait été recousue s'est infectée, sans qu'on le remarque tout de suite puisque c'était en dessous d'un énorme plâtre. Elle a fait un choc septique qui a failli la tuer. Après des allers-retours à l'hôpital pendant des mois, il a fallu la réopérer plusieurs fois. Vraiment, l'hôpital était devenu notre deuxième maison ! Et ensuite, il y a eu toute la rééducation et les contrôles post-opératoires. On n'avait plus un centime.

— Je suis vraiment désolée pour tout ça, dit Josie. Tout à l'heure, quand vous avez évoqué « tout ce qui est arrivé à Alison », c'est à cet accident et aux problèmes médicaux qui en ont découlé que vous faisiez référence ?

— Oui, confirma Mme Mills en hochant la tête.

— Est-ce que ses blessures la font encore souffrir aujourd'hui ?

— Non, non, c'était il y a trois ans, mais je me fais un sang d'encre pour elle, depuis. C'est pour ça que j'ai paniqué quand je vous ai vus arriver. Je sais qu'elle est remise, que c'est derrière elle, mais vous savez comment est la vie... Il suffit que vous soyez occupé à vous inquiéter pour quelque chose pour que tout autre chose vous tombe dessus ! Exactement comme maintenant.

Pendant tout ce temps, j'ai eu peur qu'elle se fracture ou s'abîme de nouveau la hanche, et je n'ai pas imaginé une seule seconde qu'elle puisse disparaître ou être agressée !

— Nous avons encore peu d'informations à ce sujet, fit Noah. Mais nous allons nous pencher sérieusement sur l'homme que nous avons vu sur place. Nous avons des raisons de penser qu'il ne s'en est pas pris à Dina et à Alison par hasard. C'était une attaque ciblée.

— Comment ça, une attaque ciblée ? le questionna Marlene.

— Nous n'avons pas encore de certitude, nuança Josie. Mais il y avait énormément de brouillard. C'était très tôt le matin. Il les a dépassées, s'est garé, est sorti de son véhicule puis s'est approché du leur. Nous pensons qu'il cherchait quelque chose.

— Comme quoi ? Qu'est-ce que deux adolescentes pourraient posséder de si intéressant ? demanda Mme Mills, incrédule.

— Ça reste à déterminer, répondit Noah.

— Peut-être qu'il s'est trompé de personne, suggéra-t-elle.

— C'est tout à fait possible, confirma Josie. Nous n'avons pas encore toutes les données. Est-ce que le nom d'Elliott Calvert vous dit quelque chose ?

Marlene Mills secoua la tête.

Josie adressa un signe du menton à Noah, qui sortit son téléphone et y afficha le permis de conduire de l'homme. Il montra le portrait d'Elliott Calvert à la femme, mais son visage ne laissa pas passer la moindre émotion.

— Je n'ai jamais vu cet homme de ma vie.

— Vous en êtes absolument certaine ? insista Josie. Prenez votre temps. Il est probable qu'il fréquente les mêmes établissements que votre famille. Ça ne pourrait pas être un collègue ? À vous, à Alison, à votre mari ?

— Je ne crois pas. Sa tête ne me dit rien. Ce n'est pas un collègue à moi, c'est certain. Pour Alison, je n'en sais rien. Et j'imagine qu'il est possible qu'il travaille avec Clint, mais pourquoi irait-il agresser notre fille ?

Noah pointa du doigt le téléphone sur les genoux de la femme.

— Je pense que le moment est venu d'appeler votre mari. Une fois que vous lui aurez parlé, nous lui enverrons un message avec cette photo, et il pourra nous confirmer s'il connaît ou non Elliott Calvert.

— D'accord, très bien.

Elle semblait soulagée d'avoir quelque chose à faire. Quelque chose de concret.

— Et ensuite, est-ce que vous pourrez m'emmener à l'endroit où vous l'avez vue ? Où c'est arrivé ?

— Il n'y a plus rien à voir là-bas, madame Mills, dit Noah. Les véhicules ont été emmenés. Tous les objets personnels ont été placés sous scellés. Il y a certainement encore du monde sur place, mais...

— S'il vous plaît, supplia-t-elle d'une voix peu assurée. S'il vous plaît. J'ai besoin de voir.

— Bien sûr, dit Josie. À vrai dire, nous avons fait appel à la brigade canine du shérif, car les chiens sont les plus efficaces pour retrouver des gens. Ça nous aiderait beaucoup si vous pouviez nous fournir un objet appartenant à Alison sur lequel il y aurait son odeur.

— Elle a un sweat-shirt qu'elle porte à la maison, je lui demande régulièrement de le passer à la machine à laver, mais c'est rare qu'elle le fasse.

— Ce serait parfait, répondit Josie. Nous allons attendre que vous ayez pu contacter votre mari et récupérer le sweat-shirt, puis nous vous emmènerons à l'endroit où les filles ont été découvertes.

9

Des véhicules de police étaient garés en file indienne le long de Widow's Ridge Road, près de l'endroit où Josie et Noah avaient surpris Elliott Calvert en train d'agresser Dina Hale. Le soleil était désormais au zénith dans un ciel d'un bleu immaculé. Une douce brise soufflait entre les troncs d'arbres. Les oiseaux piaillaient gaiement, voletant de branche en branche. Toute cette joie était en totale contradiction avec l'horreur de ce matin-là. Marlene Mills était assise sur la banquette arrière, son téléphone serré dans une main, le sweat-shirt à capuche noir de sa fille dans l'autre. Elle n'avait quasiment pas ouvert la bouche depuis qu'ils avaient quitté sa maison. Josie l'observait régulièrement dans le rétroviseur : elle semblait toujours en état de choc.

Alors que Josie cherchait un endroit où se garer, Noah demanda à leur passagère :

— Comment a réagi M. Mills ?

— Pardon ? Oh, il va prendre le premier avion pour rentrer. Mais je ne suis pas sûre qu'il puisse trouver un vol direct rapidement. Dans tous les cas, il en a au minimum pour dix-huit heures, et les vols directs n'arrivent pas à Philadelphie mais à

New York, ce qui veut dire qu'il devra ensuite conduire jusqu'ici...

— Et concernant Elliott Calvert ? Est-ce que votre mari le connaît ? Est-ce qu'il l'a reconnu sur la photo ?

— Non, pas du tout. Nous n'avons pas la moindre idée de qui est cet homme ou de ce qui aurait pu le pousser à agresser les filles. Peut-être que vous devriez poser la question à Dina ou à ses parents...

Avant que Mme Mills ait eu le temps de redemander des nouvelles de Dina, Josie s'exclama :

— Ah, une place !

À quelques mètres, elle repéra la Rubalise accrochée aux troncs d'arbres. Quand ils sortirent de la voiture et longèrent la zone sécurisée, Josie remarqua que, comme prévu, tout avait été nettoyé. Gretchen était là où ils l'avaient laissée, à griffonner nerveusement sur son bloc-notes, son téléphone coincé entre son épaule et son oreille.

— Toujours là ? lui demanda Noah quand il fut à proximité.

Gretchen leva son stylo pour lui faire comprendre de lui laisser une minute, le temps de terminer son appel. Pendant ce temps, Marlene Mills serrait contre elle le sweat-shirt de sa fille tout en observant la zone déserte derrière le ruban en plastique.

— C'est ici que ça s'est passé ? demanda-t-elle.

— Oui, répondit Josie.

Elle lui montra approximativement où s'étaient trouvés les deux véhicules, et la direction dans laquelle Alison avait pris la fuite.

— Et tous ces gens sont à la recherche de mon Alison ? demanda Marlene en regardant la file de véhicules.

— Absolument. Même si, à ce stade, il est probable qu'elle soit arrivée en ville.

Mme Mills extirpa son téléphone du sweat-shirt roulé en boule.

— Si elle est en ville, alors pourquoi est-ce qu'elle n'a pas demandé à quelqu'un si elle pouvait utiliser son téléphone ? Elle aurait dû appeler les secours ou demander à quelqu'un de le faire pour elle. Ou elle aurait pu m'appeler, moi. Elle connaît mon numéro par cœur, je le lui ai appris dès l'âge de quatre ans avec une petite chanson.

Elle commença à fredonner les chiffres sur une mélodie de comptine pour enfants bien connue, avant de s'interrompre brusquement quand Gretchen s'avança vers eux, une main tendue devant elle.

— Inspectrice Gretchen Palmer, se présenta-t-elle. Vous devez être Mme Mills ? Je suis sincèrement désolée de faire votre rencontre en pareilles circonstances. Je présume que mes collègues vous ont expliqué la situation.

Marlene Mills hocha la tête et lui tendit le sweat-shirt.

— C'est pour les chiens.

Gretchen s'en saisit et la remercia.

— Le shérif devrait être là dans une vingtaine de minutes. C'est pour ça que je suis toujours ici. Comme vous pouvez le voir, les deux véhicules ont été emmenés. Tous les relevés nécessaires ont été réalisés. J'imagine que je pourrais retirer la Rubalise.

Tandis que les policiers discutaient entre eux, Mme Mills s'éloigna en longeant la scène de crime, faisant courir ses doigts le long du ruban. Elle fixa du regard la zone désormais déserte, comme si elle cherchait quelque chose. Sa fille ? Une explication ? Les deux ?

— Elle ne sait pas que Dina est morte, apprit Josie à sa collègue en baissant le ton.

— Tant mieux, répondit Gretchen. Il va falloir que vous annonciez la nouvelle à ses parents à elle, justement.

— Rien de neuf concernant Alison ou Calvert ? demanda Noah.

— Les équipes de recherche pensent avoir retrouvé le téléphone portable de Calvert à quelques kilomètres d'ici, près de la rivière, coincé entre deux rochers.

— Ça pourrait être le téléphone de n'importe qui, non ? rétorqua Noah.

Gretchen haussa les épaules.

— Oui, bien sûr, mais ils ont aussi retrouvé un bouton de manchette à proximité, avec les initiales « E. C » gravées dessus. Je pense qu'il est quand même fort probable que ce téléphone soit celui de Calvert. On va demander un mandat pour accéder à son contenu. Au fait, il faudrait aussi que quelqu'un aille rendre une petite visite à sa femme.

— On pourra s'en occuper après être allés voir la famille de Dina, dit Josie.

— Parfait, répondit Gretchen avant de faire un geste en direction de Mme Mills. Vous avez pu en apprendre un peu plus en discutant avec elle ?

Josie lui résuma leur conversation avec la mère d'Alison. Gretchen hocha la tête au fur et à mesure que sa collègue parlait, tout en prenant des notes.

— Elle n'a aucune idée de ce dans quoi ces filles ont pu se fourrer, ou de ce que cet homme cherchait ?

— Pas la moindre, confirma Noah. On aura peut-être plus de chance avec les parents de Dina.

Quand Marlene revint vers eux, elle paraissait dans le même état de choc qu'un peu plus tôt dans la voiture.

— Madame Mills, l'appela Gretchen. Comme je vous l'ai dit, nous allons rapidement obtenir l'aide de chiens policiers. Nous nous demandions s'il était possible qu'Alison n'ait pas appelé les secours, en admettant qu'elle soit arrivée en ville, parce qu'elle avait peur. Ce serait plutôt compréhensible, étant donné tout ce qu'elle vient de vivre.

Marlene acquiesça.

— Comment est-ce que votre fille réagit en situation de

stress ? continua Gretchen. Est-elle du genre à garder son calme ? À perdre ses moyens ? À s'enfermer dans le silence ?

Mme Mills se mordit la lèvre inférieure.

— Alison n'est qu'une enfant. La seule situation de stress à laquelle elle a été confrontée, c'est son accident de voiture et les mois d'hospitalisation qui ont suivi.

— Ça a sans aucun doute été un stress énorme, fit remarquer Gretchen. Comment y a-t-elle réagi ?

— Plutôt l'option du silence. Enfin... elle déteste les piqûres. Elle pleurait à chaque fois. Mais pour tout le reste, elle restait totalement silencieuse. C'était difficile de la faire sortir de cet état. Mais pourquoi cette question ?

Gretchen sourit.

— J'essaie juste d'avoir une idée de la manière dont elle aurait pu réagir à ce qu'elle a vécu ce matin. Si elle était terrifiée et n'avait pas les idées claires, peut-être qu'au lieu de demander de l'aide à un inconnu, elle a préféré se cacher. Ce serait une réaction assez logique.

Le soulagement se peignit sur les traits de Marlene.

— Oh, oui, c'est vrai que c'est logique. Vous avez raison. Où pensez-vous qu'elle aurait pu aller ?

— Nous espérions que vous pourriez répondre à cette question, intervint Josie. Est-ce qu'il y a un endroit, plus proche du lycée de Denton East que de votre maison, où elle se sentirait à l'aise pour se cacher ?

— Chez un ami, vous voulez dire ?

Josie ne lui fit pas remarquer que, dans ce cas-là, cet ami l'aurait sans doute laissée appeler la police, sa mère, ou se serait proposé de passer un coup de fil pour elle.

— Oui, dit Josie. Ou un autre endroit où elle aurait pu penser à se mettre à l'abri ?

— Non, je n'en ai aucune idée.

— Aucun problème, la rassura Gretchen. Merci pour votre

aide, madame Mills. Nous avons encore deux choses à vous demander.

— Oui, tout ce que vous voulez.

— Il faudrait que vous retourniez chez vous   l'inspectrice Quinn et le lieutenant Fraley vont vous raccompagner –, au cas où Alison rentrerait. Notre deuxième requête serait une liste de tous ses amis, avec leurs numéros de téléphone. À vrai dire, si vous vous en sentez le courage et que vous voulez nous aider encore plus, vous pourriez passer un coup de téléphone à chacune de ces personnes pour leur demander si elles ont vu Alison et, sinon, de vous appeler immédiatement dans le cas où ils l'apercevraient.

— Je m'en occupe. Je peux faire ça, sans problème. Je m'y mets tout de suite.

Noah commença à rebrousser chemin vers leur voiture. Josie se tourna vers Gretchen.

— Quelles sont les chances que les chemins d'Alison Mills et d'Elliott Calvert se soient croisés une fois sortis de la forêt ?

— Ils sont partis dans des directions opposées, la rassura Gretchen.

— Oui, mais imaginons qu'ils soient tous les deux parvenus jusqu'au centre-ville de Denton, ils n'étaient sans doute pas très éloignés l'un de l'autre une fois sur place. Elle s'en est sortie la première fois, mais s'il y en avait une deuxième...

Gretchen l'interrompit :

— Je vais faire tout mon possible pour que ça n'arrive pas. Toi et Noah, allez parler aux familles, et je vais me joindre aux recherches pendant ce temps-là. Je veux absolument retrouver cette fille vivante.

10

La famille Hale vivait en bordure de la ville, dans un lotissement situé à environ cinq kilomètres de Widow's Ridge Road. Toutes les maisons étaient identiques. Seuls les numéros, les voitures garées dans les allées et quelques touches personnelles ajoutées sur les façades par les propriétaires permettaient de les distinguer les unes des autres. Devant la résidence des Hale était garé un coupé sport Toyota rouge cerise, que Josie et Noah contournèrent pour aller appuyer sur la sonnette.

Ils entendirent une voix de femme avant que la porte s'ouvre à la volée.

— T'as encore oublié tes clés ? Tu as de la chance, j'allais partir pour...

Elle s'interrompit à la seconde où elle découvrit Josie et Noah sur le pas de sa porte. Elle les regarda de la tête aux pieds, un peu comme Marlene Mills plus tôt, puis elle laissa retomber ses bras et murmura :

— Eh merde.

La femme était l'extrême inverse de Marlene Mills. Elle portait un jean déchiré, de grosses bottes noires et un t-shirt noir moulant qui mettait en avant sa poitrine généreuse. Ses cheveux étaient teints en violet, elle portait un anneau au nez, et ses deux bras étaient couverts de tatouages. Josie estima qu'elle devait avoir pas loin de quarante ans, voire un peu plus.

— Vous êtes Mme Hale ? tenta Josie. La mère de Dina ?

Elle grommela un nouveau juron, puis :

— Oui, je suis sa mère. Britta Hale. Vu vos têtes, j'imagine qu'il vaudrait mieux que je vous fasse entrer ?

— J'en ai peur, oui. Je suis le lieutenant Noah Fraley, de la police de Denton, et voici ma collègue, l'inspectrice Josie Quinn.

La femme regarda à peine les badges qu'on lui présentait et leur fit signe d'entrer. La maison des Hale était bien plus petite que celle des Mills et, bien que les murs et meubles soient tous d'un beige classique, il sembla à Josie que toute la décoration évoquait le style new age. Un tableau sur le mur du salon représentait une silhouette sur fond bleu, comme éclairée par une lumière blanche, assise dans la position du lotus ; ses chakras scintillaient, du sommet du crâne jusqu'au sacrum. Sur la table basse, un certain nombre de cristaux étaient posés sur un plateau bleu canard. Josie repéra quelques livres dans une bibliothèque : la moitié des titres concernaient l'art du tatouage, et l'autre parlait de spiritualité. Sur une étagère, elle vit un support à encens avec un bâton partiellement consumé. Au-dessus se trouvait une photo de Britta, Dina et un homme qui devait être son père à Disney World, tout sourires devant le château de Cendrillon. Dina y paraissait bien plus jeune.

Noah et Josie restèrent debout, et Britta ne leur proposa pas de s'asseoir. Elle s'installa à l'autre bout de la pièce, croisa les bras sur sa poitrine et leur adressa un regard méfiant.

Noah s'éclaircit la gorge.

— Est-ce que M. Hale est ici ?

— Euh... non, répondit Britta d'une voix rocailleuse. Il est au travail. Il a un salon de tatouage en ville. Est-ce que... Il faut que je lui demande de venir ?

Josie pouvait voir sa carapace commencer à se fendiller. Étant donné ce qu'avait dit Marlene Mills au sujet de Dina, qui avait été arrêtée pour vol et sans doute pour possession de drogue, il était probable que sa mère mette la visite des policiers sur le compte d'un problème mineur. Mais à chaque seconde qui passait, Josie savait qu'elle imaginait les autres possibilités, bien moins réjouissantes.

Josie était du genre à préférer retirer le pansement d'un coup sec quand il s'agissait d'annoncer une mauvaise nouvelle. Attendre ou tourner autour du pot ne rendait pas les choses plus faciles à entendre.

— Madame Hale, dit-elle, vous allez effectivement devoir appeler votre mari. Je suis au regret de vous informer que votre fille Dina a été tuée ce matin.

Le moment resta figé dans l'air entre eux, comme s'il fallait plusieurs secondes aux mots que Josie venait de prononcer pour traverser la pièce, y atterrir et être assimilés. Britta laissa échapper un petit hoquet. Puis elle ferma les yeux et se balança sur ses pieds. Noah s'avança vers elle au cas où elle ferait un malaise mais, avant qu'il ait pu la rejoindre, elle rouvrit brusquement les paupières et leva une main pour qu'il s'arrête.

— Nous pouvons appeler votre mari pour vous, si vous préférez, proposa Josie.

— Non, je vais le faire.

Elle vacilla et se laissa tomber dans le fauteuil le plus proche. Elle sortit un téléphone de son soutien-gorge. Après avoir tapoté l'écran plusieurs fois, elle le posa contre son oreille. Josie n'entendit pas la voix de Guy Hale, mais Britta lui dit :

— Il faut que tu rentres tout de suite. Non. Ne pose pas de questions. Tu rentres, c'est tout. Immédiatement.

Elle raccrocha et lança son téléphone sur la table basse. Serrant ses genoux entre ses mains, elle se courba vers l'avant, prise de tremblements. Ses cheveux glissèrent de part et d'autre de son visage, le dissimulant. Elle avait un papillon bleu tatoué sur la nuque. Josie se reconnut dans cette manière de pleurer en silence. Elle aussi avait versé des larmes comme celles-ci. Celles qui coulent quand la douleur est si énorme, si inimaginable, hors de la réalité, qu'il devient impossible d'inspirer l'air nécessaire à la production du moindre son. Josie avait envie de s'approcher de Britta, de la prendre dans ses bras mais, en même temps, elle craignait d'être maladroite et de manquer de professionnalisme.

Quelques minutes plus tard, Britta leva les yeux vers eux, essuyant ses larmes avec la paume de ses mains.

— Madame Hale, dit Noah, nous allons attendre dehors que votre mari arrive. Pour vous laisser un peu d'intimité.

Ils se dirigeaient vers la porte quand elle les rappela :

— Non ! S'il vous plaît. Restez, s'il vous plaît.

Josie fit volte-face.

— Bien sûr.

Cette fois, Britta désigna d'un geste le canapé face à eux, leur indiquant d'y prendre place. Ils restèrent ainsi pendant un long moment, ce qui était assez gênant. Mme Hale renifla.

— J'ai des questions à vous poser, mais je préfère attendre que Guy soit là. Ça ne devrait plus être long.

Quinze autres minutes s'écoulèrent. Puis ils entendirent un crissement de pneus sur l'asphalte. Dehors, une portière claqua. Des bruits de pas résonnèrent sur les marches menant à la porte d'entrée, qui s'ouvrit brutalement.

— Brit ! Brit !

Guy Hale s'arrêta brusquement quand il tourna la tête et les découvrit tous assis. Il avait de longs cheveux bruns coiffés en queue-de-cheval, des yeux marron et un bouc sur le menton. Comme ceux de sa femme, ses bras étaient couverts de tatouages. Il portait une veste en cuir par-dessus un t-shirt blanc sur lequel on lisait « *Razor Tattoo Shop* ».

— Monsieur Hale, commença Josie.

Il remarqua les larmes de sa femme, puis les deux policiers installés sur le canapé.

— Oh, non, souffla-t-il. Non. Non. Où est Dina ?

Josie et Noah se levèrent, prêts à lui montrer leurs badges et à se présenter, mais Britta les devança en lâchant :

— Elle est morte.

Il la dévisagea, son visage pâlissant à vue d'œil. Il tomba à genoux. Britta se laissa glisser de son fauteuil et rampa jusqu'à lui. Ils pleurèrent l'un contre l'autre, longuement, puis ils se remirent debout sur des jambes chancelantes et Britta se rassit. Guy prit place sur l'accoudoir et passa un bras autour des épaules de sa femme.

— Racontez-nous, dit-il.

Josie et Noah décrivirent ce dont ils avaient été témoins le matin même.

— Attendez, les interrompit M. Hale. Vous voulez dire qu'un mec a vu les filles garées sur le bas-côté, prises dans le brouillard, et a décidé d'aller jusqu'à leur voiture pour les agresser ?

— Nous pensons qu'il cherchait quelque chose, expliqua Josie. Il est probable qu'il les suivait.

— Il ne vit pas par ici, dit Noah. Pourtant, il se trouvait sur la même route que Dina et Alison, à la même heure, très tôt le matin. Il y a de grandes chances qu'il les ait espionnées, puis qu'il les ait prises en filature et ait sauté sur l'occasion quand elles se sont arrêtées. Ça pourrait aussi ne pas être prémédité. Nous n'avons pas encore toutes les informations, mais il est clair qu'il cherchait quelque chose, ce qui laisse penser qu'il ne s'en est pas pris aux filles par hasard.

Guy et Britta échangèrent un regard, mais aucun d'eux ne prit la parole.

— L'homme que j'ai vu... reprit Josie. Il s'appelle Elliott Calvert. Est-ce que ce nom vous dit quelque chose ?

— Non, répondit Guy. Est-ce que ça pourrait être un client du bar ? demanda-t-il à sa femme.

— J'en sais rien.

Elle se tourna vers les policiers avant d'expliquer :

— Je travaille à l'*Atlas Taproom*. Il y a énormément de passage, c'est un endroit très fréquenté. Vous n'auriez pas une photo ?

Noah leur présenta le portrait du permis de conduire d'Elliott Calvert. Aucun des deux ne laissa rien paraître. Finalement, Britta prit la parole :

— Je ne l'ai jamais vu. Je suis plutôt physionomiste. Pas trop le choix, vu mon boulot. Et toi, tu le reconnais ? Il est déjà venu au salon ?

Guy secoua la tête.

— Non, jamais vu.

— La moitié de nos effectifs est à sa recherche en ce moment même. L'autre moitié cherche Alison. On ne s'arrêtera pas tant qu'on ne l'aura pas trouvé.

Britta renifla.

— Et Dina ? Où est-elle ?

— À la morgue, répondit Noah. Nous allons vous donner les coordonnées de la légiste afin que vous puissiez la contacter, qu'elle vous dise quand vous pourrez récupérer le corps de votre fille.

Un sanglot secoua Britta. Guy glissa ses deux bras autour d'elle ; il chuchota dans ses cheveux tout en se balançant au même rythme.

Josie se leva.

— Nous avons d'autres questions à vous poser, mais nous pouvons revenir plus tard. Ou vous pouvez passer au commissariat quand vous vous en sentirez le courage. Comme vous préférez.

Noah griffonna le nom et le numéro de téléphone de la docteure Feist au dos d'une de ses cartes de visite et la tendit à Guy. Puis il suivit Josie jusqu'à la porte.

— Attendez, les rappela Britta. S'il vous plaît. Je ne... Ces questions pourraient vous aider à comprendre ce qui est arrivé à notre petite fille ?

Josie se retourna vers elle.

— Oui, bien sûr, mais je vous assure, madame Hale, vous n'êtes pas obligées de nous parler maintenant.

— Je veux parler. Je veux parler maintenant. Je veux que vous retrouviez ce type, Calvert, et que vous le mettiez en prison pour le reste de sa vie. Je veux savoir pourquoi il a fait ça à ma Dina. Je vous en prie. Restez.

Josie et Noah regardèrent tour à tour chacun des parents. Josie voyait à quel point ils prenaient sur eux à la manière dont ils se tenaient, rigides, le dos droit, le menton relevé. Ils se montraient forts pour Dina, et cela brisa le cœur de Josie.

— D'accord, dit-elle en se dirigeant de nouveau vers le canapé. À une condition : dès que vous voulez arrêter, vous le dites, et on s'en va.

— Qu'avez-vous besoin de savoir ? demanda Britta en essuyant ses joues baignées de larmes.

— Commençons par hier soir. Marlene Mills nous a dit qu'Alison avait dormi ici, dit Noah.

Britta interrogea son mari du regard. Il hocha la tête.

— Oui, absolument. Brit était au boulot.

— J'embauche vers 16 ou 17 heures, et je ne suis pas à la maison avant 4 heures du matin, en général. Quand je suis rentrée hier, je me suis endormie tout de suite. Dina s'est mise à fermer sa chambre à clé il y a des années, alors je ne passe plus la voir avant de me coucher.

— J'étais là, compléta Guy. Elles sont rentrées du travail vers 23 heures. Épuisées. C'était une soirée d'entreprise. Elles étaient censées retourner travailler tôt ce matin. Toutes les deux savaient qu'Alison était toujours la bienvenue à la maison. Elles avaient faim. Dina m'a demandé de leur faire des toasts au fromage fondu. Elle avait beau avoir dix-huit ans, je me suis mis aux fourneaux. J'ai bien vu qu'elles étaient crevées, et quand Dina me fait sa petite moue, là...

Il s'interrompit brutalement, le souffle court.

Britta lui caressa le bras. D'une voix rauque, elle dit :

— Dina lui fait cette moue depuis l'âge de deux ans. Il se fait avoir à chaque fois.

Guy s'humidifia les lèvres et tenta de poursuivre :

— Elles sont allées se coucher. Je ne les ai pas entendues ce matin mais, quand je me suis levé, à 9 heures, elles étaient parties.

— Est-ce que l'un de vous deux a été en contact avec Dina après leur départ de la maison ? demanda Josie.

Ils firent tous les deux non de la tête.

— Non, dit Britta, mais ça n'a rien d'inhabituel. Elle a dix-huit ans, elle a presque fini le lycée. On lui laisse autant d'indépendance que possible. Elle ne nous envoie pas beaucoup de messages, sauf si elle a besoin de quelque chose.

— On a retrouvé le téléphone de Dina sur place, dit Josie. Est-ce que son abonnement est à son nom ou au vôtre ?

— Au nôtre, répondit Guy.

— Dans ce cas, nous donnez-vous la permission d'accéder au téléphone et à son contenu avant de vous le rendre ?

Guy haussa les épaules, bientôt imité par sa femme.

— Bien sûr, fit-elle. Même si... Vous espérez trouver quoi, dedans ?

— Difficile à dire, dit Josie. Mais si quoi que ce soit la relie à Calvert, il faut qu'on le sache.

— Est-ce que Dina a rencontré des problèmes avec quelqu'un ces derniers jours ou ces dernières semaines ? demanda Noah.

— Pas à notre connaissance, répondit Guy, en passant une main sur son bouc.

Il se tourna vers Britta pour confirmation, et elle hocha la tête.

— Est-ce qu'elle avait un petit ami, est-ce qu'elle fréquentait quelqu'un ? demanda Noah.

Ses deux parents secouèrent la tête.

— Non, dit Britta. Si c'est le cas, elle ne nous en a jamais parlé.

— Diriez-vous qu'Alison est sa meilleure amie ? demanda Josie.

— Oui. Elle a fini par le devenir, et nous sommes vraiment heureux qu'elles se soient rencontrées.

— Alison est une chouette gamine, elle a une bonne influence sur Dina, ajouta Guy.

Britta baissa les yeux vers ses genoux.

— Avant de rencontrer Alison, Dina traînait avec un groupe de son lycée.

— De vrais glandeurs, râla son père. Ils ne faisaient rien de leur vie à part prendre de la drogue. Ou voler dans les magasins. Dina a eu pas mal de problèmes avec eux, ça a été une sale période. Ses notes avaient dégringolé. Mais elle s'est ressaisie, elle a trouvé ce petit boulot à l'hôtel, a commencé à gagner pas mal d'argent, pour une ado. Et elle a rencontré Alison.

— Ça va faire un an que Dina a repris sa vie en main, ajouta Britta. Peut-être même un peu plus.

Guy jeta un nouveau coup d'œil à sa femme, sa main toujours en train de triturer son bouc. Josie sentit son téléphone vibrer dans sa poche mais l'ignora.

— Serait-il possible de nous faire une liste de tous ses amis, passés et actuels ? demanda Noah.

— Oui, confirma Britta. Mais on n'a pas leurs numéros. J'imagine que vous les trouverez dans son téléphone.

— Si Dina avait rencontré des problèmes avec quelqu'un, est-ce qu'elle vous en aurait parlé ? demanda Josie.

Britta soupira.

— Je ne sais pas. Ce n'est pas tant lié à un manque de confiance qu'au fait qu'on est tous les deux débordés. Guy et moi, on travaille en horaires décalés, lui ne rentre jamais avant 20 ou 21 heures, et moi, malheureusement, je suis rarement à la maison aux mêmes horaires que Dina. Je ne sais pas. Je...

Incapable de finir sa phrase, elle se couvrit la bouche avec son poing. Guy lui caressa le dos.

Josie laissa passer quelques secondes avant de demander :

— Y a-t-il quoi que ce soit que Dina ou Alison auraient pu avoir en leur possession que quelqu'un aurait voulu récupérer ? Quelque chose d'important pour cette personne ?

Les deux parents secouèrent la tête.

— Je vais être honnête, dit Britta. Dina a déjà touché à la drogue. Elle a été accro au cannabis, et je me doute bien qu'elle se fournissait quelque part. J'imagine qu'elle a aussi dû essayer d'autres substances, mais ce n'est qu'une supposition. On ne l'a jamais prise sur le fait. Je pensais vraiment que tout ça était derrière elle depuis une bonne année, mais je me suis peut-être trompée. Peut-être qu'elle possédait de la drogue ?

— Non, réfuta Guy, sa main de retour sur son menton. Elle n'avait pas de drogue. J'ai, euh... J'ai fouillé sa chambre il y a quelques semaines.

Britta s'écarta de son mari.

— Quoi ? Pourquoi ? Tu ne m'en as jamais parlé.

Il remonta sa main jusqu'à couvrir sa bouche de sa paume, juste une seconde, puis recommença à tirer sur les poils de sa barbe. Josie en était désormais certaine : c'était un signe de nervosité. Guy Hale leur cachait quelque chose. Il évitait le regard de sa femme.

— Rien d'important, vraiment. Elle me semblait exagérément fatiguée. Je lui ai demandé si elle prenait encore des trucs, elle m'a juré que non. On s'est un peu disputés, et elle m'a dit que je n'avais qu'à fouiller sa chambre. J'étais tellement en colère que je l'ai fait. Elle disait la vérité. Je n'ai rien trouvé.

Britta gardait la mâchoire serrée. Elle regardait droit devant elle, clairement contrariée. Josie savait que si Dina avait possédé de la drogue, elle se trouvait certainement soit dans son sac à main, soit dans sa voiture, les deux étant désormais entre les mains de la police. Elliott Calvert s'était enfui à l'instant où il avait aperçu Josie et Noah. Quelle que soit la chose qu'il cherchait, il ne l'avait pas récupérée. Sans parler du fait qu'il aurait fallu que Dina possède un sacré paquet de drogue pour justifier un meurtre. L'adolescente ayant été consommatrice par le passé, la piste n'était pas à écarter, mais, dans l'esprit de Josie, ça ne collait pas. Soit Guy Hale leur cachait quelque chose, soit il leur fallait en apprendre plus sur Elliott Calvert. Ou les deux.

— Je vous ai laissé ma carte, dit Noah. Si vous pensez à quoi que ce soit d'autre, n'hésitez pas à m'appeler. N'oubliez pas non plus de prendre contact avec la docteure Feist rapidement. Nous vous présentons sincèrement nos condoléances.

Un espace s'était creusé entre les deux parents assis sur le fauteuil. Au moment de partir, Josie fixa le père droit dans les yeux. Il ne put soutenir son regard.

Les deux policiers regagnèrent leur voiture en silence. Avant de reprendre le volant, Josie sortit son téléphone. Elle avait reçu un message de Gretchen.

Les chiens ont été lâchés à la recherche d'Alison. Rien donné pour le moment. Notre adolescente et notre suspect courent toujours dans la nature. Vous voulez bien passer chez Calvert après ?

— Tu crois que le père nous cache un truc ? demanda Noah de l'autre côté de la voiture.

— J'en suis certaine, répondit-elle tout en tapant une réponse positive à Gretchen.

Josie entendit alors une porte claquer.

— On va peut-être bientôt savoir de quoi il s'agit, prédit Noah.

— Attendez ! cria Guy Hale en dévalant l'allée vers eux.

— Monsieur Hale ? lâcha Josie en rempochant son téléphone. Vous avez oublié quelque chose ?

Il hocha la tête et jeta un œil à la maison derrière lui. La porte était toujours fermée. Il baissa la voix en s'approchant de la voiture.

— Ma femme n'est pas au courant. Je ne lui en ai pas parlé parce que... eh bien... je ne voulais pas qu'elle s'inquiète.

— De quoi s'agit-il ? demanda Noah.

— Il y a deux semaines, quand je suis rentré du travail... Britta était au bar, et Dina, au cinéma avec Alison. J'ai trouvé notre maison sens dessus dessous.

Josie se rapprocha de lui.

— Comment ça, sens dessus dessous ?

— Comme dans les films, expliqua-t-il. Comme si quelqu'un était entré et avait tout retourné. Tous les livres étaient par terre. Les coussins retirés de leur housse, éparpillés un peu partout. Les tiroirs de la cuisine étaient tous renversés. Et c'était pareil dans toute la maison. Les placards. Nos chambres. J'étais là, debout, bouche bée, quand Dina est rentrée. Je pense que ma première pensée a été la même que pour Britta : peut-être qu'elle avait recommencé à prendre de la drogue et à fréquenter ces voyous. Ses « amis » d'avant n'étaient absolument pas dignes de confiance. Ils nous avaient déjà volé plusieurs fois de l'argent. Que j'ai toujours récupéré. Enfin, Dina s'occupait de le récupérer pour nous.

— Vous n'avez pas prévenu la police ? demanda Josie.

Il secoua la tête.

— C'était jamais plus de 20 dollars par-ci, par-là. Le maximum qu'ils aient pris, c'était 60 balles. Dina se chargeait de passer le message : soit ils rendaient l'argent et on en restait là, soit ils le gardaient et j'appelais les flics. J'ai récupéré l'argent à chaque fois. Mais ils n'avaient plus le droit de venir à la maison.

— Est-ce qu'on vous a volé quelque chose, cette fois ? demanda Noah.

Guy Hale jeta un nouveau coup d'œil vers la porte d'entrée pour s'assurer que sa femme n'était pas là. Puis il secoua lentement la tête.

— Non. C'était ça, le plus bizarre. Avec Dina, on a commencé par regarder dans les objets de valeur. Tout était là. Je garde un coffre-fort sous notre lit. Un truc tout petit, rien de dingue. Il y a 2 000 dollars dedans, pour les urgences. La porte du coffre avait été forcée, mais l'argent était toujours dedans. Tous les bijoux de Britta et de Dina étaient là aussi. Absolument tout.

Josie et Noah échangèrent un regard sceptique.

— Et là encore, vous n'avez pas appelé la police ? s'étonna Josie.

Il haussa les épaules.

— Pour leur dire quoi ? Que quelqu'un était entré chez moi par effraction et avait mis le bazar ? Le pire, c'est que ce n'était même pas par effraction. L'une des fenêtres de la cuisine, à l'arrière, était ouverte. La personne qui a fait ça a juste forcé la moustiquaire et est entrée par là. En dehors du coffre-fort, la seule chose qui a été cassée, c'est une assiette. Non, la vraie galère, ça a été de tout ranger. Ça nous a pris des heures.

— Qu'est-ce que Dina pensait de cet incident ? demanda Noah.

— J'en ai honte mais, sur le coup, j'ai tout mis sur le dos de ses anciens copains. J'ai hurlé. Je lui ai balancé des saloperies... Je l'ai accusée de reprendre de la drogue, de traîner avec des gens infréquentables. Elle m'a juré sur tout ce qu'elle avait que je me trompais. Ce que j'ai raconté tout à l'heure était vrai : je l'ai accusée, elle a nié, et j'ai effectivement fouillé sa chambre. Sa chambre, sa voiture, son sac à main. Tout. Je n'ai rien trouvé. Elle m'a juré qu'elle n'avait aucune idée de qui avait pu faire ça.

Je l'ai crue. Je me suis dit que c'était peut-être une erreur, qu'ils s'étaient trompés de maison.

— Vous avez toujours votre coffre ? demanda Noah.

Guy regarda de nouveau la porte d'entrée. Toujours pas de Britta.

— Il était complètement cassé. Je m'en suis débarrassé, pourquoi ? Vous espériez pouvoir récupérer des empreintes ?

— Les chances sont très, très minces, mais ça aurait pu valoir le coup d'essayer. Si vous repensez à un autre objet qu'ils auraient pu toucher et sur lequel des empreintes pourraient être encore présentes, on pourrait vérifier. Mais il faudrait déjà qu'on relève vos empreintes digitales à vous et celles de votre femme pour les écarter lors de l'analyse.

Il leur faudrait également celles de Dina, songea Josie, mais la docteure Feist pourrait s'en charger. Ce n'était pas vraiment le moment de parler de ça à un père en deuil.

— Ma femme... Je... Je ne veux pas lui faire peur... Enfin, j'imagine que le pire est déjà arrivé, maintenant, alors...

— Si vous pensez à quelque chose, mettez-le dans un sac en papier, surtout pas de plastique, et rapportez-le au commissariat. On fera passer ça à nos collègues de l'équipe d'identification criminelle, et on reviendra vers vous si on trouve quoi que ce soit.

Josie observa la façade de la maison.

— Vous n'avez pas de caméra de surveillance ?

L'homme secoua la tête et désigna les environs.

— Vous voyez comment est le quartier. C'est sympa, non ? On n'a jamais de problèmes par ici. Au pire, les gamins des voisins jouent au base-ball dans la rue. Ils cassent une vitre, les parents remboursent, fin de l'histoire. C'est pour ça qu'on a déménagé ici, pour la sécurité.

Josie savait qu'il disait vrai. Dans certains lotissements de Denton, en particulier ceux en périphérie de la ville, le taux de criminalité était proche de zéro. Celui-ci en faisait partie.

Noah tendit une main à Guy, qui la serra.

— Merci d'être venu nous parler. Si nous avons d'autres questions, nous vous contacterons.

Guy les regarda partir, debout dans l'allée, les mains dans les poches.

— Cette affaire devient de plus en plus bizarre, fit remarquer Noah une fois qu'ils s'étaient mis en route. C'est quoi, la prochaine étape ?

— La maison d'Elliott Calvert.

11

Elle a dix ans la première fois qu'elle met un coup de poing. Pas parce qu'elle en a envie, mais parce que Mug dit que tout le monde devrait savoir envoyer un coup de poing, même les petites filles. « Surtout les petites filles », qu'il dit. Chouchou n'est pas certaine de comprendre ce qu'il veut dire par là. À l'école, ce sont toujours les garçons qui se battent. Ils se poussent contre les murs et les bureaux, font tomber les étagères où Mme Rex range les fournitures. Un jour, un élève du nom de Timmy Tralies a écrasé la tête d'un camarade en plein dans le tableau. Il n'y est pas allé de main morte. Chouchou n'a pas du tout aimé le bruit que ça a fait. Pendant une demi-seconde, elle s'est figée, renvoyée dans ses souvenirs, dans le garage, à cette chose qui n'était jamais arrivée et qu'elle n'avait jamais vue.

Mais les filles ne se battaient jamais à l'école. Le pire qu'elles pouvaient faire entre elles, c'était s'ignorer. La mère de Chouchou appelait ça l'« exclusion sociale ». Son père parlait de « pétasses qui jouent les pétasses », ce qui faisait beaucoup rire Chouchou, jusqu'à ce que sa mère lui adresse son regard qui tue. Alors, elle s'arrêtait de rire, mais à l'instant où sa mère quittait la pièce et où son père lui faisait un clin d'œil accompagné d'une grimace, elle riait encore un peu.

— Tu m'écoutes, ma puce ?

Mug lui passe la main dans les cheveux.

— Concentre-toi. C'est important.

Elle revient dans l'instant présent. Ils se trouvent dans le salon, et l'énorme télévision diffuse les infos. On y parle d'un garçon qui s'est fait tabasser par d'autres après l'école, ce qui lui rappelle ce fameux jour dans le garage. Mug est là parce qu'il attend son père. Ils doivent aller quelque part ensemble. Ils vont toujours quelque part ensemble.

Repoussant ses souvenirs, Chouchou murmure :

— Pourquoi les gens font du mal aux autres ?

— Parfois, il le faut, répond Mug.

— Maman dit qu'on ne devrait jamais faire du mal aux autres, insiste Chouchou.

En entendant ça, son père aurait ri pendant des heures. Il déteste ses « philosophies de faible ». Mais Mug se contente de dire :

— On est obligé de faire du mal à quelqu'un quand lui aussi cherche à nous faire du mal. Et parfois, on est obligé de lui faire du mal avant que ce soit lui qui nous fasse du mal. Quand on sent ce qui va se passer.

Chouchou ne comprend pas, mais elle ne veut plus parler de faire du mal aux gens.

— Allez, l'encourage Mug. Je vais te montrer comment te battre.

Il montre à Chouchou comment se placer : jambes bien écartées, le haut du corps légèrement penché (« Ne les laisse jamais atteindre ton centre »), les deux bras levés (« Ils doivent rester en l'air, tout le temps »), les poings serrés (« Pouce à l'extérieur, toujours à l'extérieur. Bien serré »). Mug est à genoux, si bien qu'il est à la même hauteur qu'elle. Il lève deux mains charnues, les paumes face à elle. Elles sont dures et calleuses, avec de la saleté coincée dans les fines stries qui les parcourent.

— Vas-y, ma puce, frappe-moi aussi fort que tu peux. Juste là, en plein dans mes mains.

Chouchou envoie quelques coups sans trop y croire. Puis elle déclare :

— Je ne veux plus faire ça.

Elle perçoit la bienveillance dans son regard.

— Ma puce, dit-il. Personne n'a envie de se battre mais, des fois, il faut faire son boulot. Allez, réessaie.

12

Les Calvert vivaient dans l'Est de Denton. Ce quartier faisait lui aussi partie des lieux plutôt sûrs. Les habitations étaient cossues, sans être très luxueuses non plus. Josie savait, depuis une précédente enquête, que la plupart des familles qui vivaient là avaient des emplois de bureau. Les femmes restaient généralement à la maison le temps que les enfants grandissent, laissant les pères prendre en charge les besoins financiers du foyer. La maison des Calvert était une construction de style Tudor sur deux niveaux, avec des plates-bandes soigneusement entretenues le long de la façade. Les fleurs d'automne peinaient à rester droites au-dessus du paillage, vivant leurs dernières heures avant la chute des températures et l'hiver. Josie et Noah se garèrent dans la rue et remontèrent l'allée à pied. Josie sonna à la porte et, quelques instants plus tard, une femme grande et élancée aux cheveux bruns regroupés en un chignon sur le dessus de sa tête vint leur ouvrir. Elle portait un débardeur blanc parsemé de petites taches orange et un jogging rose. Des chaussons roses en moumoute complétaient l'ensemble. Sur sa hanche reposait un nourrisson en pyjama, un bavoir accroché autour du cou. Le pyjama et le bavoir étaient tous deux constellés des mêmes taches orange. Les quelques mèches de cheveux blonds de la petite fille étaient atta-chées avec un nœud rose sur le dessus de sa tête duveteuse.

— Je peux vous aider ? demanda la femme.

Josie et Noah lui présentèrent leur badge.

— Je suis l'inspectrice Josie Quinn, et voici mon collègue, le lieutenant Noah Fraley. Nous cherchons Elliott Calvert.

Elle prit le temps de vérifier leur identité en haussant un sourcil épilé.

— Vous cherchez Elliott ? Mais pourquoi donc ?

— Vous êtes sa femme ? la questionna Noah.

— Tori, dit-elle en remontant sa fille sur sa hanche.

Cette dernière, ne montrant pas le moindre intérêt pour Josie et Noah, inséra ses doigts dans sa bouche et les ressortit couverts de salive. Puis, avec la même main, elle chercha à tirer sur le chignon de sa mère. Tori la repoussa gentiment. Un filet de bave resta accroché dans ses cheveux et s'étendit de sa tête à la main du bébé.

Josie se demanda pourquoi elle ne semblait pas imaginer une seconde qu'il ait pu arriver quelque chose à son mari. La réaction de Marlene Mills à la vue de Josie et Noah avait été immédiate, viscérale. Britta Hale avait été ébranlée peu de temps après leur arrivée, avant même qu'ils fassent leur terrible annonce. Mais Tori Calvert paraissait parfaitement détendue.

— Madame Calvert, dit Josie, pourrions-nous entrer ?

Le bébé laissa échapper un gros rot puis, comme si cela l'amusait beaucoup, gloussa. Tori rit à son tour.

— Je suis désolée, s'excusa-t-elle.

Sa voix était toujours aussi calme et posée quand elle demanda ensuite :

— Il ne vous faut pas un mandat, quelque chose comme ça, pour entrer chez les gens sans raison ? C'est un peu bizarre, non ? Si c'est Elliott que vous voulez voir, il est au travail. Je vous donnerai l'adresse une fois que vous m'aurez expliqué précisément de quoi il retourne. Il s'agit quand même de mon mari.

— Nous n'avons pas besoin d'un mandat pour discuter avec les gens, madame Calvert. Votre mari n'est pas à son travail. Nous cherchons à le localiser.

La petite essaya de nouveau d'attraper le chignon de sa mère, parvenant cette fois à en détacher une longue mèche. Elle s'y agrippa et la fourra dans sa bouche. Sa mère la laissa faire ; pour la première fois depuis qu'elle avait ouvert la porte, elle semblait inquiète.

— Le localiser ? Comment ça ?

— Vers 7 heures, ce matin, mon collègue et moi-même roulions sur Widow's Ridge Road, expliqua Josie. Il y avait du brouillard. Nous cherchions à nous garer sur le bas-côté quand nous sommes tombés sur votre mari en train d'agresser une adolescente.

Tori les regarda longuement, diverses émotions se succédant sur son visage : la stupéfaction, le scepticisme, la peur, la perplexité, le choc, puis l'incrédulité. Elle éclata de rire. Le bébé l'imita, secouant la mèche de cheveux coincée dans son poing, comme en signe de victoire.

— Alors c'est certain, vous vous trompez de personne, dit-elle. C'est absurde. Mon mari ne ferait jamais une chose pareille. En plus, comme je vous l'ai dit, il était au travail toute la journée.

Comme ils ne répondaient pas, elle leva les yeux au ciel, remonta sa fille sur sa hanche puis se détourna des visiteurs.

— Très bien. Je vais l'appeler, et vous verrez bien.

Josie et Noah patientèrent dans l'embrasure de la porte en la regardant disparaître dans un couloir qui menait a priori à la cuisine. Elle revint avec un téléphone collé à l'oreille. Le bébé tentait de s'en emparer, mais sa mère parvint à le maintenir hors de portée. Une longue minute s'écoula. Tori éloigna le téléphone et le regarda comme s'il venait de la trahir d'une quelconque manière.

— Il ne répond pas. Je... Je vais appeler à son bureau.

Tout en faisant doucement rebondir le bébé sur sa hanche, elle réussit tant bien que mal à composer le numéro. Une nouvelle minute s'écoula. Elle secoua la tête.

— C'était sa ligne directe. Je vais plutôt appeler la secrétaire. Elle devrait encore être sur place. En général, ils ne travaillent pas le samedi, mais c'est un peu la folie, là-bas, en ce moment.

Elle trouva le numéro correspondant et appela.

— Bonjour, Steph, c'est Tori Calvert. Est-ce que mon mari est toujours au bureau ? Vous voulez bien me le passer, s'il vous plaît ?

Un silence. Tori fronça les sourcils.

— Et ce matin ? Il était là ? Vous ne l'avez pas vu de la journée ?

Le bébé essaya encore d'attraper le téléphone en se tortillant. Josie bondit vers la petite fille, la rattrapant juste au moment où elle allait tomber des bras de sa mère. La petite dut croire que c'était un jeu et, ravie, elle poussa un cri. Josie la serra contre elle et la berça. Tori le remarqua à peine, trop concentrée sur ce que lui disait la secrétaire.

— C'est impossible, lui dit-elle. Il a dit qu'il partait au travail. Il a un boulot monstre, en ce moment. Il n'arrête pas de dire qu'il doit avancer sur le dossier Locke Heights.

Josie était désormais suffisamment proche pour distinguer les mots étouffés de son interlocutrice.

— Je suis désolée, madame Calvert, il n'est pas venu au bureau aujourd'hui.

Tori ne lui dit même pas au revoir avant de raccrocher et de poser le téléphone sur une petite table à proximité. Elle regarda autour d'elle, comme si elle n'avait aucune idée de l'endroit où elle se trouvait, sans même se rendre compte que Josie avait son bébé dans les bras.

Noah s'avança d'un pas.

— Madame Calvert, tenta-t-il de nouveau. Pouvons-nous entrer pour vous poser quelques questions ?

Cette dernière continua à regarder autour d'elle le parquet ciré, les fausses plantes en pot, les chaises en bois sculpté et leurs tables assorties, comme si elle ne les reconnaissait pas. Finalement, elle leva les bras en l'air et les laissa retomber le long de son buste.

— Très bien. Oui, allez-y, entrez. Venez dans la cuisine.

Ils la suivirent dans le couloir et débouchèrent dans une cuisine moderne en blanc et chrome. Les larges poutres au plafond constituaient la seule trace de son style Tudor originel. Une chaise haute était installée devant la table, face à une autre chaise classique. Sur le plateau étaient posés un bol de purée orange et une cuillère. Josie se rappela l'époque où Harris, le fils de Misty, était encore tout petit. La fille des Calvert devait avoir environ cinq mois. Josie pointa du doigt le bol sur le plateau de la chaise haute et demanda :

— Patate douce ?

— Hein ? demanda Tori, toujours perdue dans ses pensées.

Josie alla se placer juste devant elle.

— Est-ce que votre fille était en train de manger de la patate douce ?

Tori cligna des paupières, semblant doucement revenir à la réalité. Ses yeux étaient brillants de larmes. Enfin, elle remarqua sa fille, dans les bras de la policière. Elle sourit, remercia Josie et récupéra le bébé avant de l'installer dans sa chaise haute.

— Elle adore la patate douce, murmura Tori. Mais je crois qu'elle aime encore plus en mettre partout sauf dans sa bouche.

La petite fit claquer ses mains contre le plateau tout en babillant « dadadada », puis éclata de rire. Elle voulut attraper le bol et la cuillère, mais Tori fut plus rapide : elle s'en saisit et parvint à lui insérer la cuillère dans la bouche.

— Asseyez-vous, je vous en prie, dit Tori aux policiers.

— Elle a l'air tellement joyeuse, remarqua Noah en tirant une chaise.

Tori sourit faiblement.

— Oui, hein ? On a vraiment de la chance. Bon, quand elle fait ses dents, c'est pas la même chanson mais, d'après ma mère, c'est normal.

— Elle a cinq mois ? demanda Josie.

Tori parut surprise mais acquiesça.

— Oui, elle les aura la semaine prochaine. Elle s'appelle Amalise.

— Très joli prénom, dit Josie.

— C'est le seul sur lequel on a réussi à tomber d'accord, marmonna Tori.

À la cuillerée suivante, Amalise serra les lèvres puis fit un long « blblblbl », aspergeant de purée sa chaise, sa mère et elle-même. Nouveaux gloussements.

Tori se leva et se dirigea vers l'évier pour attraper quelques feuilles d'essuie-tout qu'elle mouilla au robinet.

— Vous êtes sûrs de chercher la bonne personne ? demanda-t-elle.

— Certaine, oui, confirma Josie.

Tori retourna s'asseoir et essuya le visage d'Amalise. La petite se débattit, tournant la tête à gauche, à droite pour échapper à l'essuie-tout. Quand sa mère eut terminé, elle remplit une nouvelle cuillère de purée.

— Où est mon mari ? demanda-t-elle, résignée.

— Nous l'ignorons. Quand on l'a découvert, il s'est enfui. Je me suis lancée à sa poursuite dans les bois. Il a sauté d'une falaise dans Roaring Creek. L'équipe de recherche pense avoir retrouvé son téléphone et l'un de ses boutons de manchette sur la rive de la rivière, quelques kilomètres plus loin, nous pensons donc qu'il a survécu à sa chute sans trop de dommages.

Tori regarda Josie droit dans les yeux, horrifiée.

— Il a sauté ?

— J'en ai peur, confirma Josie.

— Est-ce que... Est-ce qu'il a dit quelque chose avant ?

Amalise se pencha sur le côté dans sa chaise, tendant une main visqueuse en direction de Josie, qui fit semblant de manger un peu de patate douce, au grand ravissement de la petite.

— Il m'a demandé s'il risquait de mourir en sautant. Avant que j'aie pu répondre, il a dit qu'il prenait le risque. Et il a sauté.

Tori racla ce qui restait de purée dans le bol et le donna à Amalise qui, au lieu d'avaler, mit ses deux mains dans sa bouche et écrasa la mixture orange entre ses doigts.

— Je suis désolée, dit Tori. Je... J'ai vraiment beaucoup de mal à comprendre ce qui se passe. Vous voulez bien tout me réexpliquer depuis le début ? Je veux dire... Comment est-ce que vous pouvez être certaine qu'il s'agit bien de mon mari ? Qu'est-ce qu'il serait allé faire sur Widow's Ridge Road, déjà, et qu'est-ce qu'il voulait à cette adolescente ?

— C'est ce qu'on cherche à savoir, dit Noah.

Ils lui relatèrent de nouveau les faits survenus le matin, et Josie conclut :

— La voiture garée à proximité de celle des filles était une Nissan Altima, enregistrée au nom de votre mari, à cette adresse.

Tori cligna des yeux, refoulant ses larmes. Elle regarda Amalise étaler de la patate douce dans ses cheveux, sans réagir. Elle resta assise, immobile, pendant ce qui parut plusieurs minutes. Noah se leva pour aller chercher une poignée de feuilles d'essuie-tout humides. Il nettoya doucement le visage et les mains d'Amalise, et enleva ce qu'il pouvait de ses cheveux. Reprenant ses esprits, Tori dit :

— Merci. Je suis désolée. Je suis un peu sous le choc, pour être honnête. Tout cela sort de nulle part. Elliott n'est vraiment pas le genre de personne qui ferait une chose pareille. J'essaie juste... de comprendre ce qui a pu se passer.

— Nous en sommes au même stade, nous essayons de comprendre, dit Josie.

— Et les filles, elles vont bien ? Vous avez dit qu'il y en avait deux ?

— Oui, confirma Noah, elles étaient deux. L'une est décédée, l'autre est blessée et portée disparue.

Les larmes dévalèrent sur ses joues pâles.

— Mon Dieu... Je n'arrive tellement pas à y croire. Vous pensez que mon mari aurait pu la tuer ?

— Nous aimerions pouvoir en parler avec lui, dit Josie. Madame Calvert, quand avez-vous vu votre mari pour la dernière fois ?

Tori utilisa les serviettes mouillées qu'elle tenait dans ses mains pour s'essuyer les yeux, mais ne parvint qu'à étaler de la patate douce sur sa joue. Elle ne sembla même pas le remarquer.

— Tard, hier soir. Il a dû rentrer vers 1 heure du matin. J'étais en colère. On s'est disputés. Ça a réveillé Amalise. Il est allé dans sa chambre pour la consoler, et il s'est finalement endormi dans le fauteuil à côté de son berceau. Je sais qu'il devait partir très tôt au bureau ce matin, il me l'a dit pendant qu'on se disputait. Il sait qu'il n'a pas intérêt à me réveiller, maintenant. Je dors déjà suffisamment peu comme ça avec le bébé. Donc j'imagine qu'il a dû se lever, s'habiller et partir. Amalise m'a réveillée à 7 heures. Je l'ai entendue dans l'écoute-bébé.

— Quel était le sujet de votre dispute ? demanda Noah.

Tori leva une main chargée de serviettes en l'air.

— Le bébé, évidemment ! Vous avez des enfants ?

— Non, répondirent-ils à l'unisson.

— Eh bien, je vais vous dire, c'est loin d'être aussi merveilleux que ce qu'on veut vous faire croire. Attention, hein, j'aime ma fille et je ferais tout pour elle. Elle est ma vie. Mais ça demande énormément de travail, le tout avec très peu de sommeil.

Josie faillit dire « Je m'en souviens », avant de se reprendre. Elle avait aidé Misty après son accouchement et avait été aux premières loges pour voir à quel point c'était épuisant pour celle qui était ensuite devenue son amie, notamment la première année. Josie, Noah et la mère de Ray avaient fait tout leur possible pour aider Misty. Josie se contenta de dire :

— Ça doit être épuisant et, avec un mari qui travaille beaucoup, c'est encore plus difficile.

Tori hocha la tête. Amalise tapota ses mains contre sa bouche, produisant de petits bruits qui la ravissaient.

— Oui, c'est vraiment difficile. Je ne suis pas entourée, ici. On n'est pas du coin, ni lui ni moi. On habitait à New York, avant. Sa famille est toujours là-bas. La mienne est encore plus loin, dans le Nord de l'État de New York. Ma mère nous a rendu visite quelques fois pour aider, surtout au tout début. J'ai eu une césarienne, et il m'a fallu des semaines pour être capable de m'occuper d'Amalise seule. Mais même si elle vient donner un coup de main de temps en temps, ça ne suffit pas, et, quand Elliott est à la maison, il s'occupe d'elle dix minutes maximum, puis passe son temps devant la télévision ou sur son téléphone. Ça a été une période vraiment compliquée, avec beaucoup de disputes.

— Vous vous êtes rencontrés à New York ? réagit Josie.

— On peut dire ça comme ça, répondit Tori avec un petit rire. On vivait tous les deux là-bas, mais on s'est rencontrés via un site de rencontres. Et hop, six ans plus tard, voilà où j'en suis.

Elle baissa les yeux vers Amalise pour poser sur elle un regard plein de tendresse, mais Josie voyait la profonde tristesse qui s'y cachait également. Elle se demanda ce que Tori avait laissé derrière elle.

— Vous vous êtes installés ici pour le travail ?

Tori soupira, les épaules affaissées.

— Pour le travail d'Elliott. Il est architecte. Un ancien copain de fac a ouvert son entreprise ici il y a bien longtemps. Après notre mariage, il a proposé un poste à Elliott. Ça paraissait idéal. Moi, j'étais danseuse au sein de la troupe Allard, à New York. J'aurais pu danser encore quelques années, mais Elliott m'a convaincue de prendre une retraite anticipée afin de pouvoir fonder une famille. C'était vraiment un scénario parfait. J'étais vraiment à fond et lui aussi, enfin, c'est ce que je croyais, jusqu'à ce que le bébé arrive. J'imagine que ce n'était pas vraiment comme on l'avait imaginé. Non que je le regrette, hein.

Elle tendit la main et chatouilla le ventre rebondi d'Amalise, déclenchant un éclat de rire joyeux de sa part. Tori rit elle aussi, malgré elle.

— Maintenant, je me retrouve avec ce petit papillon d'amour. Et je ne l'abandonnerais pour rien au monde.

— En dehors du fait qu'il est récemment devenu papa, est-ce que votre mari vivait une période stressante ? demanda Noah.

Tori haussa les épaules.

— Il travaille depuis plusieurs mois sur un gros projet. Il a fait des dizaines d'heures supplémentaires. Il ne semblait pas particulièrement stressé, mais il n'était presque jamais à la maison. Le dossier Locke Heights. Ça fait des mois et des mois qu'il n'a que ça à la bouche. J'ai l'impression que notre vie ne tourne qu'autour de ce dossier. J'ai vraiment hâte que ce soit terminé et qu'on puisse...

Elle ne termina pas sa phrase, ouvrant de grands yeux à l'instant où elle prit conscience que le dossier Locke Heights n'avait plus la moindre importance.

— Vous allez l'arrêter, j'imagine ? chuchota-t-elle.

— J'en ai peur, oui, confirma Josie.

— J'aimerais vous montrer des photos des deux jeunes filles, pour voir si vous les reconnaissez, intervint Noah. Vous voulez bien ?

Tori acquiesça.

Le lieutenant afficha les clichés des permis de conduire de Dina et d'Alison sur son téléphone et fit le tour de la table pour que Tori les voie. Celle-ci passa de l'un à l'autre plusieurs fois mais finit par secouer la tête.

— Je ne les ai jamais vues. Ou en tout cas, je n'en ai aucun souvenir.

— Quand nous sommes arrivés sur place, il était en train de crier : « Il est où ? » à l'une des filles. Vous savez de quoi il pouvait parler ?

Perplexe, Tori demanda :

— Où est quoi ?

C'est Noah qui répondit :

— Nous pensons qu'il cherchait quelque chose et, quoi que ce soit, pour lui, les filles l'avaient en leur possession. Avez-vous la moindre idée de ce qu'il aurait pu rechercher ?

Amalise, sans quitter sa mère des yeux, s'essaya à un nouveau son en babillant « mamamama ».

— Non, vraiment aucune idée, répondit Tori. Mais encore une fois, je n'arrive pas à croire que vous cherchez la bonne personne. Mon mari n'a peut-être pas assuré comme jeune papa, mais de là à croire ce que vous venez de me raconter... C'est à l'opposé total de ce qu'il est. C'est un homme doux, agréable. Un homme gentil. Je n'ai jamais eu l'impression qu'il pourrait être violent envers quelqu'un un jour.

— Votre mari prend-il des médicaments ? demanda Josie.

Tori secoua de nouveau la tête.

— Il prend de l'oméprazole contre les brûlures d'estomac, mais c'est tout.

— Pas de drogue ? demanda Noah.

— Non. Non, pas Elliott.

— Il n'a jamais fait l'usage de la moindre drogue, à votre connaissance ? insista Josie.

— Non, pas que je sache. S'il en a pris avant qu'on se rencontre, il ne m'en a jamais parlé, et personne de sa famille ou de son cercle d'amis ne l'a jamais évoqué non plus.

— Et l'alcool ? demanda Noah. Est-ce qu'il boit ?

Amalise fit claquer ses deux mains contre le plateau de la chaise haute, comme si elle perdait patience, maintenant que son bol de purée était vide.

— Une bière de temps en temps, répondit Tori. C'est tout. En général le week-end, devant un match ou un truc comme ça. Il regarde beaucoup le sport à la télé. Quand on sortait, avant que je tombe enceinte, ça lui arrivait de picoler un peu plus, mais ça n'a jamais été problématique.

— Madame Calvert, reprit Josie, est-ce que vous avez une idée de ce qui aurait pu conduire votre mari à agresser deux adolescentes ?

— Non, absolument pas.

— Est-ce que votre mari possède des armes à feu ? demanda Noah.

— Un flingue ? Elliott ? Non.

— Pour autant qu'on sache, votre mari est actuellement en fuite, poursuivit-il. Avez-vous une idée d'où il pourrait aller dans le but d'échapper à la police ? Un endroit où il pourrait se cacher ?

Amalise frappa de nouveau le plateau et en revint à « dadadada ».

— Non, vraiment, je ne vois pas. À son bureau, peut-être ? C'est le seul endroit où il passe du temps, en dehors d'ici. On n'a pas vraiment eu l'occasion de se faire des amis dans le coin, donc je ne vois pas où il pourrait aller se cacher.

— Vous ne possédez pas d'autre propriété en dehors de cette maison ?

— Non, dit Tori. Juste cette maison.

Josie songea à lui demander à quel nom étaient souscrits leurs abonnements téléphoniques, avant de se rappeler que les téléphones portables étaient exclus des biens matrimoniaux, même s'ils étaient rattachés au même compte, ce qui signifiait que Tori ne pouvait pas leur donner la permission de fouiller le téléphone de son mari. Il serait plus simple et plus rapide de demander un mandat pour accéder au contenu du portable d'Elliott.

Josie et Noah la remercièrent pour le temps qu'elle leur avait accordé.

— Si votre mari rentre à la maison ou prend contact avec vous, il faut que vous appeliez la police immédiatement, l'informa Josie. Ou moi, directement.

Elle lui tendit une carte de visite.

— Vous feriez peut-être mieux d'aller chez votre mère tant qu'on n'a pas élucidé l'affaire, conseilla Noah.

Tori leva les yeux de la carte de visite, clairement sous le choc.

— Vous pensez qu'Elliott pourrait s'en prendre à moi ? C'est ça que vous sous-entendez ?

— Nous n'en savons rien, répondit Josie. Mais étant donné son comportement d'aujourd'hui, oui, nous préférerions être sûrs que vous et Amalise êtes en sécurité. Ce n'est en rien une obligation, juste une suggestion, mais ce serait sans doute mieux pour vous de quitter la ville, au moins quelques jours.

— Non, répondit Tori en secouant la tête. Non. Elliott ne me ferait jamais le moindre mal. À Amalise non plus. Jamais.

— Comme vous voudrez, céda Josie. Quoi qu'il en soit, merci de nous appeler si vous le voyez ou qu'il vous contacte.

13

Il était tard et, aux dires de Gretchen, les recherches concernant Alison Mills et Elliott Calvert étaient au point mort. Le chef Chitwood lui avait ordonné de rentrer chez elle pour se reposer tandis qu'il se chargerait de superviser les équipes de recherche pendant la nuit. Il avait donné les mêmes instructions à Noah et à Josie. Celle-ci avait beau ne penser qu'au travail et à cette affaire, elle savait que le chef avait raison. Ils avaient besoin de se reposer et de manger pour tenir le coup.

Noah et elle se rendirent chez Misty pour récupérer Trout. Josie fut soulagée de constater que le petit mot de Misty était bel et bien une plaisanterie et que leur chien avait en fait très envie de rentrer à la maison avec eux. À l'instant où Josie et Noah entrèrent dans le vestibule, Trout courut à leur rencontre. Il était fou de joie, son petit derrière s'agitant dans tous les sens tandis qu'il sautillait pour leur lécher le visage en lâchant de petits jappements excités. Pepper, le chiweenie de Misty, se joignit à la fête, et il leur fallut plusieurs minutes pour se calmer enfin.

Bientôt, c'est Harris qui les rejoignit comme une tornade du haut de ses six ans. Il dévala le couloir, droit dans les bras de Josie.

— Tu es revenue ! Tu es revenue ! cria-t-il.

Josie le serra fort contre elle et enfouit son visage dans ses cheveux, inhalant son odeur de shampoing à la pastèque et de jus de raisin. Il portait un pyjama Pat' Patrouille et tenait une figurine de dinosaure à la main. Avec ses épais cheveux blonds et ses yeux bleu clair, la ressemblance avec son défunt mari, Ray, était frappante. Plus il grandissait, plus cela déstabilisait Josie. Un torchon à la main, Misty se tenait dans l'embrasure de la porte de la cuisine, tout sourire.

— Il vous en est encore arrivé une belle, hein ? dit-elle.

Josie se releva.

— Sur le chemin du retour, rien que ça ! Je suis désolée d'arriver si tard. On a beaucoup apprécié le petit plat que tu nous avais cuisiné, par contre.

— Oh oui, confirma Noah. C'était adorable de ta part.

Harris bondit sur le dos de Noah, et ils s'engagèrent dans un combat de catch au milieu de l'entrée. C'était leur nouveau truc. Perturbé, Trout faisait des allers-retours entre eux et Josie, sans savoir comment réagir. Finalement, il se mit à aboyer sur Noah et Harris.

— Temps mort, les garçons, dit Misty. Venez dans la cuisine, on va passer à table.

Le ventre de Josie se mit à gargouiller tandis qu'elle emboîtait le pas à Misty, suivie par Trout qui bondissait entre ses jambes. Derrière elle, Noah était à présent debout et tournait sur lui-même, Harris toujours juché sur son dos. Les éclats de rire du petit garçon emplissaient tout le rez-de-chaussée.

Misty était très fière de sa maison. Il s'agissait d'une grande bâtisse de style victorien située dans un des quartiers historiques de Denton, que la jeune femme avait agencée avec de magnifiques meubles anciens, certains datant effectivement de l'époque victorienne. L'ensemble aurait trouvé sa place dans les pages d'un magazine. Et puis, à la naissance de Harris, une partie avait été remplacée par des objets plus fonctionnels, lesquels s'étaient rapidement retrouvés, sans surprise, tachés ou rayés par le jeune résident quand il avait commencé à marcher.

Une délicieuse odeur de rôti embaumait la cuisine. Quel que soit le moment où Josie et Noah rendaient visite à Misty, celle-ci avait toujours quelque chose sur le feu. Josie avait encore du mal à comprendre comment son amie parvenait à concilier le fait d'être mère célibataire et d'avoir un travail à temps plein. Noah s'avança dans la pièce, tenant Harris par les chevilles.

— Oh non, arrête, supplia Josie. Je déteste quand tu fais ça, j'ai toujours peur que tu lui fasses mal.

— Mais non, rétorquèrent à l'unisson Noah et Misty.

D'un geste expert, Noah repassa Harris dans le bon sens et le reposa au sol. Ce dernier s'accrocha immédiatement à la cuisse de Noah et s'employa à l'escalader.

— On s'amuse, JoJo !

Josie secoua la tête. D'eux trois, c'était toujours elle la plus anxieuse quand il s'agissait de sa sécurité. Plus encore que sa mère, qui était plutôt disposée à le laisser jouer librement, en autonomie.

Quelques instants plus tard, ils étaient tous assis à table, sous laquelle Trout s'était allongé sur les pieds de Josie. Misty leur demanda comment s'était déroulée leur lune de miel, puis la conversation s'orienta sur la fête d'anniversaire prévue pour les six ans du petit garçon, qu'ils avaient déjà fêtés le mois précédent avec quelques adultes. Harris avait demandé à inviter ses copains d'école, mais ceux-ci étaient déjà invités tous les week-ends à d'autres anniversaires, si bien qu'elle avait dû déplacer celui de Harris à la mi-octobre.

— Je veux un château gonflable, réclama Harris. Un énorme, avec un toboggan.

Noah éclata de rire.

— Ça me plaît, ça. Je pourrai aller dedans ?

Harris l'observa.

— Je sais pas. T'es quand même très grand. Dis, maman, tu crois qu'on pourrait en prendre un assez gros pour tonton Noah ?

— Je n'ai pas encore accepté l'idée du château gonflable, je te rappelle, Harris.

— À cause du jardin ?

— C'est quoi, le souci avec le jardin ? demanda Josie.

Misty soupira.

— Je peux me permettre de louer un château, mais celui que Harris voudrait est trop grand pour chez nous. Je suis sûre qu'il a déjà raconté à tout le monde qu'il y en aurait un...

Elle lança un regard appuyé à son fils qui pouffa mais n'avoua rien. Misty continua :

— Après, c'est vrai qu'un jeu comme ça les occuperait pendant des heures, mais vraiment, c'est trop grand pour notre petit jardin.

— Installe-le chez nous, proposa Josie.

Elle jeta un œil à Noah. Il avait la bouche pleine mais hocha vigoureusement la tête.

Misty éclata de rire.

— Je ne vais pas organiser la fête d'anniversaire de mon fils de six ans chez vous ! Tu as craqué ou quoi ?

— Pourquoi pas ? fit Noah. On a toute la place qu'il faut. En plus, tu viens d'accepter de garder notre « enfant » pendant une semaine.

— Vous avez un enfant ? releva Harris.

— Il parlait de Trout, expliqua Josie.

Harris pouffa.

— Mais c'est pas votre enfant ! Même si c'est vrai que, des fois, on dirait.

Ce fut cette fois au tour de Misty de pouffer.

— Il n'a pas tort.

Noah secoua la tête.

— Je ne vois pas de quoi vous voulez parler. Allez, organisons cet anniversaire à la maison. Avec un château gonflable.

— Mais attention : un assez costaud pour supporter le poids d'un adulte ! ajouta Josie.

Harris se mit debout sur sa chaise et leva les deux poings en l'air.

— Ça va être la meilleure fête d'anniversaire du monde !

Josie garda Trout sur ses genoux pendant que Noah les ramenait chez eux en voiture, puis ils allèrent faire une promenade ensemble. Le petit chien se retournait vers eux tous les trois pas, comme s'il avait peur que ses maîtres disparaissent à tout moment. Une fois rentrés, ils se mirent enfin au lit et Josie poussa un soupir de plaisir : elle était de retour dans sa maison et avait retrouvé Trout. Ce repas partagé avec Harris et Misty lui avait apporté un véritable réconfort et, alors qu'elle sombrait doucement dans le sommeil, elle ressentit une pointe de culpabilité. Comment pouvait-elle se sentir aussi heureuse alors que la famille Hale était détruite, que le monde de Tori et Amalise Calvert était sens dessus dessous, et que le bonheur et la sécurité de la famille Mills étaient mis à mal ?

— Arrête, souffla doucement Noah depuis son côté du lit.

Trout, qui était installé à ses pieds, rampa lentement entre eux.

— Arrête quoi ? demanda Josie.

— De culpabiliser de te sentir bien.

Ils étaient en couple depuis cinq ans, mariés depuis à peine plus d'un an, et pourtant Josie ne comprenait toujours pas comment il parvenait à deviner ses pensées et, plus important encore, ses émotions. Parfois, elle ne les comprenait pas elle-même.

— Je ne peux pas m'en empêcher.

— Essaie, insista-t-il.

Josie sentit qu'il tendait son bras au-dessus de Trout pour venir caresser le sien, ses doigts courant doucement de son épaule à son poignet. C'était très apaisant.

— Chaque jour nous montre à quel point le bonheur est fragile, ajouta-t-il. Quelques secondes suffisent pour tout détruire.

— Oui, murmura Josie. C'est bien pour ça que je me sens mal de pouvoir en profiter.

— Tu sais, rétorqua Noah, ce que tu ressens, là, maintenant, les Hale seraient prêts à tuer pour ça. Ils échangeraient sans doute tout ce qu'ils ont contre cette sensation de paix que l'on ressent en ce moment, toi et moi. Tu sais que j'ai raison. C'est ce que je ressentais, quand ma mère est morte.

— Et c'est ce que je ressentais quand ma grand-mère est morte, chuchota Josie. Des fois, quand elle me manque vraiment beaucoup, je me dis que je serais prête à tout pour pouvoir ressentir un peu de paix ou de joie.

— Mais tu en ressens, en ce moment. Tu en as ressenti, quand on était en voyage.

Josie prit sa main dans la sienne quand elle parvint à son poignet. Tout en la serrant, elle dit :

— Essentiellement grâce à toi. Surtout quand tu faisais ce truc avec ton...

— Josie, l'interrompit-il dans un éclat de rire. Tu vois où je veux en venir. Tout ce que je dis, c'est qu'on a le droit d'être heureux.

Elle avait envie de le croire.

14

Josie se réveilla avant l'aube, le souffle court. Les dernières bribes de son rêve s'envolèrent au moment où elle ouvrit les yeux. Elle savait que son esprit avait tourné à plein régime pendant qu'elle se reposait, au point que son corps avait fini par croire qu'il était en plein exercice. Elle ne parvenait pas à se souvenir précisément de son rêve, mais elle était en train de courir dans les bois. Elle ne fuyait pas, elle cherchait quelqu'un. Logique, étant donné l'affaire dont ils avaient hérité la veille. À côté d'elle, Noah et Trout ronflaient. Son réveil annonçait 4 h 30. Elle tenta de ralentir les battements de son cœur en posant les mains sur son ventre, concentrée sur sa respiration. La psychologue qu'elle voyait lui avait donné plusieurs techniques de ce genre à utiliser en diverses occasions. Josie n'était toujours pas tout à fait convaincue de leur utilité, mais elle continuait d'essayer. Peut-être qu'un jour, elle verrait une différence. Alors que son corps s'apaisait, elle attendit que le sommeil revienne.

Mais ses pensées ne cessaient de revenir à Elliott Calvert.

« Je ne vais pas tomber. Je vais sauter. »

Elle ignorait ce que cet homme cherchait, mais cela avait été suffisamment important pour le pousser à agresser deux adolescentes. Acculé au-dessus du précipice de Roaring Creek, il n'avait eu que faire de vivre ou mourir. Il avait peur, c'était une certitude, mais il était surtout désespéré. Qu'avait-il pu lui arriver pour qu'il perde ainsi tout contrôle et tout intérêt pour sa propre vie ?

Et, dans un autre registre, où était-il caché ?

Josie se retourna et récupéra son téléphone sur la table de chevet pour consulter ses messages. Rien. Elle écrivit au chef :

Du nouveau ?

Sa réponse ne se fit pas attendre.

Non. Retournez vous coucher.

Josie ignora son ordre.

Envoyez-moi les coordonnées du lieu où ont été retrouvés son téléphone et le bouton de manchette.

Pendant plusieurs minutes, il ne se passa rien. Josie pouvait presque entendre le chef grommeler depuis l'endroit où il se trouvait actuellement, quelque part dans Denton. Six minutes plus tard, la photo d'une carte avec une flèche en plein milieu lui parvint. Suivie des mots :

Je suis sérieux, Quinn. Retournez vous coucher.

Josie s'assit et passa les jambes hors du lit.
Elle entendit la voix étouffée de Noah derrière elle :
— Qu'est-ce que tu fais ?
Elle utilisa son pouce et son index pour agrandir l'image sur l'endroit où les objets appartenant à Elliott Calvert avaient été

retrouvés. Josie avait grandi à Denton et, en dehors de ses quelques années de fac, elle y avait toujours vécu. Elle connaissait bien mieux la ville que la plupart de ses collègues.

— Josie, appela Noah d'une voix plus assurée.

Calvert était ressorti de Roaring Creek à environ trois kilomètres de l'endroit où il y avait plongé. Côté ville. La zone était densément boisée, et le terrain, vraiment accidenté. À l'époque où Josie n'était encore qu'une simple agente de patrouille, deux adolescents étaient partis chasser dans ce coin-là. L'un d'eux était tombé et s'était cassé la jambe. L'autre était parti chercher de l'aide. Quand il avait finalement atteint une route et pu arrêter une voiture, trois heures s'étaient déjà écoulées. La police avait été prévenue, mais ils s'étaient alors rendu compte que les lieux étaient quasi inaccessibles. Ils avaient tenté de s'approcher autant que possible avec un quad mais, finalement, Josie et un autre agent avaient dû déplacer le blessé à pied sur un brancard de fortune. Ce n'était pas la première fois qu'ils avaient dû secourir quelqu'un dans ces conditions, la zone étant particulièrement appréciée des chasseurs.

— Josie, répéta Noah.

Trout ronflait, totalement indifférent.

— Je sais où est Calvert, répondit-elle.

— Et tu ne pourrais pas envoyer les coordonnées au chef et le laisser prendre le relais ? grogna-t-il.

— Le chef ne pourra pas se rendre dans cette partie de la forêt à pied. Sa jambe n'est pas encore complètement remise.

Noah posa une main chaude, réconfortante sur sa hanche.

— Admettons, mais il a toute une équipe à sa disposition.

Josie tourna le téléphone vers lui afin qu'il puisse visualiser la carte à l'écran.

— Ce n'est pas si facile à expliquer. Il n'y a pas de points de repère, mais moi, je sais ce que je recherche.

Elle sentit le matelas bouger, entendit Trout protester

d'avoir été dérangé, puis les lèvres de Noah se posèrent sur sa nuque. Puis il chuchota :

— Très bien... Allons-y.

L'aube se levait quand Josie, Noah, le chef et deux agents en uniforme se retrouvèrent le long de la route, près de l'endroit où Elliott Calvert était ressorti de la rivière. Il y avait du brouillard, mais rien de comparable avec la veille. Les radios crépitèrent quand ils vérifièrent qu'elles fonctionnaient toutes correctement. Le chef Chitwood se tenait sur l'étroite bande herbeuse qui bordait la route. Deux voitures passèrent devant lui en direction de la ville, et il leur fit signe de ne pas ralentir. L'un des conducteurs freina malgré tout et baissa sa vitre, curieux. Josie n'entendait rien de leur conversation en dehors du chef qui élevait la voix, clairement agacé. Ses bras maigres battaient l'air, gesticulant pour ordonner au véhicule de circuler. Quand il se retourna vers son équipe, Josie remarqua que son visage pâle couvert de cicatrices d'acné avait rougi.

— Quels emmerdeurs, grommela-t-il.

Il replaça une mèche de cheveux blancs sur le dessus de son crâne chauve.

— Je vais rester ici pendant que vous cherchez dans le bois.

Brennan, l'un des officiers en uniforme, dit :

— On a déjà fouillé cette zone. Calvert n'y est pas.

— Quinn pense qu'il est toujours dans le coin, répondit le chef. Planqué dans une cabane d'affût.

Brennan pouffa.

— Vous croyez qu'on n'a pas vérifié les abris de chasse ?

Son partenaire, un agent répondant au nom de Daugherty, ajouta :

— Ce n'est pas notre première recherche en extérieur.

Josie hocha la tête.

— Bien évidemment. Ce n'est pas ce que je sous-entendais. Combien de cabanes avez-vous fouillées ?

Ils la dévisagèrent.

— Il n'y en avait pas une seule, répondit Daugherty. On a trouvé deux miradors dans les arbres, rien de plus.

— Comment voulez-vous qu'on sache s'il y a un affût là-bas, de toute manière ? renchérit Brennan. Ce n'est pas comme s'ils étaient répertoriés. N'importe qui peut en installer un, tant qu'il a l'autorisation du propriétaire du terrain. Il pourrait n'y en avoir aucun comme une dizaine.

— S'il y en avait une dizaine, on ne serait certainement pas passés à côté, nuança Daugherty.

Brennan se tourna vers lui et Daugherty leva les yeux au ciel.

— Ils sont posés au sol, impossible de les louper.

— Tous ne reposent pas au sol, corrigea Josie.

Elle sortit son téléphone et y afficha la capture d'écran de la carte que lui avait fait parvenir le chef.

— Ce terrain, entre Roaring Creek et cette route, appartient à Al Funk.

Ils la dévisagèrent de nouveau sans comprendre où elle voulait en venir.

Josie continua :

— Il a plus de quatre-vingts ans. Il vit à Rockview.

— La maison de retraite ? demanda Brennan.

— Oui. Ma grand-mère, quand elle était encore en vie, le connaissait. Elle me l'a présenté un jour. Il possède ce terrain depuis plus de cinquante ans. Il y a chassé, tout comme ses enfants, ses petits-enfants et ses arrière-petits-enfants. Il a même autorisé l'accès à la famille éloignée et à des amis.

— Et alors ? fit Daugherty. On vous a dit qu'on n'avait rien trouvé de plus que deux sièges fixés sur des arbres. Vides, tous les deux. Et pas le moindre affût.

Deux phares transpercèrent la lumière du matin. Une

voiture avançait lourdement sur la route étroite, ralentissant à leur approche. Le chef lui fit signe de circuler.

Josie secoua la tête.

— M. Funk a bien un affût. Il est grand et bien camouflé, surtout à cette période de l'année où tout est vert. Sa famille l'utilise encore. Ils laissent des provisions sur place toute l'année. Si Elliott Calvert l'a découvert – et étant donné que personne ne l'a trouvé nulle part, c'est certainement le cas –, il pourrait rester caché un moment. Le petit-fils de M. Funk y garde des barres de céréales et des bouteilles d'eau dans un bidon à munitions en acier. Calvert attend sans doute que les recherches s'arrêtent et que le soleil se lève pour sortir. Et là, il pourrait disparaître pour de bon.

— Comment vous savez tout ça ? demanda Daugherty, une pointe d'accusation dans la voix.

— L'affût est tellement haut qu'il y a eu des accidents, l'un des arrière-petits-fils de M. Funk est tombé et s'est cassé la jambe, il y a quelques années.

— Si on ne l'a pas trouvé alors qu'on cherchait partout, comment ça se fait que Calvert l'ait vu, lui ? rétorqua Brennan.

— M. Funk m'a raconté qu'il avait installé une corde orange fluo pour que l'affût soit plus facile à localiser, et pour pouvoir s'y hisser. Si vous n'avez pas vu cette corde pendant vos recherches, c'est sans doute que Calvert l'a remontée dans la cabane avec lui.

— C'est bon, vous avez fini votre interrogatoire ? intervint le chef Chitwood. Ce type, Calvert, a agressé deux jeunes filles. Ça fait de lui un danger pour ma ville. S'il se planque là-haut dans un affût, je veux que vous le trouviez. Maintenant.

Tout penauds, les deux hommes hochèrent la tête.

— Eh bien, allons-y, décida Noah. On va se disperser pour couvrir un maximum de terrain.

Alors qu'ils pénétraient dans la forêt, Josie dit :

— M. Funk l'a construit lui-même. Il est situé entre trois arbres. Deux noyers et un catalpa.

— C'est du fait maison ? demanda Brennan.

— Absolument. Une cabane tout en bois, nichée entre les troncs et peinte pour passer inaperçue. Il y a aussi beaucoup de végétation dans les arbres, ce qui fait que l'échelle pour grimper n'est pas facile à trouver, c'est pour ça que la corde était bien pratique. Si je ne me trompe pas et que Calvert a remonté la corde pour qu'elle ne soit plus visible d'en bas, il faudra être particulièrement vigilants.

Ils se séparèrent tout en restant dans le champ de vision les uns des autres. Ils progressaient lentement, escaladant les racines et rochers sur leur chemin. Les seuls bruits étaient ceux de leurs pas et des oiseaux qui chantaient en passant d'arbre en arbre. Josie conservait quelques mètres d'avance sur Noah et les autres, puisant dans ses souvenirs pour essayer de se repérer. Les zones boisées de Denton et ses alentours étaient jonchées de diverses formations rocheuses. La plupart étaient bien connues des locaux, mais celle que cherchait Josie, située juste avant l'affût, était petite et discrète. Elle ne connaissait son existence que parce qu'elle avait discuté avec M. Funk quand ils s'étaient rencontrés à Rockview. Quand elle lui avait demandé comment il retrouvait l'affût quand il partait chasser, il lui avait expliqué qu'il recherchait un petit rocher rond avec une sorte d'oreille de chat sur le dessus.

Il ne lui fallut pas longtemps pour repérer la pierre en question. Déjà, la transpiration s'accumulait dans le bas de son dos et laissait un film frais sur la peau nue de ses bras. Elle se retourna pour voir Noah et les deux agents en uniforme avancer vers elle.

— C'est ici.

Noah accéléra le pas, mais les autres n'eurent pas la moindre réaction, ils ne levèrent même pas les yeux.

L'un des trois troncs d'arbres soutenant la construction de

M. Funk – celui, épais et noueux, du catalpa – se trouvait effectivement à un bon mètre devant le rocher à oreille de chat. Arrivée à son pied, elle s'arrêta et leva les yeux vers la cime. Dans l'enchevêtrement de branches feuillues, une petite partie du mur de l'affût était visible. Recouvert d'un motif de camouflage vert, il se fondait si bien dans l'environnement que Josie douta d'elle-même pendant un instant. Un kudzu grimpait le long du tronc et s'enroulait ensuite autour des branches, comme des veines. Une partie de cette vigne pendait de l'arbre, pareille à un rideau végétal. Josie le repoussa sur le côté et le dépassa. Elle vit alors les deux noyers et, maintenant qu'elle se trouvait au milieu du triangle, repéra le sol de l'affût juste au-dessus de sa tête.

— On y est, confirma Noah derrière elle. Tu avais raison. Je n'ai vu de corde orange nulle part. Où est l'échelle ?

Josie pointa l'index vers un tronc, où une échelle avait été fabriquée en y clouant des lambourdes, elles aussi peintes en camouflage.

Noah leva les yeux vers le feuillage où disparaissaient les barreaux.

— C'est très raide, fit-il remarquer.

— Et haut, ajouta Brennan, qui venait d'arriver avec Daugherty. Comment on accède à l'affût ensuite ?

— Il y a une petite plateforme devant la porte.

— Un affût avec un porche d'entrée ? s'étonna Daugherty.

— On peut dire ça comme ça.

— Finalement, c'est une cabane dans les arbres, quoi, conclut Brennan.

Un craquement retentit au-dessus d'eux et ils levèrent tous la tête.

— Il est là-haut. On se met en position.

Ils s'éloignèrent de quelques pas pour avoir une meilleure vue sur les arbres. Josie trouva un emplacement d'où elle parvenait à distinguer une partie de la plateforme devant la porte de l'affût. Noah, à un ou deux mètres d'elle, croisa son regard.

— Il n'y a aucune chance pour que M. Funk ou un membre de sa famille ait laissé une arme chargée là-haut, hein ?

Josie secoua la tête.

— Non. Ils sont bien trop prudents pour ça.

Rassuré, il plaça ses mains de part et d'autre de sa bouche et appela :

— Elliott Calvert ! Police de Denton. Veuillez sortir de l'affût.

Pas un bruit, pas un mouvement. Noah appela de nouveau. Ils patientèrent. Au troisième essai, Brennan demanda :

— Vous êtes sûrs qu'il est bien là ?

— Monsieur Calvert, cria Josie. Je suis l'inspectrice Quinn, de la police de Denton. Nous nous sommes rencontrés hier. Sortez, s'il vous plaît.

Un nouveau craquement retentit. Elle crut voir la porte s'entrouvrir, mais il était difficile d'en être certain avec l'épaisseur du feuillage.

— Monsieur Calvert ? répéta-t-elle.

Il y eut des bruits de pas, puis les branches bougèrent. Josie ne quittait pas la plateforme des yeux.

Brennan prit le relais.

— Monsieur, veuillez descendre immédiatement. Vous devez venir avec nous.

Tout se passa en quelques secondes mais, dans la tête de Josie, la scène se déroula comme au ralenti. Une main sortit des branches qui dissimulaient la plateforme.

— Josie, attention ! hurla Noah.

Après la main, ce fut au tour du visage d'Elliott Calvert d'apparaître au bord de la plateforme. Son cerveau peinait à analyser ce qu'elle voyait quand le corps tout entier de l'homme surgit soudain dans les airs, bras et jambes écartés. Il tombait droit sur elle, à toute vitesse. Noah la percuta si brutalement qu'elle en eut le souffle coupé. Le côté gauche de son corps heurta le sol. Elle était totalement engourdie, incapable de respirer, de réfléchir. Il n'y avait que Noah, qui flottait au-dessus d'elle. L'inquiétude se lisait sur ses traits. Josie avait conscience qu'il lui touchait le visage, mais elle ne sentait rien. Et puis elle perçut des bruits sourds et gutturaux, des bruits d'agonie.

— Essaie de prendre une inspiration, Josie.

Les mots de Noah parvinrent finalement à ses oreilles.

Enfin, elle parvint à prendre une longue goulée d'air. Noah la fit asseoir, et elle regarda autour d'elle pour comprendre d'où provenaient les cris.

— C'est Calvert, dit Noah.

Un mètre plus loin, l'homme gisait à terre et se tordait de douleur, un bras plaqué contre sa poitrine. Son visage blafard prit une teinte verdâtre. Brennan et Daugherty, penchés au-dessus de lui, le regardèrent rouler sur le côté pour vomir.

Noah aida Josie à se relever.

— Il a sauté. Il aurait atterri sur toi.

— Merci, souffla-t-elle en époussetant son jean.

Le corps de Calvert était secoué de violents spasmes. En s'approchant, Josie vit du sang frais suinter entre les doigts de sa main droite, laquelle recouvrait son poignet gauche.

— Je pense qu'il s'est cassé quelque chose, dit Daugherty. Il est vraiment mal tombé.

— Ça fait une sacrée chute, commenta Brennan.

— Pas une chute, corrigea Noah. Un saut.

Ignorant la douleur qui pulsait dans toute la partie gauche de son corps, Josie s'agenouilla à côté du blessé. Elle sortit une paire de gants en latex de sa poche, les enfila et posa une main sur son épaule.

— Monsieur Calvert, laissez-moi jeter un œil à votre bras.

Les dents serrées, l'homme ferma les paupières et roula lentement sur le dos. Alors que sa main droite se relâchait, son corps fut pris de tremblements.

— Il est en état de choc, dit Josie. Contactez le chef par radio. Il nous faut une ambulance.

Brennan commença à parler dans sa radio.

— Jamais une ambulance ne viendra jusqu'ici, dit Noah. On va devoir le porter.

Calvert ouvrit brusquement les yeux.

— Non. Non. Non.

Doucement, Josie repoussa sa main droite afin de prendre la mesure de la blessure.

— Mon Dieu, lâcha Brennan.

Josie serra les dents, espérant réussir à rester impassible alors qu'elle venait d'apercevoir le bout d'os ébréché qui avait traversé la peau de l'avant-bras de Calvert, lequel était couvert de sang. Derrière elle, Daugherty fut pris de nausée.

Josie replia les doigts de Calvert autour de la plaie ouverte, en prenant garde à éviter tout contact avec l'os saillant, maintenant une légère pression dessus. Le sang continuait à couler. Elle se retourna et cria pour couvrir les haut-le-cœur de Daugherty.

— Daugherty, retournez aux véhicules et revenez avec un kit de premiers secours. Faites aussi vite que possible.

Il se redressa, un filet de salive accroché au menton.

— Maintenant, insista Josie. Courez.

Il s'essuya la bouche du revers de la main et s'en alla à petites foulées en direction de la route.

Josie se servit de sa main libre pour toucher le front de Calvert. Même à travers le gant, elle percevait à quel point sa peau était froide et moite. Elle bougea les doigts jusqu'à sa gorge. Son pouls battait la chamade.

— On va sans doute devoir le ramener à pied, dit Noah. Mais il faut trouver un moyen de caler son bras.

— Ça me semble impossible, répondit Brennan.

— On doit le sortir d'ici sans tarder. Nous ne pouvons pas nous permettre de perdre des heures à attendre que les équipements nécessaires nous parviennent. Brennan, en attendant le kit de premiers secours, trouvez-moi un bâton d'environ la longueur de votre avant-bras, aussi large que possible. Toi, Noah, donne-moi ta veste.

Il devina son plan sans qu'elle ait besoin de le lui exposer. Il retira sa veste et entreprit de confectionner une écharpe avec. De son côté, Brennan se mit en quête d'un bâton. Les hurlements de douleur de Calvert s'étaient mués en grognements et gémissements. Quelques minutes plus tard, Daugherty fut de retour avec de quoi prodiguer les premiers soins.

— Le chef a dit que l'ambulance serait là quand on arriverait.

Avec l'aide de Noah, Josie enveloppa la plaie de gaze stérile. Ils en utilisèrent des rouleaux entiers pour recouvrir toute la zone autour de l'os et, quand Brennan revint avec un bâton, ils le scotchèrent au bras de Calvert, l'immobilisant autant que possible. Brennan aida Josie à faire asseoir le blessé, et Noah fit passer sa tête entre les manches nouées de sa veste. Le visage de Calvert se mouilla de larmes quand on installa son bras cassé dans l'écharpe de fortune. Ensemble, ils le mirent sur ses pieds, et Noah se cala sous son aisselle droite pour le maintenir debout tandis qu'ils se mettaient en chemin, suivis par Brennan et Daugherty.

Ils se relayèrent, chacun son tour, pour faire office de béquille. Calvert tomba deux fois, trahi par ses genoux vacillants, mais, par miracle, ils parvinrent à le rattraper avant que son bras blessé heurte quoi que ce soit. Le pauvre homme était secoué de spasmes et dégoulinait de transpiration. Les seuls bruits audibles étaient sa respiration laborieuse, quelques cris de douleur, et le chant des oiseaux dans les arbres.

Le trajet du retour leur parut durer des heures. Comme l'avait promis le chef, une ambulance les attendait, portes ouvertes. Sawyer et un autre ambulancier se précipitèrent à leur rencontre et firent grimper Calvert à l'arrière du véhicule pour faire un point sur son état. Sur la civière, le blessé semblait tout petit, presque frêle. Difficile d'imaginer que ce même homme avait vicieusement agressé deux adolescentes la veille.

— Je vais appeler votre femme, monsieur Calvert, dit Josie.

Ses yeux écarquillés rencontrèrent les siens.

— Non, ne l'appelez pas. N'appelez pas ma femme. Quoi qu'il arrive, surtout, ne l'appelez pas.

Sawyer fit un pas en direction de Josie et attrapa les poignées des portières.

— On doit l'emmener à Denton Memorial immédiatement. Il va devoir être opéré.

Josie acquiesça. Alors que Sawyer fermait les portes, Elliott continuait à hurler :

— N'appelez pas ma femme. Quoi qu'il arrive, ne l'appelez pas. C'est trop dangereux. Je vous en supplie.

15

Josie trouva des dosettes de lait sur une table dans un coin sombre de la cafétéria de l'hôpital. Elle déposa deux gobelets de café fumant sur son plateau collant et entreprit de vider les dosettes dedans. Apparemment, c'était trop demander que d'avoir du sucre et des touillettes. Avec un soupir, elle clipsa des couvercles sur les gobelets et les transporta dans un dédale de couloirs, jusqu'à retrouver la zone des urgences. Noah et elle avaient suivi l'ambulance jusqu'à l'hôpital pendant que le chef retournait au commissariat. Calvert s'était un peu détendu pendant le trajet, mais il semblait toujours sur le point de perdre connaissance à cause de la douleur. Après que Josie lui eut lu ses droits et l'eut informé qu'il était en état d'arrestation pour avoir agressé Dina Hale, il avait été immédiatement envoyé en radiologie. Josie s'était donc mise en quête de caféine en attendant d'avoir des nouvelles.

Appuyé contre le comptoir d'accueil des infirmières, Noah tapotait l'écran de son téléphone. Josie déposa un café devant lui.

— Sans sucre, prévint-elle.

— Ça ira.

Il posa son téléphone, saisit le gobelet et en sirota une gorgée avant de faire la grimace.

— J'ai comme l'impression que je vais le regretter.

— Pareil, soupira Josie en avalant trois lampées d'un liquide si acide qu'il était difficile de croire qu'il était comestible.

— Tu crois qu'ils ont versé un produit ménager dans la cafetière ? demanda Noah.

Elle secoua la tête.

— Pas impossible. Tu as pu parler au médecin de garde ?

— Oui. Calvert est parti au bloc. Étant donné qu'il est censé être en garde à vue, le chef va envoyer un agent en uniforme pour le surveiller jusqu'à ce qu'il soit en état de quitter l'hôpital. Oh, et j'ai appelé sa femme.

— Comment elle l'a pris ? demanda Josie.

Il haussa les épaules.

— Aussi bien qu'on puisse l'espérer.

— Tu lui as raconté quoi ?

— Tout.

Elle reposa son gobelet à côté du sien et le regarda dans les yeux.

— Y compris le fait que la dernière chose qu'il ait dite dans l'ambulance était de ne pas l'appeler parce que c'était « dangereux » ?

— Oui.

Josie soupira. Elle ne pouvait s'empêcher de penser à l'adorable petite Amalise.

— Tu as réussi à la convaincre de quitter la ville avec son bébé pendant un moment ?

Noah reprit son gobelet, but une gorgée de café et fronça le nez.

— Elle m'a fait la même réponse qu'hier. Elliott ne lui ferait jamais de mal, et à son bébé non plus.

— Ce qui signifie qu'une autre personne est impliquée.

— Alors, il va falloir trouver de qui il s'agit, conclut Noah.

On va se mettre à sa recherche aujourd'hui et voir ce qui en ressort. Alison est toujours dans la nature. Quoi qu'elle sache, ça pourrait tout changer. Si on découvre que Tori et le bébé sont effectivement en danger, il faudra qu'on ait une sérieuse conversation avec elle. C'est tout ce qu'on peut faire pour le moment.

Josie laissa échapper un nouveau soupir, termina son café et regarda autour d'elle. Le service des urgences était plutôt animé pour un dimanche matin. Médecins et infirmières s'activaient, passant d'une pièce à l'autre, d'un rideau à l'autre. Diverses alarmes et bips retentissaient un peu partout. Des familles entraient, sortaient, à la recherche de leurs proches.

— Calvert va rester au bloc plusieurs heures, dit-elle.

— Et même une fois qu'il sera réveillé, rien ne dit qu'il parlera, fit Noah.

— Pas faux. Mais on a pas mal de pistes à explorer dans cette enquête, et on est sur place. On n'a qu'à descendre voir si la docteure Feist en a terminé avec l'autopsie de Dina Hale ?

16

La morgue se trouvait au sous-sol de l'hôpital Denton Memorial. Après être sortis de l'ascenseur, Josie et Noah suivirent un couloir desservant plusieurs salles vides. Les murs blancs étaient si sales qu'ils semblaient gris. Leurs pieds butaient contre les vieux carreaux de carrelage jaunis et ébréchés. Josie sentit immédiatement cette odeur caractéristique, mélange de décomposition et de produits chimiques peinant à la masquer. Les lieux étaient composés d'une grande salle d'examen et du bureau de la docteure Feist. Josie et Noah trouvèrent cette dernière dans la salle d'examen, vêtue d'une blouse bleu marine, ses cheveux blond argenté rentrés sous une charlotte. Elle se tenait debout devant une longue table en inox disposée contre le mur du fond, en train de taper sur le clavier de son ordinateur. Elle leva les yeux vers eux quand ils entrèrent, avant de revenir à son écran.

— Je m'apprêtais à vous appeler, dit-elle.

Un corps reposait sur une autre table, couvert par un drap blanc.

— Nous étions sur place, se justifia Josie. Du coup, on s'est dit que c'était l'occasion de faire le point avec toi.

La légiste leva une main de son clavier et fit un geste en direction de la dépouille.

— J'ai discuté avec ses parents hier après-midi. C'est d'une tristesse...

— Je suis bien d'accord, dit doucement Josie.

La docteure Feist cessa de taper et se tourna vers les policiers, un mince sourire sur son visage.

— Tout est triste, dans ce boulot.

Josie et Noah s'avancèrent vers le corps.

— Qu'est-ce que tu peux nous dire sur Dina Hale ?

La légiste les rejoignit.

— C'était une jeune fille blanche de dix-huit ans en parfaite santé. Pas de problème médical particulier.

Elle replia avec précaution le drap jusqu'aux épaules de Dina. Les paupières de la jeune fille étaient closes, son visage presque serein. La médecin pointa sa gorge du doigt.

— J'ai trouvé des bleus autour de son cou.

Josie se pencha pour observer les marques de doigts à peine visibles.

— Il y avait aussi des pétéchies au niveau de ses yeux, continua Anya Feist, ce qui signifie que son corps a été privé d'oxygène avant la mort.

— Pas surprenant, commenta Noah. Nous avons pris son agresseur en flagrant délit. La cause de la mort est la strangulation ?

La docteure Feist hocha la tête.

— Effectivement. Il y a mis tant de force qu'il lui a fracturé l'os hyoïde.

Josie avait appris lors d'une enquête précédente que l'os hyoïde, en forme de U, se trouvait au niveau de la gorge, juste en dessous de la mâchoire. Il servait de structure d'attache à la langue, située juste au-dessus, et au larynx, juste en dessous. Elle savait également que cet os n'était cassé que dans un tiers des cas de strangulation. Il fallait vraiment beaucoup de force pour le briser.

— Bien, dit Josie. Nous allons pouvoir rédiger notre demande de mandat et l'arrêter pour homicide.

— Rien d'autre ? relança Noah.

— Je n'ai pas trouvé de trace d'agression sexuelle, si c'est la question. Mais j'ai effectivement découvert autre chose. Quelque chose de préoccupant.

Elle se déplaça sur le côté droit de Dina et souleva le drap, qu'elle replia contre le corps de la jeune fille pour que seuls son avant-bras et sa main soient visibles. Elle leva la main et montra les doigts de Dina. Sur trois d'entre eux, dont le pouce, les faux ongles avaient été partiellement arrachés. Sur les deux derniers, il ne subsistait plus que la colle. On aurait dit qu'elle avait essayé d'en limer les bords dentelés. Le bout des cinq doigts était rouge et légèrement enflé.

— Tu penses qu'elle s'est cassé les ongles en se battant avec Calvert ? demanda Noah.

— On n'a pas retrouvé d'ongles sur la scène de crime, dit Josie.

— Rapprochez-vous, dit la légiste. Ce ne sont pas les ongles qui m'interrogent.

— Qu'est-ce que c'est, alors ? demanda Josie.

Anya Feist souleva les extrémités des doigts de Dina pour que les policiers puissent mieux voir. En plus de la rougeur et du gonflement, Josie remarqua ce qui ressemblait à de minuscules piqûres sur le lit de l'ongle. Elle leva les yeux vers la docteure et vit que celle-ci faisait la moue.

— J'imagine que ça fait partie de ces détails sur lesquels tu ne peux pas trop t'engager, c'est ça ? intervint Noah. Si jamais on te demande ensuite de témoigner au tribunal, il faut que tu sois absolument sûre de toi, d'un point de vue médical.

La légiste hocha la tête et replaça le bras de Dina sous le drap.

Noah croisa les bras sur son torse.

— Allez, dis-nous à quoi pourraient correspondre ces blessures.

Une ombre voila le visage d'Anya Feist, et elle grimaça en reposant les yeux sur la défunte.

— Les blessures qu'elle présente au niveau des doigts sont celles que l'on retrouverait sur quelqu'un à qui on aurait enfoncé quelque chose sous les ongles.

— Enfoncé quoi ? réagit Josie.

— Une aiguille, peut-être ? On voit qu'il y a de petits trous.

— Tu penses que quelqu'un lui a enfoncé une aiguille sous les ongles ? fit Noah.

— Oui, confirma la légiste. De plus, il lui manque deux ongles sur cette main, et un sur l'autre.

— Tu veux dire que quelqu'un lui aurait arraché les ongles ? clarifia Noah.

— Je ne peux pas attester ce point en particulier, mais...

— Je ne te demande pas de me dire ce que tu vas écrire dans ton rapport, mais ce que tu penses. Il n'y a que toi, moi et Josie dans cette pièce. On a besoin de savoir à quoi on a affaire.

La légiste baissa de nouveau les yeux vers le visage de Dina Hale. Elle lâcha un long soupir puis déclara :

— Je pense que cette fille pourrait avoir été torturée. Arracher les ongles et enfoncer des aiguilles dessous sont des techniques de torture qui remontent au Moyen Âge. Peut-être même plus loin.

— Torturée ? répéta Josie. Mais c'est une lycéenne...

— Je donne juste mon avis : ces blessures sont compatibles avec ces formes de torture.

— Rien d'autre ? reprit Noah.

— S'il y avait eu autre chose, j'aurais commencé par ça, répondit-elle avec un geste d'impuissance. Écoutez, ce n'est pas à moi de vous expliquer pourquoi une lycéenne a pu être torturée de cette manière. Ça, c'est à vous de le découvrir. Tout ce que je peux vous dire, c'est ce que j'ai remarqué lors de l'autopsie et, officieusement, ce que j'en conclus, puisque c'est ce que vous m'avez demandé.

— Et il n'y a pas d'autres traces sur son corps, en dehors de celles laissées par Calvert quand il l'a étranglée ? insista Noah.

— Pas la moindre.

— C'était peut-être le but, intervint Josie.

Les deux autres se tournèrent vers elle.

— Les blessures au niveau de ses ongles sont quasi invisibles. Si on n'avait pas les yeux dessus, on ne les verrait pas. Vous remarqueriez peut-être que ses ongles sont abîmés, mais c'est fréquent, les mauvaises expériences avec les faux ongles. Ce n'est pas suffisant pour en conclure qu'elle a été torturée.

Noah baissa de nouveau les yeux vers la main de Dina.

— La personne qui lui a fait ça ne voulait pas que ça se voie, dit-il. Mais pourquoi ?

— Parce que cette personne attendait quelque chose d'elle. Et si elle ne l'obtenait pas, elle menaçait de la tuer.

— Tu penses que Calvert aurait pu faire ça ? demanda Noah à la légiste.

— Si c'est lui, ça ne date pas d'hier. Ces blessures remontent à il y a quelques jours. Entre trois et cinq.

— Ça pourrait quand même être Calvert, donc, dit Josie.

— Tu crois que ce type aurait pu faire un truc pareil ? s'étonna Noah.

— Je crois qu'il y a encore beaucoup de choses qu'on ignore.

17

Josie ouvrit en grand la vitre de la portière, aspirant l'air frais à grosses goulées pendant que Noah les conduisait au commissariat. Elle était sûre que la puanteur de la morgue lui collait aux cheveux et aux vêtements. À moins qu'il ne s'agisse de l'odeur nauséabonde qui émanait de cette affaire. Le commissariat de Denton apparut dans leur champ de vision, bâtiment en pierre grise de deux étages doté d'une tourelle à l'est qui ressemblait plus à un château qu'à un commissariat. La bâtisse avait initialement été utilisée comme mairie, avant d'être reconvertie pour abriter les locaux de la police plus de soixante-dix ans auparavant. Il était toujours sur la liste des monuments historiques, ce qui signifiait qu'il était compliqué de le moderniser, mais Josie l'aimait tel qu'il était. Sa simple vue lui apportait un étrange sentiment de paix.

Ils se garèrent sur le parking attenant, à l'arrière du bâtiment. Josie était heureuse de constater que l'entrée n'avait pas été prise d'assaut par les journalistes. Étonnamment, les événements survenus sur Widow's Ridge Road n'étaient pas encore parvenus aux oreilles de la population. Cela s'expliquait sans doute par le fait que la zone était très excentrée. Noah et elle grimpèrent l'escalier jusqu'à la grande salle du premier étage. Ce large espace était meublé de plusieurs bureaux, d'armoires de rangement, d'une imprimante probablement plus vieille que Josie et d'un écran de télévision accroché au mur, la plupart du temps éteint. Seuls les enquêteurs – Josie, Noah, Gretchen et Finn Mettner – et l'attachée de presse, Amber, y avaient un bureau attitré. Les tables restantes servaient indifféremment aux autres agents en uniforme pour passer des coups de téléphone ou pour faire du travail administratif. Le chef avait un petit bureau dédié dont la porte donnait sur la salle principale.

Contrairement à d'habitude, cette porte était ouverte. La voix du chef résonna à l'intérieur :

— Je me fous du fait que vous soyez conseiller municipal. Vous pourriez être le roi de votre pays que ça serait pareil. Je n'ai pas le temps pour ces conneries. Le voilà, mon budget. Vous croyez que je ne sais pas comment on fait un budget ? J'en ai déjà parlé à la maire, je vais vous le répéter, et je le répéterai autant de fois que nécessaire : il nous faut un chien policier. Vous savez combien de fois par an je dois demander au shérif de me prêter les siens ? Et vous imaginez quoi ? Que c'est gratuit ? J'ai besoin d'un chien et d'un agent formé. Je vous assure que ça vaut le coup, et si vous ne me croyez pas...

Il s'interrompit brusquement. Quand il reprit la parole, sa voix n'était plus la même. Mal assurée, sans la moindre trace d'énervement.

— Oh, oui, bien sûr. Oui, j'imagine. Absolument. Quand vous voulez, alors. Vous pouvez passer pour qu'on en discute ? Si vous pensez pouvoir convaincre le reste du conseil municipal, alors c'est parfait. OK. C'est noté. Au revoir.

Josie frappa contre le chambranle de la porte, surprise de voir le chef sourire quand il leva les yeux vers elle. Que ce soit dans la rue ou au téléphone avec un conseiller municipal, Chitwood était toujours le même : il aboyait des ordres et s'agaçait d'à peu près tout et tout le monde. Mais il fallait admettre que ces derniers temps, au commissariat, et plus particulièrement quand il était seul avec Josie, sa compagnie était presque agréable.

— Pierce Fuller, marmonna le chef. Conseiller municipal. Vous le connaissez ?

Josie secoua la tête.

Le chef lança un regard assassin au téléphone posé sur son bureau.

— Il prétend pouvoir nous fournir la brigade canine que je demande. On verra bien si ce monsieur est fiable ou si c'est juste un foutu embobineur, comme tous les politiciens.

Pendant quatre ans et demi, le chef Chitwood s'était montré acerbe, caustique et bourru. Dans l'équipe, son tempérament grincheux était un sujet de plaisanteries. Mais quand la grand-mère de Josie s'était trouvée sur son lit de mort l'année précédente, il avait été étonnamment attentionné. Puis une affaire de meurtre survenue quelques mois plus tard l'avait obligé à se confier à Josie et à ses collègues. Josie avait alors appris tout ce qu'il y avait à savoir sur Bob Chitwood, et à peu près tout était tragique. Il avait toutes les raisons de se comporter comme il le faisait.

— Bref, reprit le chef. Entrez, Quinn. Vous avez pu discuter avec Calvert ?

— Non, il était toujours au bloc quand on a quitté l'hôpital.

— Dommage.

Il afficha de nouveau un large sourire.

— Vous irez lui tirer les vers du nez plus tard.

Cela faisait cinq mois que Josie et son équipe avaient résolu l'affaire qui avait fait voler en éclats la famille du chef vingt-cinq ans plus tôt et ruiné l'essentiel de sa vie. Cinq mois que le chef avait frôlé la mort en voulant aider Josie sur cette affaire. Six mois que Josie et les autres avaient fait la rencontre de Daisy Sims, une adolescente de seize ans qui s'était avérée être la très jeune demi-sœur de Chitwood. Une sœur dont personne n'avait jamais entendu parler, à commencer par son propre père. Mais après une double vérification de leur ADN, le chef avait obtenu la garde de la jeune fille. Ils avaient appris à se connaître et s'étaient peu à peu faits à ce curieux lien biologique qui les unissait et aux faits incroyables et bouleversants qui avaient été mis en lumière par l'enquête.

Et pourtant, en dépit de tous ces traumas, Josie ne l'avait jamais vu comme ça. Un sourire radieux, des yeux lumineux.

— Quinn ! répéta-t-il. Entrez !

Le chef était heureux.

Josie s'avança vers le bureau et lui tendit un gobelet de café qu'elle avait acheté à *Komorrah's Koffee*.

— C'est un Red Eye.

Il la remercia et saisit le gobelet, avala une gorgée et laissa échapper un soupir de plaisir.

— Excellent, lui dit-il sans se départir de son sourire.

Qui était cet homme ?

— Chef. Concernant Dina Hale…

— Vous avez parlé avec la docteure Feist ? L'autopsie est terminée ?

— Oui, et il y a quelques détails préoccupants.

— Asseyez-vous. Où est Fraley ?

Sans attendre sa réponse, il cria d'une voix tonitruante :

— Fraley, ramenez-vous par ici !

Le volume n'avait rien d'inhabituel, mais il manquait la pointe d'exaspération qui accompagnait généralement ses demandes. Comme Noah n'apparaissait pas, le chef se leva et se rendit dans la grande salle.

Josie s'installa dans l'un des fauteuils en vinyle qui faisaient face à son bureau. En regardant autour d'elle, elle remarqua que son supérieur avait enfin apporté une touche personnelle aux lieux. Depuis qu'il était arrivé, les souvenirs et les distinctions de ses nombreuses années de service prenaient la poussière dans des cartons. Ces derniers avaient disparu. Sur les murs étaient accrochés des certificats de distinctions honorifiques, des lettres de remerciement, des décorations professionnelles, et plusieurs photos encadrées du chef en compagnie de groupes d'intervention avec lesquels il avait collaboré. Il avait également posé sur son bureau un triple cadre photo dont Josie, d'où elle se trouvait, ne voyait que le dos.

Elle pouvait entendre Noah et le chef discuter de l'autre côté de la porte, mais sans discerner le sujet de la conversation. Elle se pencha légèrement en avant dans une tentative d'apercevoir le contenu du cadre. On lui tapa sur l'épaule, et elle fit un bond dans son fauteuil. Le chef passa à côté d'elle, hilare.

— Ce n'est pas beau d'espionner, Quinn, dit-il.

Il contourna son bureau et retourna le cadre face à elle. Elle reconnut la sœur qu'il avait perdue plusieurs dizaines d'années plus tôt, et un cliché de lui et Daisy qu'elle avait pris elle-même le jour où il avait obtenu sa garde. Toute l'équipe les avait invités au restaurant pour fêter l'événement. C'était la première photo qui avait été prise d'eux, ensemble. Le chef désigna le troisième cliché, plus ancien, d'une femme que Josie ne reconnut pas.

— C'est ma mère, expliqua-t-il.

Une liasse de feuilles dans les mains, Noah s'assit dans le fauteuil près de Josie. Il lui tendit la moitié de son chargement puis jeta un œil au petit bureau et à la chaise disposés dans un angle de la pièce. Deux livres de poche, un carnet de croquis et un pot à crayons étaient posés dessus.

— Où est Daisy ? demanda-t-il.

Le chef l'emmenait souvent avec lui au travail, refusant de la laisser seule à la maison après tout ce qu'elle avait traversé. Amber et Mettner s'en occupaient parfois quand le chef était débordé et que la demoiselle commençait à trouver le temps long. Josie et Noah, ainsi que Gretchen (dont la fille adulte, Paula, vivait avec elle), prenaient aussi régulièrement le relais.

— Elle a dormi chez Gretchen et Paula, leur dit-il. Je ne

voulais pas qu'elle veille toute la nuit avec moi, coincée ici pendant que je parcourais la ville en voiture, même si je crains qu'elle n'ait de toute manière pas fermé l'œil et ait avalé la série *Ted Lasso* en totalité pour la dixième fois.

— Je peux la comprendre, répondit Josie. Il y a du nouveau ? Rien sur Alison Mills ?

Le chef s'installa dans son fauteuil, qui craqua comme en signe de protestation. Il passa une main dans ses cheveux clairsemés, faisant voleter quelques mèches. Il paraissait soudain épuisé.

— Parlez-moi d'abord de l'autopsie de Dina Hale.

Josie et Noah lui relatèrent les conclusions de la légiste, que le chef écouta sans rien laisser paraître. Le silence s'étira entre eux quelques secondes quand ils eurent terminé leur récit. Puis il déclara :

— Torturée ? Eh bien, on peut dire que ça apporte un nouvel angle à cette enquête. Y avait-il d'autres marques sur son corps ?

— Non, répondit Josie. Vous pensez à une forme de signature, c'est ça ?

Le chef acquiesça.

— Tous les trafiquants ne marquent pas leurs victimes, mais c'est fréquent. Si Dina Hale s'était retrouvée embarquée dans un réseau de traite d'êtres humains… Je ne suis pas certain que ça expliquerait le rôle joué par Elliott Calvert, mais ça expliquerait beaucoup d'autres choses. Lui arracher les ongles serait un bon moyen de faire pression sur elle sans altérer son apparence physique ou la rendre inapte pour ce qu'ils la forçaient à faire. Cela dit…

Il désigna les piles de papiers qu'ils portaient.

— Les enregistrements téléphoniques n'ont rien démontré en ce sens. Ses réseaux sociaux n'ont pas révélé le moindre lien avec ce genre de trafiquants non plus. J'y reviendrai plus tard. Ce qu'il faut avant toute chose, c'est qu'on retrouve Alison

Mills. Malheureusement, les recherches sont toujours au point mort. Tout ce que je peux vous dire, c'est qu'il est certain qu'elle est arrivée en ville. Les chiens ont suivi sa trace jusqu'au lycée de Denton East, de l'autre côté de la grande route qui passe le long de l'établissement, puis de nouveau dans la forêt. Au bout de quelques mètres au milieu des arbres, ils l'ont perdue.

— Ces chiens n'auraient pas perdu sa trace sans une bonne raison, dit Josie. Ça pourrait être dû au vent mais, en général, ça arrive quand la personne monte dans une voiture. Elle était suffisamment proche de la route pour rebrousser chemin, mais si elle était montée en voiture avec quelqu'un, il se serait forcément posé des questions sur son état, non ? Puisqu'on part du principe qu'elle était couverte de sang, ou au moins que son visage portait des marques de coups ? Admettons que quelqu'un l'ait laissée monter dans sa voiture en ignorant tout ça et l'ait amenée où elle le lui demandait, pourquoi n'aurait-elle pas demandé à être déposée chez elle ou ici ?

— Qui aurait pu la faire monter dans sa voiture ? se questionna Noah. Un inconnu qui serait passé par là ? Elle n'a pu appeler personne, à moins qu'elle ait emprunté un téléphone pour demander à quelqu'un d'autre de venir la récupérer. Ou que ce serviable inconnu l'ait conduite à un endroit dont on ne sait rien. Auquel cas, à quoi cherche-t-elle à échapper ?

— À un mec qui torture des adolescentes ? suggéra Josie.

— L'un de vous deux pense que c'est Calvert qui aurait pu faire ça ? interrogea le chef.

Josie jeta un coup d'œil à Noah, qui se renfonça dans son fauteuil. Elle savait qu'ils pensaient la même chose.

— Eh bien ? demanda le chef.

— En apparence, Calvert ne correspond pas au profil, avança Josie. C'est un jeune papa très pris par son travail. Qu'est-ce qui pourrait le relier de près ou de loin à une affaire impliquant de torturer des adolescentes ?

— Il en a quand même tué une, Quinn, rétorqua le chef.

— Absolument. C'est pour ça que j'ai dit « en apparence ». On ne sait pas grand-chose de lui en dehors de quelques éléments superficiels. Ça me semble délicat de tirer des conclusions concernant le fait qu'il ait pu ou non arracher les ongles de Dina sans avoir plus d'informations. Mais je ne pense pas non plus qu'on puisse le rayer de la liste des suspects.

— Par contre, fit remarquer Noah, si on retrouvait Alison Mills, elle pourrait sans doute nous dire précisément qui a fait ça à Dina. Elles sont meilleures amies.

— Si les chiens ont suivi la trace d'Alison jusqu'à ce qu'elle retourne dans la forêt, c'est soit qu'elle a fait demi-tour pour monter en voiture avec quelqu'un, soit qu'elle est ressortie de l'autre côté, c'est-à-dire dans une zone résidentielle. Les gens qui habitent là-bas ont peut-être des caméras. Avec un peu de chance, on pourrait récupérer des images de vidéosurveillance.

Le chef leva une main en l'air.

— J'ai déjà vérifié. Elle n'y apparaît pas, mais elle pourrait les avoir évitées, volontairement ou non, impossible de le savoir. Il y a énormément d'angles morts, une minorité de résidents seulement se sont équipés de caméras.

— Elle était a priori couverte de sang, ajouta Noah. Avez-vous quadrillé la zone pour voir si quelqu'un a croisé une personne blessée correspondant à sa description ?

— Évidemment. Une femme pense avoir vu une fille qui ressemblait à la description faite d'Alison courir en direction du centre de Denton, hier, aux alentours de 17 h 30.

Josie se sentit immédiatement soulagée. Si Alison Mills courait — même si c'était pour fuir quelqu'un ou quelque chose —, c'était qu'elle était vivante. Ou, en tout cas, qu'elle l'était encore la veille à 17 h 30.

— À la première heure ce matin, j'ai envoyé de nouvelles unités avec les chiens pour quadriller la zone dans la direction qu'elle aurait prise, ajouta le chef. J'attends encore de savoir si ça a donné quelque chose. Mais devinez qui s'est pointé ici à l'aube ?

— Marlene Mills, dit Josie.

Elle ne pouvait imaginer la nuit que la femme venait de passer, ignorant où se trouvait sa fille et si elle allait bien, avec son mari à l'autre bout du monde. Elle avait vraiment de la peine pour elle. Il n'y avait rien de pire que l'incertitude.

— Ce qui veut dire qu'Alison n'est pas rentrée chez elle.

Le chef confirma d'un hochement de tête.

— Mme Mills a appelé tous les amis d'Alison hier soir. Aucun d'entre eux n'a eu de ses nouvelles. Elle leur a demandé à tous de la contacter s'ils voyaient Alison ou s'ils avaient des informations à son sujet, mais pour le moment, rien.

— Est-ce que son mari a pu trouver un vol pour rentrer ? demanda Josie.

— Toujours dans l'attente... répondit le chef.

Josie grimaça. D'une certaine manière, la situation de Clint Mills était pire encore que celle de sa femme. Il était coincé à l'autre bout de la planète sans savoir à quel moment il pourrait être de retour chez lui. Il s'apprêtait à prendre un ou plusieurs avions, des heures durant, heures qu'il passerait vraisemblablement à s'inquiéter et à se poser mille questions, tandis que Marlene avait l'avantage d'être sur place et de pouvoir suivre l'avancée de l'affaire. Elle pouvait même prendre contact avec les équipes de recherche si elle le souhaitait ou appeler des amis. Faire en sorte de s'occuper l'esprit. Clint, lui, allait être bloqué dans un tube de métal, à plusieurs kilomètres d'altitude, plongé dans ses pensées pendant une bonne quinzaine d'heures.

— Je sais... reprit le chef après avoir remarqué son expression. C'est dur. Encore une bonne raison de retrouver cette gamine fissa. Ça ne devrait pas être si compliqué. On parle d'une ado de dix-sept ans, pas d'un agent de la CIA, bon sang.

Où est-ce qu'elle se planque ? Elle a forcément passé la nuit à l'abri quelque part.

— Elle a été agressée, rappela Noah. Elle est terrifiée. Elle ne nous a pas vraiment vus, Josie et moi, et elle ne savait pas qui on était. Elle a très bien pu penser qu'on était avec Calvert. Peut-être qu'elle a trop peur pour oser sortir de sa cachette.

— Ou peut-être qu'un complice de Calvert l'a retrouvée et l'a embarquée, suggéra Josie. Si quelqu'un d'autre est impliqué, quelqu'un disposé à torturer des adolescentes, Alison a peut-être trop peur pour se rendre au commissariat ou chez sa propre mère.

Le chef soupira.

— Je vais appeler Marlene Mills. Il faut qu'on fasse sortir l'info dans la presse sans attendre. Ce n'est pas le moment de déconner. On doit retrouver cette gamine. Si sa mère passe à la télévision et supplie Alison de rentrer à la maison en lui promettant qu'elle y sera en sécurité, peut-être qu'elle réapparaîtra. Et si ça ne fonctionne pas, il sera temps de considérer sérieusement la théorie du complice qui la retient contre son gré. Une adolescente est déjà morte hier. Hors de question que je doive annoncer à Mme Mills que sa fille est décédée elle aussi. Compris ?

Josie et Noah acquiescèrent. Josie tapota du bout du doigt les papiers que son mari lui avait remis et demanda :

— Et ces fichiers ? Il y a quelque chose d'utile là-dedans ? Ce sont les enregistrements téléphoniques de qui, exactement ?

— De Dina Hale, Alison Mills et Elliott Calvert, répondit le chef. J'ai demandé à Hummel de passer par Graykey pour obtenir tout ça étant donné qu'on avait les autorisations des parents pour les téléphones des filles, et un mandat pour celui de Calvert. J'ai tout imprimé. Allez, au boulot.

18

Le café de Josie était tiède quand elle et Noah regagnèrent leurs bureaux respectifs pour commencer à éplucher les dossiers. Elle le but malgré tout d'une traite, regrettant de ne pas en avoir acheté un deuxième. Noah lui tendit son propre gobelet par-dessus la table.

— Tiens, tu peux finir le mien. Gretchen ne devrait pas tarder à arriver. Je suis sûr qu'elle aura ramené du carburant pour tout le monde.

Elle articula un « je t'aime » silencieux et vida le second gobelet.

Le chef les avait suivis hors de son bureau. Les bras croisés, il paraissait impatient de savoir ce que son équipe allait apprendre. Il se faufila près de Noah pour s'emparer de la pile de feuilles qui concernait Alison Mills. Après avoir écarté quelques pages, il déclara :

— Commençons par les réseaux sociaux. Calvert n'est inscrit que sur Facebook et Twitter, qu'il n'utilise pas énormément. Les filles sont sur toutes les plateformes imaginables. Elles y sont très actives, mais je n'ai rien vu qui soit lié à notre enquête.

— Même pas sur Snapchat ou Instagram ? demanda Noah. Il me semble que les ados s'en servent de plus en plus pour s'envoyer des messages.

— Oui, confirma Josie. Dans les dernières enquêtes où nous avons eu affaire à des lycéens, toutes les données incriminantes ont été découvertes sur ces deux applis.

Le chef secoua la tête.

— J'ai commencé par ça. Rien trouvé qui soit lié, même de très loin, avec notre affaire. Passons aux données GPS de leurs téléphones. L'enregistrement de ces données était activé sur les trois téléphones, on a un historique sur un an. Je me suis concentré sur les six derniers mois. Voilà ce qui en est ressorti.

Il leur montra une page sur laquelle plusieurs lignes avaient été surlignées en jaune.

— Ce sont les endroits où Alison Mills s'est rendue exactement au même moment que Dina Hale.

Josie saisit la page et survola la liste jusqu'aux quinze derniers jours. Chez Dina. Chez Alison. *Starbucks*. Un magasin de vêtements. Un autre magasin de vêtements. L'hôtel *Eudora*. Certaines lignes avaient également été surlignées en bleu.

— À quoi est-ce que celles-ci correspondent ?

Le chef attrapa la pile de Calvert et la feuilleta jusqu'à trouver une liste surlignée de la même couleur.

— Ce sont tous les endroits où Alison Mills, Dina Hale et Elliott Calvert se sont rendus au même moment ces six derniers mois.

Josie leva les yeux de la liste que lui tendait le chef et croisa son regard.

— Au même moment ? Il y a pas mal de lignes surlignées, quand même.

Elle prit le temps de les compter. Noah s'empara de la liste de Calvert et s'approcha du bureau de Josie. Ils placèrent les deux pages côte à côte.

Noah lut les lieux mis en exergue.

— L'hôtel *Eudora*. L'hôtel *Eudora*. L'hôtel, l'hôtel. Et puis chez Dina. Chez Dina. Chez Alison. Encore chez Dina – ça, c'était le matin de l'agression.

— Alors il les a suivies depuis la maison de Dina, c'est sûr, dit Josie. La question, c'est : est-ce qu'ils se connaissaient, tous ? Si oui, comment se sont-ils rencontrés ? Et s'ils ne se connaissaient pas, est-ce que ça veut dire qu'il les espionnait ? Pourquoi ?

— C'est ce que vous allez devoir déterminer, leur dit le chef.

— Les filles travaillaient à l'hôtel et, d'après ce que je vois, il semblerait qu'Elliott Calvert fréquentait l'hôtel même quand elles n'y étaient pas. C'était un habitué.

Elle continua à feuilleter la pile de pages.

— Au moins depuis cinq mois.

— Ce n'était peut-être pas pour elles qu'il se rendait à l'hôtel, dit Noah, mais on sait qu'à un moment donné, il a commencé à les suivre. Il est même envisageable qu'il ait torturé Dina, et on sait qu'il cherchait quelque chose. Qu'est-ce que ça peut être, bon sang ?

— On pourra lui poser la question quand il sera sorti du bloc, répondit Josie, en admettant qu'il accepte de nous parler, ce qui m'étonnerait. On pourrait aussi demander à sa femme, mais j'imagine qu'elle n'en saura rien. Je pense qu'on devrait plutôt se concentrer sur le patron et les collègues de Calvert pour aujourd'hui, et aller parler de lui et des filles à toutes les personnes qu'on croisera à l'hôtel. L'*Eudora* possède un bar très fréquenté, et il y a un restaurant au premier étage. Même les gens qui ne dorment pas sur place y vont.

— Le *Bastian's*, se rappela Noah. Oui, je vois, c'est là que tous les gens snobs et friqués se retrouvent. La maire et ses conseillers, par exemple.

Le chef hocha la tête.

— J'ai dû déjeuner plusieurs fois avec la maire là-bas. Ils font un excellent filet mignon.

— Si Dina et Alison travaillaient pour le service restauration et événementiel et qu'Elliott était client du restaurant, il est possible qu'ils se soient rencontrés comme ça, dit Josie. Peut-être qu'elles lui ont volé quelque chose.

— Mais quoi ? se questionna Noah. Qu'est-ce qu'elles auraient pu lui prendre qui justifierait de torturer quelqu'un ? De tuer quelqu'un ?

Elle poussa un soupir et jeta les papiers sur son bureau.

— Je n'en sais rien.

Le chef se pencha sur la pile de Dina et y chercha ce qui concernait ses données GPS.

— Ça pourrait être de la drogue, suggéra-t-il. Dina s'est rendue deux fois à East Bridge ces deux dernières semaines.

La ville de Denton possédait deux ponts : South Bridge, et East Bridge. Le premier, au sud, petit et étroit, était assez peu utilisé et menait droit vers la campagne du comté de Lenore. Le pont à l'est, plus central, était bien plus imposant et réputé pour être fréquenté par les dealers de drogue. Les policiers de la ville avaient abandonné depuis longtemps l'idée d'éradiquer le trafic à cet endroit : les utilisateurs y revenaient systématiquement. Ils se contentaient donc de maintenir le taux de criminalité à un niveau aussi bas que possible.

Plombée par la déception, Josie tendit la main pour récupérer le dossier que tenait le chef. Les parents de Dina avaient semblé tellement convaincus qu'elle ne touchait plus à la drogue. Même après que quelqu'un avait mis leur maison à sac, Guy Hale n'avait pas voulu envisager cette possibilité. Il avait décidé de croire sa fille. Mais peut-être avait-elle réellement arrêté d'en consommer ?

Les habitants de Denton ne se rendaient sous East Bridge que pour deux raisons : acheter de la drogue ou en vendre. Était-ce faire preuve de naïveté que de penser que Dina aurait pu mettre la main sur de la drogue – appartenant peut-être à Elliott Calvert – et qu'elle ait juste essayé de la revendre ou de s'en débarrasser ?

— Les analyses toxicologiques nous diront si Dina était toujours consommatrice, dit Josie. Même si ça risque de prendre des mois. Ses parents semblaient certains qu'elle en avait terminé avec ça. Son père avait fouillé sa chambre récemment, sans rien trouver.

— Peut-être qu'il n'a rien trouvé parce que la personne qui avait tout retourné avant l'avait récupérée, avança Noah.

Josie acquiesça.

— C'est une possibilité. Mais si Elliott avait de la drogue et que Dina s'était retrouvée en sa possession d'une manière ou d'une autre, on parle de quelle quantité ? Quelle quantité en faudrait-il pour envisager de torturer Dina, de la prendre en filature avec Alison et de les agresser ? De toute façon, on connaît la date à laquelle la maison des Hale a été mise à sac. Est-ce que Calvert était dans le coin à ce moment-là ?

Noah vérifia.

— Non, il n'y était pas.

Josie sentit un frisson parcourir sa colonne vertébrale.

— Ça signifie donc que quelqu'un d'autre s'est introduit chez les Hale. Cette personne pourrait très bien être aussi celle qui a torturé Dina.

— Peut-être un squatteur du pont, avança le chef.

La porte de la cage d'escalier s'ouvrit sur Gretchen, chargée d'un carton rempli de gobelets de chez *Komorrah's*. Derrière elle, Daisy portait un sachet de pâtisseries, achetées au même endroit. Josie reconnut leur odeur avant même que la jeune fille soit parvenue près de son bureau.

— Vous êtes un cadeau du ciel, leur dit-elle.

Gretchen déposa le porte-gobelets sur son bureau et commença la distribution des cafés.

— Tu dis ça uniquement parce que la charge de travail qui nous attend paraît insurmontable.

— En même temps, c'est vrai, dit Noah.

— Ce qui n'enlève rien à ce que j'ai dit, conclut Josie.

À côté de Gretchen, Daisy semblait mal à l'aise avec son sachet de pâtisseries dans les mains. Ses cheveux couleur de lin lui arrivaient aux épaules et paraissaient avoir été coupés récemment. Son jean flambant neuf épousait sa silhouette longiligne et, par-dessus une chemise noire cintrée, elle portait un sweat-shirt à capuche « Portland State University » trop grand pour elle.

— Paula t'a emmenée faire du shopping ? lui demanda Josie.

Daisy sourit timidement et hocha la tête. Elle baissa les yeux vers son sweat-shirt.

— Ça, je le lui ai juste emprunté. J'adore. J'espère bien aller à l'université, un jour, moi aussi.

Le chef sourit et s'approcha d'elle pour récupérer les pâtisseries.

— Tu iras à l'université.

— Tu es toute jolie, la complimenta Josie.

Avant que le chef n'obtienne sa garde, Daisy avait vécu une drôle de vie, parfois recluse. À seize ans, elle se montrait plus mûre que la plupart des adolescents de son âge, tout en demeurant très enfantine sur certains sujets. Le chef avait longuement hésité entre la scolariser à la maison ou l'envoyer au lycée. Daisy, elle, rêvait d'interagir avec ses semblables. Il lui arrivait d'avoir des réactions inappropriées liées à son éducation, mais cela ne lui posait pas de problèmes. Tout ce qu'elle voulait, c'était être en contact avec le monde. Un psychologue avait conseillé de la scolariser dans une petite école privée de Denton, où elle semblait s'être parfaitement intégrée.

— Daisy, tu n'es pas censée réviser pour ton contrôle de sciences, demain ? lui demanda le chef. J'ai ramené tes affaires, elles sont dans mon bureau.

Déçue, Daisy se dirigea vers le bureau en traînant les pieds et laissa la porte entrouverte.

Gretchen regarda les feuilles étalées sur les tables.

— Vous en êtes où ?

Josie, Noah et le chef lui récapitulèrent tout ce dont ils avaient discuté avant son arrivée.

— Et les messages, les photos ? interrogea immédiatement Josie. Il n'y a eu aucun échange entre une des filles et Calvert ?

Le chef fit signe que non.

— En dehors des coordonnées GPS, rien dans leurs téléphones ne montre le moindre lien entre eux. Il ne fait pas partie de leurs contacts sur les réseaux non plus. Mais il y a quelques échanges de messages entre Dina et Alison qui méritent d'être étudiés.

Josie fouilla la pile de documents concernant Alison et en ressortit la retranscription des messages. Gretchen et Noah se rapprochèrent, chacun d'un côté, pour lire en même temps qu'elle. Il y avait des semaines d'échanges. Pour la plupart, il s'agissait de messages concernant l'organisation pour aller et revenir du travail ensemble, pour se retrouver en ville et faire les magasins ou voir un film, ou encore des plaintes au sujet de ce qui s'était passé au travail. Alison déplorait que son père ait dû partir à Hong Kong, où il allait rester plusieurs mois. Elle ne voulait pas qu'il manque sa remise de diplôme. Elle se sentait responsable : s'il avait accepté un poste si loin, c'était à cause des factures médicales énormes que ses parents devaient encore régler.

Plusieurs messages évoquaient un garçon du nom de Max, pour qui Dina avait clairement le béguin. Trois semaines plus tôt, elle avait envoyé une photo à Alison accompagnée de plusieurs émojis en train de pleurer. Elle avait écrit :

Non mais j'hallucine ! Il est sérieux ?

Le cliché avait de toute évidence été pris de loin et sans le consentement des sujets. Josie reconnut les tabourets bleus à dossier aux couleurs du bar situé dans le restaurant *Bastian's*, à l'intérieur de l'hôtel *Eudora*. En soirée, l'éclairage du bar était bleuté tandis que celui de la partie restaurant était plus tamisé, avec une ampoule dorée suspendue au-dessus de chaque table. Sur la photo, un homme et une femme – jeune – étaient assis face à face. La demoiselle était accoudée au comptoir, sa main gauche sur ses genoux. Elle avait posé sa tête dans le creux de sa main droite. Josie remarqua ses vêtements – pantalon droit noir, chaussures noires confortables, chemisette blanche. Elle faisait sans doute partie des employés de l'hôtel. Ses cheveux bruns étaient coiffés en chignon serré. Il était difficile de deviner son expression, le cliché ayant été pris de profil, mais elle ne paraissait pas sourire. L'homme, de son côté, affichait un rictus de conspirateur. Il portait un costume gris charbon aussi foncé que ses cheveux longs ondulés, qu'il coiffait lissés en arrière pour dégager son visage. Il était penché vers la fille, l'une de ses mains frôlant son genou.

— C'est peut-être lui, Max, dit Josie.

Par-dessus son épaule, Noah commenta :

— Ils ont l'air plutôt intimes.

— D'après les messages, Dina avait un gros faible pour ce gars, dit Gretchen. Il faut absolument qu'on aille lui parler.

Noah pointa du doigt le bas de la page, où on pouvait lire la réponse d'Alison.

Je t'ai dit que c'était un gros dragueur. Il se sert de toi.
Laisse tomber ce mec. Il ne te mérite pas, de toute
manière.

Elle avait ajouté un gif montrant une jeune femme, très sûre d'elle, en train de secouer la tête avec la légende : « Tu vaux mieux que ça. »

Dina avait répondu avec cinq émojis en larmes et cinq cœurs brisés. Puis elle avait écrit :

Mais avec elle ???

Alison avait répondu :

Dina, il flirte avec tout le monde. Absolument tout le monde. Il en vaut pas la peine. En plus, c'est notre patron, alors laisse tomber le malaise.

Dina avait répondu avec un gif – une femme, très sérieuse, disait : « Mais c'est lui que je veux. Lui et lui seul. »

Alison avait ensuite envoyé un gif de femme levant les yeux au ciel.

L'échange s'arrêtait là. Elles s'étaient par la suite envoyé de nombreux messages sans importance, mais une nouvelle conversation, plus inquiétante, avait eu lieu deux jours plus tôt :

Dina : *Il faut qu'on parle.*

Alison : *Je sais. Je suis vraiment inquiète pour toi.*

Dina : *Tu as pu vérifier ce que je t'ai demandé ?*

Alison : *Oui. Y a rien. Rien du tout. T'es sûre que c'est vraiment par rapport à ça ?*

Dina : *J'en sais rien. Ils m'ont pas vraiment dit. Mais si je leur donne pas ce qu'ils veulent, ils vont me tuer. J'ai tellement peur.*

Alison : *Moi aussi. Je vois pas comment je peux t'aider. On devrait peut-être en parler à ma mère.*

Dina : *Ça va pas bien ? Non ! Pas les parents !*

Alison : *Alors on devrait appeler la police.*

Dina : *NON. PAS LA POLICE.*

Alison : *On fait quoi, alors ?*

Dina : *J'en sais rien. Tu peux dormir chez moi demain soir ? Après le boulot ? On pourra discuter.*

Alison : *Oui, ça marche.*

— Dans quoi se sont fourrées ces gamines ? murmura Gretchen.

— Et c'est qui, « ils » ? demanda Josie.

— Impossible de le savoir avec ces messages, soupira Noah. Il faut qu'on aille sur place pour parler à des gens.

— Il faut surtout qu'on retrouve Alison Mills, contra Gretchen. Je vais me concentrer sur ça aujourd'hui pendant que vous deux, vous allez à l'hôtel parler au personnel – surtout leurs collègues et leur chef qui, d'après ces messages, est ce fameux Max sur qui Dina craquait.

Josie se laissa tomber dans son fauteuil. Elle ouvrit son navigateur internet sur son ordinateur et se rendit sur le site de l'*Eudora*. En quelques secondes, elle trouva le nom du responsable de la restauration et de l'événementiel.

— Max Combs.

Elle interrogea ensuite les bases de données à sa disposition et finit par trouver une correspondance entre le cliché que Dina avait envoyé à Alison et la photo d'identité utilisée sur le permis de conduire d'un Max Combs vivant à Denton, en Pennsylvanie, âgé de trente-deux ans.

— C'est lui.

Derrière elle, Noah et Gretchen approuvèrent tous les deux.

— Regarde s'il a un casier, suggéra ensuite Noah.

— C'est ce que je fais, répondit Josie en cliquant sur sa souris. Rien du tout. Quelques excès de vitesse et petites contraventions, mais c'est tout.

— Allez à l'hôtel pour l'interroger, suggéra Gretchen. Pendant ce temps, je vais retourner à l'endroit où Alison a été vue pour la dernière fois et faire le tour du voisinage. Montrer sa photo. Si j'arrive à avoir une piste, je m'attaquerai aux bandes de vidéosurveillance des caméras d'interphone ou celles installées dans les boutiques, pour voir par où elle est partie ensuite.

— Je voudrais aussi rencontrer le patron d'Elliott Calvert et tous les collègues de bureau qu'on pourra croiser, ajouta Josie.

Elle trouva le numéro de l'entreprise et, après un rapide coup de téléphone, il fut convenu qu'elle rencontrerait son patron dans la journée.

La porte de la cage d'escalier s'ouvrit. Ils se retournèrent tous pour voir un homme en costume sombre entrer dans la salle. Josie devina immédiatement à son large sourire assuré qu'il était dans la politique. Il s'avança vers eux, les bras grands ouverts comme s'il saluait de vieux amis. Une grosse mèche de cheveux poivre et sel lui tomba devant les yeux, qu'il remit en place d'un petit mouvement de tête.

Le chef s'interposa entre lui et son équipe, les bras croisés sur son torse étroit, une menace dans le regard.

— Je peux vous aider ?

L'homme s'arrêta, sans se départir de son sourire de star de cinéma. Il jeta un œil aux policiers massés derrière Chitwood et leur adressa un hochement de tête entendu, comme s'ils étaient complices de quelque chose.

— Pierce Fuller, se présenta-t-il. Nous avons échangé il y a peu. Je venais parler de cette brigade canine.

La posture rigide du chef ne se relâcha pas.

— Comment êtes-vous monté ?

— Votre agent d'accueil m'y a invité. Je lui ai expliqué que vous m'aviez dit de passer à n'importe quel moment. Vous m'avez bien dit de passer quand je voulais, non ? Ou alors ça aussi, c'étaient... Comment vous dites, déjà... Des conneries ?

Un long silence gênant s'ensuivit. Finalement, le chef déclara :

— Je ne raconte pas de conneries, monsieur Fuller. Descendez au rez-de-chaussée et attendez-moi dans la salle de conférences. Notre agent d'accueil vous montrera le chemin.

Le sourire de Fuller ne vacilla pas. Il tenta de regarder ce qui se trouvait derrière le chef.

— Je peux attendre ici. On dirait qu'il y a de l'ambiance. Si ça ne vous dérange pas, j'adorerais entendre de quoi il s'agit. Pour voir plus précisément dans quels cas une brigade canine pourrait vous être utile.

Le chef fit claquer sa main sur l'épaule de Fuller et lui fit faire demi-tour en direction de la sortie.

— Si, ça me dérange, monsieur Fuller. Nous sommes en pleine enquête et, étant donné que vous n'avez pas pataugé dans la boue en compagnie de mes agents, votre place n'est pas ici. Je vous rejoins en bas dans dix minutes.

Fuller ne chercha pas à argumenter, se contentant d'un ultime sourire accompagné d'un haussement d'épaules paraissant signifier : « J'aurai essayé. »

Après que la porte se fut refermée sur lui, le chef râla :

— Ces politiciens sont hallucinants. Il croit quoi ? Que je me tourne les pouces toute la journée en l'attendant ? Comme si j'avais que ça à foutre !

— Chef, vous devriez peut-être vous montrer un peu plus gentil avec lui, osa Gretchen. Un chien pourrait vraiment nous aider.

Le chef lui adressa un regard en coin.

— Je n'ai pas besoin d'être gentil avec lui. La gentillesse n'a rien à voir avec ça. Ce département ferait des économies colossales s'il possédait son propre chien !

— Je pense que là où Palmer voulait en venir, intervint Noah, c'est que si ce type cherche à vous aider, même si sa visite était plutôt inconvenante, les choses se passeraient sans doute mieux si vous vous montriez plus... agréable ?

— Un peu comme vous l'êtes avec nous ces derniers temps, renchérit Josie.

Elle fit un petit signe du menton vers la porte de son bureau, où la tête de Daisy venait d'apparaître.

Le chef lui sourit et lui fit signe de retourner travailler.

— OK, OK, dit-il. Agréable. Très bien. Je vais faire de mon mieux. Encore une chose.

Il fit le tour des bureaux et désigna la pile de données récupérées dans le téléphone d'Elliott Calvert.

— Les messages envoyés par M. Calvert n'avaient rien de suspect. Il en a envoyé à sa femme, à son patron, à ses parents et à d'anciens collègues et amis de New York. Presque toujours des nouvelles du bébé. Des photos envoyées et reçues, des promesses de se revoir bientôt. Des questions d'agenda pour le travail. Sa femme qui lui demande à quelle heure il va rentrer.

— Et les appels ? demanda Josie.

— Pareil. À l'exception d'un numéro qu'il a appelé seize fois ces quatre derniers mois, précisa le chef avant d'en débiter rapidement les chiffres. Le numéro n'est plus attribué. C'était un téléphone prépayé, c'est tout ce que j'ai pu obtenir comme info pour le moment.

Gretchen tendit la main pour récupérer la feuille sur laquelle le numéro avait été surligné.

— Je vais regarder, dit-elle. Voir si j'arrive à remonter plus loin.

— Et Alison et Dina ? demanda Noah. Est-ce qu'elles ont appelé ce numéro, elles aussi ? Ou un autre numéro inhabituel ?

Le chef secoua la tête.

— Non, mais j'ai encore un truc à vous montrer. Calvert n'avait pas beaucoup de photos dans son téléphone, et toutes avaient un rapport avec le bébé ou son travail. Il y en avait bien quelques-unes de sa femme, mais presque toujours avec le nouveau-né. En revanche...

Il fouilla une autre liasse de papiers avant d'en extraire des photos en couleurs. Il les tendit à Josie par-dessus le bureau.

Noah et Gretchen se rapprochèrent. Josie fut prise d'une vague de nausée quand elle pensa à Tori Calvert, chez elle avec Amalise, épuisée, débordée et profondément dévouée à la vie qu'elle et Elliott avaient bâtie.

Il y avait sept photos au total.

— Elles étaient dans sa galerie ? demanda Gretchen.

— Non, répondit le chef. Une autre application. À première vue, c'est un minuteur mais, en réalité, ça sert à planquer les photos qu'on veut que personne ne voie.

Chaque cliché montrait le corps partiellement dénudé d'une femme. Sa peau bronzée était lisse, sans la moindre imperfection. Sur certains, elle était allongée sur un lit au milieu des draps froissés ; on ne voyait que son dos nu et la courbe de son sein. Sur d'autres photos, elle était assise au bord du lit et on ne voyait que la moitié basse de son corps, vêtu d'un string. Sur une autre, elle était allongée sur le dos, et une constellation de taches de rousseur en forme de S s'étendait depuis la gauche de son nombril jusqu'à la lanière de son string. Elle avait un grain de beauté sur la cuisse droite. On ne voyait jamais ni son visage ni ses cheveux. Même le fond était quelconque. Il n'y avait qu'une seule photo prise avec un peu de recul, si bien qu'on apercevait un bout de mur derrière sa silhouette. Beige, avec un lambris blanc dont une partie avait été creusée, dévoilant des éclats de bois.

— Ce qui est sûr, c'est que ce n'est pas sa femme, dit Josie. Tori a une teinte de peau beaucoup plus claire.

— Est-ce que ça pourrait être Dina ? demanda Noah. La couleur de peau correspondrait.

Josie analysa plus longuement les photos.

— Peut-être. Gretchen, tu pourrais appeler Anya Feist pour lui demander si Dina a des signes distinctifs ? Peut-être des taches de rousseur ?

— Bien sûr, répondit Gretchen.

— J'ai déjà vérifié les réseaux sociaux de Dina, intervint le chef. Au cas où elle aurait posté une photo d'elle où on verrait son ventre, mais non, donc on ne peut rien en conclure pour le moment.

— Mais pourquoi Calvert aurait-il des photos de Dina à

moitié nue dans son téléphone ? s'interrogea Gretchen. Elle était folle de Max !

— C'est vrai, admit Noah. Mais ça reste une possibilité quand même.

— Il nous faut plus d'infos, reprit Josie. Allez, il faut qu'on avance. On va commencer par le pont. Ensuite, on ira rencontrer le patron de Calvert avant de faire un saut à l'hôtel.

19

Elle a douze ans, la première fois qu'elle tient une arme à feu dans sa main. Elle gravite désormais autour de Mug. Même si sa mère dit que lorsque les hommes s'adressent aux femmes et aux filles en les appelant « ma puce », c'est condescendant et bien trop familier, voire carrément dégradant, la vérité, c'est que Chouchou adore quand Mug l'appelle « ma puce ». Chouchou ne trouve ça ni condescendant ni trop familier, et encore moins dégradant. En plus, elle ne comprend pas pourquoi sa mère a le droit de l'appeler « ma petite Chouchou », mais les hommes ne peuvent pas l'appeler « ma puce ». Sa mère a bien essayé de lui expliquer la différence, mais Chouchou a rapidement décroché avant de s'intéresser à autre chose.

Elle se fiche de ce que peut dire sa mère. Le mot « puce » est devenu comme une incantation magique à ses oreilles. Il est généralement suivi d'une leçon que Mug estime qu'elle devrait apprendre — comme le jour où il lui a expliqué comment envoyer un coup de poing. Sur le moment, elle a trouvé ça idiot et inutile. Mais ensuite elle a commencé à « se développer », comme disait sa mère. Son corps s'est mis à faire des choses qu'elle ne voulait pas, ne comprenait pas. Soudain, des rondeurs sont apparues où il n'y avait jusque-là que des angles osseux et des surfaces planes. Elle a désormais besoin de porter un soutien-gorge et des sous-vêtements plus larges. Mais surtout, elle n'aime pas la manière dont les garçons – et même les hommes – la regardent parfois.

Chouchou ignore ce que signifient ces regards, mais elle a fini par comprendre que ça avait un lien avec les leçons de vie de Mug, telles que le fait que quiconque devrait savoir donner un coup de poing, en particulier les petites filles. Maintenant, quand Mug vient à la maison, Chouchou fait en sorte d'être dans les parages. Quand il parle, elle écoute.

Et quand il saigne, elle lui ramène une serviette.

— Qu'est-ce qui s'est passé ? demande-t-elle tout en essayant de refouler la vague de panique qui monte dans sa poitrine.

Devant l'évier de la cuisine, Mug tient sa main gauche sous le robinet ouvert. Du sang s'écoule d'une plaie sur sa paume et se mélange à l'eau avant de couler en spirale dans le siphon. Il y a un bol de céréales entamé dans le bac, et des gouttes de sang flottent sur le lait blanc.

— Je... travaillais, dit Mug. Oui, je travaillais et je me suis coupé. J'étais censé retrouver ton père ici. Il faut qu'on discute d'un boulot. Je me suis dit que ça irait, c'est pour ça que je ne suis pas passé par chez moi ou à l'hôpital pour me faire recoudre.

Il lâche un rire nerveux. Du genre de ceux qu'il émet quand sa mère est dans le coin.

— Qui a le temps pour ça, franchement ?

— Papa n'est pas encore rentré, dit Chouchou. Et maman vient de partir pour une réunion ou un truc comme ça. Qu'est-ce que je dois faire ?

— Tu as un kit de premiers secours ?

Chouchou ne perd pas de temps à répondre. Elle se rue dans la salle de bains de l'étage. Elle y trouve des pansements, de la pommade cicatrisante, un rouleau de sparadrap, mais pas de kit de premiers secours. Elle se rend alors dans la chambre de ses parents et fouille leur armoire. Tout en bas, juste à côté des chaussures de ville de son père, elle découvre une boîte verte avec une grosse croix rouge dessinée dessus ainsi que les mots « premiers soins ». Soulagée, elle la ramasse et redescend aussi sec à la cuisine. Mug a fermé le robinet et serre maintenant un tas de feuilles de papier absorbant dans son poing comme s'il s'agissait d'une balle. À l'aide de son autre main et de ses dents, il noue un torchon par-dessus.

— Ramène ça ici, dit-il.

Quand elle ouvre la boîte, celle-ci ne contient ni gaze, ni pansements, ni désinfectant. À l'intérieur, il y a un pistolet.

— Mmmpf, grogne Mug.

Ensemble, ils l'observent. Il est petit et lisse avec une gravure des deux côtés de la poignée – plus tard, Mug appellera ça une « crosse ». Une tête de mort au style plutôt féminin. De longs cheveux sont accrochés au crâne. Une main osseuse tient une faux qui remonte au-dessus de sa tête. Sa bouche est grande ouverte. Est-ce qu'elle rit ou pleure ? Chouchou ne saurait le dire.

— Tu as trouvé ça dans la chambre de ton papa ? demande Mug.

Elle hoche la tête.

Avec sa main libre, Mug s'empare du pistolet par la crosse, pointant le canon à l'opposé d'elle. Il le retourne. Sur le côté de la crosse face à elle, Chouchou remarque qu'il manque une dent à la femme à la faux et que la surface a été abîmée ; il y a un trou et quelques éraflures.

— Tu en as déjà tenu un, ma puce ? demande Mug.

— Non, je... je peux pas...

Il sourit.

— T'inquiète pas. Tu devras bien apprendre un jour.

— Je ne pense pas que ce soit bien, dit-elle. Je ne pense pas que j'aie besoin d'apprendre...

Mug tire sur le haut du pistolet, révélant une ouverture, par laquelle il regarde à travers le canon. Le dessus, qu'il appellera plus tard la « glissière », reprend sa place avec un gros *clac*. Il tend l'arme devant lui, la crosse face à elle. La dame à la faux sourit à Chouchou.

— Il n'est pas chargé, dit-il. Le magasin est vide.

Comme elle reste immobile, il insiste :

— Allez, prends-le.

C'est à la fois plus lourd et plus léger que ce à quoi elle s'attendait. Plus et moins effrayant que ce qu'elle aurait cru. Elle voudrait le reposer, mais elle sait déjà que Mug ne la lâchera pas tant qu'il ne lui aura pas enseigné ce qu'il estime qu'elle devrait savoir.

— Qu'est-ce que je dois faire ? demande-t-elle.

20

L'odeur de caoutchouc brûlé envahit les narines de Josie et vint se loger dans le fond de sa gorge. De là où elle se trouvait avec Noah, sur la route menant à East Bridge, elle apercevait une spirale de fumée noire s'élever dans les airs. En descendant la pente qui menait au pied du pont, elle vit que deux personnes étaient en train de brûler un pneu sur la rive.

— Est-ce qu'on appelle les pompiers ? demanda Noah tandis qu'ils poursuivaient leur descente.

La journée avait été exceptionnellement chaude pour une mi-octobre, et le petit vent qui courait à la surface de l'eau était agréable, en dépit des odeurs âcres qu'il charriait.

— Pas pour le moment, répondit Josie. C'est suffisamment proche de l'eau, et suffisamment loin d'autres éléments inflammables, il ne devrait pas y avoir de problème. Si on appelle les pompiers maintenant, ils vont tous s'en aller et on n'aura jamais de réponses à nos questions.

Aussi loin que Josie pouvait s'en souvenir, avant même de devenir policière, East Bridge avait été un lieu de rassemblement pour les dealers de drogue et une bonne partie des citoyens sans domicile fixe de Denton. La présence quasi permanente de tout ce monde sur la rive avait empêché la végétation de pousser, ne laissant que des pierres et de la boue. Sous le pont, on trouvait de nombreuses tentes ainsi que diverses structures temporaires fabriquées avec des cartons, du plastique et tout ce que leurs occupants pouvaient récupérer. La police de la ville avait depuis longtemps abandonné l'idée d'expulser les squatteurs. L'objectif était désormais d'assurer leur sécurité, ce qui n'empêchait pas cette population de n'avoir aucune confiance en les forces de l'ordre.

À l'instant où Josie et Noah posèrent le pied sur la rive rocailleuse, tout le monde regagna en vitesse son logement de fortune. Seuls les deux hommes affairés à brûler un pneu demeurèrent à leur place, observant les deux policiers avec de grands yeux vitreux. L'un d'eux tenait un bâton, qu'il utilisait pour remuer les restes de caoutchouc. L'autre semblait nerveux ; il se balançait d'un pied sur l'autre et grattait les croûtes sur ses bras nus. Ils leur montrèrent les portraits de Dina Hale et Elliott Calvert, mais ils ne les reconnurent pas — ou, du moins, ils déclarèrent qu'ils ne les reconnaissaient pas.

Josie et Noah s'engagèrent ensuite sous le pont, toquant doucement à chaque porte brinquebalante. La plupart des occupants refusèrent de sortir de leur taudis pour leur parler.

— Nous ne sommes pas ici pour arrêter qui que ce soit ou vous chercher des ennuis, répétait Josie, encore et encore. Nous voulons juste savoir si vous avez vu cette fille ou cet homme ces deux dernières semaines.

Même si les coordonnées GPS de Calvert n'avaient pas indiqué qu'il s'était rendu à proximité du pont, il aurait pu avoir l'intelligence de ne pas prendre son téléphone avec lui au moment de sa visite.

Personne ne reconnut ni Dina Hale ni Elliott Calvert. Ou, en tout cas, personne ne l'avoua.

Josie et Noah longèrent de nouveau la rive du fleuve. Le pneu brûlait toujours, mais la fumée était moins dense.

L'homme nerveux jetait maintenant des pierres dans l'eau pendant que son copain triturait sans conviction ce qui flambait encore.

— Regarde, dit Noah.

Il pointa du doigt un endroit quelques mètres plus bas. Un homme seul se tenait sur une pierre plate partiellement immergée.

Josie le reconnut immédiatement et un nœud se forma dans son estomac. Ces dernières années, elle était venue plusieurs fois ici à l'occasion d'autres enquêtes, mais cela faisait bien longtemps qu'elle ne l'avait pas croisé. Elle s'était même demandé s'il était mort ou en prison – dans un autre secteur, peut-être –, mais n'avait pas pris la peine de le vérifier. Elle ne voulait pas le savoir. Elle ne voulait pas accorder le moindre espace mental à Larry Ezekiel Fox, ou « Needle », comme elle l'avait toujours appelé intérieurement. Plus maintenant.

— On n'est pas obligés d'aller lui parler, dit Noah. Je doute qu'il soit plus disposé à se confier que tout le monde ici.

Josie plissa les yeux et se fit de l'ombre avec sa main. Needle s'était allongé, dorant au soleil comme un lézard. Un poids s'abattit sur ses épaules.

— Il me le dira, soupira-t-elle. S'il sait quelque chose, il me le dira.

Ses baskets s'enfoncèrent dans la boue quand elle se mit en route vers lui, Noah sur les talons.

Needle avait presque soixante-dix ans et avait vendu de la drogue tout au long de sa vie passée, pour l'essentiel, dans la rue. Il n'avait pas changé depuis la dernière fois qu'elle l'avait vu, deux ans auparavant. À vrai dire, il n'avait pas vraiment changé depuis l'époque où elle était enfant. Ses cheveux étaient toujours longs, gris mais jaunis aux extrémités. Ce que Josie voyait, maintenant qu'elle était arrivée à sa hauteur, de son visage émacié sous sa longue barbe blanc-jaune était couvert de crasse. Des yeux gris pâle enfoncés dans leurs orbites la dévisagèrent, avec une petite étincelle au fond, seul signe qu'il l'avait reconnue. Il était plus maigre que jamais et portait toujours sa vieille veste vert olive, usée jusqu'à la corde, par-dessus un t-shirt blanc sale. Josie en venait à se demander si cette veste n'était pas encore plus vieille qu'elle. Des bottes marron réparées au gros Scotch étaient posées sur la pierre près de ses pieds nus.

— JoJo, dit-il en s'asseyant face à elle.

Quand il croisa les jambes, des genoux noueux pointèrent par les trous de son jean.

Josie refoula la nausée qui l'envahit. Était-ce l'odeur, ou la proximité avec un élément de son passé ?

— Zeke, dit-elle, surprise de ne pas entendre sa voix chevroter.

Personne d'autre qu'elle ne l'avait jamais appelé « Needle ». Et encore, c'était uniquement dans sa tête. Noah était le seul à connaître ce surnom. Quand elle était bébé, Josie avait été kidnappée. Sa ravisseuse, Lila Jensen, avait mis le feu à la maison de sa famille, laissant croire à tout le monde qu'elle avait péri dans les flammes alors qu'en réalité, Lila l'avait amenée à Denton et fait passer pour sa propre fille auprès de son ex-petit ami, Eli Matson. N'ayant aucune raison de croire qu'il n'était pas son père, Eli avait endossé ce rôle avec joie. Il aimait intensément Josie. Cet amour avait rendu Lila folle de rage et mené à la mort d'Eli. Seule avec Lila, Josie avait ensuite enduré des années de violence et d'horreur. Entre autres choses, cette femme était une grande consommatrice de drogue. Enfant, Josie connaissait Zeke comme l'homme qui fournissait sa mère en seringues, avec de grosses aiguilles, d'où son surnom.

Noah posa sa main dans le creux du dos de Josie. Ce geste discret, invisible aux yeux de Needle, avait pour but de lui rappeler qu'elle était censée parler, mais aussi de la réconforter. Josie se redressa et se força à sourire.

— J'ai des questions à te poser.

Zeke tapota les poches de sa veste jusqu'à y trouver un paquet de cigarettes à moitié écrasé.

— Tu as toujours des questions. C'est bien le seul moment où je te vois : quand tu as des questions.

Josie dut se faire violence pour empêcher les mots de sortir de sa bouche. *Tu croyais quoi, qu'on pourrait être amis ? Tu t'attendais à ce que je passe te rendre visite juste comme ça, après tout ce que tu as fait – et pas fait ?*

Needle était resté les bras croisés, année après année, pendant que Lila maltraitait Josie. Il en avait été témoin en plusieurs occasions et, même s'il avait essayé d'arrêter Lila une fois ou deux, il avait permis que cela continue.

Josie fit taire les pensées qui fusaient dans sa tête. Les dents serrées, elle déclara :

— C'est mon travail, Zeke. De poser des questions.

Il haussa les épaules et sortit une cigarette du paquet qu'il plaça entre ses lèvres. Il désigna Noah d'un signe du menton.

— Ton copain aussi a des questions ?

Noah garda le silence.

— On n'est pas là pour toi, Zeke, dit-elle. J'ai juste besoin d'infos.

Needle récupéra un briquet dans l'une de ses bottes et alluma la cigarette. Après une inspiration, il hocha la tête et recracha une fumée épaisse.

— C'est mieux que tu te promènes pas seule, JoJo. Surtout dans le coin. Je voudrais pas qu'il t'arrive quelque chose.

Josie sentit qu'elle était sur le point de perdre son calme, elle bouillonnait de l'intérieur. D'un côté, elle avait très envie de lui envoyer son poing en pleine figure pour toutes les fois où il avait laissé Lila s'en prendre – violemment – à elle et, d'un autre côté, elle ne pouvait oublier le jour où il l'avait sauvée d'un plan diabolique qui, s'il avait été mis à exécution, aurait certainement ruiné sa vie pour toujours. Chaque fois qu'elle le voyait, elle sentait sa main posée sur sa tête de petite fille de onze ans, elle entendait sa voix, ses mots qui lui avaient permis d'échapper à un destin pire encore que la mort à ses yeux : « Va jouer dehors. »

Ce jour-là, c'était sur lui que Lila s'était défoulée. Il ne s'était opposé à Lila qu'une seule autre fois. La nuit du couteau.

Inconsciemment, les doigts de Josie suivirent la longue cicatrice qui courait de son oreille à sa mâchoire puis jusqu'à son menton. Tant de points de suture, et pourtant, ça aurait pu être bien pire.

Malgré tout, elle détestait Needle.

La main de Josie tremblait quand elle sortit son téléphone pour y afficher la photo de Dina Hale, mais Noah la devança en s'approchant de Needle avec son propre portable. Il entra son mot de passe à la vitesse de l'éclair, sans trembler, sans hésiter. Soulagée, Josie rempocha son téléphone tandis que Noah montrait la photo à Needle.

— Avez-vous vu cette fille dans le coin ces dernières semaines ?

Needle fixa le téléphone sans ciller. Il prit encore quelques bouffées de sa cigarette. Puis il plaça ses mains de part et d'autre de son visage et se rapprocha de l'écran pour mieux voir.

— Elle a des problèmes ?

— Elle est morte, dit Josie. On sait qu'elle est venue ici. Les données de son téléphone ont montré qu'elle était venue il y a douze jours et il y a sept jours.

Needle releva la tête et récupéra sa cigarette entre ses lèvres.

— Vous en avez, des trucs pratiques, dans la police, hein, JoJo ? Je suis sûr que tu bosses bien.

Elle ne comprenait jamais ce qu'il attendait d'elle. Est-ce qu'il voulait vraiment discuter ? Parler de ses choix de carrière ? Est-ce qu'il allait se comporter comme s'il était fier d'elle, ou autre chose d'aussi fourbe ? Elle ne pensait pas être capable de le supporter.

— Vous souvenez-vous l'avoir croisée à ces dates ? reprit Noah.

Needle dévisagea Josie pendant un moment, évaluant la situation de ses yeux pâles. Puis il se tourna vers Noah.

— Ouais, je l'ai vue, ouais. Elle voulait se débarrasser d'un truc.

— Quoi donc ? demanda Noah.

Needle tira une longue bouffée sur sa cigarette et tourna la tête pour ne pas souffler la fumée en direction de leurs visages.

— À ton avis ?

Josie leva les yeux au ciel.

— Je ne suis pas là pour t'arrêter, Zeke. Je m'en fous, que tu aies vendu ou acheté de la drogue à cette fille. Je sais déjà que ce n'est pas toi qui l'as tuée. Là, tout de suite, j'ai juste besoin de savoir de quelle drogue il s'agissait et ce qu'elle a dit.

Il finit sa cigarette et jeta le mégot dans le fleuve.

— Je lui ai rien vendu, moi. Elle voulait rien. Elle avait de l'Oxy.

— De l'OxyContin ? clarifia Josie.

Il acquiesça.

— Elle en avait pas mal. Genre quatre-vingt-dix cachets. Et pas du générique, en plus.

— Dans un flacon de pharmacie ?

— Nan, c'était dans un sac. Un genre de sachet à sandwich.

Josie fit le calcul dans sa tête. Le prix de revente de l'oxycodone démarrait généralement à 20 dollars par cachet. Si c'était de l'OxyContin précisément, les prix s'envolaient, atteignant parfois les 80 dollars. Même en prenant la fourchette basse, si de l'oxycodone de marque pouvait se vendre 40 dollars par comprimé et que Dina en possédait quatre-vingt-dix, ça faisait un total de 3 600 dollars à la revente.

— Elle a dit qu'elle les avait trouvés et qu'elle voulait s'en débarrasser, ajouta-t-il. Je lui ai dit que j'avais pas du tout la thune pour lui racheter tout ça.

— Alors elle a fait quoi ? demanda Noah.

Needle rit.

— Elle a fait tout le tour pour essayer de les refourguer à quelqu'un d'autre. Ça commençait à devenir gênant. Du coup, je suis retourné la voir pour lui dire que je voulais bien les prendre, mais que je pouvais pas payer. Si elle voulait de l'argent, il fallait qu'elle revienne plus tard, quand j'aurais tout revendu.

— C'est ce que vous avez fait ?

— M'en souviens plus.

— OK, intervint Josie. Donc, elle est revenue une semaine plus tard. C'était pour récupérer quelque chose ?

Il secoua la tête.

— J'ai cru, mais non. Elle m'a dit d'oublier toute cette histoire. Elle voulait juste être sûre que je m'en étais bien débarrassé. Et puis elle m'a dit de tout oublier, même le fait que je l'avais vue.

Noah haussa un sourcil.

— Sérieusement, Zeke. Crachez le morceau. Est-ce que vous lui avez donné quoi que ce soit quand elle est repassée ?

Needle leva ses mains ouvertes devant lui.

— Je vous dis la vérité. Je sais que JoJo est une flic, une vraie, hein. Je sais bien qu'elle aura aucun problème à me foutre en taule si elle trouve un truc sur moi. Je sais aussi que là, elle a rien. Mais on s'en fout, puisque je dis toujours la vérité à JoJo, et que la vérité, c'est ce que je viens de vous dire. La fille est revenue et m'a dit d'oublier toute cette histoire. De tout garder. Elle voulait pas être... Comment elle a dit ça, déjà ?

Il prit le temps de réfléchir en clignant des yeux. Une nouvelle cigarette glissa du paquet écrasé et rejoignit sa bouche. Tout en l'allumant, il reprit :

— Je me souviens. Elle a dit qu'elle voulait pas être « associée » à ça.

Il se mit à ricaner, et la cigarette rebondit entre ses lèvres.

— « Associée. » On me l'avait jamais faite, celle-là.

— Est-ce qu'elle a dit d'où venait la drogue ? demanda Josie.

— Elle a juste dit qu'elle l'avait trouvée. Elle voulait pas dire où. Je lui ai demandé si elle l'avait pas chourée parce que j'avais pas trop envie de me retrouver au milieu d'un truc pas clair. Elle a juré que non, qu'elle l'avait vraiment trouvée, et qu'elle voulait juste s'en débarrasser. J'en sais pas plus.

Noah afficha une photo d'Elliott Calvert sur son téléphone.

— Vous avez déjà vu ce type dans le coin ?

Needle cracha une bouffée de fumée et secoua la tête.

— Jamais.

Josie l'observa longuement, suffisamment pour décider qu'il disait la vérité. Et pourtant, elle se sentait toujours incapable de le remercier. À la place, elle se contenta de lui lancer :

— À la prochaine, Zeke.

Alors que Noah et elle faisaient demi-tour, il la rappela :

— JoJo.

Elle se retourna, s'attendant à ce qu'il lui demande de l'argent, ce qu'il lui arrivait de faire quand elle avait besoin d'infos de sa part. Mais ce fut une tout autre question qu'il lui posa :

— C'est à cause de cette drogue que cette fille est morte ?

— J'en sais rien.

21

Josie était passée des dizaines de fois devant l'immeuble de Stamoran ces dernières années, sans jamais se demander ce qu'il abritait. Les mots « Stamoran Firm » lui avaient toujours évoqué le monde du droit et de la justice. Maintenant qu'elle savait qu'il s'agissait d'un cabinet d'architectes ayant employé Elliott Calvert, les briques rustiques, les fenêtres arrondies et la balustrade qui entourait le dernier étage du bâtiment – qui en comptait trois – lui sautaient aux yeux. Il était situé en plein centre, dans l'un des principaux quartiers d'affaires de Denton. Après s'être garés dans une rue adjacente, Noah et elle marchèrent jusqu'à l'entrée principale.

— On en revient à la drogue, dit Noah. Dina « trouve » de l'OxyContin. Elle sent qu'il faut qu'elle s'en débarrasse, alors elle va à East Bridge, mais la personne à qui ces cachets appartenaient voulait les récupérer.

Josie fronça les sourcils.

— Peut-être. J'ai quand même un doute sur le fait qu'elle ait pu être torturée pour quelques milliers de dollars d'Oxy.

— On a vu des gens tuer pour moins que ça, fit remarquer

Noah. Peut-être que c'est à un dealer qu'elle a piqué la drogue et qu'il a voulu faire un exemple.

— Admettons. Mais qu'est-ce qu'Elliott Calvert vient faire là-dedans ?

— Il pourrait être lié à un trafic quelconque. Ou alors il est consommateur. Dina pourrait lui avoir pris ses doses, et il a pété les plombs. On parle quand même d'un mec qui a étranglé une adolescente. Il ne doit pas être très stable, le monsieur. On sait qu'ils se trouvaient à l'hôtel ensemble au minimum onze fois avant ce qui s'est passé hier.

— Elliott Calvert a traqué et agressé deux adolescentes, reprit Josie. Il a assassiné Dina Hale. Il semblait avoir une vie plutôt tranquille, avant ça. Je ne pense pas que quelques milliers de dollars suffisent comme mobile. Il y a autre chose. Il peut y avoir une histoire de drogue aussi, mais je sens qu'on n'a pas encore mis le doigt sur le cœur du problème, surtout si l'on tient compte de la torture potentielle.

À l'entrée du bâtiment se trouvait une porte en verre avec un interphone. Chaque niveau était occupé par une entreprise différente, et Stamoran était au rez-de-chaussée. Josie essaya d'ouvrir la porte, qui était verrouillée, puis pressa le bouton correspondant sur l'interphone. De l'autre côté de la vitre, elle repéra un grand espace d'accueil avec un comptoir désert, plusieurs bancs, des plantes en pot et des ascenseurs. Cornell Stamoran leur avait pourtant donné rendez-vous à 16 heures, mais Josie ne voyait personne, du moins pas dans le hall d'entrée.

Ils patientèrent encore quelques minutes. Noah sonna une deuxième fois, sans succès, et Josie finit par décrocher son téléphone.

Mais alors qu'elle allait l'appeler, une voix d'homme retentit derrière eux.

— Inspecteurs ! Désolé, je suis en retard.

Ils se retournèrent et virent Cornell Stamoran arriver au

petit trot. Il était grand, dépassant le mètre quatre-vingts, et mince, avec le crâne rasé et une barbe taillée en bouc. Derrière ses lunettes, ses yeux marron brillaient. Il leur serra la main puis sortit une clé de sa poche pour les faire entrer dans le bâtiment. Il traversa le hall, passa devant le comptoir d'accueil et ouvrit la porte sous l'écriteau « Stamoran Firm ».

Un autre espace d'accueil, plus restreint, était composé d'un bureau et de plusieurs tables hautes, chacune mettant en valeur la maquette d'un bâtiment. Josie supposa qu'il s'agissait des projets réalisés par leurs architectes. Des parois vitrées séparaient cet espace d'une plus grande salle dotée d'une longue table de conférence en son centre. Celle-ci était entourée de six espaces fermés avec des bureaux individuels, dont les parois étaient elles aussi en verre.

— Transparence totale, commenta Cornell en voyant Josie étudier les lieux. On peut tous se voir les uns les autres. On peut tous voir ce qui se passe dans la salle de réunion. Je pense que ça participe à la culture d'entreprise.

Josie n'était pas certaine que se sentir observé toute la journée participait à la culture d'entreprise autrement qu'en empêchant la moindre relation intime entre collègues, mais cela empêchait effectivement toute possibilité de jouer les tire-au-flanc. Chaque pièce était meublée d'un bureau et de quelques fauteuils ainsi que d'une grande table de dessin. Il y avait également dans chacune d'elles un grand tableau en liège autoportant où étaient punaisés des plans et des esquisses, ainsi que quelques imprimantes 3D.

Cornell pointa du doigt une salle plus grande avec une longue table et de nombreux tabourets glissés dessous. Tout autour, sur des étagères, étaient disposés des échantillons divers : briques, bois, revêtements, sols, nuanciers de peinture.

— C'est notre bibliothèque de matériaux, leur dit-il. Tout le monde y a accès.

— Où se trouve le bureau d'Elliott Calvert ? demanda Noah.

Cornell désigna le premier bureau sur leur gauche. Il était quasiment identique à tous les autres, à l'exception d'une plante en pot.

— Vous avez besoin d'y entrer ? Je ne suis pas certain d'avoir le droit de vous ouvrir. J'ai essayé de joindre Elliott, au fait. J'espère que vous n'y voyez pas d'inconvénient. Vous m'avez appelé pour qu'on se rencontre, mais comme c'est lui que ça concerne... Ça me semblait correct de le tenir au courant. Il n'a pas répondu. Et ne m'a pas rappelé non plus.

Josie fit quelques pas en direction du bureau pour jeter un œil à l'intérieur. Elle repéra une photo encadrée de Tori avec la petite Amalise sur les genoux et retint un soupir. Elle se retourna vers Cornell.

— Il n'a pas accès à son téléphone.

Pour la première fois, Cornell parut perdre son assurance. Une ombre passa sur son visage.

— Mon Dieu, ne me dites pas qu'il est mort ?

— Non, répondit Noah.

Cornell expira longuement, soulagé.

— Dieu merci. Eh bien, de quoi s'agit-il, alors ?

Avant que l'un ou l'autre des inspecteurs ait eu l'occasion de répondre, un *ding* retentit dans la salle, comme une cloche d'église. Cornell jeta un œil vers l'entrée. Josie et Noah suivirent son regard et virent entrer une femme blonde en jean et chemise noire à manches longues. Elle déposa son sac sur le comptoir avant de les rejoindre dans la salle de réunion, les bras croisés sur sa poitrine.

— Voici Steph Ulmer, annonça Cornell. Notre secrétaire. J'ai pensé que vous voudriez vous entretenir avec elle. Elle est certainement bien plus au courant que moi de ce qui se passe ici.

Il laissa échapper un éclat de rire, mais Steph ne sembla pas trouver cela particulièrement drôle.

Elle garda les sourcils froncés pendant que les présentations étaient faites et qu'elle étudiait les badges de Josie et Noah.

— Que voulez-vous savoir ? demanda-t-elle sans détour.

— C'est justement ce que j'allais leur demander, dit Cornell.

— Hier matin, M. Calvert a suivi deux adolescentes en voiture, commença Josie. Quand elles se sont garées sur le bas-côté à cause du brouillard, il est sorti de son véhicule, s'est approché du leur et les a agressées. L'une des deux filles est décédée des suites de ses blessures.

Le choc se lut sur le visage de Steph. Pour sa part, Cornell fut pris d'un rire nerveux.

— OK, OK, dit-il. Je suis vraiment désolé, mais vous vous êtes trompés de personne. Je ne sais pas comment vous vous êtes retrouvés avec le nom d'Elliott, mais je peux vous garantir qu'il n'a rien à voir avec cette histoire. C'est dément. Vous voulez dire que... Enfin, vous avez dit « décédée des suites de ses blessures ». On parle bien d'un meurtre ?

Ni Josie ni Noah ne répondirent.

Les rides d'expression autour des yeux de Cornell s'effacèrent, mais son visage resta figé, entre horreur et incompréhension.

— Ce que vous nous racontez est terrible, mais vraiment, je vous assure qu'Elliott n'est pas l'homme que vous cherchez.

— C'était bien lui, insista Josie.

— Comment pouvez-vous en être certains ? demanda Steph.

Noah sortit son téléphone pour y afficher le permis de conduire d'Elliott et leur montrer sa photo à tous les deux. Les derniers vestiges de sourire disparurent du visage de son patron.

— Je ne comprends pas.

— Nous non plus, répliqua Josie. C'est pour ça que nous sommes là. Nous avons déjà parlé à sa femme.

— Tori ? fit Cornell. Oh là là... vous avez raconté ça à Tori ? Comment va-t-elle ? J'imagine qu'elle aussi doit croire à une mauvaise blague.

— C'est pour ça qu'elle a appelé hier, alors ? interrogea Steph.

Cornell lui adressa un regard étonné. Après avoir replacé une mèche de cheveux derrière son oreille, elle haussa les épaules.

— Tori a appelé pour lui parler. Elle pensait qu'il était au bureau.

— Mme Calvert a pris la nouvelle aussi bien qu'on puisse l'espérer, dit Noah. Et oui, elle aussi est sous le choc.

Cornell haussa un sourcil.

— Vous êtes vraiment sûrs de vous ? Enfin, oui, j'ai bien vu la photo du permis de conduire, mais vous êtes sûrs que c'est bien lui ? Peut-être que quelqu'un l'a piégé. Peut-être que l'autre fille ment. L'une des deux est toujours vivante, c'est bien ça ?

— Pour autant qu'on sache, oui, confirma Josie. Mais, monsieur Stamoran, c'est moi qui ai surpris M. Calvert en flagrant délit. Il y avait sa voiture à proximité, une Nissan Altima enregistrée à son nom, ainsi que son téléphone. Aujourd'hui, nous l'avons retrouvé caché dans les bois et l'avons placé en garde à vue.

Steph était bouche bée. Elle enroula ses bras autour d'elle et dit :

— Vous voulez dire que vous l'avez arrêté ? Il est en prison ?

— À l'hôpital, corrigea Noah. Mais oui, nous l'avons arrêté.

Cornell, livide, tira une chaise pour s'asseoir.

— Je ne comprends pas. Vous voulez dire que... Elliott est devenu fou ? Il a pété les plombs ?

— On l'ignore, dit Noah. On cherche justement à comprendre.

Le regard de Steph oscillait entre eux et le bureau de Calvert.

— Est-ce que... Est-ce qu'il va bien ?

— Il va s'en sortir, dit Josie. Quand avez-vous été en contact avec lui pour la dernière fois ?

— Vendredi, répondit Cornell. En fin de journée. Il était ici, dans ce bureau. Je suis passé le voir, on a discuté un peu du projet Monarch Ridge. Je lui ai souhaité un bon week-end et je suis parti.

— Qui d'autre était présent ? demanda Josie.

— Moi, fit Steph en levant la main. Je suis partie peu de temps après.

— Comment était Elliott ce jour-là ? demanda Noah.

— Distrait, répondit la secrétaire.

— Normal, répondit Cornell en même temps.

Les deux échangèrent un regard. Avec un sourire nerveux, Cornell s'expliqua :

— Comme je vous l'ai dit, c'est Steph la plus à même de savoir tout ce qui se passe ici.

— Sans doute parce que je passe ma vie ici, déclara-t-elle avec un sourire forcé. Même pendant mes jours de repos.

Cornell ne sembla pas relever le reproche sous-entendu.

— Pourquoi dites-vous qu'il était distrait ? la relança Josie.

— Parce qu'il était censé travailler sur le projet Monarch Ridge, préparer des demandes de permis pour que je puisse ensuite les envoyer avant la fin de la journée, ce qu'il n'a jamais fait. Il n'arrêtait pas de regarder son téléphone. De sortir, rentrer, ressortir... Quand je lui ai demandé s'il avait un problème, il m'a dit que non.

— À quelle heure êtes-vous partie ? demanda Noah.

— Vers 19 heures. Elliott est parti à 18 h 45. C'est moi qui ai fermé la boutique.

— Vous étiez là hier, fit remarquer Josie. Vous travaillez toujours le samedi ?

— Oui, toujours.

— Est-ce qu'Elliott était censé venir lui aussi hier ? demanda Noah.

Steph et Cornell secouèrent tous les deux la tête.

— Vous connaissez bien Elliott ? demanda Josie.

Steph haussa les épaules.

— Pas vraiment. C'est quelqu'un de sympa, enfin, c'est ce que je croyais, mais on ne parle pas beaucoup. Et quand on discute, c'est toujours en rapport avec le travail.

— Il doit vous arriver de lui transférer des appels, j'imagine ? supposa Noah. De lui faire passer des messages ? De l'aider à organiser ses rendez-vous ?

Elle acquiesça.

— C'est moi qui coordonne les rendez-vous et réunions de tous les architectes. Je gère leur agenda et prends les appels pour eux. Je fais aussi un certain nombre de tâches pour les décharger, comme m'assurer que les demandes de permis ont été faites en temps et en heure, leur rappeler les dates butoirs des projets en cours, ce genre de choses.

Devinant où Noah voulait en venir avec ses questions, Josie enchaîna :

— Est-il déjà arrivé que Tori vous appelle parce qu'elle cherchait son mari ?

— Oui, c'est arrivé quelques fois. Quand il ne répond pas sur son portable. En général, c'est simplement qu'il est en réunion.

— Est-ce qu'Elliott vous a déjà demandé de mentir à sa femme concernant l'endroit où il se trouvait ?

— Hein ? s'étrangla Cornell.

Steph se balança d'un pied sur l'autre et détourna les yeux.

Josie et Noah patientèrent en silence, puis Cornell s'approcha de sa secrétaire et lui tapota l'épaule.

— Steph. Elliott t'a déjà demandé de mentir à Tori ?

Affrontant le regard de son patron, elle déclara :

— J'ai refusé. Je lui ai dit que ça ne faisait pas partie de mon travail. Ça ne devrait faire partie du travail de personne.

Les coins de la bouche de Cornell s'affaissèrent. Ses yeux étaient pleins de compassion.

— Tu aurais dû venir m'en parler. C'est inacceptable. Je n'aurais jamais laissé personne te mettre dans une telle position. Je suis désolé.

— Ça remonte à combien de temps ? demanda Josie.

La femme soupira et se mit à jouer avec une mèche de ses cheveux.

— Quatre ou cinq mois, je dirais. Je ne sais pas où il allait. C'était à peu près l'heure du dîner. Tout le monde était encore au bureau. On finissait toujours tard, à cette période. Beaucoup de projets à terminer en même temps. Il s'est préparé pour partir et a dit : « Si Tori appelle, tu veux bien lui dire que je suis en rendez-vous avec un client ? » Alors je lui ai demandé où il allait. Il a répondu qu'il préférait garder ça pour lui et m'a redemandé de servir « l'excuse habituelle » du rendez-vous avec un client si jamais Tori appelait. Quand il a dit ça, je lui ai balancé : « Ah, donc tu me demandes de lui mentir ? » Il a semblé vraiment mal à l'aise, et c'est là que je lui ai expliqué que ce n'était pas mon travail de faire ça.

— Comment a-t-il réagi ? demanda Noah.

— Il était gêné. Il s'est excusé, et il est parti.

Cornell était sidéré.

— Et vous, monsieur Stamoran ? lui demanda Josie. Vous connaissiez bien Elliott ?

Il secoua la tête, son regard s'attardant sur le bureau de ce dernier.

— Pas du tout, apparemment. Bon sang. C'est tellement...

Il se perdit dans ses pensées un moment, et Josie et Noah lui laissèrent le temps de remettre de l'ordre dans ses idées. Finalement, il tourna la tête vers les deux policiers et reprit :

— Je voulais dire... Je ne le connaissais pas si bien. Honnêtement, je n'avais pas la moindre idée qu'il avait demandé à Steph de mentir. On n'est pas amis. Je l'ai rencontré à la fac. On avait quelques cours ensemble mais, même à l'époque, on n'était pas copains. Depuis qu'il a emménagé ici, il arrive qu'on passe du temps ensemble en dehors du bureau, mais c'est toujours en rapport avec le travail. Si on invite un client au restaurant, par exemple.

— Est-ce qu'il vous arrive d'inviter vos clients au *Bastian's*, le restaurant de l'hôtel *Eudora* ? le questionna Noah.

— Non. En général, on réserve plutôt au *Lotus Lounge* ou chez *Cadeau*. L'atmosphère là-bas est moins guindée. Plus légère.

Noah se retourna vers Steph.

— Et vous, avez-vous déjà passé du temps avec Elliott en dehors du travail ?

Elle pouffa.

— Non. Comme je vous l'ai dit, on ne se parlait déjà pas beaucoup ici.

Josie reporta son attention sur Cornell.

— C'est vous qui avez embauché Elliott ?

— Oui, c'est mon entreprise. L'entretien s'est très bien passé. Il avait l'air motivé, ravi de quitter la grande ville pour venir ici, ce qui n'est pas souvent le cas. Il a vraiment du talent. Et déjà pas mal d'expérience à faire valoir. C'est vraiment un des archis les plus fiables et compétents de l'équipe. Bon sang, je n'arrive pas à y croire.

— Comment se comportait-il ces dernières semaines ? demanda Noah. Avez-vous remarqué quoi que ce soit de diffé-rent ? En dehors du fait qu'il était distrait ? Pas d'autres change-ments dans son attitude ?

— Pas que je me souvienne, répondit Steph.

Cornell secoua lentement la tête.

— Non, non. Pas vraiment. Mais c'est vrai que Steph a raison, il était un peu distrait. Maintenant que j'y pense, il oubliait des choses. Rien d'essentiel, des détails. Il a oublié d'envoyer des mails, de rappeler des clients qui lui avaient laissé un message. Mais il venait d'avoir un bébé, et je sais qu'il vivait des moments compliqués. Amalise fait ses dents, et Elliott et Tori manquent de sommeil, donc je pensais que c'était lié à ça. Je lui avais pourtant dit, après la naissance d'Amalise, de prendre quelques semaines de congé. Il a refusé.

— À cause du projet Locke Heights ? supposa Josie.

Cornell ne parut pas comprendre.

— Locke Heights ?

— Tori nous a dit qu'il travaillait dessus depuis des mois. Qu'il faisait énormément d'heures supplémentaires. Apparemment, il était particulièrement stressé à cause de ça.

Un rire nerveux s'échappa de la gorge de Cornell.

— On a bouclé le dossier Locke Heights il y a environ trois mois.

— Vous voulez dire qu'Elliott ne travaillait pas à des heures indues sur ce dossier ? voulut clarifier Josie.

— Pas récemment, non.

— Sur quel projet est-ce qu'il travaillait dernièrement, alors ? demanda Noah.

Cornell lança un regard à Steph qui cita deux dossiers.

— Et puis Monarch Ridge, ajouta Cornell.

— Est-ce que l'un de ces projets nécessitait qu'il fasse des heures supplémentaires ? Qu'il reste travailler plus tard le soir ? les interrogea Josie.

— Pas à ce stade, non, répondit Cornell.

— Et... savez-vous si Elliott consommait de la drogue ?

Steph secoua la tête.

Cornell réagit comme si on venait de le gifler.

— De la drogue ? Vous voulez dire ici, au bureau ? Évidemment que non ! Franchement, regardez autour de vous. Comme j'ai dit, ici, c'est transparence totale. S'il prenait de la drogue, personne ne l'a jamais remarqué ni suspecté.

— Est-ce que l'un de vous deux a déjà vu Elliott en compagnie d'une autre femme que Tori ? demanda Noah.

Cornell grimaça. Il jeta un coup d'œil à Steph.

— Je ne l'ai jamais vu avec personne, déclara-t-elle. Mais depuis qu'il m'a demandé de mentir, je suis convaincue qu'il avait une maîtresse. Franchement, pourquoi est-ce qu'il se comporterait comme ça, sinon ?

— Je ne peux pas croire qu'il ait une maîtresse. Vous avez vu Tori ? Elle était danseuse, avant, vous savez ? Pour quelle raison il lui ferait ça ?

— Nous n'avons pas d'avis à émettre sur le sujet, rétorqua Josie, mais nous aurions besoin de savoir si vous l'avez déjà vu en compagnie d'une femme qui n'était pas Tori. Quelqu'un dont il semblait proche, voire intime.

Cornell secoua la tête encore une fois.

— Non. Bien sûr que non.

Steph leva le menton vers les cloisons en verre qui les entouraient et ajouta :

— Je ne l'ai jamais croisé ailleurs que dans ce bureau, et clairement, s'il voulait tromper sa femme, ce n'était pas l'endroit idéal pour le faire discrètement.

— Nous savons qu'il était client du *Bastian's*, reprit Noah. Étiez-vous au courant ?

— Je n'ai jamais organisé de rendez-vous pour lui là-bas, dit Steph.

— Non, je l'ignorais, répondit Cornell. Mais comme je l'ai dit, on n'est pas amis. On était à la fac ensemble. C'est un de mes employés. Et apparemment, un gros psychopathe.

— Vous ne l'avez jamais accompagné au *Bastian's*, donc ? insista Josie.

— Non.

Noah sortit son téléphone pour y afficher cette fois le portrait de Dina Hale.

— Avez-vous déjà vu cette jeune fille ?

Steph et Cornell prirent le temps de bien l'étudier, leur visage dénué d'expression.

— Non, dit Steph, je ne l'ai jamais vue.

— Moi non plus. C'est... Est-ce que c'est une des filles qu'il a... agressées ?

— Oui, confirma Josie.

Noah leur montra ensuite la photo d'Alison.

— Et elle ?

De nouveau, pas de réaction. Aucun des deux ne reconnaissait Alison.

— Mademoiselle Ulmer, monsieur Stamoran, merci pour le temps que vous nous avez accordé, dit Josie en leur tendant à chacun une carte de visite. Si jamais vous repensez à quoi que ce soit, n'hésitez pas à m'appeler immédiatement.

22

Le téléphone de Josie vibra à l'instant où Noah et elle pénétrèrent dans le hall d'entrée de l'hôtel *Eudora*. Elle le sortit de la poche de sa veste et regarda ses messages. Gretchen. Elle n'était pas encore remontée jusqu'au propriétaire du mystérieux numéro qu'avait appelé seize fois Elliott Calvert, mais la recherche était toujours en cours. Pendant ce temps, elle avait rédigé un mandat d'arrêt à l'encontre de Calvert pour le meurtre de Dina Hale. Elle l'avait apporté à l'hôpital, mais il était toujours au bloc. L'agent en uniforme qui surveillait sa chambre le lui transmettrait dès qu'il serait réveillé et suffisamment lucide pour comprendre de quoi il retournait. Tori était sur place, avec son bébé, si bien que Gretchen avait pu l'informer directement de l'avancée de l'enquête. Elle avait pris la nouvelle stoïquement. Josie se demanda si la jeune femme se trouvait en état de choc. Elle ne pouvait s'empêcher d'éprouver de la peine pour elle.

Gretchen lui apprit également que les véhicules d'Elliott Calvert et Dina Hale avaient tous deux été analysés, sans que rien de particulier soit découvert. Le chef avait pris contact avec Marlene Mills, avec qui ils étaient sur le point de tenir une conférence de presse. Gretchen, de son côté, se consacrait à chercher Alison. Josie rangea son téléphone et se dépêcha de rattraper Noah, déjà presque arrivé au comptoir d'accueil. Ses pieds s'enfoncèrent dans l'épais tapis vert émeraude. Tout autour d'eux, les clients étaient installés dans des fauteuils d'époque et discutaient tranquillement, le bruit des conversations masqué par la musique classique diffusée dans la salle. L'*Eudora* était aussi vieux que la ville de Denton elle-même et, à l'instar du commissariat de police, était inscrit sur la liste des monuments historiques. Haut de onze étages, il occupait la moitié d'une rue. Josie devait admettre qu'il était somptueux, aussi bien à l'extérieur, avec sa façade de brique ornementée, qu'à l'intérieur, avec ses colonnes en marbre, ses moulures au plafond et ses lustres en cristal.

À l'accueil, Josie et Noah présentèrent leurs badges et demandèrent à parler au gérant. Cinq minutes plus tard, ils étaient installés dans un bureau luxueux à proximité du hall d'entrée et faisaient face au gérant de l'hôtel – John W. Brown, d'après la plaque sur la porte. Il était en poste depuis peu. Son prédécesseur, qui avait une dent contre la police et les forces de l'ordre de manière générale, avait toujours fait tout son possible pour leur mettre des bâtons dans les roues. M. Brown leur avait au contraire grandement facilité la tâche ces deux dernières années lors des rares occasions où ils avaient eu besoin d'informations dans le cadre d'une enquête.

Derrière son bureau, Brown s'enfonça dans son fauteuil et lissa sa cravate rouge.

— Que puis-je faire pour vous ?

— Nous aimerions parler à Max Combs, dit Josie. Le responsable de votre service restauration et événementiel.

Brown fronça les sourcils, creusant les pattes d'oie au coin de ses yeux.

— Max a-t-il quelque chose à se reprocher ?

— Pas qu'on sache, non, répondit Noah. Nous avons besoin de lui parler au sujet de deux employées de son équipe.

— Trois, à vrai dire, corrigea Josie.

Elle sortit son téléphone et y afficha la photo prise par Dina où Max était au bar en bonne compagnie.

— Connaissez-vous cette jeune fille ?

Brown se pencha et saisit une paire de lunettes de vue posée sur son bureau qu'il glissa sur son nez. Il étudia la photo pendant quelques secondes avant de déclarer :

— Non. Elle porte l'uniforme de nos employés, mais elle ne me dit rien. Cependant, Max gère sa propre équipe. Je ne connais pas personnellement toutes les personnes qu'il embauche.

— Ce n'est pas vous qui supervisez le recrutement ? demanda Noah.

— Non, je le laisse gérer. L'équipe événementielle est généralement composée de jeunes femmes. Elles ne sont pas ici pour faire carrière. Le turnover est élevé. La plupart restent ici six mois, parfois un an, et puis elles en ont assez de bosser tous les week-ends, alors elles cherchent autre chose. J'ai laissé la gestion de cette équipe entre les mains compétentes de Max. Depuis que je l'ai nommé responsable, il n'y a pas eu un week-end sans qu'au moins un événement lucratif soit organisé.

— Il fait bien son boulot, conclut Josie.

Brown hocha la tête.

— Est-ce qu'il est là ? demanda Noah.

— Je ne crois pas, non. Il devait embaucher il y a une heure, mais il n'est pas encore arrivé.

— C'est dans ses habitudes ? rebondit Josie.

Brown soupira.

— Max n'est pas réputé pour sa ponctualité, mais il est toujours là quand les clients arrivent et, comme je l'ai dit, il fait bien tourner la maison, donc je ne lui fais pas trop de reproches.

— Est-ce que quelqu'un d'autre prend le relais en son absence ? demanda Josie. Un bras droit, en quelque sorte ?

Une expression dédaigneuse se peignit sur le visage de M. Brown. Cela ne dura qu'une seconde, et Josie faillit ne pas la remarquer. Il la remplaça rapidement par un sourire pincé.

— Oui, c'est Felicia Koslow. Elle est la référente directe de son service.

— Si c'est possible, nous aimerions lui parler aussi, ainsi qu'à tous les membres de l'équipe présents aujourd'hui.

Là encore, M. Brown fit la moue.

— Si vous avez l'intention de vous promener dans l'hôtel et d'interroger tout le personnel, j'aimerais savoir de quoi il s'agit.

— Nous recherchons une jeune fille disparue, Alison Mills. Elle travaillait au service restauration et événementiel. Nous voudrions discuter avec toutes les personnes qui la connaissent afin de déterminer qui pourrait nous aider à la localiser ou nous donner des informations utiles à l'enquête.

— Oh, fit M. Brown. Je suis désolé de l'apprendre. Bien entendu. Je vous laisse le champ libre. Je vous demanderai simplement d'essayer de terminer avant 20 heures. C'est l'heure à laquelle commencera notre plus grosse soirée, je préférerais donc que nos invités ne soient pas dérangés par la présence de policiers.

— Très bien, dit Josie. Une dernière chose.

Elle montra la photo d'Elliott Calvert au patron de l'hôtel.

— Reconnaissez-vous cet homme ?

— Absolument pas. Je devrais ?

— Nous savons qu'il est passé plusieurs fois à l'*Eudora* ces derniers mois, expliqua Noah. Les données GPS de son téléphone l'ont confirmé.

— Il a été en contact avec Alison Mills avant sa disparition, compléta Josie. Nous étudions tout ce qu'il a fait récemment, et cela inclut des passages ici.

M. Brown écarquilla les yeux.

— Est-ce qu'il s'en est pris à cette jeune femme ?

— Il ne l'a pas enlevée, si c'est la question, répondit Noah. Mais il a agressé son amie, qui fait elle aussi partie de vos employés. Dina Hale. Malheureusement, cette dernière est décédée des suites de ses blessures. Alison a pris la fuite. Il faut absolument qu'elle puisse rentrer chez elle en sécurité.

M. Brown garda le silence pendant un moment, le temps d'encaisser la nouvelle. Il tapota son index contre le pavé tactile de son ordinateur portable pour rallumer l'écran.

— Quelle tragédie. Je vous garantis de tout mettre en œuvre pour vous aider. Si vous me donnez le nom de cet homme, je peux déjà lancer une recherche. J'aimerais prévenir mon personnel afin qu'ils appellent immédiatement la police si jamais cet homme revenait ici.

— Ce ne sera pas nécessaire, il est en garde à vue. Mais ça nous aiderait beaucoup si vous pouviez le chercher dans vos fichiers, ajouta Josie en lui fournissant les informations nécessaires.

M. Brown tapa sur son clavier, cliqua sur la souris, tapa encore. Après un autre froncement de sourcils, il déclara :

— Je crains qu'il n'ait jamais été client ici.

— Vous voulez dire qu'il n'a jamais réservé de chambre dans votre hôtel, explicita Noah.

— Absolument.

Il tourna son ordinateur vers les policiers afin qu'ils puissent voir eux-mêmes la mention « Pas de résultats » en bas de l'écran.

— Et le bar ? Le restaurant ?

M. Brown leva les yeux de son ordinateur.

— Je suis désolé, mais nous n'avons aucun moyen de savoir qui fréquente le *Bastian's*, lieutenant. Les clients sont libres d'aller et venir comme bon leur semble.

— Mais il vous arrive de prendre des réservations, non ?

M. Brown leva un doigt en l'air.

— Vous avez absolument raison. C'est dans une autre base de données. Donnez-moi un instant.

Il décrocha son téléphone, composa un numéro de poste et patienta. Josie entendit une voix de femme à l'autre bout du fil. Lentement, M. Brown lui épela le nom de Calvert et lui demanda de vérifier s'il apparaissait dans l'historique des réservations. Quelques minutes plus tard, il raccrocha.

— Je suis désolé, il n'a jamais réservé de table dans notre restaurant.

— Il pourrait avoir utilisé une carte de crédit pour régler sa note au bar ou au restaurant, tenta Noah.

— C'est bien possible, mais je n'ai pas accès au fichier des paiements par carte effectués par nos clients. Pour ça, je pense qu'il va me falloir un mandat.

— Vous l'aurez, promit Josie. Mais comme je vous l'ai dit tout à l'heure, nous savons avec certitude qu'il est venu ici. Nous ne cherchons pas tant à le prouver qu'à découvrir avec qui il était.

M. Brown la dévisagea en silence.

— Il y a des caméras de surveillance dans le hall et dans toutes les parties communes, y compris l'entrée du restaurant, reprit-elle. Si on vous fournit une liste des dates et heures auxquelles M. Calvert s'y trouvait, vous pourriez récupérer les bandes ?

— Nous ne gardons les enregistrements qu'un mois. Sauf en cas d'incident particulier ayant nécessité la rédaction d'un rapport. S'il y a eu un accident ou une altercation, par exemple. Là, on garde les bandes un an, au cas où il y aurait des poursuites judiciaires.

Josie sortit son téléphone pour récupérer la liste des dates et la fournir au gérant de l'hôtel.

M. Brown hésita. Josie se demandait s'il allait exiger un mandat, ce qui était totalement son droit. Mais il opta pour la méthode simple.

— Vous n'avez qu'à m'envoyer cette liste par mail, inspectrice. Comme ça, j'irai récupérer les enregistrements correspondants pendant que vous vous entretenez avec le personnel.

Il regarda l'horloge au mur avant de poursuivre :

— Je comprends bien l'importance de votre enquête, mais je demeure responsable de la manière dont vous la conduisez au sein de mon hôtel. Nos clients s'attendent à un certain standing en venant à l'*Eudora*, qu'il s'agisse pour eux de dormir ici, d'y manger ou juste de prendre un verre au *Bastian's*.

— Et la présence d'agents de police en train de poser des questions dans les couloirs n'est pas compatible avec ce standing, devina Noah.

Son ton était sarcastique, mais M. Brown prit le parti d'ignorer cela. Avec un sourire tendu, il déclara :

— Je suis heureux que vous compreniez. Je vais vous accompagner jusqu'aux salles de réception, puis je m'occuperai personnellement de récupérer les enregistrements dont vous avez besoin.

23

De retour dans le hall d'entrée, ils croisèrent des clients qui venaient d'arriver. Certains se dirigeaient vers les ascenseurs qui menaient aux étages supérieurs, d'autres, habillés de manière plus formelle, se rendaient au restaurant. Personne ne remarqua Josie et Noah qui marchaient dans les pas de M. Brown. Ce dernier les guida jusqu'à un large couloir qui partait du hall, ponctué de nombreuses pancartes : « Mariage Vondrak, salle de réception A », « Banquet de remise des prix du Women's Club, salle de réception B ».

Avant qu'ils aient pu atteindre l'une ou l'autre de ces salles, M. Brown s'arrêta devant une double porte où il était inscrit : « Réservé au personnel. »

Le gérant sortit un badge de sa poche qu'il glissa discrètement dans une fente près des poignées.

Derrière la porte, un nouveau couloir moquetté. Des portes. Une salle de pause. Un vestiaire. À la demande de Josie, M. Brown ouvrit les casiers de Dina Hale et d'Alison Mills, vides tous les deux à l'exception de quelques produits de maquillage. Ils passèrent ensuite devant un bureau dont la pancarte sur la porte annonçait : « Max Combs, chargé de la restauration et de l'événementiel. »

La porte était fermée, et aucune lumière ne filtrait en dessous. Juste après, une pièce de belle taille était meublée d'étagères remplies de papier hygiénique, de serviettes de toilette, de sacs-poubelle, de désinfectants et autres produits ménagers. Une femme trapue aux cheveux bruns grisonnants poussait un chariot de ménage dans le couloir. Elle portait un pantalon ajusté noir et une chemise blanche sur laquelle était brodé le nom de l'hôtel, au niveau de la poitrine, du côté gauche.

— Monsieur Brown, salua-t-elle avec un bref mouvement du menton quand ils s'approchèrent.

Elle jeta un coup d'œil à Josie et à Noah mais poursuivit son chemin, les contournant avec son chariot.

— Sadie, l'appela M. Brown.

Elle s'arrêta et se retourna avec un sourire forcé.

— En quoi puis-je vous être utile ? L'un des convives du brunch servi ce matin a vomi sur la moquette de la salle A, il faut vraiment que j'aille nettoyer ça rapidement. Oui, ça aurait dû être fait ce matin par quelqu'un d'autre, mais ça n'a pas été le cas, donc c'est à moi de m'en occuper.

Elle regarda l'heure à la montre connectée qu'elle portait au poignet.

— Il ne me reste pas beaucoup de temps avant la mise en place du banquet de ce soir.

M. Brown lui rendit son mince sourire.

— J'apprécie votre sérieux, Sadie. Avez-vous vu Max aujourd'hui ?

Un soupir.

— Non, mais je ne suis pas là pour surveiller ses allées et venues.

Pour la première fois, son regard s'attarda sur Josie et Noah. Son sourire factice faiblit avant de disparaître complètement.

— Tout... Tout va bien ?

M. Brown baissa le ton quand des employés du restaurant passèrent à proximité.

— Je crains que non. Il y a eu un incident impliquant deux jeunes filles du service restauration, hier. Pas ici, mais la police mène une enquête dans l'hôtel quand même.

Josie s'avança d'un pas et tendit son badge, que Sadie ne prit pas la peine de regarder, trop concentrée qu'elle était sur le visage de la policière.

— Je sais qui vous êtes, dit-elle. Vous êtes la célèbre enquêtrice, celle qui a une jumelle connue aussi. Elle présente l'émission sur les crimes non élucidés, là... *Unsolved Crimes* !

— Absolument, confirma Josie. Madame... ?

— Baccara. Sadie Bacarra.

— Vous êtes une amie de Marlene Mills, dit Noah en s'approchant.

Sadie cligna des yeux et parut soudain très inquiète.

— Oui. Marlene et moi sommes amies depuis des années. On était à l'école primaire ensemble, avant que mes parents déménagent à Philadelphie. On a toujours gardé contact et, quand je suis revenue habiter ici, à Denton, une fois adulte, on est devenues encore plus proches. Pourquoi cette question ? Elle va bien ? Attendez...

Elle jeta un regard à M. Brown.

— Vous avez dit qu'il était arrivé quelque chose à deux employées du service restauration. Vous parliez d'Alison ? Alison Mills ?

— Sadie, s'il vous plaît, moins fort, dit-il.

Josie ne lui fit pas remarquer qu'elle n'avait pas de raison de parler à voix basse, étant donné que le but de leur visite était justement d'interroger tout le personnel à ce sujet.

Sadie forma un poing avec sa main et le pressa contre sa bouche. Après quelques secondes, elle murmura :

— Est-ce qu'Alison va bien ? S'il vous plaît, dites-moi qu'elle va bien. Marlene ne s'en remettrait pas s'il lui arrivait quoi que ce soit. C'est déjà tellement difficile pour elle de savoir Clint à Hong Kong pour je ne sais combien de temps.

— Alison est portée disparue, répondit Josie. On la recherche.

— Je vois que vous n'avez plus besoin de moi, intervint M. Brown. Alors je vous laisse et je vais m'occuper de récupérer les fichiers dont nous avons parlé tout à l'heure.

— Merci, dit Josie.

— Des fichiers ? réagit Sadie. Quels fichiers ? Qu'est-ce qui se passe ?

Mais M. Brown s'éloignait déjà pour rejoindre son bureau.

— M. Brown nous aide dans notre enquête, dit Noah.

— Concernant la disparition d'Alison ? Vous pensez qu'elle est venue ici ? Ou qu'elle a disparu ici ?

— Non, dit Josie. Ce n'est pas ici qu'elle a disparu. Hier matin, elle était en voiture avec son amie Dina Hale sur Widow's Ridge Road. Elles se sont garées sur le bas-côté pour attendre que le brouillard se lève, et il y a eu un incident. Dina a été tuée, et Alison a fui.

Sadie pâlit.

— Vous avez bien dit « tuée » ? Un incident ? Mais quel genre d'incident ? Mon Dieu... Marlene ne m'a pas prévenue. Pourquoi est-ce qu'elle ne m'a pas appelée ? Est-ce qu'Alison est blessée ? Vous pensez qu'elle est toujours en vie ? En quoi je pourrais vous aider à la retrouver ?

— Dans l'immédiat, vous pouvez nous aider en répondant à nos questions, répondit Noah.

Sadie s'éventa d'une main.

— Bien sûr, bien sûr.

— J'imagine que vous connaissez bien Alison ? commença Josie.

Sadie hocha la tête.

— Et Dina ?

— Vous voulez dire l'autre fille ? L'amie d'Alison ? Je l'ai déjà croisée ici, évidemment. Je l'ai aussi vue plusieurs fois chez Marlene. Je vois qui c'est. On se dit bonjour, mais je ne pense pas qu'on se soit déjà parlé.

— Quand avez-vous vu Alison pour la dernière fois ? demanda Josie.

La femme de ménage leva les yeux vers le plafond, plissant les paupières tandis qu'elle réfléchissait.

— Vendredi soir, je crois. Je l'ai croisée ici, dans ce couloir. Elle était pressée, moi aussi. Les vendredis sont toujours chargés. Tout le week-end, à vrai dire.

Noah sortit son téléphone pour lui montrer la photo d'Elliott Calvert.

— Est-ce que vous reconnaissez cet homme ?

— Il me dit quelque chose, oui. Peut-être qu'il était ici, à l'hôtel ? Il y a tellement de passage, c'est parfois difficile à suivre. Je pense l'avoir déjà vu, mais je ne pourrais pas vous dire qui c'est. De qui s'agit-il ?

Au lieu de répondre, Noah afficha la photo de Max et de la fille mystérieuse au bar qui avait tant agacé Dina.

— Et cette fille ? Vous la connaissez ?

— Ah, oui, elle travaille ici. Elle est dans le même service qu'Alison. Je crois qu'elle s'appelle Gia, quelque chose comme ça.

— Vous la connaissez ? demanda Josie. Personnellement, je veux dire ?

— Non, mais honnêtement, je ne connais pas grand monde dans le service restauration, elles sont tellement nombreuses. En plus, ce sont surtout des gamines, comme Alison. Devenir copine avec une vieille dame comme moi ne les intéresse pas. Et puis il n'y a pas vraiment le temps pour ça. Comme je l'ai dit, on est tous très occupés. Felicia la connaît forcément, elle. Elle est plus jeune que moi, c'est leur manager. Même si, pour tout vous dire, elle cherche plus à être la copine de ces gosses qu'à les superviser.

Ignorant la pique, Noah dit :

— Marlene nous a dit que c'était vous qui aviez trouvé ce travail à Alison.

— Oui. Je savais que Max embauchait du monde et qu'Alison cherchait un petit boulot. Je ne lui ai pas trouvé le travail, je lui ai juste offert la possibilité de passer un entretien.

— Vous connaissez bien Max ? demanda Josie.

Sadie ricana.

— Tout le monde connaît bien Max. C'est un vrai coureur de jupons. Il travaille ici à plein temps, moi aussi, donc oui, ça arrive qu'on discute.

— Est-ce que Max est en couple avec une fille de son équipe ?

— En ce moment ? Je ne sais pas. Je me demande s'il n'y a pas un truc entre lui et Felicia. En tout cas, il y a eu quelque chose. Posez-lui la question.

— Personne d'autre ? insista Josie.

Sadie haussa les épaules.

— Aucune idée. Je pense que ça a dû arriver. Comme je l'ai dit, c'est un coureur. En plus, il est jeune et beau. J'ai bien vu comment certaines le regardent. Je lui ai conseillé plusieurs fois de poser des limites claires avec les filles plus jeunes que lui. La plupart sont encore au lycée ! Je lui ai dit que si vraiment il avait envie d'une relation au boulot, il valait mieux qu'il s'en tienne à Felicia. Elle a presque trente ans. C'est bien plus acceptable.

— Est-ce qu'il a déjà eu des vues sur une de ces filles plus jeunes ?

— J'espère bien que non. Je l'ai vu flirter, mais rien de plus. Enfin, ce n'est pas comme si Max et moi étions BFF, comme disent les jeunes. On est juste collègues. Je n'ai aucune idée de ce qu'il peut faire quand il n'est pas à l'hôtel.

— Savez-vous s'il a eu une relation avec Dina Hale ? demanda Noah.

— Je n'en sais rien. Mais si je m'étais aperçue d'un truc comme ça, je l'aurais engueulé. Elle est bien trop jeune.

— Et Gia ? poursuivit Josie.

Sadie secoua la tête.

— Je ne pense pas, mais je ne suis sûre de rien. Elle est peut-être plus âgée que les autres filles. C'est difficile à dire mais, pour moi, elle reste beaucoup trop jeune pour Max.

— Savez-vous où on peut la trouver ? demanda Noah.

Sadie désigna le couloir derrière eux.

— Sans doute à la cuisine ou dans une des salles de réception, en train de tout préparer pour ce soir. Je n'en sais rien. Écoutez, il faut vraiment que j'y aille, j'ai du travail, et ensuite il faut que j'appelle Marlene.

Josie lui remit sa carte de visite et la remercia pour le temps qu'elle leur avait accordé avant de poursuivre son chemin avec Noah dans la zone réservée au personnel. Ils passèrent devant une autre salle où était stocké du matériel de restauration, puis ils découvrirent la fameuse cuisine, gigantesque, bourdonnant d'activité. Des cuisiniers en tablier et toque blancs étaient debout à leur poste, en pleine préparation du repas de la soirée à venir. On entendait les casseroles et les poêles cogner, les couteaux taper contre les planches à découper tandis que les cuisiniers s'envoyaient des ordres. Une puissante vague d'air frais émanait de la porte d'une chambre froide. De la vapeur s'échappait de grandes marmites d'eau bouillante et de soupe posées sur des gazinières monumentales.

À l'arrière de la cuisine se tenait une femme grande et mince, vêtue d'un tailleur-pantalon vert bien coupé. Ses cheveux blonds retombaient tous du côté gauche de son visage, tandis que la partie droite de son crâne était rasée. Une rangée de petits anneaux dorés brillait à son oreille. En s'approchant, Josie en compta huit et discerna un phénix tatoué dans une encre orange foncé contrastant avec sa peau pâle, qui étendait ses ailes enflammées le long de sa nuque et sur le côté de sa gorge. Elle était concentrée sur le bloc-notes qu'elle tenait dans ses mains. Ils n'étaient qu'à deux mètres d'elle quand elle les remarqua enfin. Elle ouvrit grand les yeux et fit mine de les chasser avec son bloc-notes.

— Je suis désolée, vous n'avez pas le droit d'être ici. Je ne sais pas qui vous a laissés entrer mais...

— M. Brown nous a laissés entrer, dit Noah.

Josie sortit son badge.

— Nous sommes de la police. Êtes-vous Felicia Koslow ?

Sans répondre à la question, l'intéressée répliqua :

— C'était vraiment nécessaire de venir me chercher sur mon lieu de travail ? Qu'est-ce que vous avez dit à Brown ?

Josie et Noah échangèrent un regard interloqué.

— Êtes-vous Felicia Koslow ? demanda de nouveau Noah.

Relevant le menton, elle répliqua :

— Je ne suis pas obligée de répondre.

— Pour quelle raison pensez-vous qu'on soit là ? la questionna Josie.

— Ce n'est pas à moi de vous le dire. Je ne suis pas obligée de vous parler tout court. Je... Si vous ne partez pas immédiatement, j'appelle mon avocat.

24

Josie soupira :

— Ce ne sera pas nécessaire. Mais nous allons rester ici. M. Brown nous a donné l'autorisation d'interroger le personnel. Vous n'êtes pas obligée de nous parler, mais nous allons devoir discuter avec une personne en charge de ce service pour organiser tout ça au mieux. Pourriez-vous nous dire où nous pouvons trouver Felicia Koslow ? À moins que Max Combs soit arrivé ?

Pas de réponse.

— Dans tous les cas, la meilleure chose à faire serait de rassembler le personnel et d'annoncer la nouvelle à tout le monde en même temps.

La femme plissa les yeux.

— Quelle nouvelle ?

— Hier, Dina Hale, employée de cet hôtel, a été assassinée, répondit Noah. Son amie, Alison Mills, également employée ici, est portée disparue. Nous avons besoin d'interroger les collègues de ces deux jeunes filles. Des questions de routine.

Elle laissa échapper un petit cri haut perché et dissimula

son visage derrière son bloc-notes. On l'entendit à peine articuler :

— Dina et Alison ?

— Oui... confirma Josie. Maintenant, s'il vous plaît, indiquez-nous où se trouve Mlle Koslow ou...

Le bloc-notes redescendit, révélant une lèvre inférieure tremblotante.

— Je suis Felicia. Excusez-moi. Je ne savais pas. Je...

Elle plaqua une main sur son front et lâcha un grognement sonore. Josie crut l'entendre marmonner quelque chose comme « pauvre idiote ». Quand elle releva les yeux vers les policiers, elle déclara :

— Vous devez vous dire que j'ai quelque chose à me reprocher, hein ? Vu la façon dont j'ai réagi. Pas du tout, c'est juste que mon ex de Philadelphie était dealer. Les flics de là-bas ont toujours cru que j'étais sa complice. J'étais même pas au courant, mais ils n'en démordaient pas. C'était du harcèlement. Alors j'ai cru... Je suis vraiment désolée. Dina est vraiment morte ?

— Oui, nous sommes sincèrement désolés de vous l'apprendre, dit Noah.

Felicia se mit à tourner en rond, tapotant son bloc-notes contre son menton. Quand elle s'arrêta et les regarda, Josie vit que des larmes perlaient aux coins de ses yeux. Elle les essuya avec le poing. Dans un souffle, elle lâcha :

— Ça va, ça va. Je vais me reprendre. C'est tellement horrible. J'arrive pas à y croire. Mon Dieu, qu'est-ce qui s'est passé ?

Josie et Noah lui communiquèrent les détails de l'affaire qu'ils étaient autorisés à divulguer. Pendant un long moment, elle garda le silence, les yeux rivés au sol. Ils s'attendaient à ce qu'elle pose des questions, mais elle n'en fit rien. Finalement, Josie dit :

— Felicia, avant que l'on s'entretienne avec le reste du personnel, nous avons quelques questions à vous poser.

Comme elle ne répondait pas, Noah l'appela :

— Mademoiselle Koslow ?

Elle secoua la tête et leva une nouvelle fois les yeux vers les policiers.

— Bien sûr, bien sûr.

— À quand remonte la dernière fois que vous avez parlé à Max Combs ? demanda Josie.

— Euh... Vendredi. Je ne travaillais pas hier, donc je ne l'ai pas vu.

Elle sortit un téléphone d'une poche de son pantalon pour consulter l'heure.

— Il devrait être arrivé depuis longtemps, ça ne lui ressemble pas d'être aussi en retard.

— Et quand avez-vous parlé à Dina ou à Alison pour la dernière fois ? poursuivit Josie.

— Ce week-end.

— Vous les connaissez bien ?

Felicia soupira.

— Plutôt bien, je crois. Tous ces jeunes qui bossent pour nous sont essentiellement des adolescentes. Je fais en sorte d'avoir une relation de confiance avec elles. Je m'assure qu'elles sachent dès le départ qu'elles peuvent venir me voir pour n'importe quoi. Ce que la plupart d'entre elles font. Elles sont un peu comme mes petites sœurs.

— Est-ce que vous soupçonniez que Dina ou Alison avaient des problèmes, ces deux dernières semaines ? demanda Noah. Vous n'avez rien remarqué de particulier ? Elles n'avaient pas changé de comportement ?

Felicia répondit par la négative à chacune des questions qu'on venait de lui poser.

— Dina et Alison vous ont-elles confié quoi que ce soit ? demanda Josie.

Felicia lui adressa un mince sourire.

— Eh bien… Dina était en colère après Max. Il flirte avec les filles.

— Nous sommes au courant, dit Josie. Elle était en colère après l'avoir vu discuter avec une autre fille, Gia, c'est bien ça ?

Felicia hocha la tête.

— Oui. Je leur en ai parlé à tous les deux. J'ai expliqué à Dina qu'il ne se passerait jamais rien avec Max, qui est de toute manière bien trop vieux pour elle. Et j'ai demandé à Max d'arrêter de jouer avec les filles et de tout arrêter avec Gia.

— Il y avait vraiment quelque chose entre lui et Gia ?

Felicia serra son bloc-notes contre sa poitrine.

— Je n'en sais rien. Je ne vais pas répondre à sa place. Je ne lui ai pas posé la question. Je lui ai juste dit d'arrêter de lui parler. Point barre. Sauf si c'était en rapport avec le travail, évidemment.

— Et qu'est-ce qu'il a répondu à ça ? la questionna Noah.

— Il a dit que je m'énervais pour rien, qu'il ne s'était jamais rien passé avec aucune des filles. Qu'elles se faisaient des films et s'inventaient des histoires.

— Et vous ? rebondit Josie. Avez-vous déjà eu une relation avec Max ? Autre que professionnelle, j'entends.

Elle se renfrogna.

— Qui vous en a parlé ?

— Personne ne nous a rien dit. C'est une simple question.

Elle regarda autour d'elle, comme si elle cherchait le coupable, puis revint vers les policiers.

— C'était cette connasse de femme de ménage, je parie. Sadie, hein ? Elle n'a jamais pu me saquer. Tout ça parce que je l'ai dénoncée quand j'ai vu qu'elle gardait pour elle les pourboires qu'elle trouvait sur les tables. Ça finissait dans sa poche, ni vu ni connu. Je l'ai vue faire un jour où elle nettoyait une salle. C'est elle qui fait de la merde mais, apparemment, c'est moi la méchante. Elle joue les saintes, comme ça, mais c'est loin d'en être une. J'imagine qu'elle n'a pas pris la peine de vous dire que son mari était parti avec leurs enfants après avoir appris qu'elle le trompait ? C'est pour ça qu'elle est revenue ici toute seule. Elle a foutu sa vie en l'air.

— La vie privée de Mme Bacarra ne nous intéresse pas dans le cadre de cette enquête, répliqua Noah.

— N'empêche que c'est elle qui vous en a parlé, non ? Pour qui elle se prend, celle-là...

Voyant que personne ne répondait, Felicia soupira.

— Personne n'est censé être au courant pour Max et moi. Ça saperait mon autorité. En plus, plein de filles qui travaillent ici flashent sur lui. Si elles pensent qu'on est ensemble, elles vont soit me voir comme une rivale, soit ne plus oser venir me parler de leurs problèmes. Je veux qu'elles aient confiance en moi.

— Vous avez donc eu, ou vous avez encore, une relation avec Max ? précisa Josie. De nature sexuelle ?

Felicia vérifia que personne n'écoutait leur conversation, mais tous les cuisiniers étaient trop occupés pour s'intéresser à ce qui se passait dans ce coin de la pièce. À voix basse, elle confessa :

— Peu de temps après que j'ai commencé à travailler ici, on s'est mis ensemble. Ça a duré six mois grand maximum. J'ai rompu. J'ai trop besoin de ce boulot, et les rumeurs devenaient problématiques. Le personnel ne me respectait plus. Ils ne me voyaient pas comme leur manager, mais comme la petite amie pistonnée de Max. Donc je lui ai dit que c'était fini, et j'ai essayé de me refaire une réputation au sein de l'hôtel. Heureusement, il y a beaucoup de turnover dans ce service, donc presque toutes les personnes qui travaillaient ici à l'époque sont parties. Mais quelques-unes continuent d'avoir une dent contre moi.

Elle se dévissa le cou pour regarder derrière Josie et Noah, comme si elle s'attendait à surprendre un employé mal intentionné en train de les espionner.

Noah montra la photo d'Elliott Calvert à Felicia.

— Avez-vous déjà vu cet homme ?

Elle hocha la tête.

— Oui, bien sûr. Je l'ai vu au bar. Au *Bastian's*. Il vient souvent.

— Vous connaissez son nom ? demanda Josie.

— Non, je ne lui ai jamais parlé. Mais je l'ai vu. En même temps, il est mignon, non ? Difficile de ne pas le remarquer.

« Mignon » n'était pas forcément le terme que Josie aurait employé. Elle ne pourrait jamais voir Elliott Calvert autrement que comme un criminel et un homme qui avait menti à tout le monde autour de lui. Mais elle se garda de dire ce qu'elle pensait.

— Est-ce qu'il lui arrive d'être accompagné ?

— Non, il boit toujours seul. C'est triste, hein ? C'est qui ?

Noah rangea son téléphone. Au lieu de répondre à sa question, il lui demanda de rassembler le personnel afin qu'il fasse une annonce, puis de mettre à leur disposition une salle où ils pourraient s'entretenir avec chacun individuellement. Vingt minutes plus tard, la cuisine était silencieuse, avec tout le personnel de l'hôtel à l'intérieur. Josie scanna la foule à la recherche de Gia et la trouva près de la porte, ses cheveux bruns coiffés en chignon, vêtue des mêmes habits que ceux qu'elle portait sur la photo avec Max. Elle avait les bras croisés sur sa poitrine tandis qu'elle écoutait Felicia leur apprendre la terrible nouvelle et leur ordonner de prendre le temps, chacun leur tour, d'aller parler avec Josie et Noah avant le début du banquet de remise des prix. Josie donna un petit coup de coude à Noah pour attirer son attention et lui désigna Gia du menton.

— Je la vois, murmura-t-il.

Josie et Noah s'installèrent dans une petite salle de réception qui ne serait pas utilisée ce soir-là, chacun à un bout de la pièce. Les membres du personnel faisaient la queue pour être interrogés, et les chuchotis des conversations emplissaient l'espace. La plupart étaient sous le choc et avaient plus de questions à poser que de réponses à offrir. Chacun fut interrogé sur sa relation avec Dina et avec Alison. Étaient-ils proches ? Quand avaient-ils été en contact pour la dernière fois ? Avaient-ils remarqué que les filles se comportaient différemment ces dernières semaines ? Est-ce que l'une d'elles avait semblé avoir des problèmes avec quelqu'un ? Avaient-ils remarqué la présence d'une personne suspecte dans l'hôtel récemment ? Si presque tout le monde connaissait Dina et Alison, ils étaient peu à être proches d'elles. Les quelques personnes qui avaient fait plus que les croiser n'avaient rien remarqué de particulier dans leur comportement, ni qui que ce soit ayant attiré leur attention parmi les clients de l'hôtel. On montra à tous la photo d'Elliott Calvert. Il disait quelque chose à certains, mais personne ne le reconnut.

Aucune piste concrète.

Les heures défilèrent. Josie essayait de masquer les grondements de son estomac en pianotant des doigts sur la table. Quand ils eurent terminé d'interroger tout le personnel présent, elle rejoignit Noah au centre de la salle. Max et Gia manquaient à l'appel.

— Max n'est peut-être toujours pas arrivé, dit Josie, mais Gia était bien là. Elle a entendu ce qu'a dit Felicia. Où est-elle ? Tu n'as montré à personne la photo d'elle et Max, hein ?

— Non. Et toi ?

— Non plus. J'attendais d'en parler avec elle avant. Tu crois qu'elle est partie ?

— Allons vérifier, décida Noah.

25

Gia n'était nulle part dans la zone réservée au personnel ni dans aucune des salles de réception. Josie et Noah étaient sur le point de retourner dans le hall d'entrée quand ils remarquèrent qu'une porte donnant sur l'extérieur avait été bloquée avec une petite corbeille en métal pour qu'elle ne se referme pas, en dépit du panneau affiché juste à côté : « NE PAS LAISSER OUVERT. »

De l'autre côté de la porte se trouvait une passerelle en métal qui menait à un quai de livraison. Gia, penchée par-dessus la rambarde, tirait sur une vapoteuse. Elle tourna la tête vers eux quand ils franchirent la porte. Elle leur adressa un faible sourire, s'écarta du garde-corps et tenta de les contourner.

— Je dois retourner travailler.

Josie lui emboîta immédiatement le pas.

— Vous êtes Gia, c'est ça ?

Elle se figea. En la voyant de près, Josie comprit pourquoi Dina s'était sentie aussi désespérée en se rendant compte que Max s'intéressait à elle. Gia était d'une beauté remarquable, avec sa peau mate, ses pommettes hautes, ses lèvres charnues, son nez parfaitement droit et ses grands yeux marron cachés derrière de longs cils épais. Sa peau était lisse, sans imperfections. Elle portait un peu de maquillage mais n'en avait pas besoin. Josie estima qu'elle devait avoir dans les vingt-cinq ans.

— Comment vous connaissez mon nom ? demanda Gia.

Noah sortit son téléphone et y afficha la photo d'elle et Max pour la lui montrer. Josie guetta sa réaction et aperçut une pointe de peur dans son regard avant qu'il redevienne impassible.

— Oui, c'est moi et mon patron. C'est lui qui vous a donné mon nom ? Pourquoi vous me cherchiez ?

Josie répondit par une autre question :

— Quel est votre nom de famille, Gia ?

— Sorrento. Max ne vous l'a pas dit ?

— Quand avez-vous vu Max pour la dernière fois ? demanda Noah.

— Vendredi soir, pendant la soirée d'entreprise.

— Vous connaissiez bien Dina Hale ? demanda Josie.

Gia leva les yeux au ciel.

— Suffisamment pour savoir qu'elle avait une dent contre moi.

— Elle était jalouse, expliqua Josie. Elle pensait qu'il y avait quelque chose entre vous et Max.

Gia éclata de rire.

— Moi et Max ? Mon Dieu... C'était à cause de ça ? J'aurais dû m'en douter. Tout le monde sait... savait qu'elle était à fond sur lui. C'était limite pathétique.

— Donc vous et M. Combs n'étiez pas en couple ? voulut clarifier Noah.

Gia pointa un doigt sur sa poitrine, outrée.

— Je suis au lycée !

Josie fit de son mieux pour dissimuler sa surprise.

— Quel lycée ?

— L'académie Sainte-Catherine-de-Sienne.

Josie connaissait cette petite et prestigieuse école privée.

Les frais de scolarité y étaient aussi élevés que dans les universités d'État.

— Vous êtes en terminale ? demanda Noah.

Elle hocha la tête.

— Oui, c'est ma dernière année.

— Où vit votre famille ?

— À Philadelphie. Mon père a pensé qu'en m'envoyant ici, j'aurais moins de problèmes. Les garçons et la drogue, apparemment. Pour lui, c'est ça que je pourrais avoir comme problèmes. Il pense aussi que je suis plus en sécurité à Denton.

— Ce n'est pas le cas ? demanda Noah.

Elle haussa les épaules.

— Si, j'imagine.

— Vous avez quel âge ? la questionna Josie.

— Je viens d'avoir dix-huit ans.

— D'après ce que nous avons appris aujourd'hui, le fait qu'une jeune fille soit encore au lycée n'est pas un frein pour Max. En plus, comme vous venez d'avoir dix-huit ans, vous pourriez légalement avoir une relation romantique ou sexuelle avec lui. À vrai dire, la majorité sexuelle est fixée à seize ans en Pennsylvanie. Donc : aviez-vous une relation avec lui ?

— Non. Max aime flirter, c'est tout, rien de plus.

— De quoi est-ce vous parliez, tous les deux, quand cette photo a été prise ? enchaîna Noah.

— Je ne sais pas. Je ne me souviens plus. Ça arrive que j'aille me poser au bar pendant mes pauses. C'est là que je le croise. On discute un peu.

— C'est Dina qui a pris cette photo, l'informa Josie. Elle était persuadée qu'il se passait quelque chose entre vous.

— Et ? Elle se trompe, voilà.

— Vous avez dit qu'elle avait une dent contre vous, reprit Noah. Qu'est-ce que vous voulez dire par là, exactement ?

— C'est juste que, ces derniers temps, elle me faisait des sales coups au boulot. Du genre, si je devais préparer une salle, elle repassait derrière moi et bougeait des trucs. Les couverts, la déco... Elle retirait les housses des chaises. Du coup, Felicia avait toujours quelque chose à redire, elle ne me lâchait pas.

— Vous êtes allée lui en parler ? demanda Josie.

— Non. Ça n'en vaut pas la peine. Je me suis dit qu'elle finirait par se lasser en voyant que je ne réagissais pas.

— Et vous en avez parlé à Felicia ?

Gia rit jaune.

— Felicia ? Vous plaisantez ? Elle est dans son trip « on est toutes des sœurs », « on doit s'entraider », bla bla bla. Si j'étais allée la voir, on se serait retrouvées avec une semaine de réunions sur la gestion des conflits et l'esprit d'entreprise, ça n'aurait fait qu'empirer les choses. Donc non, je n'ai rien dit à Felicia.

— Et Alison ? demanda Noah. Est-ce qu'elle aussi vous rendait la vie difficile ?

— Non. Je n'ai jamais eu de problème avec Alison.

— Depuis combien de temps est-ce que vous travaillez ici ? l'interrogea Josie.

— Ça doit faire un an. Je suis bloquée à Denton jusqu'à la fin de l'année, c'est pas comme si j'avais grand-chose à faire les week-ends. C'est un bon plan.

Noah lui montra la photo d'Elliott Calvert.

— Connaissez-vous cet homme ?

Gia regarda la photo encore une seconde avant de répondre. Josie observait les mouvements presque imperceptibles de son visage tandis que la jeune fille tentait de reprendre une expression impassible. Une tension dans la mâchoire. Un léger écarquillement des yeux.

— Non.

— Prenez votre temps, regardez bien, insista Josie. Vous en êtes certaine ?

Gia se détourna immédiatement de l'écran de téléphone et

porta sa vapoteuse à ses lèvres. De la fumée parfumée à la framboise s'échappa de sa bouche quand elle répondit :

— Je ne le connais pas.

Noah lança un regard en coin à Josie. Lui aussi savait que Gia mentait.

— C'est sans doute mieux pour vous, dit-il. Que vous ne le connaissiez pas. Il est en garde à vue pour meurtre. Enfin, il le sera dès qu'il aura quitté l'hôpital, pour être exact.

Josie et Noah laissèrent ces quelques mots flotter dans l'air et se mêler à la fumée de la vapoteuse. Parfois, laisser le silence s'installer était la meilleure des stratégies. Au bout de plusieurs secondes, Gia craqua.

— Qu'est-ce qui lui est arrivé ?

— Fracture du bras, l'informa Noah. Il a dû être opéré. Mais une fois que les médecins le laisseront sortir, il ira droit en prison.

Il ralluma l'écran de son téléphone et y afficha le portrait de Dina. Il murmura en secouant la tête :

— Elle n'avait aucune chance...

Nouveau silence. Les doigts de Gia s'agitaient nerveusement sur la vapoteuse. Elle voulut tirer une nouvelle bouffée, mais rien ne vint.

— Bordel, marmonna-t-elle avant de finalement croiser le regard de Josie. OK, très bien. Je l'ai vu ici. Je connais pas son nom ni rien, mais je l'ai croisé au bar. Il est venu me parler plusieurs fois, j'ai pas trop compris pourquoi.

— Il vous parlait de quoi ? demanda Noah.

Elle leva les mains en l'air et les laissa retomber brutalement.

— J'en sais rien ! De la météo. De la carte des boissons. Du match à la con qui était diffusé à la télé. Il était bourré. Complètement bourré. Je lui ai dit que j'étais pas intéressée. C'est ça que vous vouliez savoir ?

— Pourquoi nous avoir menti juste avant ? répliqua Josie.

— Je sais pas... Parce que je le connais pas vraiment et que c'est trop bizarre. C'est bizarre et flippant. Je sais que je fais plus que mon âge, mais je suis juste une lycéenne, moi. J'ai dix-huit ans ! Mais ces types, là, surtout dans cet hôtel, ils en ont rien à foutre. Si t'es seule à une table ou au comptoir, ils en concluent que t'es là pour les divertir ou pour les écouter te faire des propositions, je sais pas... Même pendant les réceptions, surtout les mariages ou les trucs du genre, les mecs hésitent pas une seconde à te peloter le cul ou te faire une remarque dégueu pendant que tu bosses. Mais lui... Il était plutôt sympa. Un mec normal qui avait juste trop bu. Dès que je le rembarrais, c'était bon. Il insistait pas. Il s'excusait, même. N'empêche qu'il me mettait mal à l'aise. Je suis désolée d'avoir menti, mais j'aime pas parler de ça. Et avant que vous me demandiez pourquoi je démissionne pas, la réponse, c'est que j'ai besoin de ce boulot.

Josie pensa au fait que son père avait les moyens de lui payer une école comme Sainte-Catherine, mais n'en dit rien. Peut-être qu'il ne lui donnait pas d'argent de poche. Peut-être que Gia voulait gagner son indépendance financière.

— Donc il vous aurait abordée plusieurs fois, la relança Noah. Combien de fois exactement ? Deux ? Trois ?

Gia tapota sa vapoteuse contre sa lèvre inférieure.

— Deux. Ne me demandez pas les dates, j'en ai aucune idée. C'était durant ces derniers mois, disons.

— Vous ne l'avez jamais vu au bar à d'autres moments ? demanda Josie.

Gia haussa les épaules.

— Je sais pas. Peut-être. Je m'en souviens pas.

— Est-ce que vous l'avez déjà vu en compagnie de quelqu'un d'autre ? fit Noah.

— Je ne crois pas, mais c'est pas comme si je surveillais tous ses faits et gestes. C'était juste un mec relou parmi d'autres.

— Inspecteurs ?

M. Brown se tenait dans l'embrasure et observait la poubelle qui calait la porte avec des sourcils froncés.

Gia fit volte-face et se figea en le voyant.

Le regard de M. Brown se déplaça de la poubelle à Gia. Sans un mot, elle se précipita vers lui et le dépassa avant qu'il ait eu l'occasion d'ouvrir la bouche. L'homme soupira, puis reporta son attention sur Josie et Noah, qu'il invita à le suivre à l'intérieur. Une fois la porte refermée, il dit :

— Je suis désolé, mais les bandes-vidéo dont vous avez besoin sont... inaccessibles.

— Qu'est-ce que ça signifie ? lâcha Josie.

— Ça signifie que je ne peux pas y accéder.

— Et pourquoi ça ? demanda Noah.

M. Brown croisa les mains devant lui et baissa les yeux.

— Parce qu'elles ne sont plus là. Il se trouve qu'elles ont été effacées. C'est du moins la seule explication que je peux vous fournir.

— Pour tout l'hôtel ? Ou juste certains endroits ?

— Tout l'hôtel.

— Qui a accès à ces enregistrements ? le questionna Noah.

— Le service de sécurité.

— On va devoir leur poser quelques questions, dans ce cas, annonça Josie.

26

Josie fouilla dans la pile de papiers sur ses genoux, les passant en revue un à un pour la cinquième fois depuis qu'ils étaient revenus dans la voiture et avaient quitté l'hôtel. Sur chaque page, un regard différent. M. Brown leur avait fourni un portrait en couleurs de tous les membres du service de sécurité de l'hôtel ainsi que leurs informations personnelles. Il avait en outre demandé à tous ceux qui n'étaient pas en service à ce moment-là d'aller rencontrer Josie et Noah afin qu'ils puissent les interroger. Les policiers avaient passé deux heures en tête à tête avec leur responsable, cherchant à déterminer comment les enregistrements de tous les moments où Elliott Calvert se trouvait à l'hôtel avaient pu être effacés. Cela demeurait un mystère.

— Il y en a forcément un qui ment, dit Josie. Seul un nombre restreint de personnes a accès à ces enregistrements, et ils ont tous nié les avoir effacés.

Les réverbères éclairaient les commerces et les maisons aux volets fermés d'une lumière terne tandis que Noah traversait la ville pour se rendre à l'hôpital.

— M. Brown aussi y a accès, dit-il.

— Tu penses que c'est lui qui les aurait effacés ?

Noah haussa les épaules.

— Je n'en sais rien. Je dis juste qu'on ne peut pas ignorer cette possibilité. Il s'est connecté plusieurs fois au système de sécurité ces dernières semaines. Il aurait pu effacer les enregistrements n'importe quand. Il aurait même pu les effacer aujourd'hui quand on lui a demandé de les chercher.

Josie cessa de fouiller dans les papiers et pesta.

— Merde, t'as raison. Tu crois que Brown couvre Calvert ?

— Je crois plutôt que Brown couvre Brown. Qu'il connaisse Calvert ou non, ça ne peut pas être bon pour l'hôtel d'être associé à un meurtrier.

Noah bifurqua vers la colline menant au Denton Memorial.

— Tu penses qu'il a dit la vérité concernant le fait que Calvert n'aurait jamais loué de chambre ?

— Il nous a montré les résultats de la recherche, dit Noah.

— Ce qui signifie que Calvert n'a pas loué de chambre, et ce, que Brown ait effacé ces enregistrements ou non. Pourtant, on sait qu'il était là puisque Gia dit l'avoir vu au moins deux fois au bar.

— Ça arrive souvent que des clients du *Bastian's* viennent juste boire un verre, sans dormir sur place.

Noah se gara sur une place de parking à proximité de l'entrée principale. Josie rangea les dossiers du personnel de sécurité de l'*Eudora* dans la boîte à gants avant de quitter le véhicule. Arrivés dans le hall d'entrée de l'hôpital, Noah et elle allèrent se présenter à l'accueil, précisant qu'ils souhaitaient voir Elliott Calvert. Pendant que la secrétaire notait leurs noms et le numéro de chambre de Calvert dans son registre, Josie regardait l'écran de télévision accroché au mur à gauche du comptoir. Il diffusait la chaîne locale, WYEP, et c'était l'heure des informations. À côté de la tête du présentateur était incrustée une photo d'Alison Mills. Fond bleu, posture rigide, sourire forcé... Il s'agissait sans doute d'une photo scolaire. Le texte en bas de l'écran disait : « La police recherche des informations concernant la disparition de l'adolescente. »

Josie était trop loin pour entendre ce que disait le présentateur. Ensuite, ce fut au tour du chef Chitwood et de Marlene Mills d'envahir l'écran. Ils se tenaient devant une estrade qui avait été installée sur le parking du commissariat. Le chef parlait longuement tout en agitant les mains. Le vent soulevait des mèches de ses cheveux blancs. À côté de lui, Marlene Mills regardait droit devant elle, les yeux écarquillés par la peur. Elle serrait si fort les anses de son sac à main que ses jointures étaient blanches. Quand le chef s'interrompait et reculait de quelques pas, l'invitant à monter seule sur l'estrade, elle se figeait. Josie lut sur ses lèvres : « Madame Mills. Madame Mills. Montez sur l'estrade, s'il vous plaît. » Mais Marlene, paralysée, ne parvenait même plus à cligner des yeux. Finalement, le chef s'approchait d'elle et la saisissait par le coude pour la sortir de sa stupeur. Les yeux de Marlene, humides de larmes, trouvaient les siens, et elle lui offrait un sourire incertain. Le chef se penchait alors pour lui parler à l'oreille. Josie lut de nouveau sur ses lèvres : « Vous allez y arriver. » Il la poussait ensuite doucement vers l'estrade. Toujours accrochée à son sac, la femme se tournait vers les caméras. Elle s'humidifiait les lèvres et commençait à parler mais, au bout de quelques mots seulement, elle s'interrompait brutalement. Le chef allait la rejoindre et installait un micro devant elle. Il le tapotait, Marlene se penchait au-dessus et reprenait la parole.

Josie n'entendait pas ce qu'elle disait mais, avec des mains tremblantes, elle sortait un grand portrait d'Alison sur papier brillant. C'était le même que celui utilisé dans le reportage de WYEP. Elle sentit Noah approcher dans son dos.

— Elle dit : « Alison, rentre à la maison. Tout va bien. Tu es en sécurité. Rentre à la maison ou va voir la police. Tu n'auras pas de problèmes. Tout le monde veut que tu rentres. S'il vous plaît, si qui que ce soit voit mon bébé, dites-lui de rentrer à la maison ou d'appeler la police. »

Noah avait été en couple avec une personne malentendante par le passé. Il avait appris des rudiments de langue des signes, mais surtout, il était particulièrement doué pour lire sur les lèvres. Bien meilleur que Josie.

Le portrait d'Alison tremblait tellement dans les mains de Marlene que le chef s'approchait, lui prenait la photo et la tenait haut devant lui pour que les caméras puissent zoomer dessus, ce qu'elles faisaient, et le visage d'Alison emplissait l'écran. Un numéro de téléphone s'afficha en dessous. Puis le présentateur fut de retour sur le plateau et passa au sujet suivant.

— Cette pauvre femme, murmura Josie. Bon Dieu, Noah, où est cette fille ?

— Je ne sais pas, mais Gretchen est toujours sur ses traces à l'heure qu'il est et, grâce à cette conférence de presse, on peut espérer qu'elle sera bientôt rentrée chez elle. Allons voir ce que Calvert veut bien nous dire.

Ils prirent un ascenseur jusqu'au troisième étage. Calvert se trouvait toujours en chirurgie, sa chambre juste en face du bureau des infirmiers. Brennan était assis sur une chaise près de la porte, le nez sur son téléphone.

— Inspecteurs, les salua-t-il en les voyant approcher. Il est réveillé mais refuse de parler.

— Vous l'avez arrêté ? Pour homicide ? demanda Noah.

Brennan posa son téléphone et s'appuya contre le dossier de sa chaise, étirant ses jambes devant lui.

— Oui, bien sûr. Il a pris connaissance de ses droits puis a dit qu'il ne voulait parler à personne. Sa femme est là. Elle est toujours dans la salle d'attente, je crois.

Du pouce, il indiqua un long couloir sur sa droite.

— Je lui ai dit qu'elle ne pouvait pas le voir. Il refuserait sûrement, de toute façon. Elle a dit qu'elle ne partirait pas d'ici tant qu'on ne l'aurait pas laissée le voir. Il est aussi en colère qu'on ait appelé sa femme, d'ailleurs.

— J'imagine qu'il doit être shooté aux antidouleurs, commenta Josie. Vous êtes sûr qu'il a bien compris de quoi il retournait ?

Brennan haussa les épaules.

— Il m'avait l'air plutôt lucide.

— Est-ce qu'il a demandé un avocat ? demanda Noah.

— Non. Pas encore.

Josie soupira.

— Très bien. Allons voir ça par nous-mêmes.

— Bonne chance, pouffa Brennan quand ils pénétrèrent dans la chambre de Calvert.

Il était engoncé dans son lit, son bras plâtré glissé dans une écharpe contre son torse. Un cathéter avait été placé dans son bras valide, au creux du coude, et une poche de liquide s'y écoulait goutte à goutte. Ses cheveux bruns étaient gras et décoiffés, sa mâchoire, couverte d'une barbe inégale. La lumière étant tamisée, il cligna plusieurs fois des yeux quand Josie et Noah s'avancèrent de part et d'autre du lit. Ses épaules se tendirent, puis s'affaissèrent. Il expira longuement.

— Ah, c'est vous, murmura-t-il.

— Vous attendiez quelqu'un d'autre ? demanda Josie.

Pas de réponse.

— Monsieur Calvert, dit Noah, êtes-vous bien conscient que vous avez été mis en état d'arrestation pour homicide sur la personne de Dina Hale ? Vous souvenez-vous que l'agent Brennan vous a lu vos droits ?

L'expression d'Elliott s'assombrit. À travers ses dents serrées, il dit :

— Je suis au courant. Je m'en souviens.

— Nous aimerions vous poser quelques questions, enchaîna Josie.

Elliott ne répondit pas.

— Monsieur Calvert, se lança Noah, nous savons que vous avez fréquenté le *Bastian's* ces derniers mois sans que votre femme soit au courant. Nous savons que vous lui avez menti en lui disant que vous travailliez actuellement sur le dossier Locke Heights. Votre patron nous a expliqué que ce dossier avait été bouclé il y a trois mois. Nous savons que vous gardez des photos d'une femme qui n'est pas la vôtre dans votre téléphone, grâce à une application spécifiquement conçue pour sa discrétion.

Elliott regardait droit devant lui, une veine pulsait sur sa tempe droite.

— Nous savons que vous vous êtes retrouvé mêlé à une histoire, poursuivit Josie. Nous savons que le jour où vous avez agressé Dina Hale et Alison Mills, vous cherchiez quelque chose. Nous savons que vous avez peur.

Noah continua sur sa lancée :

— La meilleure chose que vous puissiez faire pour vous et votre famille dans l'immédiat, c'est de nous parler. Laissez-nous vous aider.

La voix d'Elliott était faible et nerveuse.

— La meilleure chose que je puisse faire pour moi et ma famille dans l'immédiat, c'est rien.

— Est-ce que ne rien faire assurera la sécurité de votre femme et de votre fille ? l'interrogea Josie.

Il ne répondit pas, mais elle nota un léger changement dans son expression ; la peur avait remplacé la colère. Malgré tout, il ne dit rien. Josie et Noah patientèrent mais, contrairement à la plupart des gens, Elliott ne chercha pas à combler le silence. Au contraire, il le laissa s'étirer. Les bruits de la chambre et ceux provenant de l'extérieur semblaient prendre de l'ampleur. Les gouttes dans sa perfusion. Les sonnettes et les alarmes dans le couloir. Le frottement des semelles devant la porte de sa chambre. Les voix étouffées qui se donnaient des instructions.

— Qu'est-ce que vous cherchiez quand vous vous en êtes pris à Mlle Hale et Mlle Mills ? insista Noah.

Pas de réponse.

— Qui est cette femme sur les photos dans votre téléphone ? tenta Josie.

Rien.

— Vous êtes certain de ne pas vouloir nous parler d'elle ? Donnez-nous au moins son nom, qu'on puisse l'alerter sur... ce qui se passe.

Là encore, pas de réponse. Il regardait droit devant, comme s'il était seul dans la pièce.

Ils continuèrent à poser des questions, mais lui demeura stoïque.

— Monsieur Calvert, dit Noah, devrions-nous demander à votre femme de quitter la ville avec votre fille ?

Josie se pencha au-dessus du lit jusqu'à ce qu'il n'ait plus d'autre choix que de croiser son regard.

— Je ne sais pas dans quoi vous vous êtes fourré, mais je crois fermement à l'innocence de votre femme et de votre fille. Vous ne voulez pas nous dire ce qui se passe ? Très bien. Mais Tori et Amalise ?

Elle laissa leurs noms flotter dans l'air et vit ses yeux s'embuer de larmes.

— Elles méritent mieux de votre part. Elles méritent d'être en sécurité. C'est le moins que vous puissiez faire. Donc, pour la dernière fois : est-ce que votre femme et votre fille sont actuellement en danger ?

Josie compta quatre secondes. Puis Elliott avala sa salive et dit :

— Je ne sais pas. C'est la vérité. Je n'en sais vraiment rien. J'espère que non, mais je ne sais pas.

Ils attendirent encore un peu, espérant qu'il ajouterait quelque chose, une explication, n'importe quoi, en vain.

— Nous allons lui dire de quitter la ville avec votre fille, décida finalement Noah.

27

Elle a treize ans quand son père prend conscience qu'elle connaît certaines choses. Ils partent pour un brunch en famille et, quand ils arrivent dans le restaurant, Chouchou tente de s'octroyer le siège avec la meilleure vue sur les portes d'entrée et l'ensemble de l'établissement. « Tu dois toujours rester dos au mur, lui a enseigné Mug. Ne montre jamais ton dos à personne. À table, arrange-toi pour qu'il y ait le moins de gens possible derrière toi et pour avoir la meilleure vue sur la sortie et tous ceux qui t'entourent. »

Elle n'est pas sûre d'avoir compris en quoi c'était si important, mais elle écoute tout ce que lui dit Mug et s'entraîne dès que possible. Elle a le sentiment qu'un jour, ça lui sera utile. Elle ne sait simplement pas dans quelles circonstances.

— Hé, lui dit son père, bloquant à la fois le fil de ses pensées et son champ de vision jusqu'à l'entrée. Pousse-toi, je m'assieds ici.

Chouchou lève les yeux vers lui, hésitante. Comment réagir ? Mug ne l'avait pas préparée à ça. Sa mère, assise à l'autre bout de la banquette, tapote la place à côté d'elle et dit :

— Viens, ma puce. Installe-toi près de moi.

— Je... Je peux pas, répond Chouchou. Je dois m'asseoir ici.

Son père hausse un sourcil.

— Tu dois t'asseoir ici ? Pourquoi tu devrais t'asseoir ici ? C'est moi qui m'assieds ici. C'est ma place.

— À vrai dire, réplique Chouchou, ce n'est pas ta place. C'est une place normale, et je l'ai prise en premier.

Sa mère lève les yeux au ciel.

— Pour l'amour de Dieu, vous voulez bien vous asseoir, tous les deux ? Chouchou, décale-toi. Ton père peut s'asseoir à côté de toi.

Il lance un regard à sa mère. Il n'est pas en colère, juste surpris. Pourquoi devrait-il partager son siège avec elle ? Chouchou sait, grâce à ce que lui a appris Mug, que c'est parce qu'il ne faut jamais être bloqué par quelqu'un d'autre. Et si l'on est sur la partie de la banquette qui donne sur l'intérieur, il vaut mieux avoir confiance en la personne qui est côté extérieur.

Chouchou glisse le long du banc et pointe du doigt la place à côté d'elle.

— Viens, papa. Prends l'intérieur, tu peux me faire confiance.

Il secoue légèrement la tête tout en la dévisageant puis, avec un demi-sourire, s'installe près d'elle. Ils regardent le menu et, quand sa mère se lève pour aller aux toilettes, son père dit :

— Je peux te faire confiance, hein ?

Très sérieuse, Chouchou acquiesce.

— Oui, papa, tu peux me faire confiance.

Il ne lève pas les yeux du menu.

— Tu as passé pas mal de temps avec Mug, non ?

Elle ne sait pas quoi répondre. Elle ne voudrait pas que Mug ait des ennuis. En même temps, c'est le meilleur ami de son papa. Ils travaillent ensemble. Il vient à la maison une ou deux fois par semaine. Il fait partie de la famille.

— Tu sais ce que tu es ? reprend son père.

Chouchou, ne sachant quoi dire, ne dit rien.

Il tourne la tête vers elle.

— Tu es ma princesse.

Elle ne veut pas être une princesse. Sa maman dit que le concept de princesse tel que défini par la société et la littérature est dépassé et sexiste. « Les femmes n'ont pas besoin d'hommes pour les sauver, dit-elle souvent. Tu peux parfaitement te débrouiller toute seule. »

— Tu m'écoutes, Chouchou ? demande son père.

Elle hoche la tête.

— Tu es ma princesse. Ça veut dire que tu ne devrais pas t'inquiéter de quoi que ce soit. Rien du tout. Tout ce que tu veux, tout ce dont tu as besoin, je peux te l'offrir.

Si sa mère n'était pas aux toilettes, elle poufferait. Ou éclaterait carrément de rire. Ensuite, son père lui dirait de la fermer, et Chouchou ne saurait pas s'il est sérieux ou non.

Il repose son menu sur la table, se tourne vers elle et la fixe avec intensité. Le moment semble important. Elle ne se souvient pas que son père l'ait déjà regardée aussi attentivement. Elle finit par comprendre que c'est en fait la première fois qu'il la voit vraiment.

— Mug est un bon ami, mais une princesse n'a pas besoin de savoir tous ces trucs qu'il t'a appris. La seule chose dont tu as besoin de te soucier, ce sont tes devoirs, tes amis, et le fait de ne pas te liguer contre moi avec ta mère.

Il sourit, et Chouchou comprend qu'elle a le droit de rire.

— Tu vas être une bonne petite fille, d'accord ? Contente-toi de t'intéresser à la coiffure et au maquillage, tu veux ?

Chouchou ignorait qu'elle était une mauvaise petite fille. Elle ne voit pas vraiment où son père veut en venir. Tout ce qu'elle sait, c'est qu'elle ne veut absolument pas être une princesse obsédée par son apparence. Mais elle sait bien qu'il vaut mieux ne pas argumenter. En plus, ce n'est pas comme s'il lui avait explicitement interdit de parler avec Mug à l'avenir.

— D'accord, lui dit-elle.

28

Tori Calvert était allongée sur deux chaises en vinyle dans la salle d'attente du bloc opératoire. Elle avait replié ses genoux contre sa poitrine, ne laissant que le bas de son pantalon kaki, des chaussettes blanches et des baskets grises dépasser d'un gros sweat-shirt qu'elle avait enveloppé autour de son corps. Sa tête était posée sur son sac à main. Il y avait une poussette à côté d'elle, la capote relevée au maximum et une couverture posée par-dessus. Les jambes potelées d'Amalise en émergeaient partiellement. Même endormie, Tori gardait une main serrée autour d'un des pieds de la poussette. Josie jeta un œil sous la couverture et vit que le bébé ronflait, sa tétine à moitié sortie de sa bouche, contre un éléphant en peluche.

Josie s'agenouilla face à Tori et chuchota son nom. Comme elle ne se réveillait pas, elle lui toucha l'épaule. Tori ouvrit les paupières. On pouvait lire sur son visage que le retour à la réalité était dur.

— Mon Dieu, lâcha-t-elle en s'asseyant.

Elle vérifia immédiatement comment allait Amalise et soupira de soulagement en voyant que sa fille dormait toujours.

Josie s'installa sur la chaise voisine tandis que Noah restait debout. Ils lui laissèrent un peu de temps pour reprendre ses esprits. Elle tâta son sweat-shirt jusqu'à trouver les emmanchures et y passer les bras.

— Vous l'avez vu ? demanda-t-elle, à voix basse pour ne pas réveiller la petite. Il vous a parlé ?

— Nous l'avons vu, confirma Noah. Il était réveillé. Il avait l'air d'aller bien.

— Mais il n'a rien voulu nous dire, compléta Josie. En dehors du fait qu'il ignore si vous êtes en sécurité.

Tori secoua la tête. Des larmes coulèrent de ses yeux déjà rougis et gonflés.

— C'est ridicule. Nous sommes mariés, et vous refusez que je lui parle ?

— Je suis désolé, madame Calvert, dit Noah. C'est la procédure. Mais une fois que votre mari aura été transféré en unité carcérale, vous devriez pouvoir obtenir un parloir.

Elle secouait la tête.

— C'est de la folie. Je ne peux pas lui parler, et lui n'est pas certain qu'on soit en sécurité ? Mais ça veut dire quoi, bon sang ? En sécurité par rapport à quoi ? À qui ? Est-ce que des gens risquent de venir s'en prendre à nous ? Qui ? Il est architecte, putain ! Dans quoi il s'est fourré ?

— Madame Calvert...

— S'il vous plaît, grogna Tori. Ne m'appelez pas comme ça. Je ne suis pas sa femme. Je ne suis pas sa compagne. Je ne suis qu'une pauvre fille qui vit sous son toit et a eu un bébé avec lui. Je ne connais pas cet homme. Ce n'est pas celui que j'ai épousé !

Josie fit une nouvelle tentative.

— Tori, nous ne savons pas de quoi il retourne. Pas encore. On y travaille, croyez-moi, mais, dans l'immédiat, il nous semblerait plus prudent que vous quittiez la ville avec Amalise. Pouvez-vous aller à New York ? Chez vos parents ?

Tori ouvrit son sac et fouilla à l'intérieur. Amalise commença à remuer. Prestement, sa mère posa le pied sur la barre juste au-dessus des roues de la poussette. De la plante du pied, elle la fit rouler d'avant en arrière, et le bercement fit retomber la petite dans les bras de Morphée.

— Je vous ai devancés de ce côté-là, répondit Tori. En fait, il y a une chose que vous devriez savoir. Au départ, je ne voulais pas vous en parler, je voulais d'abord en discuter avec Elliott. J'espérais qu'il aurait une explication rationnelle à m'apporter, mais puisque je ne peux même pas le voir, autant vous mettre au courant.

Elle sortit une liasse de feuilles cornées de son sac à main.

— Hier, quand vous êtes venus me voir, je n'avais pas l'intention de quitter la ville. Vraiment pas. J'étais persuadée qu'il s'agissait d'un énorme malentendu. Mais les heures passant, je n'arrivais pas à penser à autre chose. Et si c'était vrai ? Et si ma vie ici était sur le point d'exploser ? Je ne connais personne dans le coin. Regardez : mon mari est à l'hôpital, et je ne peux même pas confier ma fille à quelqu'un pendant que je suis ici. C'est pour ça que je me suis dit que je devrais peut-être, je dis bien peut-être, envisager d'aller à New York chez mes parents, si c'est vraiment nécessaire. Ensuite, je me suis dit que j'allais avoir besoin d'argent, alors je me suis connectée sur le site de notre banque. Et quand j'ai regardé le solde de nos comptes, devinez quoi ?

Josie avait une petite idée de ce qu'allait leur annoncer Tori. Elle en avait la nausée.

— Il y a 172 dollars sur notre compte courant et 14 dollars sur notre compte épargne.

— Combien aurait-il dû y avoir ? demanda Noah.

— Quand j'ai consulté nos comptes il y a deux semaines, il y avait plus de 3 000 dollars sur le compte courant et 10 000 en épargne.

Elle tendit les papiers à Josie. Il fallut quelques secondes à cette dernière pour les passer en revue et comprendre exactement ce qu'elle était censée regarder, mais elle finit par tomber sur les mouvements que Tori voulait qu'elle voie.

— Il a retiré quasiment 13 000 dollars, la semaine dernière.

— Oui, confirma Tori. Il a aussi vidé son compte épargne retraite. Des dizaines de milliers de dollars. Disparus. Il n'a même pas laissé assez pour payer les pénalités !

Josie trouva la ligne correspondante, et son cœur manqua un battement quand elle vit qu'Elliott avait effectué un retrait anticipé de près de 200 000 dollars. Elle fit passer les papiers à Noah, qui les étudia à son tour.

— Avez-vous la moindre idée de ce qu'il voulait faire avec cet argent ? la questionna Josie.

Tori fit non de la tête.

— J'ai fouillé sa messagerie, ses autres comptes. J'ai pensé qu'il avait peut-être une addiction au jeu dont il ne m'avait pas parlé. C'est peut-être le cas, mais je n'ai trouvé aucune preuve. Je ne sais pas ce qu'il a fait de l'argent. J'ai fouillé toute la maison en espérant qu'il avait planqué ça quelque part. Mais rien.

Elle se renfonça dans son siège, ferma les yeux et laissa couler les larmes le long de ses joues.

— Il n'y a plus rien.

29

Debout devant son réfrigérateur ouvert, Josie enfourna une bouchée de pâtes froides. À ses pieds, Trout gémit, collé à sa jambe. D'habitude, quand Josie faisait un détour par le réfrigérateur avant d'aller se coucher, c'était pour lui donner une petite carotte.

— Je sais, je sais, mon loulou, dit-elle entre deux fourchetées. Juste une minute.

Noah arriva dans la cuisine. Il sortait de la douche, ses cheveux mouillés tout décoiffés, et n'avait revêtu qu'un pantalon de jogging. La vue de son torse nu la détourna de sa fringale.

— Tu ferais mieux de t'asseoir, non ? lui dit-il.

Il s'approcha, posa une main sur sa hanche et se pencha devant elle pour tenter de trouver quelque chose de comestible dans le réfrigérateur. Ça allait être difficile.

— Je comprends mieux pourquoi tu m'as laissé aller me doucher en premier... C'était pour pouvoir manger les pâtes. J'imagine que je vais devoir me rabattre sur ce yaourt certainement périmé. Je ne peux pas manger les carottes de Trout, sinon, je vais me faire lyncher. Quelques tranches de fromage, peut-être… Ma mère disait toujours qu'il suffisait de gratter le moisi.

Josie éclata de rire et lui tendit le Tupperware ainsi que sa fourchette.

— Désolée, je mourais de faim. Mais tiens, tu peux finir.

Il se saisit de la boîte et commença à manger. Josie piocha quelques bâtonnets de carottes et les lança un peu partout dans la cuisine. Alors que le chien courait pour les gober, Josie ne put s'empêcher de contempler Noah. Le désir monta en elle, malgré la journée extrêmement éprouvante qu'ils venaient de passer. Cela dit, elle ne connaissait pas de meilleur remède au stress du boulot que se perdre dans les bras de son mari.

Du bout des doigts, elle effleura la cicatrice sur son épaule droite. Il avait fallu des années pour qu'elle cesse de ressentir une vive culpabilité à sa vue. Noah lui avait très vite pardonné de lui avoir tiré dessus. Ils se connaissaient à peine, à l'époque, et Josie venait de découvrir que la corruption gangrenait tous les niveaux du département de police. Noah avait été chargé de surveiller une jeune fille placée en détention. Josie avait voulu la faire sortir du commissariat, et Noah s'était interposé. Ne sachant pas s'il faisait partie de ses collègues corrompus, elle avait tiré.

Il n'en avait jamais parlé à quiconque, il avait même fait en sorte qu'elle et la fille parviennent à s'échapper. C'était ainsi que leur relation avait débuté. Sept ans plus tard, ils étaient désormais mariés, et Josie l'admirait et le désirait plus que tout au monde.

Elle leva les yeux de la cicatrice pour découvrir qu'il la dévisageait, sourire aux lèvres. Ils plongèrent dans le regard de l'autre. Noah lâcha le Tupperware vide et la fourchette pour la serrer dans ses bras. Sa bouche s'écrasa contre la sienne.

Josie perdit la notion du temps – de tout ce qui n'était pas Noah, de tout ce qui n'était pas leurs deux corps en pleine fusion. Ce ne fut que plus tard, alors qu'ils reprenaient leur souffle au milieu des draps défaits, qu'elle jeta un œil au réveil sur la table de chevet. Une heure s'était écoulée depuis qu'ils s'étaient retrouvés dans la cuisine. Elle se demanda paresseusement s'ils avaient laissé le réfrigérateur ouvert. Quand elle s'assit dans le lit, elle remarqua l'absence de Trout.

Alors il était probablement resté ouvert...

Josie se laissa retomber contre son oreiller. Noah fit courir sa main le long de son bras nu, du poignet jusqu'à l'épaule.

— Je crois que je vais devoir retourner sous la douche.

Josie pouffa. Elle se tourna vers lui et l'embrassa avant de rouler hors du lit.

— C'est mon tour. Tu ferais mieux de descendre pour t'assurer que Trout n'a pas dévoré ton morceau de fromage moisi.

Elle le regarda par-dessus son épaule et lui fit un clin d'œil.

— Oh, et fais la vaisselle, aussi.

Quand elle ressortit de la douche, Trout avait rejoint Noah sur le lit. Ce dernier scrollait sur son téléphone.

— Gretchen a fait des recherches sur Felicia Koslow. Elle a été arrêtée deux fois dans le comté de Philadelphie pour possession de drogue avec intention d'en vendre.

— Intéressant, répondit Josie en se séchant les cheveux. Des narcotiques ?

— Oui, sur ordonnance, donc ça pourrait être de l'Oxy.

— Elle a menti. Elle n'était pas juste harcelée par la police. Elle a été arrêtée et poursuivie. Qu'est-ce qui s'est passé ?

— La première fois, les poursuites ont été abandonnées. La deuxième fois, elle a plaidé coupable. Elle a écopé d'une amende et de trois ans avec sursis. C'était il y a cinq ans.

Elle jeta sa serviette humide dans le panier à linge.

— Donc elle est clean depuis un moment. On dirait que Denton a été son nouveau départ.

— Ou un nouvel endroit pour dealer, rétorqua Noah. Tu crois que l'Oxy que Dina avait trouvé était à Felicia ?

— C'est probable. Mais dans ce cas, ce n'est certainement pas elle qui va nous le dire.

Noah replongea dans son téléphone.

— Tu as raison.

— Et... des nouvelles d'Alison Mills ?

— Ils ne l'ont toujours pas retrouvée. D'après Gretchen, ils ont quelques pistes – des gens qui pensent l'avoir aperçue dans le petit lotissement sur la route qui mène à l'hôpital –, mais rien de tangible. Elle a aussi dit qu'ils n'avaient déterré aucune info liée au numéro de téléphone prépayé que Calvert appelait.

Josie trouva un vieux jogging et un t-shirt « Police de Denton » dans son armoire et les enfila.

— On ne pourra peut-être jamais remonter jusqu'au propriétaire de ce numéro. Pff... Toute cette affaire deviendrait limpide si seulement on retrouvait Alison Mills. Tu crois qu'elle est morte ?

Il leva les yeux de son téléphone.

— Je n'en sais rien. Je n'espère pas. On a quand même des témoins visuels. Peut-être qu'elle se planque. Je ne sais pas ce qui se passe, mais elle doit être terrorisée. Même si elle a vu sa mère à la télévision, ça n'a peut-être pas suffi à la rassurer.

Josie se recoucha face à lui avec une caresse pour Trout au passage. Le chien la remercia d'un soupir satisfait.

— Terrorisée, reprit Josie. Comme Calvert. Quelqu'un le faisait chanter. J'y ai réfléchi, c'est la seule explication.

Noah reposa son téléphone sur la table de chevet et s'étira.

— Pas forcément. Mais je suis d'accord, ça collerait. Si quelqu'un le faisait chanter, ça devait avoir un rapport avec les photos qu'on a trouvées dans son téléphone.

— Tu crois que quelqu'un a découvert qu'il trompait sa femme et le faisait chanter avec ça ? Le divorce me semble une bien meilleure option. En plus, ça n'explique pas pourquoi il s'en est pris à Dina et à Alison.

Noah bâilla.

— On sait que Dina a trouvé l'équivalent de 4 000 dollars de médocs, quand même.

Josie secoua la tête.

— J'ai encore du mal à croire qu'il aurait pu tuer pour ça. Si c'était juste une histoire de drogue, pourquoi il aurait vidé tous ses comptes en banque ? Plus de 200 000 dollars !

La main de Noah effleura la sienne alors qu'il caressait lui aussi Trout. Le petit chien émit un nouveau bruit de satisfaction.

— Alors peut-être qu'il voulait récupérer l'argent. Son argent.

Josie attrapa son téléphone. Elle écrivit à Gretchen pour lui demander si elle avait interrogé la docteure Feist au sujet de Dina : était-ce elle, la femme mystère sur les photos de Calvert ? Il était minuit passé, mais Josie savait qu'elle ne dormirait pas. Après avoir envoyé son message, elle répondit à Noah.

— C'est une possibilité. Peut-être qu'à un moment donné, il s'est trouvé à l'hôtel avec l'argent sur lui et que Dina ou les deux filles le lui ont pris. En même temps, s'il avait autant de liquide sur lui, il avait forcément quelque chose pour le transporter. Un sac à dos, un sac de sport... ou un carton. Quelque chose d'assez grand, en tout cas.

La réponse de Gretchen ne se fit pas attendre :

La femme sur les photos n'est pas Dina.

Josie tourna le téléphone pour que Noah puisse lire leur échange. Il hocha la tête.

— On sait qu'il n'y avait pas d'argent chez les Hale. On pourrait demander à Marlene de fouiller sa maison mais, si on en croit les messages que se sont envoyés les filles mardi, elles n'avaient clairement pas ce que ces gens – Calvert ou la personne qui a mis la maison des Hale sens dessus dessous – cherchaient. Cela étant dit, en admettant que notre théorie tient la route et que, effectivement, quelqu'un avait découvert que Calvert trompait sa femme, avait essayé de le faire chanter mais que les filles avaient trouvé son argent, cela ne nous dit pas qui est le maître-chanteur dans ce scénario.

— En plus, pourquoi est-ce qu'il se serait laissé embarquer là-dedans pour une histoire de tromperie ? abonda Josie. Ce n'est pas comme s'il était une célébrité. Ça aurait été la fin de son mariage, Tori aurait pu lui pourrir la vie, éventuellement le mettre dans une situation financière compliquée ou lui interdire de voir sa fille mais, en dehors de ça, pourquoi aller jusqu'à payer quelqu'un pour qu'il garde le secret ?

— C'est peut-être la personne avec qui il trompait Tori qui constitue un problème, suggéra Noah. Peut-être qu'il ne veut pas que quiconque découvre son identité.

Un frisson parcourut Josie.

— Mon Dieu... Tu ne crois quand même pas qu'il pourrait s'agir d'une fille qui travaille à l'hôtel ? Une mineure ? Gia Sorrento ? Il a flirté avec elle. Et elle nous a menti à son sujet.

Noah secoua la tête.

— Ça m'a effleuré l'esprit mais, si on part du principe que c'est la maîtresse de Calvert qui réservait une chambre pour qu'ils s'y retrouvent, alors la fille ne pouvait pas être mineure. Il faut avoir dix-huit ans pour louer une chambre à l'*Eudora*. Gia Sorrento nous a dit qu'elle venait de les avoir. Elle n'aurait pas pu louer une chambre il y a quelques mois.

— OK, donc pourquoi Calvert s'est senti à ce point menacé quand on l'a fait chanter ? Est-ce qu'il avait peur pour sa famille ?

Trout laissa échapper un long pet sonore. Le bruit le réveilla en sursaut, et il bondit sur ses pattes en regardant autour de lui pour comprendre d'où il pouvait bien provenir.

Josie et Noah partirent dans un fou rire. Le chien finit par accepter de se recoucher à sa place et se rendormit.

— Sur ce, dit Noah, je pense qu'on ferait bien de dormir. La journée de demain promet d'être longue.

30

Josie fut frappée par le calme qui régnait dans l'hôtel *Eudora* à 8 heures du matin. Certes, on était lundi, mais c'était la première fois qu'elle ne voyait pas le hall d'entrée fourmiller d'activité. Celui-ci était presque désert tandis qu'elle et Noah attendaient à l'accueil que John Brown vienne les chercher. Il n'y avait qu'une femme de ménage qui poussait difficilement son chariot sur la moquette épaisse et s'arrêtait pour épousseter les tables basses, arroser les plantes et nettoyer le mobilier capitonné avec un petit aspirateur à main.

Noah leva le doigt en l'air.

— Tu entends ?

Pour une fois, le fond sonore n'était pas de la musique classique mais une radio locale.

— La jeune Alison Mills, disparue à Denton, est à l'heure actuelle toujours recherchée par la police, disait le présentateur des informations avant de livrer les éléments fournis par WYEP la veille.

Le flash d'informations laissa la place à un morceau de variété.

— Inspecteurs, les salua John Brown, qui venait d'apparaître derrière le comptoir, un sourire figé aux lèvres. Si vous voulez bien me suivre dans mon bureau.

Il les avait contactés très tôt ce matin-là pour les informer qu'il avait trouvé quelques images d'Elliott Calvert dans l'hôtel. Il n'avait pas précisé le lieu ni les dates exactes, mais leur avait proposé de venir les voir. Puis il les avait fait patienter pendant quinze minutes.

Son ordinateur portable était ouvert sur son bureau, face aux fauteuils destinés aux visiteurs. Josie et Noah s'y installèrent pendant qu'il bougeait la souris pour rallumer l'écran.

— Je vous ai expliqué que nous conservions certains enregistrements liés à des incidents.

— Des incidents qui pourraient mener à des poursuites judiciaires contre l'hôtel, oui, confirma Noah.

Nouveau sourire crispé.

— Pour dire les choses crûment, oui, c'est ça. Un soir où M. Calvert se trouvait à l'hôtel, un incident de ce type est survenu. Une cliente a fait une chute dans le hall d'entrée. À vrai dire, elle a déjà fait appel à un avocat pour porter plainte. Nous ignorons pour le moment si cela aboutira à des poursuites, tout cela est entre les mains de notre compagnie d'assurances, à qui nous avons envoyé les images de vidéosurveillance.

— Ils en avaient donc une copie, dit Josie.

— Oui. J'ai pris la liberté de les contacter pour y avoir accès.

Il pointa l'ordinateur du doigt.

— Voici. Nous avons plusieurs caméras dans l'entrée. Nous nous étions évidemment concentrés sur celles montrant le plus précisément la chute de cette cliente mais, quand j'ai tout regardé de nouveau en y cherchant M. Calvert, j'ai remarqué qu'il avait été filmé par une autre caméra. Je crois qu'il s'agit de lui, tout du moins. Vous pourrez sans doute le confirmer ?

Il cliqua, et une vue du hall s'afficha à l'écran. La caméra devait être positionnée au-dessus de la porte d'entrée principale, et on apercevait sur la gauche les portes qui menaient au

Bastian's. M. Brown tapota l'écran pour leur montrer un homme qui en émergeait.

— Je pense que c'est lui.

L'homme était vêtu d'un costume clair sans cravate, et il avait défait les premiers boutons de sa chemise. Il s'arrêta juste devant l'entrée du restaurant et regarda autour de lui, leur donnant l'opportunité de bien voir son visage.

— C'est bien lui, confirma Josie.

Elliott observa le hall d'entrée consciencieusement, deux fois. Pas parce qu'il cherchait quelqu'un, pensa Josie, mais pour s'assurer que personne ne le reconnaissait. Puis il passa devant les canapés, les tables basses impeccablement lustrées et le comptoir d'accueil, lequel était pris d'assaut. C'est alors que l'attention de tout le monde, y compris Calvert, fut attirée vers l'entrée de l'hôtel.

— C'est la chute dont je vous ai parlé, indiqua Brown. De cet angle-ci, on ne voit rien, mais c'est ça que tout le monde regarde.

Certains clients qui faisaient la queue devant le comptoir s'en éloignèrent pour mieux voir la cause de toute cette agitation. Elliott, lui, fit volte-face et poursuivit sa route en direction des ascenseurs. Il appuya prestement sur le bouton d'appel et se mêla au groupe de personnes qui attendaient elles aussi de monter dans les étages. Personne ne lui accorda le moindre regard. Il n'était qu'un client parmi d'autres regagnant sa chambre.

Sauf qu'Elliott n'avait jamais loué de chambre à l'*Eudora*.

— Est-ce que vous savez à quel étage il est descendu ?

M. Brown referma son ordinateur.

— Non, désolé. Les autres enregistrements ont disparu. Effacés, a priori, comme je vous l'ai dit hier. On n'a plus que cette vidéo-là parce que c'est l'endroit où la cliente est tombée.

— Il n'y a pas d'autres bars ou restaurants dans les étages de l'hôtel, n'est-ce pas ? demanda Noah.

Brown fit non de la tête.

— Et pas d'autres infrastructures ? demanda Josie. Un salon ? Un endroit où les clients peuvent travailler ? Une salle de gym ? Une piscine ?

— Bien sûr que si, dit Brown. On a tout ça, mais il faut loger sur place pour bénéficier d'un accès. M. Calvert, à ma connaissance, n'avait pas de clé de chambre.

— Pouvez-vous nous faire une copie de cet enregistrement ? réclama Noah.

— Oui, bien sûr.

M. Brown se saisit de son ordinateur et alla s'installer de l'autre côté du bureau. Il sortit une clé USB de l'un des tiroirs.

— Ça ne devrait prendre que quelques minutes.

— Il nous faudrait aussi une liste des clients qui avaient loué une chambre à cette date, si ça ne vous dérange pas, ajouta Josie.

— Pour ça, il me faudra un mandat, en revanche, répondit Brown en fronçant les sourcils. Politique interne.

— Vous l'aurez dans la journée, promit-elle.

Pendant qu'ils patientaient, Noah se pencha vers elle et chuchota :

— C'est la maîtresse de Calvert qui a loué la chambre. C'est pour ça que son nom n'apparaît pas dans les registres de l'hôtel. Peut-être qu'elle n'habite pas Denton. Elle pourrait être de New York. Ça collerait.

— Oui, répondit Josie à voix basse. Elle réserve une chambre quand elle est en ville et il vient l'y rejoindre. Mais on n'a retrouvé aucune trace d'appels ou de messages à une autre femme dans son téléphone.

— À l'exception du numéro qui n'est plus attribué, fit remarquer Noah.

— C'est vrai, admit Josie. Ça pourrait être le numéro de la femme mystère. Ils évitent de s'envoyer des messages pour ne laisser aucune trace. S'ils s'en tiennent aux appels, ça rend la relation bien plus simple à cacher. Personne ne peut connaître le contenu d'appels vocaux. Mais ça n'explique pas pourquoi il a fait des avances à Gia Sorrento au bar, plus d'une fois.

— Josie, on parle d'un mec qui s'est mis à tromper sa femme juste après qu'elle a accouché de leur premier enfant. Un mec qui a étranglé une adolescente sans défense sur le bord d'une route. Tu crois vraiment qu'Elliott Calvert a la moindre morale ?

Il détourna le regard, mais elle comprit que cette affaire commençait à l'atteindre autant qu'elle.

— Et voici, déclara M. Brown en contournant son bureau, la clé USB à la main.

Josie se leva et la récupéra, parvenant à lui adresser un vague sourire.

— Merci. Juste une dernière chose avant qu'on y aille. On a interrogé la quasi-intégralité de votre personnel hier, mais on n'a pas rencontré Max Combs. En tant que manager de Dina et d'Alison, il pourrait être en possession d'éléments importants pour l'avancée de l'enquête. A-t-il fini par se présenter à son poste, hier soir ?

Brown fit la moue. Il la regardait comme s'il espérait qu'elle allait oublier sa question et s'en aller en lui souhaitant une bonne journée.

Noah se leva à son tour.

— Il n'est jamais venu travailler, c'est ça ? devina-t-il. Ça fait donc deux jours qu'il n'est pas là.

— Est-ce qu'il a appelé ? demanda Josie. A-t-il justifié ses absences ?

— J'ai bien peur que non. Mais il est censé être présent cet après-midi. Comme je vous l'ai déjà dit, la ponctualité n'est pas la première qualité de Max, mais il fait tellement bien son travail...

— Que vous laissez couler, termina Noah pour lui. Monsieur Brown, il faut vraiment qu'on lui parle. Vous pourriez lui demander de nous appeler dès que vous le verrez ? Et si vous ne le croisez toujours pas aujourd'hui, merci de nous prévenir.

Brown hocha la tête.

— Aucun problème. Je suis certain qu'il va me contacter aujourd'hui. Je lui demanderai de vous appeler.

Malgré ses paroles assurées, il n'en semblait absolument pas convaincu.

31

Noah fit démarrer la voiture, puis attendit le temps que Josie appelle le commissariat. C'est Mettner qui répondit. Il semblait bien plus reposé après ses quelques jours de congé. Lui et Amber avaient été mis au courant de l'avancée de l'enquête. Toujours pas de piste sérieuse concernant la localisation d'Alison Mills, mais Amber s'apprêtait à contacter les médias locaux pour s'assurer qu'ils diffusent encore sa photo au maximum. Marlene Mills, de son côté, avait déjà appelé trois fois.

— J'ai lu tous les rapports, dit Mettner. J'ai discuté avec Gretchen et le chef. Comment est-ce qu'une ado de dix-sept ans peut disparaître comme ça ?

— Elle n'a pas disparu, répondit Josie. Elle est là, probablement juste sous notre nez. Il faut continuer à chercher, à demander l'aide de la population. Elle n'ose sans doute pas sortir à cause de ce dans quoi elle s'est retrouvée embarquée avec Dina mais, avec un peu de chance, des citoyens responsables n'hésiteront pas à nous appeler s'ils l'aperçoivent. Mets Amber sur le coup. Dans l'immédiat, il va me falloir un mandat pour l'*Eudora*.

Elle expliqua qu'elle avait besoin de la liste des clients ayant réservé une chambre le jour de l'enregistrement vidéo que Brown leur avait fourni. Son collègue lui promit de préparer le document, de le faire signer et de l'envoyer à l'hôtel d'ici quelques heures.

— Ah, et j'en profite pendant que tu es devant ton ordinateur, ajouta Josie. On a encore quelques vérifications à faire au sujet de l'hôtel. J'aurais besoin que tu me trouves l'adresse de Max Combs. C'est le responsable de la restauration et de l'événementiel à l'*Eudora*.

— Pas de souci, répondit Mettner.

Josie l'entendit pianoter sur son clavier et, quelques instants plus tard, il déclara :

— C'est bon, je l'ai. A priori, il est locataire.

— Super, dit Josie après qu'il lui eut donné l'adresse. On va y aller tout de suite.

Josie raccrocha, et Noah leur fit quitter le parking pour prendre la direction d'un quartier dans le Sud de Denton, construit cinq ans plus tôt.

La résidence de Max Combs, à la façade ocre rehaussée de blanc, s'élevait sur trois niveaux étroits, avec un garage au rez-de-chaussée. Sur le côté, un escalier en fer forgé menait au premier étage.

Alors qu'ils montaient les marches, Noah dit :

— Une porte d'entrée sur le côté de la maison. Concept intéressant.

Le palier devant la porte était à peine assez grand pour eux deux. Le petit auvent qui les surplombait offrait un peu d'ombre, et une ampoule pendait au-dessus de leurs têtes. C'était à peine visible dans la lumière du jour, mais elle était allumée. La porte en elle-même était noire et sans vitrage.

— Ça a dû être une vraie galère d'emménager ici. Tu imagines passer les meubles par cet escalier ? commenta Josie.

Elle appuya sur la sonnette. Ils entendirent le carillon résonner à l'intérieur. Personne ne vint ouvrir. Josie sonna encore deux fois avant de reculer pour laisser Noah se coller à la porte. Il tambourina contre le battant, criant le nom de Max Combs d'une voix assurée.

Rien.

Ils regardèrent alentour, mais pas un voisin ne les observait par la fenêtre ni ne se promenait sur le trottoir.

— J'ai un mauvais pressentiment, dit Josie.

Noah hocha la tête.

— Moi aussi, mais sans bonne raison de penser que notre homme pourrait être blessé ou mort, on ne peut pas faire grand-chose, on va devoir repasser plus tard.

Josie se pencha vers la porte et perçut une odeur aussi familière que désagréable. Elle fit signe à Noah de l'imiter.

— Tu sens ?

Elle se décala pour qu'il place son nez au niveau de la serrure. Il renifla plusieurs fois. Puis il fit la grimace.

— Tu penses comme moi ? demanda Josie.

— On ferait mieux d'appeler tout le monde. L'équipe d'identification criminelle, la docteure Feist, et quelques agents pour boucler le périmètre. Il va falloir qu'on trouve le propriétaire pour qu'il nous laisse entrer. Demande à Mettner de préparer un mandat.

Josie avait déjà son téléphone collé à l'oreille.

Près de deux heures plus tard, leur collègue arriva pour leur apporter le mandat, bientôt rejoint par le propriétaire de la maison. En attendant, les unités de patrouille s'étaient organisées sur place et avaient entouré l'allée de Rubalise. La docteure Feist et l'équipe d'identification criminelle ne tardèrent pas à débarquer à leur tour. Après un passage en revue rapide des lieux pour s'assurer que tout le monde pouvait entrer sans danger, l'agent Hummel et son équipe technique se mirent au travail. Josie savait qu'il leur faudrait quelques heures pour effectuer tous les relevés nécessaires. Alors, pour tuer le temps, elle appela M. Brown pour savoir si la liste des clients était prête. Mettner était passé déposer le mandat à l'hôtel sur le chemin. Le gérant lui expliqua que cela prendrait un ou deux jours. Mettner fit le tour du voisinage, au cas où quelqu'un aurait vu quelque chose. Enfin, Hummel donna son feu vert pour que Josie et Noah pénètrent sur la scène. Ils enfilèrent une combinaison et remontèrent l'escalier jusqu'au premier étage de la maison.

L'odeur de décomposition était très présente. Josie passa en premier le pas de la porte, et la pestilence la heurta de plein fouet. Derrière elle, Noah dit :

— Il est là depuis un moment.

L'étage était composé d'une unique pièce faisant office de salon, de salle à manger et de cuisine, entièrement parquetée. Les murs blancs étaient ponctués d'appliques noires en forme de cylindres disposées tous les mètres et diffusant une lumière tamisée. Hummel avait dû installer des lampes à halogène portables pour y voir plus clair.

L'endroit était un champ de ruines.

Dans le coin salon, les meubles avaient été renversés. La tapisserie des deux canapés était déchirée. Le rembourrage des coussins tapissait le sol. Un écran de télévision gisait face contre terre, l'arrière ouvert pour accéder à l'intérieur. Le seul meuble encore debout était une petite console – sans rien dessus. De l'autre côté de la pièce se trouvait un billard. Josie avait du mal à imaginer comment Max était parvenu à le faire entrer ici. Le revêtement en velours vert était lui aussi déchiré, et la plaque en ardoise qui se trouvait dessous avait été retirée, dévoilant un gros trou.

— Attention où vous mettez les pieds, alerta la voix de Hummel depuis la partie cuisine.

Il se tenait derrière un îlot central et déposait des sacs de scellés en kraft dans un carton.

— Il y a des boules de billard un peu partout. J'ai failli rouler sur la numéro 8.

Noah se dirigea vers lui, Josie sur les talons. Dans la cuisine, c'était encore pire : chaque meuble, chaque tiroir avait été vidé de son contenu. Ustensiles, plats, casseroles, poêles, torchons... Tout était désormais étalé par terre.

— On dirait que quelqu'un cherchait quelque chose, dit Noah.

— Tu penses qu'il a trouvé ? demanda Josie.

— Non.

Un léger vrombissement emplit la pièce, et un filet d'air frais caressa la nuque de Josie. En levant les yeux, elle remarqua deux bouches d'aération côte à côte au plafond.

Hummel sortit un marqueur noir épais et griffonna un mot sur le carton.

— C'est nous qui avons mis en route la clim. Tout était coupé quand nous sommes arrivés. On a aussi ouvert les fenêtres, mais ça n'a pas fait de miracle.

Hummel désigna une volée de marches derrière eux.

— Vous pouvez monter à l'étage. Mais je vous le répète : attention où vous mettez les pieds. Il y a du bazar partout. La docteure Feist se trouve dans la chambre principale. On a déjà pris les photos, relevé les empreintes, récupéré l'ADN qu'on pouvait, ainsi que quelques objets. Curieusement, on n'a pas trouvé de téléphone. Pas loin de 1 000 dollars en liquide, mais pas de téléphone. En revanche, on a trouvé un tas de drogues dans la chambre du gars. Cocaïne, ecstasy, Xanax, OxyContin. Apparemment, il gardait ça dans son armoire ou sa table de chevet. Difficile à dire, vu comment tout a été retourné.

Il souleva le carton du plan de travail.

— Mais on va récupérer tout ce qui peut l'être, envoyer ça au labo, et on vous envoie les résultats dès qu'on les reçoit.

Ils le remercièrent et montèrent l'escalier, particulièrement raide et étroit. En haut, il y avait un dégagement suffisamment grand pour accueillir deux chaises et une petite table. Max avait opté pour un salon de jardin, et celui-ci était toujours debout et en bon état. Les trois portes donnant sur le palier étaient ouvertes, des débris se déversant par chacune d'elles. Ils passèrent une tête dans la salle de bains, dans une chambre utilisée comme bureau, puis dans la plus grande chambre : celle de Max. Elle n'était meublée que d'un lit deux places, d'une table de chevet et d'une commode. Le contenu de ces deux dernières gisait sur le sol. Les portes du placard étaient grandes ouvertes, et l'intérieur était vide. Dans un des murs se trouvait une cavité renfermant un petit coffre dont la porte avait été enfoncée et pendait par une charnière. À l'intérieur, ils trouvèrent quelques documents, rien de plus. Posé par terre sous le coffre, le tableau d'une femme, assise nue sur un tabouret, lançant un regard aguicheur par-dessus son épaule. Il avait été cassé en deux et la toile était arrachée du châssis.

— Ils ont aussi éventré le matelas, dit la docteure Feist.

Josie l'aperçut, à genoux sur le lit, penchée au-dessus de la tête d'un homme qui devait être Max Combs. Il était allongé en plein milieu, les jambes droites, les bras en croix, uniquement vêtu d'un boxer et de chaussettes noirs. Au vu de la décoloration de la peau et de la manière dont le corps semblait avoir rétréci, sans parler des fluides qui s'en écoulaient, Josie conclut que la mort remontait à au moins trois jours. Un oreiller était posé à côté de lui, percé d'un trou et imbibé de sang. Ils s'approchèrent en slalomant entre les vêtements, les chaussures, une petite télévision en miettes, quelques livres de poche, des boîtes de préservatifs et quelques dessous féminins maintenus ensemble par un élastique à cheveux. Josie vit que le matelas avait effectivement été découpé en plusieurs endroits. Le rembourrage était disséminé un peu partout dans la pièce avec les objets personnels de Combs.

— Tu as trouvé quelque chose ? demanda Noah.

La légiste se cambra, étirant son dos et ses épaules pour évacuer la tension.

— Adulte de sexe masculin présentant une blessure par

balle à la tête. Il semblerait que quelqu'un lui ait couvert le visage avec un oreiller et ait tiré à travers, mais je n'en aurai la certitude que sur la table d'autopsie. Si le tueur a utilisé des balles à tête creuse, je devrais retrouver des morceaux de textile dans le creux.

Elle se pencha de nouveau au-dessus de l'homme et ouvrit sa bouche d'une main.

— Je devrais quand même pouvoir l'identifier sur la base de son historique dentaire. Mon Dieu, quelle horreur.

— On est d'accord, acquiesça Josie. Anya, la dernière fois que cet homme a été vu vivant, c'était vendredi soir. Une idée de quand est survenu le décès ?

La docteure Feist descendit du lit.

— En tenant compte de l'état de décomposition du corps, de sa température et de celle de cette pièce, et du fait que la climatisation n'était pas en route à votre arrivée, je dirais qu'il a sans doute été tué entre vendredi en fin de soirée et samedi très tôt.

Le bourdonnement de l'air conditionné se fit de nouveau entendre. Josie leva les yeux vers deux bouches d'aération, côte à côte comme dans la cuisine. Elle attendit qu'un filet d'air frais cascade jusqu'à son visage, mais rien ne vint.

— Ça fait du bien, dit Noah.

Josie se tourna vers lui. Il regardait le plafond.

— Tu sens de l'air ? lui demanda-t-elle.

— Pas toi ? s'étonna-t-il.

— Non.

— La bouche doit être cassée...

Josie revint précautionneusement sur ses pas jusqu'au palier. Elle vérifia les autres pièces : chacune était équipée de deux bouches d'aération en état de fonctionnement. Même chose sur le palier. La docteure Feist sortait de la chambre au moment où elle allait y retourner.

— C'est bon pour moi. Je vais dire aux gars qu'ils peuvent emporter le corps. Je m'occupe de l'autopsie aussi vite que possible et je vous tiens au courant. Pour l'identification, ça pourrait prendre un jour ou deux, selon le temps que je mets à retrouver son dentiste. J'imagine que vous partez du principe qu'il s'agit du locataire des lieux, Max Combs ?

— Oui, confirma Noah. On peut s'occuper du dentiste nous-mêmes, si ça peut accélérer les choses.

— Parfait, répondit la légiste.

Josie la regarda descendre l'escalier puis retourna dans la chambre. Noah faisait le tour du lit en inspectant le désordre qui régnait dans la pièce.

— Ils n'ont pas pris la drogue ni l'argent. Qui n'en profiterait pas pour repartir avec 1 000 balles ? Je veux dire, ils viennent de tuer un mec, donc un petit vol par-dessus ça, c'est rien.

— Ils cherchaient quelque chose de précis, dit Josie.

— Ce qu'il y avait dans son téléphone ?

— Peut-être.

Elle leva une nouvelle fois les yeux vers la bouche d'aération. Pas d'air pendant trois jours. Est-ce que le tueur avait coupé la ventilation, ou est-ce qu'elle était déjà éteinte quand il était arrivé ?

— Mais si tu possédais un truc que des gens sont prêts à tuer pour récupérer, tu le cacherais, non ?

— Oui, évidemment.

Elle pointa du doigt la bouche d'aération défectueuse.

— Il va nous falloir un escabeau et une visseuse.

Noah haussa un sourcil.

— Ah oui ?

— Oui.

Il fallut une demi-heure à Hummel pour récupérer le matériel nécessaire dans le bâtiment dans lequel lui et son équipe procédaient aux analyses qu'ils pouvaient effectuer eux-mêmes, sans avoir à passer par le laboratoire. Josie le regarda installer l'escabeau, y monter, dévisser le panneau de la bouche et le retirer. Il le tendit à Noah puis grimpa sur le barreau suivant pour passer sa tête dans l'ouverture. Josie l'entendit siffler.

— Eh bien, vous savez quoi ? La patronne a vu juste. Je vais chercher Chan pour qu'elle m'aide à récupérer tout ça. En attendant, ne touchez à rien. D'ailleurs, attendez plutôt sur le palier.

Josie et Noah s'installèrent sur les chaises de jardin pendant que Hummel et sa collègue Chan travaillaient. Trente minutes plus tard, on les invita à revenir pour découvrir deux sacs à dos remplis de liasses de billets de 100 dollars.

— Jackpot, dit Hummel. Littéralement.

— Combien ? demanda Noah.

— Il faudra qu'on recompte, dit Chan, mais je dirais plus de 360 000 dollars.

32

Ils firent une halte chez eux pour prendre une douche et se changer. Ils avaient transpiré, et l'odeur de mort leur collait à la peau, même après avoir vidé le ballon d'eau chaude et utilisé une grande quantité de savon. Ils s'arrêtèrent ensuite à *Komorrah's* pour acheter du café et des pâtisseries pour les collègues avant de retourner au commissariat. Dans la grande salle, Gretchen et Mettner étaient assis à leur bureau, tous deux au téléphone.

Daisy s'était installée au bureau d'Amber, concentrée sur son ordinateur portable. L'attachée de presse était penchée au-dessus de son épaule et elles échangeaient à voix basse. Elles levèrent toutes les deux les yeux vers les nouveaux arrivants et leur adressèrent des sourires de bienvenue.

Noah tendit un gobelet à Amber et dit à Daisy :

— On ne savait pas que tu étais là, sinon on aurait pris ton thé préféré. Mais je te laisse mon café avec plaisir.

La jeune fille rougit quand Noah lui tendit le gobelet avec un N écrit sur le couvercle.

— Merci, dit-elle en le prenant. Amber m'aide avec mes devoirs.

— Le chef est en bas avec un conseiller municipal, expliqua cette dernière. Pierce quelque chose.

— Fuller, compléta Josie.

— Ah oui, voilà. Il m'a demandé d'imprimer un genre de proposition qu'il nous fait concernant une formation et la mise en place d'une brigade canine. Bref, ils sont dans la salle de conférences pour en discuter.

Noah finit de distribuer les boissons et plongea la main dans le sachet de pâtisseries pour y récupérer un strudel aux pommes qu'il enfourna en deux bouchées. Josie avala quelques gorgées de café puis donna le reste de son gobelet à Noah.

— Tiens, finis le mien.

Gretchen raccrocha et tourna sur son fauteuil, agitant une feuille de papier en l'air.

— Je l'ai ! Le dentiste de Max Combs !

— C'est bon, finalement, merci, marmonna de son côté Mettner au téléphone avant de raccrocher à son tour.

Gretchen chaussa ses lunettes de vue et consulta son ordinateur.

— Je vais rédiger un mandat et aller récupérer le dossier pour le déposer à la docteure Feist.

— Hummel a appelé, dit Mettner. Ils ont encore beaucoup de travail, mais Chan a recompté l'argent qu'il y avait dans le plafond de Max Combs : 363 000 dollars. Ils essaient de récupérer des empreintes sur les sacs, mais ça semble compromis. Un problème de matière. Si ça ne fonctionne pas, Hummel fera des relevés sur les billets, mais c'est compliqué et ça va prendre un temps fou. En plus, ils ont sûrement été manipulés par plusieurs personnes. C'est pas gagné, quoi.

— C'est bizarre, comme montant, dit Noah.

— Elliott Calvert a retiré 213 000 dollars de son compte, dit Josie.

— Ça reste bizarre.

— On a déjà évoqué la possibilité d'un chantage, rappela

Josie. On ne peut pas le prouver, pas sans empreintes, sans trace d'ADN ou sans aveux de Calvert, mais il est possible que, sur cette somme, Max Combs ait récupéré 213 000 dollars de Calvert.

Sans prendre la peine de lever la tête, Gretchen dit :

— L'échange aurait pu avoir lieu à l'hôtel.

— Et le reste de l'argent, il viendrait d'où ? demanda Mettner. Les 150 000 supplémentaires ? Qu'est-ce qu'il foutait avec autant d'argent caché dans son plafond ?

— La vraie question, c'est : pourquoi est-ce que Combs est mort pour ça ? dit Noah. Clairement, il n'a jamais dévoilé où l'argent était caché.

— À moins qu'on l'ait descendu avant de fouiller la maison, suggéra Gretchen.

— Je pense que Mett a raison, fit Josie. Il faut commencer par déterminer pourquoi il avait cet argent. En admettant que c'est la raison pour laquelle on l'a tué, on sait que Calvert ne peut pas être le meurtrier. On a les relevés du GPS de son téléphone, et il n'est pas allé du côté de chez Max vendredi et samedi. Même si c'est lui qui lui a donné l'argent, il ne l'a pas tué. Et puis, surtout, je ne vois toujours pas le rapport avec l'agression de Dina Hale et d'Alison Mills.

— Quand j'en aurai terminé avec le mandat pour le dossier dentaire, j'en rédigerai un autre pour avoir accès aux comptes bancaires de Combs, annonça Gretchen. Et comme son téléphone n'a pas été retrouvé, je vais aussi demander à l'opérateur s'il peut nous fournir des informations sur sa localisation ces dernières semaines et ses relevés téléphoniques – ce qui risque d'être long, pour cette dernière partie. Mett, montre-leur la vidéosurveillance.

— Ah, oui ! dit ce dernier. Même si je ne suis pas encore certain que ça ait un lien avec l'homicide survenu chez Max Combs.

Il pianota sur son clavier et cliqua plusieurs fois sur la souris. Puis il pointa l'index sur l'écran.

— Un des voisins, trois maisons plus loin, a installé un interphone avec caméra. Il a des images de deux hommes qui se garent dans un SUV de couleur foncée, à 1 h 06, dans la nuit de vendredi à samedi. On ne voit pas la marque ou le modèle de la voiture.

Josie et Noah contournèrent les bureaux et se postèrent derrière Mettner pour voir l'écran. La qualité n'était pas bonne et la scène avait été filmée de loin, mais on voyait assez clairement un SUV se garer le long du trottoir. Deux hommes en descendaient. Ils étaient tous les deux plutôt grands, mais l'un était bien plus baraqué que l'autre. Leurs vêtements sombres et les capuches rabattues sur leur tête ne permettaient de repérer aucun signe distinctif. Après quelques secondes, ils sortaient du cadre.

Noah désigna l'écran.

— Ils partent en direction de chez Combs ?

— Oui, mais rien ne prouve que c'est là-bas qu'ils sont allés. Je n'ai pas pu relever la plaque d'immatriculation. Je suis allé toquer chez les voisins pour leur demander s'ils reconnaissaient ce véhicule ou s'ils avaient reçu de la visite aux alentours de 1 heure du matin samedi, mais tous m'ont dit que non.

— Il n'y a pas de caméras sur la route dans le coin qui auraient pu filmer la voiture ? demanda Josie.

— Je ne crois pas, mais je peux vérifier.

— Et on les voit repartir ? le questionna Noah.

Mettner afficha une nouvelle vidéo montrant le SUV au même endroit que dans le précédent enregistrement, mais à 3 h 39, selon l'horodatage. Cette fois, les hommes couraient quand ils entraient dans le champ. Ils remontaient dans le véhicule et s'en allaient.

— Ils ne transportent rien, fit remarquer Josie.

— Rien de visible, en tout cas, nuança Mettner.

— Ils sont restés deux heures et demie sur place. C'est long, pour une scène de crime.

— Mais ça n'aura pas suffi pour qu'ils récupèrent ce qu'ils étaient venus chercher, dit Noah.

Le téléphone sur le bureau de Mettner sonna, et il décrocha. Josie et Noah regagnèrent leurs bureaux respectifs.

— Attendez, s'étonna soudain Noah. Si on est tous ici, alors qui est à la recherche d'Alison Mills en ce moment ?

— On se concentre sur les signalements, maintenant, l'informa Gretchen. Ordre du chef. On dirait justement que Mettner est en train d'en recueillir un.

Le combiné calé entre son oreille et son épaule, ce dernier tapait sur son clavier tout en répondant :

— Très bien. Vous pensez avoir vu Alison Mills sur Hopwood Street. Quand, exactement ? Hier ou aujourd'hui ?

Josie s'adressa à Gretchen :

— Vous avez reçu des appels ?

— Quelques-uns. Mais ça n'a rien donné pour le moment.

Mettner raccrocha si violemment que cela fit sursauter tout le monde. Il cliqua sur la souris de son ordinateur, et la vieille imprimante à l'autre bout de la salle s'alluma.

— À mon avis, c'est encore une fausse piste. Une femme pense avoir vu Alison Mills près du jardin public ce matin.

— Le jardin public ? répéta Josie. Ce n'est pas du tout proche de l'endroit où elle a disparu.

— Ça pourrait quand même être elle, dit Noah. Elle pourrait être n'importe où, à l'heure qu'il est – y compris ailleurs qu'à Denton.

— Avec de l'aide, rétorqua Mettner. Si cette gamine se planque quelque part, alors elle est toujours en ville. Elle n'a pas pu aller bien loin à pied.

— La question n'est pas de savoir si elle est loin, c'est de savoir où elle se cache, dit Josie. Et manifestement, c'est à un endroit où personne n'a pensé à chercher.

— En admettant qu'elle se planque vraiment, dit Noah, elle va bientôt devoir refaire surface, surtout si elle n'a pas de quoi boire et manger. Où est-ce qu'elle pourrait avoir accès à tout ça ?

La voix de Daisy les prit par surprise.

— C'est quel genre d'ado ?

Toutes les têtes se tournèrent dans sa direction. Son visage pâle affichait une expression sérieuse.

— Comment ça ? demanda Gretchen.

Daisy haussa vaguement une épaule.

— Ma mère... Enfin, la dame qui...

— On voit bien de qui tu veux parler, la rassura Amber.

— Est-ce qu'Alison est du genre très proche de sa famille ? reprit Daisy. Est-ce qu'elle a peur de vivre loin d'eux ? Avant, je faisais passer le test du voyage aux jeunes.

— C'est quoi, le test du voyage ? l'interrogea Mettner.

— Tu commences par découvrir à quel endroit dans le monde elles rêvent d'aller. Leurs vacances de rêve, quoi. Après, tu leur demandes : « Si tu pouvais y aller demain, tous frais payés, mais que tu n'avais pas le droit d'entrer en contact avec ta famille pendant toute la semaine, est-ce que tu partirais ? » La réponse en dit long sur leur personnalité.

Mal à l'aise, Josie regarda autour d'elle et remarqua à quel point les adultes de la salle étaient tendus. Tous savaient qu'on avait appris à Daisy des techniques de manipulation pour entraîner des adolescentes dans des situations qui finissaient par leur coûter la vie. Quand Daisy avait ouvert les yeux sur cette réalité, le mal était fait. Elle avait vraiment cru qu'elle se faisait juste des copines. Elle n'avait pas la moindre idée de ce qui leur arrivait une fois qu'elles étaient enlevées. Cette éducation atypique l'empêchait de voir le monde de manière naturelle. Pour elle, les gens étaient des spécimens à étudier, un peu comme des insectes. Josie n'était même pas sûre que Daisy en avait pris conscience à ce jour.

— Et que t'indique leur réponse ? demanda-t-elle.

— Si elles affirment que oui, elles partiraient tout de suite, ça veut dire qu'elles sont sans doute extraverties et pas du genre à respecter les règles. Elles sont plus indépendantes, et capables de résoudre des problèmes par elles-mêmes. Elles n'ont pas spécialement peur de vivre de nouvelles expériences.

— Et si elles refusent ? relança Noah.

— Eh bien, ça signifie qu'elles sont très attachées à leur famille et se sentent démunies quand elles en sont loin. Elles ont besoin d'un cadre, d'une autorité. Elles ne se sentent pas capables de prendre une décision sans en avoir discuté avec leurs proches avant, et elles ont peur de ne pas s'en sortir seules.

Noah jeta un regard à Josie. Elle savait qu'il pensait à la même chose qu'elle : le test du voyage avait été conçu afin de déterminer quelles adolescentes seraient les plus faciles à manipuler, à mettre sous pression ou à convaincre de faire des choses qu'elles ne feraient pas en temps normal. Cela dit, l'intervention de Daisy avait son intérêt. Josie fit un signe de tête discret à Noah.

— OK, dit-il. Je pense comprendre où tu veux en venir. Donc tu veux savoir quel genre d'adolescente est Alison Mills parce que... ?

— Parce que ça permettra de savoir où elle se cache.

Josie se leva et s'approcha du bureau d'Amber, les yeux rivés sur Daisy. Elle repensa aux messages qu'Alison avait échangés avec Dina. Alison avait suggéré d'en parler à sa mère. Dina avait refusé. Ensuite, Alison avait proposé d'aller au commissariat. Dina avait encore refusé.

— Alison serait du genre à ne pas partir en voyage, dit-elle.

Daisy attrapa le gobelet de café que Noah lui avait offert et but quelques gorgées avant de déclarer :

— Je sais que Bobby ne veut pas que je sois mêlée aux enquêtes, ni même que je m'y intéresse tout court, mais bon, c'est difficile de ne pas écouter. Et puis j'ai vu les infos. Je sais ce qui lui est arrivé.

— Ne t'inquiète pas, dit Amber en posant une main sur l'épaule de la jeune fille. On sait bien que tu entends certaines choses. L'essentiel, c'est que tu ne répètes pas un mot de ce qui se dit dans ce commissariat à qui que ce soit.

Daisy leva les yeux au ciel.

— Sans blague. Évidemment. Bobby a été très clair à ce sujet.

— Bon, tu as les éléments, reprit Josie. Donc, d'après ce test du voyage, où penses-tu qu'Alison pourrait se cacher ?

— Dans un endroit qu'elle connaît bien. Un endroit où elle est déjà allée plusieurs fois, où elle se sent à l'aise.

— On sait qu'elle n'est pas chez elle, déclara Mettner. Alors elle pourrait être où ? Au lycée ? À l'hôtel ?

— On peut aller voir, dit Noah.

— Elle aurait certainement été filmée par la vidéosurveillance, depuis le temps, dit Amber. Il y a souvent des caméras dans les écoles, maintenant, et c'est sûr qu'il y en a à l'*Eudora*.

— Sauf que quelqu'un efface les enregistrements de l'hôtel, en ce moment, contra Josie. En tout cas, on peut envoyer des agents sur place, au cas où. Elle a peut-être réussi à se fondre dans le décor, si elle se sent vraiment à l'aise dans l'un de ces deux endroits, et elle aurait pu s'arranger pour éviter les caméras.

— Je ne pense pas qu'elle irait jusque-là, dit Noah. Mais je suis d'accord, ça vaut la peine d'aller vérifier. Je vais aussi passer un coup de fil au shérif pour lui demander si on peut encore lui emprunter son chien. Marlene pourra nous donner un objet portant l'odeur d'Alison.

— Bonne idée, dit Josie.

— On va peut-être un peu loin, nuança Gretchen. Et si elle était juste chez une copine ?

— Sa meilleure amie était Dina Hale, dit Noah. Elle est morte.

— Mais Gretchen n'a pas tort, fit Josie. Ça ne coûterait pas grand-chose d'envoyer quelqu'un chez tous ses amis. A priori, Marlene les a contactés. Mais l'un d'eux pourrait avoir menti. En voyant les flics débarquer, ça le fera peut-être réagir.

— Ça commence à faire beaucoup de choses à vérifier, on n'aura pas assez de bras, dit Mettner. On devrait prioriser.

— Le lycée, l'hôtel, ce n'est pas assez discret, intervint Daisy.

Josie repensa à leur conversation avec Marlene le jour de la disparition d'Alison. Elle retourna à son ordinateur et y afficha une carte de Denton. Elle désigna l'endroit où Alison avait été vue pour la dernière fois.

— Regardez, dit-elle en remontant son doigt jusqu'à l'hôpital. Si elle se cache vraiment, elle aura opté pour un endroit où elle peut passer à peu près inaperçue tout en ayant accès à de la nourriture, de l'eau, un endroit où dormir et un minimum de confort. Alors… pourquoi pas sa deuxième maison ?

Toute l'équipe se réunit autour de Josie.

— Oui, c'est comme ça que Marlene a appelé l'hôpital : leur deuxième maison.

— Je suis sûre qu'elle est là-bas, déclara Daisy.

— Bon, on rajoute l'hôpital à la liste, décida Gretchen.

Alors que chacun repartait travailler, Mettner resta à proximité de Josie. Il se pencha et lui murmura à l'oreille :

— Patronne, tu crois vraiment qu'on peut se fier à ce que raconte une gamine ? Laquelle a été élevée par des psychopathes, en plus ?

— Je trouve que ce qu'elle dit se tient, chuchota Josie. On a lancé des recherches en extérieur. On a passé au crible tous les endroits où on sait qu'elle est passée. On a suivi sa piste. Mais on l'a perdue. Qu'est-ce qu'on fait, maintenant ?

— Elle pourrait avoir été emmenée par quelqu'un, argumenta Mettner.

— Oui, absolument. Mais si c'est le cas, rien ne nous permet actuellement de remonter jusqu'à cette personne. On n'a même pas le début d'une piste. Je dirais qu'il y a cinquante pour cent de chances qu'elle soit juste cachée quelque part, et on n'a encore inspecté aucun des endroits où elle pourrait avoir l'idée de se mettre à l'abri si elle est blessée et trop effrayée pour contacter sa propre mère. Tu as une autre idée, Mett ? Ne rien faire ?

Il soupira et finit sa tirade à sa place :

— Ça ne te ressemble pas.

Josie leva les yeux vers lui et sourit.

— Je suis contente qu'on ait eu cette conversation. Allez, au boulot.

33

Debout dans le hall d'entrée de l'hôpital, Josie se rendit compte qu'elle n'avait jamais vraiment pris le temps de l'observer. Elle était pourtant passée dans cet endroit des dizaines de fois dans sa vie. En général, en qualité d'inspectrice, elle entrait par les urgences. Noah y était en ce moment même, mais elle avait opté pour l'entrée principale. Ils se retrouveraient quelque part au premier étage, sans doute du côté de la cafétéria. Ils avaient déjà demandé au personnel en charge de la sécurité de leur montrer les enregistrements vidéo des deux entrées depuis samedi après-midi, sans y découvrir de preuve irréfutable qu'Alison était désormais à l'intérieur du bâtiment. Plusieurs femmes vêtues d'un sweat-shirt à capuche avaient été filmées sans qu'on puisse voir leur visage. Elles étaient parvenues à passer devant l'accueil et à atteindre les ascenseurs sans que personne les remarque. Les agents de sécurité avaient réussi à en retrouver certaines dans les étages, mais pas toutes. L'une d'entre elles aurait pu être Alison. C'est pourquoi Josie se trouvait actuellement dans le hall, à essayer de suivre physiquement la trace de la jeune fille. Le fait qu'elle envisage de boire un autre de ces cafés au goût de goudron qu'on trouvait à l'hôpital en disait long sur son état de fatigue.

— Je peux vous aider ? demanda une femme derrière le comptoir de l'accueil.

L'étiquette sur sa poitrine l'identifiait : « Pam Ramsey Corey. »

— Vous êtes perdue ?

Josie lui présenta son badge.

— Non, je fais juste un tour.

Elle sortit son téléphone et lui montra une photo d'Alison.

— Auriez-vous vu cette jeune fille récemment ?

Pam répondit du tac au tac :

— C'est celle qu'ils recherchent à la télé. Je la reconnais. Si je l'avais vue, j'aurais prévenu immédiatement.

— Merci, dit Josie avant d'observer de nouveau les alentours.

Il y avait des couloirs de part et d'autre du hall, mais il fallait passer devant l'accueil pour y accéder. D'un côté, cela menait aux urgences et à la cafétéria. De l'autre, on accédait à différents services dont celui de radiologie, au laboratoire, aux bureaux et à la pièce où étaient conservés les dossiers médicaux.

— Est-ce que toutes les personnes qui entrent ici sont obligées de se présenter à l'accueil ?

— Ce n'est pas une obligation, non. On essaie de vérifier l'identité d'un maximum de visiteurs, mais il arrive qu'il n'y ait personne à l'accueil, notamment la nuit.

Ce qui signifiait qu'Alison aurait pu entrer dans l'hôpital par là sans qu'on la voie si elle avait fait en sorte de venir à la bonne heure, d'autant plus si elle avait réussi à dégoter un sweat-shirt à capuche dissimulant son visage. Par où serait-elle allée ensuite ? Où pourrait-elle se cacher dans l'hôpital ? Il n'y avait pas d'unité pédiatrique ici, mais Alison avait quinze ans quand elle avait eu son accident. Elle était suffisamment âgée, donc, pour que sa hanche fracturée et l'infection qui en avait découlé soient soignées à Denton. Cela signifiait qu'elle avait pu être hospitalisée à n'importe quel étage, voire plusieurs étages, en fonction des lits disponibles. Josie pouvait déjà éliminer le service de chirurgie et celui de psychologie gériatrique. Le rez-de-chaussée pouvait certainement être lui aussi mis de côté : il y avait bien trop de passage et d'agitation tout au long de la journée, surtout à cause des allers-retours entre les urgences et la radiologie.

Josie se dirigea vers les premiers ascenseurs visibles, du côté des urgences. Elle n'avait qu'à commencer les recherches par le bas et monter d'étage en étage. Elle s'apprêtait à appuyer sur la flèche du haut quand elle se rappela que l'hôpital possédait un sous-sol – le niveau où se trouvaient la morgue et la cuisine dans laquelle étaient préparés les repas pour tout l'établissement, à l'exception de ceux de la cafétéria, qui avait une cuisine attitrée au rez-de-chaussée. Et entre la morgue et la cuisine centrale, de nombreuses pièces vides. L'endroit idéal pour quiconque ne voudrait pas être dérangé. Josie et Noah avaient passé du temps dans l'une d'elles à un moment donné. L'ambiance n'était pas géniale, mais ça ne les avait pas dérangés à ce moment-là.

S'arrachant à ce souvenir, Josie pressa la flèche du bas. Quelques instants plus tard, elle errait dans les couloirs miteux du sous-sol. Elle passa devant les salles d'autopsie, les odeurs qui en émanaient plus âcres que jamais. Laissant la morgue derrière elle, elle se dirigea vers la cuisine, en ouvrant chaque porte sur son chemin. Certaines des pièces étaient totalement vides, d'autres, pleines d'équipements médicaux défectueux ou dépassés. D'autres encore étaient figées dans le temps, telles qu'à l'époque où elles étaient encore utilisées comme chambres, plusieurs dizaines d'années auparavant : des pièces sans fenêtre avec des lits et des plateaux sur roulettes. S'il y avait eu des télévisions dans certaines, elles avaient été retirées depuis longtemps.

Josie sentit l'odeur de nourriture : du poulet, et de

nombreux autres parfums mélangés qu'elle ne parvenait pas à identifier. Puis virent les bruits des casseroles, de l'eau qui coule, les voix étouffées. La porte donnant sur la cuisine était tout au fond du couloir, en face des ascenseurs qui menaient à la radiologie et aux services administratifs. Josie compta les pièces qu'il lui restait à visiter : six, dont deux sanitaires.

De quoi manger et se laver. C'était l'endroit idéal pour se cacher.

Josie ouvrit les portes l'une après l'autre ; dans la troisième pièce, le lit était fait, et des couvertures étaient empilées dessus. Il y avait aussi des emballages de nourriture et de boissons posés sur la table-plateau. Josie s'avança d'un pas et remarqua le tas de vêtements dans un coin par terre. Elle détecta l'odeur du sang, de la crasse, de la transpiration. Mais pas d'Alison en vue.

Elle avait pourtant été là. Quelqu'un avait été là.

Josie se retourna vers le couloir, et ce fut là qu'elle la vit. Alison Mills émergea des toilettes, vêtue d'une blouse d'hôpital. Ses longs cheveux bruns bouclés dissimulaient partiellement son visage. Elle garda la tête basse mais fit une pause en attendant que la porte se referme derrière elle. Puis elle jeta un regard en direction de la cuisine avant de marcher vers sa chambre, laissant échapper un hoquet sonore quand elle aperçut Josie, debout entre elle et son havre de paix.

Elle leva les mains en l'air, les yeux écarquillés par la panique. Josie vit l'ampleur de ses blessures. Noah avait raison. Calvert lui avait cassé le nez. Il était rouge, enflé, avec une entaille sur le dessus. La peau autour de ses yeux était couverte d'hématomes, noircie.

— Alison, dit Josie. Ne bouge pas. Tout va bien.

La jeune fille ne l'écouta pas. Elle se précipita vers la cuisine, les mains en avant pour pousser la porte battante. Mais celle-ci ne s'ouvrit pas – il fallait la tirer, ce qu'Alison, dans sa panique, ne comprenait pas. Josie s'avança prudemment de quelques pas puis s'arrêta. Elle n'avait nulle part où aller.

— Alison, je suis l'inspectrice Josie Quinn. Il ne va rien t'arriver de mal. Je suis ici pour t'aider.

La fille se retourna, le dos collé contre la porte, les yeux brillants de larmes.

— Dina est morte, lâcha-t-elle d'une voix gutturale.

— Je suis vraiment désolée, Alison.

Cette dernière ferma les paupières et hocha la tête.

Josie s'approcha encore, elle n'était plus qu'à un mètre d'elle, et elle baissa la voix.

— Ta mère est très inquiète, Alison. Toute la ville est à ta recherche. Ton père est dans l'avion pour rentrer de Hong Kong.

À ces mots, Alison rouvrit brusquement les yeux.

— Mon père ? Mon père rentre à la maison ?

— Oui. Il a eu du mal à trouver un vol, mais il sera là aussi vite que possible. Il fait son maximum.

— Il est en colère ?

Josie sourit.

— Non. Bien sûr que non. Personne ne t'en veut. Tout le monde ne souhaite qu'une seule chose : que tu sois en sécurité chez toi.

— Est-ce que mon père va perdre son travail ?

— Ça, je n'en sais rien. Il faudra lui poser la question mais, tu sais, Alison, ce n'est pas à toi de t'en préoccuper. Je peux t'assurer sans le moindre doute que tout ce qui importe à tes deux parents, c'est que tu rentres chez toi et que tu ailles bien.

Alison continua à hocher la tête en écoutant Josie, les joues baignées de larmes. Son corps fut secoué de sanglots. Josie fit encore un pas et tendit la main.

— Tu veux bien venir avec moi ? On va aller voir un médecin et appeler ta maman. Elle sera si heureuse de te voir.

Ignorant sa main tendue, Alison se jeta contre elle. Elle pleura sur l'épaule de Josie, trempant son t-shirt. La policière l'entoura de ses bras et serra contre elle son corps pris de tremblements. Un homme sortit de la cuisine et s'arrêta net, surpris. Par-dessus la tête d'Alison, Josie lui adressa un petit sourire.

« Tout va bien, articula-t-elle en silence. Je m'en occupe. »

« Sûre ? » articula-t-il en retour.

Elle acquiesça.

Il les dépassa sans un bruit et disparut dans un ascenseur. Quand les sanglots d'Alison se calmèrent, Josie se recula un peu.

— Ces ascenseurs mènent aux urgences. C'est là qu'on va aller, d'accord ? Je voudrais vraiment qu'un médecin regarde ton nez.

— Je crois qu'il est cassé, dit Alison en essuyant ses larmes. J'imagine que vous voulez savoir ce qui s'est passé. Je...

Josie lui toucha l'épaule.

— On va y aller étape par étape, d'accord ? Le médecin, ta maman et, pour le reste, on verra après.

34

Elle a quatorze ans quand son monde explose. Debout dans le hall des urgences, à l'hôpital, elle entend son père pleurer pour la première fois. C'est le pire son qu'elle ait jamais entendu. Pire encore que celui dans le garage quand elle avait huit ans, qu'elle a passé les six dernières années à essayer d'oublier. Ça n'a plus aucune importance. Elle fait les cent pas. Les infirmières, les médecins, les patients gesticulent autour d'elle sans lui accorder un regard. Le moment est effroyablement ordinaire, et pourtant, elle sait qu'à partir de maintenant, sa vie ne sera plus jamais la même. Elle comprend que tout a changé. Irrévocablement.

Elle voit qu'elle est la seule à en avoir conscience.

Il devrait y avoir des larmes. Elle le sait, il devrait y avoir beaucoup, beaucoup de larmes. Son père, qui n'en a pas versé une seule depuis la naissance de Chouchou il y a quatorze ans, pleure. Chouchou ferme les yeux très fort, compte jusqu'à trois avant de les rouvrir et cligne rapidement des paupières. Rien ne vient. Un médecin sort de la pièce dans laquelle son père vagit et s'arrête près d'elle, une main sur son épaule.

— Toutes mes condoléances, lui dit-il.

Mais toujours pas de larmes.

Chouchou ne sait pas quoi faire, alors elle trouve une chaise dans l'entrée de l'hôpital et s'y installe, le dos bien droit, comme à l'église. Peut-être qu'elle devrait prier. Mais aucune prière ne lui revient en mémoire sur le moment. Son esprit est vide.

Ce n'est que quand elle aperçoit son père descendre le couloir en chancelant, le devant de son costume imbibé de sang, que quelque chose se brise en elle, libérant un torrent d'émotions. Chouchou fixe ses mains et voit qu'elles tremblent. Chacune des parties de son corps tremble. Elle pose ses doigts sur ses joues, et ils se retrouvent mouillés de larmes.

— Chouchou, dit son père. Qu'est-ce que tu fais là ?

Elle le regarde comme s'il était un étranger. Quelque chose de dense, de lourd, monte de son diaphragme jusque dans sa gorge, et ça lui fait peur.

— La police est venue à la maison pour... pour te le dire. Mais tu n'étais pas là. Ils m'ont dit quel hôpital. Un... Un copain m'a déposée, elle chuchote.

Elle se sent stupide. Sa lèvre inférieure tremblote. La sensation dans sa poitrine prend de l'ampleur. Elle commence à se demander si elle va exploser, ce qui est absurde. Mais là encore, sa mère disait toujours qu'un stress émotionnel avait des répercussions physiques. Est-ce que ça peut tuer ? Chouchou se pose la question.

Son père l'attire contre lui et la serre dans ses bras. Il lui caresse l'arrière de la tête d'une main, encore et encore.

— Je suis désolé, Chouchou. Je suis tellement désolé.

Mais il est déjà loin. Le monde entier est déjà loin, et elle est épuisée.

Il la réinstalle sur sa chaise avant de s'agenouiller devant elle.

— Ma princesse. Ma princesse, regarde-moi.

Elle essaie de se concentrer sur son visage, mais tout ce qu'elle voit, c'est la police venue frapper à leur porte. C'était il y a combien de temps ? Une heure ? Deux heures ? Leur arrivée, l'annonce de la nouvelle passe en boucle dans sa tête, au ralenti et en accéléré. L'issue est toujours la même. Le démantèlement total de la vie de Chouchou.

— Je vais tout arranger, ma princesse. Tu m'entends ? Je vais tout arranger.

Mais même son père ne peut rien arranger.

35

Josie craignait que Marlene Mills ne lui brise les côtes. La femme était arrivée à l'hôpital en un temps record et avait provoqué un sacré remue-ménage dans le hall des urgences quand elle l'avait traversé en hurlant : « Où est ma fille ? Alison ? Où est Alison ? »

Elle avait repéré Josie, debout devant le box d'Alison, et lui avait foncé droit dessus, l'enlaçant avec la force de dix personnes.

— Merci, murmura-t-elle dans les cheveux de Josie. Merci, merci.

Puis elle la relâcha et, sans prendre la peine de demander où se trouvait sa fille, elle tira le rideau et pénétra dans la pièce. Pendant un quart de seconde, la panique se lut sur le visage bleui et meurtri d'Alison, mais Marlene ne le remarqua même pas. Elle attira sa fille dans ses bras et la serra contre elle — pas aussi fort, espéra Josie, qu'avec elle-même juste avant. Marlene rampa sur le lit sans la lâcher tout en lui caressant les cheveux pour lui dégager les yeux.

— Oh, mon cœur, regarde-toi... Tu as mal ?

— Un petit peu, dit Alison. Tu es en colère, maman ?

Marlene éclata de rire en même temps que des larmes de soulagement coulaient de ses yeux.

— En colère ? Mais non, ma chérie. Je suis tellement heureuse que tu ailles bien. J'étais morte d'inquiétude.

— Où est papa ?

— Il a eu du mal à trouver un vol pour rentrer, mais il fait au mieux, il sera là très vite.

— Je vais vous laisser seules toutes les deux, intervint Josie. Les médecins ne vont pas tarder à passer vous voir.

Alison leva les yeux vers elle.

— Vous ne devez pas, euh, je sais pas, m'interroger ?

Josie sourit.

— Si, bien sûr, mais, avant toute chose, on veut s'assurer que tout va bien pour toi. Si tu t'en sens capable, ta mère pourra te déposer au commissariat un peu plus tard, et là, on pourra discuter.

Elle les abandonna lovées l'une contre l'autre sur le lit et traversa le couloir pour retrouver Noah devant le bureau des infirmiers, son téléphone collé à l'oreille. De ce qu'elle entendit de la conversation, elle en conclut qu'il était en ligne avec le chef, et que ça allait durer un moment. Elle partit donc chercher du café et réussit même à trouver du sucre, cette fois. Quand elle revint, Noah avait raccroché.

— Chitwood a demandé à Amber de donner une conférence de presse pour informer la population qu'Alison a été retrouvée. Mett a rappelé les groupes de recherche et leurs chiens. Il va nous falloir la déposition d'Alison, évidemment, mais le chef est d'accord pour lui laisser un peu de temps. Vu l'heure, il nous conseille de rentrer nous reposer.

— Je ne vais pas protester.

Le lendemain midi, Josie avait mal au dos à force de rester assise à son bureau pour faire de la paperasse. Deux gobelets vides étaient posés devant elle. Grâce aux caméras placées dans la rue et chez plusieurs particuliers, Mettner avait pu récupérer des enregistrements et suivre le SUV depuis le quartier de Max Combs jusqu'à un lotissement proche de l'autoroute avant de perdre sa trace. Il avait également réussi à lire partiellement la plaque d'immatriculation, mais les résultats de la recherche étaient si nombreux qu'il leur faudrait des années pour tous les passer en revue. Il avait déposé son rapport à Josie et était ensuite parti à l'*Eudora* pour récupérer la liste des clients dressée par le gérant. Josie avait appelé M. Brown en arrivant au travail, et celui-ci lui avait répondu que le document n'était pas prêt, mais Mettner s'était dit qu'aller directement sur place accélérerait peut-être les choses. Gretchen était censée arriver d'un moment à l'autre. Elle n'était toujours pas parvenue à localiser le téléphone prépayé qu'avait si souvent appelé Elliott Calvert. En revanche, elle était en possession des mandats signés pour récupérer les relevés de comptes et le dossier dentaire de Max Combs. Elle avait en outre envoyé par mail un mandat à l'opérateur de Max pour avoir accès à ses relevés téléphoniques. Malheureusement, on lui avait annoncé un délai de deux semaines. Elle avait, enfin, envoyé un message à Josie et Noah pour les avertir qu'elle prévoyait de passer chez Tori Calvert en vue de tenter de la convaincre de nouveau de prendre Amalise et de partir à New York quelques semaines, au moins jusqu'à ce que la police de Denton y voie plus clair.

Josie ne pouvait réprimer cette sensation tenace de malaise concernant les nombreuses zones d'ombre qui persistaient dans cette affaire. Qui étaient les hommes dans le SUV vu à proximité de chez Max Combs ? Si c'étaient bien eux qui avaient mis à sac sa maison, qu'est-ce qu'ils y cherchaient ? Que cherchait Calvert ? Est-ce qu'ils cherchaient tous les trois la même chose ? De l'argent ? De la drogue ? Autre chose à laquelle ils n'avaient pas encore songé ? Pourquoi Max Combs faisait-il chanter Calvert ? À cause de la femme mystère sur les photos cachées dans le téléphone de Calvert ? Et ces 150 000 dollars restants, où Combs les avait-il trouvés ? Est-ce qu'il faisait chanter quelqu'un d'autre ? Quel était le rôle de Dina et d'Alison dans tout ça ? Si ce n'était pas Calvert qui s'était introduit chez Dina pour fouiller la maison, était-ce le même homme que celui qui avait saccagé la maison de Max ? Quel rapport avec la drogue que Dina avait donnée à Needle ? Avaient-ils affaire à un genre de gang ? À la mafia ?

À cette pensée, un frisson parcourut le dos de Josie. Avant qu'elle puisse réfléchir plus précisément à un possible lien avec la mafia, la porte de l'escalier s'ouvrit sur Gretchen, une grande enveloppe en kraft coincée sous le bras et une nouvelle tournée de cafés et de viennoiseries dans les mains. Un croissant aux noix de pécan pendait de sa bouche et sa poitrine était couverte de miettes. Noah bondit pour récupérer son chargement.

— Tu avais faim, non ? fit-il.

Gretchen jeta l'enveloppe sur son bureau et, d'une main, déchira le croissant tout en mâchant le morceau resté dans sa bouche. Quand elle l'eut avalé, elle dit :

— Ces trucs sont tellement bons. Je les ai récupérés tout juste sortis du four – ça n'arrive jamais ! C'était même encore chaud quand ils les ont mis dans le sachet. Je n'ai pas pu résister.

— Je crois que tu as un problème, pouffa Noah.

Gretchen enfourna le reste de son croissant et jeta la tête en arrière, feignant l'extase. Puis elle attrapa un bourrelet au niveau de sa taille et déclara :

— C'est ça, mon problème. C'est vraiment trop demander de pouvoir vivre dans un monde où on peut manger autant de viennoiseries qu'on veut sans prendre un gramme ?

— Eh oui, apparemment, dit Noah en riant.

Une fois qu'ils furent assis à leurs bureaux, Gretchen reprit :

— Le dossier dentaire correspond. La légiste a confirmé que

notre victime était bien Max Combs. Il a de la famille, son père et un frère, mais l'un vit dans l'Oklahoma et l'autre, en Californie. La docteure Feist a contacté le bureau de son homologue dans le comté où vit le père. La mort de son fils lui sera annoncée d'ici une heure.

— L'autopsie est terminée ? demanda Noah.

Gretchen hocha la tête.

— Oui. Je n'ai pas encore le compte rendu, mais j'en ai discuté avec elle. Le décès est survenu tôt samedi matin. La cause est celle qu'on suspectait : blessure par balle au visage à bout portant à travers l'oreiller. Apparemment, c'est une balle de calibre .38. Hummel a réussi à mettre la main sur la cartouche au milieu de tout le bazar. Ça va partir au labo pour analyse. Il y a aussi un autre détail qui va vous intéresser.

— Quoi donc ? demanda Noah.

— Max Combs avait tous les ongles arrachés.

Josie eut un haut-le-cœur rien que d'y penser.

— Exactement comme Dina Hale.

— Exactement comme Dina Hale, répéta Gretchen.

— Est-ce qu'on a affaire à la mafia ? se questionna Noah.

Gretchen haussa les épaules.

— Si c'est le cas, ils ne sont pas sur leur territoire. Enfin, il y a bien quelques gangs à Denton, et certaines marchandises transitent par chez nous. On a un vrai problème de trafic de drogue dans la ville, mais on n'a pas vraiment de mafia ici. Rien à voir avec de grandes villes comme Philadelphie ou New York.

— Philadelphie n'est pas si loin, fit remarquer Josie. New York non plus, en fait, maintenant que j'y pense. Et Calvert connaît du monde là-bas.

— Et Felicia Koslow, la manager directement sous les ordres de Max à l'hôtel, a habité Philadelphie et été arrêtée pour une affaire de drogue, renchérit Noah.

— Il est aussi possible que Max ait des liens avec l'une de

ces villes, ajouta Josie. On ne connaît pas grand-chose sur son passé.

— C'est vrai, dit Gretchen. Mais il n'y a pas qu'une mafia, donc si ces deux types sont des mafieux, il faudrait qu'on détermine à qui ils obéissent.

— Et comment on fait ça ? demanda Noah.

— On a besoin de plus d'informations.

— Ah, facile, donc, ironisa-t-il.

— Tu as pu parler avec Tori Calvert ? demanda Josie.

— Je me suis arrêtée chez les Calvert, et personne n'est venu ouvrir. Quand j'ai essayé d'appeler Tori, ça a sonné dans le vide et j'ai fini par tomber sur sa messagerie.

— Espérons qu'elle ait décidé de quitter la ville, alors, dit Josie.

Gretchen tapota l'enveloppe en kraft du bout des doigts.

— Sinon, j'attends toujours des nouvelles d'autres organismes, mais j'ai déjà pu récupérer les dossiers financiers de Max Combs auprès de sa banque et de trois de ses créanciers.

Elle sortit une liasse de feuilles et la tendit à Josie qui était face à elle. Noah se leva et s'approcha pour mieux voir. Josie lui passa les pages une par une au fur et à mesure qu'elle les lisait.

— Nom de Dieu, lâcha-t-elle. Il n'était pas juste fauché.

— Il avait des tonnes de dettes, ajouta Noah.

— Oui, confirma Gretchen. Ses trois cartes de crédit ont dépassé le plafond de découvert autorisé. Ce sont surtout des retraits de liquide. En plus des dépenses habituelles comme le gaz et la nourriture, il y a aussi énormément de dépenses dans trois casinos différents. Un dans les Poconos, un à Philadephie et un à Atlantic City.

— Il avait donc des dettes de jeu, conclut Josie. Et il lui fallait du cash pour les rembourser.

Gretchen hocha la tête.

Le téléphone sur son bureau sonna. Elle décrocha et dit :

— Quinn à l'appareil.

C'était leur agent d'accueil, Dan Lamay.

— Marlene et Alison Mills sont ici. Elles veulent vous parler. Je fais quoi ?

— Installez-les dans la salle de conférences. On descend tout de suite.

Josie raccrocha, termina son café et se leva.

— Alison et sa mère sont là.

Dans la salle de conférences, Alison était assise en bout de table, toujours vêtue de sa blouse d'hôpital, mais avec un sweat-shirt par-dessus. Ses cheveux étaient démêlés et coiffés en queue-de-cheval. Son visage, couvert de bleus de toutes les couleurs, était effrayant. Marlene faisait les cent pas le long de la table et s'arrêta en voyant Josie et Noah entrer.

— Alison voulait en finir rapidement avec cette histoire, lâcha-t-elle. Je lui ai dit que ça pouvait attendre, mais elle a refusé de rentrer à la maison avant de vous avoir parlé.

— Aucun problème, dit Josie en se tournant vers la jeune fille. Mais si, à tout moment, tu préfères qu'on arrête ou que tu es trop fatiguée, on peut remettre ça à plus tard. Comment tu te sens ?

— D'après les médecins, son nez est cassé mais ne nécessitera pas d'opération, répondit Marlene. Je pense qu'elle est surtout secouée et épuisée.

Noah désigna d'une main les chaises autour de la table à proximité d'Alison.

— Vous ne voulez pas vous asseoir, madame Mills ? Est-ce que l'une de vous veut boire quelque chose ?

— On n'a besoin de rien, merci, dit Marlene.

— Un café, dit Alison. S'il vous plaît.

Les deux femmes échangèrent un regard, et Alison sembla soudain prise de doute.

Marlene adressa un sourire triste à sa fille et lui tapota la main.

— Tu as presque dix-huit ans. Il n'y a pas de raison que tu ne décides pas toi-même de ce qui te fait envie. Allons-y pour un café, alors.

Alison parut soulagée.

— Je reviens tout de suite, dit Noah.

Après qu'il eut refermé la porte derrière lui, Josie s'assit à côté d'Alison, en face de Marlene.

— Merci d'être venues. Je sais que les derniers jours ont été rudes. Je ne veux pas vous retenir plus longtemps que nécessaire, donc on va attaquer tout de suite. Racontez-moi ce qui s'est passé samedi matin.

Alison serra le sweat-shirt autour de son corps et fixa la table.

— On... euh... On était en chemin pour aller travailler. Enfin, on avait prévu de prendre d'abord un petit déjeuner sur la route. On partait de chez Dina. J'avais dormi chez elle. On travaille à l'*Eudora*.

— Je le leur ai dit, précisa Marlene.

— La voiture de Dina a été retrouvée non loin de chez elle. Est-ce que vous vous êtes arrêtées à cause du brouillard ?

Alison hocha la tête.

— Oh, oui, on n'y voyait vraiment rien. Elle a trouvé un endroit où se garer, on s'est dit qu'on allait patienter quelques minutes en écoutant de la musique jusqu'à ce que le brouillard se lève. Mais là, la portière s'est ouverte brusquement et ce type, là, est entré dans la voiture, enfin, il était à moitié dedans, à moitié dehors. Je ne comprenais rien à ce qui se passait. Il a commencé à me tirer par le bras, par les cheveux... Je pense qu'il voulait que je sorte. Dina hurlait tellement fort. Elle ne faisait que hurler. Je ne suis pas sortie. J'avais trop peur. Alors il...

Elle leva une main et appuya sur l'arrière de son crâne.

— Il a posé sa main ici et m'a écrasé la tête contre le tableau de bord. Je ne me rappelle même pas avoir eu mal, honnêtement. J'ai juste vu le sang qui coulait, sur moi, partout, et j'ai paniqué. Dina criait toujours.

Sous ses bleus, son visage pâlit tandis qu'elle se remémorait les événements. À côté d'elle, Marlene ferma les yeux, articulant une prière silencieuse. Alison poursuivit :

— Après, il m'a fait sortir de la voiture et, je sais pas, il m'a balancée par terre. J'avais tellement peur. Mon Dieu... Il faisait vraiment flipper. Il était fou de rage. Quand il s'est penché au-dessus de moi, il était rouge écarlate. C'est à ce moment-là que je l'ai vraiment vu. Je n'oublierai jamais ce visage.

Tout son corps se mit à trembler.

Marlene rouvrit les yeux et serra fermement la main d'Alison dans la sienne.

— Alison, dit Josie, tu veux bien regarder une série de photos et identifier l'homme qui t'a agressée ?

Alison regarda sa mère, qui acquiesça.

— Bien sûr, dit-elle.

Josie s'excusa et alla retrouver Noah afin de rassembler les photographies à montrer à la jeune fille. Dix minutes plus tard, ils étaient de retour. Une fois tout le monde installé, Noah donna à Alison le café qu'elle avait demandé pendant que Josie étalait les huit portraits qu'ils avaient sélectionnés sur la table. Sept d'entre eux étaient des hommes ressemblant plus ou moins à Elliott, le huitième était Calvert en personne.

Alison prit son temps, les yeux écarquillés, et finit par désigner le cliché d'Elliott Calvert.

— C'est lui. Il a l'air tellement... normal ?

Marlene serra l'épaule de sa fille pour la rassurer.

— Merci, dit Josie tandis que Noah empilait les photos et les posait à l'autre bout de la table. Tu t'en sors très bien, Alison. Revenons-en à samedi matin. Que s'est-il passé après qu'il t'a fait sortir de la voiture ?

— Il n'arrêtait pas de crier : « Il est où ? Il est où ? » Alors je lui ai dit que je ne savais pas de quoi il parlait. Il a attrapé mon sac à main et l'a vidé par terre. Il a fouillé à l'intérieur, mais j'imagine qu'il n'a pas trouvé ce qu'il cherchait parce qu'il m'a donné un coup de pied dans la jambe et a dit : « Dis-moi où il est. Donne-le-moi tout de suite, sinon, je vous tue toutes les deux. » Je lui ai répété que je ne savais pas de quoi il parlait. C'est là qu'il s'est retourné et qu'il a vu Dina, assise au volant. Je ne me souviens plus si elle criait toujours. Franchement, c'est un peu flou. Je n'entendais plus rien, comme si j'avais un énorme acouphène et que ma tête allait éclater.

D'une main, elle se tint un côté du visage.

— C'est une perte auditive temporaire, expliqua Noah. Ça peut arriver lors de la manifestation d'une réponse combat-fuite. Tu as eu une grosse poussée d'adrénaline, suivie d'un moment où tes sens étaient comme inhibés.

— Oui, c'était exactement ça ! s'écria Alison. Comme si, tout à coup, je n'entendais plus rien, je voyais très mal, je ne sentais même plus mon corps. Je pensais juste que j'allais mourir. Franchement, ce type est arrivé de nulle part. J'étais terrorisée.

Elle se tourna vers sa mère.

— Un peu comme le jour où on a eu l'accident avec papa et Billy.

Le regard de Marlene s'emplit de tristesse.

— Je suis tellement désolée, ma chérie, murmura-t-elle.

Alison reprit le fil de son histoire :

— Ensuite, l'homme a fait le tour de la voiture en direction de Dina, et ma seule pensée, c'était : « Cours. » C'est tout. Alors c'est ce que j'ai fait.

— Cet homme qui vous a agressées, réagit Josie, vous connaissez son nom ?

Alison fit non de la tête.

— Je ne l'avais jamais vu, je ne pourrais même pas vous dire d'où il arrivait. On était seules, sur une route isolée, au milieu du brouillard. J'imagine qu'il était en voiture, mais je ne me souviens pas avoir entendu de moteur ou vu un autre véhicule.

— Il s'appelle Elliott Calvert, dit Noah. Est-ce que ça te dit quelque chose ?

— Non, désolée.

— Dina ne t'a jamais parlé de lui ? demanda Josie.

— Non.

Alison saisit son gobelet de café avec des mains tremblantes et y ajouta deux sucres et une bonne dose de lait avant de le mélanger. Josie la laissa boire quelques gorgées avant de reprendre l'interrogatoire.

— Alison, tu t'es enfuie avant que Calvert ne sorte Dina de la voiture, c'est bien ça ?

— Oui, j'ai même pas réfléchi. Je regrette tellement, j'aurais dû rester. Je l'ai laissée toute seule, et maintenant elle est morte.

Des larmes roulèrent de nouveau sur ses joues. De la morve coulait de son nez tuméfié. Noah attrapa une boîte de mouchoirs en papier posée à l'autre bout de la table et la fit glisser jusqu'à elle. Elle le remercia et se tamponna le visage en grimaçant. Marlene était figée sur place, clairement horrifiée.

Reportant son attention sur sa mère, Alison chuchota :

— Tu crois que c'est ça que ressent papa ? Quand il pense à Billy ?

Marlene se décomposa. Elle ouvrit grand les bras, et sa fille se lova contre elle, reniflant dans son cou. Elles pleurèrent toutes les deux, pendant de longues minutes, avant de se séparer et de tenter de reprendre leurs esprits. Alison utilisa un deuxième mouchoir pour essuyer avec précaution son visage douloureux.

Josie patienta jusqu'à avoir de nouveau l'attention de la jeune fille avant de lui demander :

— Alison, c'est vraiment important. Tu n'es absolument pas responsable de ce qui s'est passé. Tu comprends ?

Alison hocha légèrement la tête.

— Tu n'es pas responsable de ce qui est arrivé à Dina, répéta Josie. Elle n'est pas morte à cause d'une chose que tu aurais faite ou pas faite. Elle est morte parce que Elliott Calvert a décidé de l'assassiner.

Marlene tendit la main et caressa l'épaule de sa fille.

— Elle a raison, ma chérie. Je sais que c'est difficile. Je sais que Dina et toi étiez très proches, mais tu as fait ce qu'il fallait en prenant la fuite. Sinon, il t'aurait tuée, toi aussi.

Alison donnait l'impression de vouloir rétrécir et disparaître à l'intérieur de son sweat-shirt.

— Comment tu as su, pour Dina ? enchaîna Josie. Quand je t'ai retrouvée hier, tu étais déjà au courant.

— Pendant que je me cachais à l'hôpital, je suis entrée dans la morgue. Enfin, je n'ai pas regardé son corps ni rien, hein, je ne sais même pas où ils sont entreposés. Mais je suis entrée dans la salle d'autopsie et j'ai vu son nom écrit sur un tableau blanc. Enfin, c'était écrit « Hale, D. », donc c'était facile à deviner.

— Nous te présentons nos sincères condoléances, Alison, dit Josie.

— Merci, dit Marlene.

Alison regardait droit devant elle, les mains serrées autour de son gobelet.

— Tu t'es cachée à l'hôpital, reprit Noah. Comment est-ce que tu es allée jusque là-bas ?

— J'ai marché et couru. Et j'ai fini par tomber sur un gars du lycée, un gros drogué. Je lui ai demandé de me conduire à l'hôpital. Il a refusé, mais il m'a déposée en bas de la colline qui y mène.

— Et il n'a posé aucune question ? s'étonna Josie en désignant son visage si abîmé.

Alison baissa les yeux vers son café.

— Bah... si, il m'a demandé ce qui m'était arrivé, mais j'ai juste répondu que j'avais besoin qu'il reste discret. Tout comme je resterais discrète au sujet de la tonne de beuh qu'il trimballe dans sa voiture, si vous voyez ce que je veux dire.

— Alison ! s'exclama sa mère.

— Quoi ? Il a été sympa, franchement. Il m'a même donné son sweat-shirt.

Avant que Marlene puisse ajouter quoi que ce soit, Noah continua :

— Et tu peux nous expliquer pourquoi tu as préféré te cacher plutôt que d'aller chez toi ou au commissariat ?

Alison se mordit la lèvre.

— À cause de ce que Dina m'avait dit. Que ce type, Calvert, n'était pas le seul à nous rechercher.

36

Josie observa Marlene tandis qu'elle passait par toutes les émotions. Elle retira sa main de l'épaule de sa fille et la dévisagea comme si c'était la première fois qu'elle la voyait.

— Alison Louise Mills, de quoi est-ce que tu parles ? Qu'est-ce que... qu'est-ce que tu as fait ?

Alison leva les yeux vers Josie et Noah comme pour leur demander de l'aide. Comme personne ne disait rien, elle se tourna finalement vers sa mère.

— C'est pas ce que tu crois, maman. J'ai rien fait. C'est Dina... Elle a fait une erreur. Mais elle n'a pas fait exprès. Elle ne pensait vraiment pas à mal. Mais elle m'en a parlé et, comme j'étais au courant et qu'on passait notre vie ensemble, je me suis retrouvée coupable par association. Je crois. J'en suis même pas sûre. Peut-être que je ne crains plus rien maintenant qu'elle est morte. Ils considéreront peut-être que c'est bon, que le truc qu'ils cherchaient a disparu en même temps qu'elle.

Alison montait peu à peu dans les aigus, elle parlait de plus en plus vite et peinait à reprendre son souffle.

— Attends, du calme, dit Josie en lui attrapant la main. Prends ton temps. On va y aller doucement.

— Alison, intervint Noah, tu vas prendre une grande inspiration, d'accord ? Regarde-moi.

Il désigna ses yeux avec l'index et le majeur de sa main droite.

— Comme ça, Alison. Une grande inspiration.

Noah respira avec elle tout en murmurant :

— On inspire... on expire... on inspire... on expire.

Josie remarqua que Marlene, elle aussi, inspirait profondément pour se calmer. Quand la tension dans la pièce eut baissé d'un cran, elle déclara :

— Pourquoi tu ne reprendrais pas depuis le début ? Avec Dina. Tu as dit qu'elle avait fait une erreur.

Alison but une gorgée de café puis se lécha les lèvres.

— Ça a commencé il y a deux semaines, je dirais. Peut-être un peu plus ? Il y a une fille, Gia, qui travaille avec nous à l'hôtel.

— Gia Sorrento, dit Josie. On lui a parlé.

Alison hocha la tête.

— D'accord, donc vous voyez de qui je parle. En fait, tout a commencé par cette histoire avec Gia. Un soir, Dina a vu notre patron, Max, au bar avec elle. Ils avaient l'air d'être en pleine conversation. Dina les a discrètement pris en photo et m'a envoyé un message. Je pense qu'elle les trouvait un peu... je sais pas... trop proches, sans doute. Dina est raide dingue de Max. Elle est vraiment amoureuse de lui.

— Mais ce Max a au moins trente ans, non ? s'écria Marlene.

— Oui, confirma Alison, je sais que c'est dégueu ! Mais Dina disait qu'une fois qu'elle aurait eu dix-huit ans, leur âge n'aurait plus d'importance.

— Y avait-il quelque chose entre eux ? demanda Noah.

Alison leva les yeux au ciel.

— Mais non ! Max flirte. Il est comme ça. Il fait ça tout le temps. Sauf si tu montres que ça t'intéresse pas, et là il t'ignore.

Quand j'ai commencé à bosser là-bas, il m'a carrément sauté dessus, mais, comme je l'ai rembarré, je ne l'intéressais plus. Dina, elle, est entrée dans son jeu. Et voilà ce que ça a donné. En plus, Max lui disait des trucs du genre : « C'est trop bête que tu sois mineure, parce que je pourrais vraiment tomber amoureux d'une fille comme toi. »

Josie se retint de lever les yeux au ciel. Alison mima un haut-le-cœur.

— Ça fait pitié, on est d'accord. Franchement, qui dit ça ?

La question était rhétorique, mais Marlene répondit quand même :

— De vieux pervers qui cherchent à coucher avec des mineures, voilà qui ! Je n'arrive pas à croire que tu ne m'en aies jamais parlé. Cet homme devrait être viré. Il ne devrait plus jamais pouvoir travailler auprès de mineurs !

— Maman ! s'agaça Alison. Ce n'est pas comme s'il faisait ça contre leur volonté, hein. Je l'ai dit, s'il voyait qu'on n'était pas dans ce délire, il arrêtait. Et s'il nous mettait mal à l'aise, on pouvait aller voir Felicia.

— C'est déjà arrivé que des filles aillent voir Felicia à cause de l'attitude de Max ? demanda Josie.

— Quelques fois, oui. Elle lui en parlait, et c'était réglé.

Marlene se hérissa.

— Réglé ? Permets-moi d'en douter. Il travaille toujours là-bas. Ce n'est absolument pas acceptable. Felicia aurait dû en référer à son supérieur.

Felicia l'avait couvert, songea Josie. Ça ne correspondait pas vraiment au personnage de gentille grande sœur qu'elle leur avait vendu.

— Maman, protesta Alison, je raconte juste ce qui s'est passé. En plus, Dina était super contente que Max s'intéresse à elle. Je ne sais pas pourquoi, mais c'est comme ça. Elle adorait qu'il lui sorte des trucs mielleux dans ce genre. Elle était persuadée qu'une fois qu'elle aurait dix-huit ans, ils sortiraient ensemble. Sauf que ce n'est jamais arrivé. Je lui avais dit depuis le début que Max n'était pas réellement intéressé par elle, et j'avais raison. J'ai essayé de lui faire comprendre qu'il ne croyait pas un mot de ce qu'il lui racontait. Il disait ça à tout le monde !

Elle avait insisté sur « tout le monde » en levant les yeux au ciel.

— Quoi qu'il en soit, insista Marlene, ce n'est pas acceptable. Je vais en dire deux mots au gérant de l'hôtel.

— Non, ne fais pas ça, s'il te plaît. Ce serait vraiment la honte.

Là encore, elle supplia en silence Josie et Noah de lui venir en aide.

Les deux policiers échangèrent un regard. Ils avaient obtenu la confirmation que Max Combs avait bien été assassiné mais, tant que son plus proche parent n'avait pas été mis au courant de sa mort, ils n'étaient pas en mesure de l'annoncer à qui que ce soit d'autre. Josie décida de réorienter la conversation.

— Bon, donc Dina voit Max et Gia au bar. Elle pense qu'il y a quelque chose entre eux. Elle est énervée. Et ensuite ?

— Au début, elle faisait des sales coups à Gia, pour que Felicia ou Max croient qu'elle avait mal fait son travail. Mais ça n'a rien donné. Gia l'a juste ignorée. Elle n'est même pas allée dénoncer Dina. J'ai dit à Dina qu'il n'y avait sans doute rien entre Gia et Max et que, en plus, si c'était après Max qu'elle était énervée, alors c'était avec lui qu'elle devrait régler ses comptes. Du coup, elle est allée dans son bureau pour lui parler, j'imagine. Tout ce que je sais, c'est qu'il n'était pas là. Mais...

Elle insista sur ce dernier mot, écarquillant les yeux tout en relevant le menton.

— Dina a trouvé un sac dans le bureau de Max. Posé sous une table. Alors elle l'a pris. Elle pensait qu'il était à lui, elle voulait juste l'embêter.

— Bon sang... maugréa Marlene. Elle a volé le sac de quel-qu'un ? Alison...

— Maman ! S'il te plaît. Je n'ai su que plus tard qu'elle l'avait volé. Au départ, j'en savais rien. Le soir où elle a trouvé le sac, elle m'en a même pas parlé. Je lui ai demandé si elle avait pu discuter avec Max et elle m'a dit que non, qu'il n'était pas dans son bureau, mais que ça n'avait plus d'importance, qu'elle était passée à autre chose. Ce n'est que la semaine suivante, quand elle a commencé à se comporter bizarrement, qu'elle m'a dit pour le sac.

— C'était quoi comme sac ? demanda Noah.

Alison haussa les épaules.

— Je sais pas. Un genre de sacoche. Vous savez, de la taille d'un ordinateur portable, avec une bandoulière.

— Et ce sac appartenait à Max ? l'interrogea Josie.

— J'en ai aucune idée. Enfin, Dina en était persuadée mais, finalement, je n'en suis pas certaine. Elle ne l'avait jamais vu avec avant, mais il est toujours à l'hôtel quand on arrive, et on part avant lui, donc ça aurait quand même pu être le sien. On ne va jamais dans son bureau, en fait. Je crois que la dernière fois qu'on y a mis les pieds, c'était le jour de notre entretien d'embauche. En plus, Felicia lui a déconseillé de discuter seul dans son bureau avec des employées.

— Est-ce que ça pourrait être le sac de Felicia ? demanda Noah. Elle fait partie des managers, elle aussi. Est-ce qu'elle partage le bureau de Max ?

— Non. Elle voudrait bien, mais il dit qu'elle n'a pas besoin d'un bureau. Cela dit, je la vois régulièrement dedans. En géné-ral, il ne ferme pas à clé, alors j'en sais rien. Peut-être que c'était à elle.

— Pas de signe distinctif sur ce sac ? demanda Josie.

— Il était noir, si ça peut aider.

Noah sortit son téléphone et commença à taper un message. Josie savait qu'il cherchait à contacter Mettner, qui était toujours à l'*Eudora*. Ce ne serait pas compliqué pour lui de demander à des membres du personnel s'ils avaient déjà vu Max avec une sacoche noire.

— Revenons-en à Dina, relança-t-il ensuite. Tu dis qu'elle se comportait bizarrement. C'est-à-dire ?

— Elle avait l'air... Je sais pas... Pas comme d'habitude. Très silencieuse. Discrète. J'ai remarqué qu'elle regardait toujours autour d'elle quand on était quelque part, comme si elle pensait que quelqu'un la surveillait. Je lui ai demandé ce qui se passait, et elle m'a répondu que quelqu'un était entré chez elle. J'étais là : « Quoi ? Comment ça ? » Et elle m'a dit qu'un jour, son père était rentré à la maison et que tout avait été saccagé. Il y avait du bazar partout. Elle a dit que c'était comme si quelqu'un cherchait quelque chose. Ils n'ont pas appelé la police parce que rien n'a été volé. Je lui ai dit qu'ils s'étaient peut-être trompés de maison, mais elle n'était pas convaincue et, vu comment elle avait l'air coupable et flippée, j'ai compris qu'il se passait un truc. Je lui ai dit qu'elle pouvait m'en parler, que je le répéterais à personne. Elle m'a fait promettre : pas de parents, pas de police.

— Alison ! s'écria Marlene. Tu ne peux pas faire de promesse comme ça !

Alison lui adressa un regard plein de remords.

— Je suis désolée, maman. Je ne pensais pas que c'était si grave. Dina en fait souvent des caisses pour pas grand-chose !

— Qu'est-ce que Dina t'a dit ? reprit Josie pour qu'elle se reconcentre.

— Elle m'a dit qu'elle avait pris le sac dans le bureau de Max. Il y avait une tablette à l'intérieur, et il en avait toujours une au travail. Elle pensait vraiment qu'elle allait pouvoir se venger de lui. Elle a essayé d'allumer la tablette, mais il fallait un mot de passe, qu'elle n'avait pas. Elle en a essayé tellement qu'elle l'a bloquée.

— Il n'y avait rien d'autre dans la sacoche ? demanda Josie.

Alison but une gorgée de café et inspira longuement.

— Si, quelques trucs. Du gel hydroalcoolique, des stylos, un paquet de mouchoirs. Oh, et de la drogue.

— De la drogue ? s'étrangla Marlene. Quoi comme drogue ?

— J'en sais rien, maman ! Je touche pas à ces trucs !

— Dina savait, elle, dit Josie. N'est-ce pas ?

— Oui, confirma Alison. Elle a dit que c'était de l'Oxy. Elle pensait que c'était ça que cherchait la personne qui avait fouillé sa maison. Je lui ai dit : « Va voir Max et dis-lui ce que tu as fait. » Après tout, si elle pensait que c'était le sac de Max et qu'elle l'avait volé dans son bureau, elle n'avait qu'à aller le voir et tout avouer. Lui dire qu'il n'avait pas besoin de venir la cambrioler et tout. Mais elle m'a répondu que, pour elle, ce n'était pas Max qui était venu fouiller sa maison, parce qu'elle ne l'avait jamais entendu parler à l'hôtel d'un sac qu'il aurait perdu ou de sa tablette disparue. Si c'était à Max et qu'il savait qu'elle le lui avait piqué, elle ne voyait pas pourquoi il ne serait pas venu lui demander de le lui rendre. Alors, je lui ai conseillé de juste remettre le sac dans le bureau. Ou d'avouer à Max qu'elle l'avait pris là, et qu'elle avait besoin d'aide. Mais elle était tellement flippée. Elle ne voulait pas qu'il apprenne qu'elle l'avait volé. Elle avait trop honte. Et peur.

— Mais quelqu'un était déjà au courant que Dina avait pris ce sac, dit Noah.

— Oui. Je ne sais pas comment, mais quelqu'un était au courant.

— Les caméras. Il y en a partout dans l'hôtel. Ça aurait été facile pour Max de demander à la sécurité de lui sortir les enregistrements de devant son bureau et d'y voir Dina sortir avec le sac.

— Vous croyez que Max savait que c'était elle ? souffla Alison en s'entourant de ses bras.

— Felicia aussi aurait pu facilement récupérer les enregistrements de la vidéosurveillance, fit remarquer Josie. Elle a déjà été arrêtée pour possession de drogue, elle n'aurait certainement pas envie que quiconque sache ce qu'il y avait dans ce sac. Elle aurait fait en sorte que ça ne s'ébruite pas.

La voix d'Alison grimpa d'une octave.

— Felicia ? Vous pensez que la drogue était à elle ? Qu'elle aurait cambriolé la maison de Dina ?

— Ce ne sont que des suppositions pour le moment, tempéra Josie.

Sa seule certitude, c'était qu'ils allaient devoir avoir une nouvelle conversation avec cette femme.

— Donc Dina t'avoue tout au sujet du sac, te le montre, et te parle de la drogue, résuma Noah. Et ensuite ?

— Elle m'a dit qu'elle connaissait des gens de l'époque où elle prenait de la drogue qui sauraient comment s'en débarrasser. Elle pensait que ça s'arrêterait là.

Josie savait grâce à sa visite à Needle que Dina s'était effectivement débarrassée de la drogue.

— Et le sac ? Qu'est-ce qu'elle en a fait ?

— Je l'ai jeté dans une benne. Derrière l'hôtel.

— Alison Louise ! s'emporta Marlene.

— J'étais censée faire quoi ?

Avant que Marlene puisse reprendre la parole, Josie dit :

— Mais ça ne s'est pas arrêté là, hein ? Il s'est passé quelque chose d'autre, après, je me trompe ?

Alison frissonna.

— Oui, dit-elle avant d'avaler sa salive. Quelque chose de grave.

37

Le reste de l'histoire se déversa par à-coups, la voix d'Alison couvrant celle de sa mère chaque fois que celle-ci l'interrompait. Quelques jours plus tard, Dina avait appelé Alison en lui demandant de la rejoindre au *Starbucks*. Dina était vraiment mal en point. Alison avait pensé qu'elle avait la grippe.

— Mais là, elle m'a montré ses doigts. Ses ongles étaient dans un état... C'était tout rouge, plein de sang. Ça devait faire super mal. Elle a dit que quelqu'un – un gars – l'avait abordée pendant qu'elle faisait son footing autour du lotissement, le long de Widow's Ridge Road. Il l'a attrapée comme dans les films, quand on voit un van noir s'arrêter et embarquer quelqu'un dans la rue, sauf que, là, le mec était en SUV. Il l'a balancée à l'arrière, elle a voulu traverser pour ressortir par l'autre portière, mais il y avait un autre type dans la voiture qui l'a surveillée et s'est assuré qu'elle y reste.

Deux hommes, comme ceux qui s'étaient garés à proximité de chez Max Combs la nuit de sa mort.

— Où est-ce qu'ils l'ont emmenée ? demanda Noah.

— Elle ne savait pas trop, dit Alison. Ils l'ont forcée à garder la tête entre ses jambes pendant le trajet. Elle ne savait même pas combien de temps ils avaient roulé. Ils se sont arrêtés dans un endroit désert, en extérieur. Une forêt. Mais ils ne sont pas sortis de la voiture. Le conducteur s'est juste tourné vers elle et a commencé à lui poser un tas de questions pendant que son pote l'attachait, lui arrachait les ongles, lui plantait des aiguilles dessous et tout.

Elle ferma les yeux, prise de tremblements.

Pour une fois, Marlene n'intervint pas.

— Ils ressemblaient à quoi ? demanda Josie.

— Elle a dit qu'il y en avait un très musclé, avec des tatouages et le crâne rasé. Il portait juste un jean noir et un t-shirt noir.

— Quel genre de tatouages ? l'interrogea Noah.

— Je sais pas, j'ai pas demandé, et elle m'a pas dit.

— Et l'autre homme ? la relança Josie.

Alison leva une main jusqu'à sa tête.

— Cheveux bruns épais. Vêtements noirs. Mais à manches longues, lui. Il était plus mince que l'autre, a priori. Ah, et il portait des gants en latex.

À chaque détail, Josie se sentait de moins en moins à l'aise.

— C'est tout ? insista Noah.

— Je suis désolée. Elle ne m'a rien dit de plus. Et leur apparence ne m'a pas paru très importante sur le coup. J'étais bien trop paniquée à l'idée qu'on l'avait enlevée et carrément torturée.

— Qu'est-ce qu'ils voulaient ? demanda Josie.

— Ils ne l'ont pas dit clairement, c'était juste : « Tu nous as pris quelque chose. Tu sais très bien ce que c'est. Alors tu vas nous le rendre, sinon on te tue. » Elle pensait qu'ils cherchaient la drogue, donc elle leur a dit qu'elle ne l'avait plus. Ils ont répondu que c'était autre chose qu'ils cherchaient, alors elle leur a parlé de la tablette. Elle la leur a donnée. Enfin... elle leur a demandé d'aller chez elle. Sa mère et son père étaient au travail – ils travaillent souvent le soir –, un des hommes est entré dans la maison avec elle et a récupéré la tablette.

— C'est tout ? dit Noah.

Alison secoua la tête.

— Si seulement. Ils sont revenus le mercredi soir quand ses parents étaient au travail. Ils ont encore fait des trucs avec ses ongles. Elle m'a dit qu'elle avait essayé de crier pour que des voisins l'entendent, mais un des types lui couvrait la bouche avec sa main. Ils disaient qu'elle leur avait menti. Ils étaient en boucle là-dessus. Ils ont insisté en disant qu'elle savait très bien ce qu'ils voulaient et que si elle ne le leur rendait pas, ils allaient la tuer, elle et toute sa famille.

— Mon Dieu, lâcha Marlene. Qui sont ces gens... Alison... Mais dans quoi Dina s'était-elle fourrée ?

— J'en sais rien ! J'en sais vraiment rien, OK ?

Avant qu'une dispute éclate ou qu'Alison fonde en larmes, Noah reprit :

— Ils ne lui ont donné aucune indication sur la manière dont elle était censée leur rendre ce qu'ils cherchaient une fois qu'elle l'aurait trouvé ?

— Je crois qu'ils ont dit qu'ils reviendraient, et qu'elle avait intérêt à avoir ce qu'ils voulaient la prochaine fois.

Josie se demandait comment ces deux hommes avaient pu faire des allers-retours dans le petit lotissement où vivait Dina sans attirer l'attention. Mais la police n'avait pas fait d'enquête de voisinage à cet endroit, puisqu'ils s'étaient concentrés uniquement sur Elliott Calvert, dont la présence là-bas avait été avérée par les données du GPS de son téléphone. Il était possible que des voisins aient malgré tout vu le SUV ou les hommes. Même si, comme l'avait fait remarquer Guy Hale, aucun n'avait de caméra de surveillance, l'un d'eux aurait peut-être repéré la marque ou le modèle de la voiture, ou un autre détail d'importance. Josie sortit son téléphone et envoya un message au chef pour lui demander d'envoyer des unités interroger les voisins.

— À ton avis, qu'est-ce qu'ils cherchaient ? demanda Noah.

Alison tira sur sa queue-de-cheval et resserra son sweat-shirt autour d'elle.

— J'aimerais bien le savoir ! Dina disait que c'était forcément quelque chose qui se trouvait dans le sac mais qu'elle n'avait pas vu. Les poubelles de l'hôtel n'avaient pas encore été ramassées, alors je lui ai promis d'aller fouiller dans les bennes pour le récupérer.

— Alison ! fit Marlene, incrédule.

— J'étais censée faire quoi ? Maman, tu aurais vu ses doigts ! Je ne pouvais pas la laisser se débrouiller toute seule. Elle risquait de choper une infection. Bref, j'ai retrouvé le sac assez rapidement, dans la première benne que j'ai ouverte. Il n'y avait rien à l'intérieur. Dina m'avait dit de découdre la doublure au cas où quelque chose serait caché à l'intérieur, donc je l'ai fait. Mais il n'y avait rien. Juste un sac.

Josie se remémora leur dernier échange de messages.

Dina : *Tu as pu vérifier ce que je t'ai demandé ?*

Alison : *Oui. Y a rien. Rien du tout. T'es sûre que c'est vraiment par rapport à ça ?*

Dina : *J'en sais rien. Ils m'ont pas vraiment dit. Mais si je leur donne pas ce qu'ils veulent, ils vont me tuer. J'ai tellement peur.*

C'était donc le sac que Dina avait demandé à Alison d'inspecter. Ça n'avait rien donné. Deux jours plus tard, elle était morte.

— Et où est ce sac, maintenant ? demanda Noah.

Penaude, Alison répondit :

— J'étais censée le remettre dans la benne mais, à la place, je l'ai déposé dans le bureau de Max. Je sais que c'est stupide, mais j'ai cru que, peut-être, en le remettant à sa place, tout s'arrêterait. J'ai fait ça en fin de soirée. Dina n'est... n'était pas au courant. J'espérais juste... Je sais pas.

Elle baissa les yeux sur ses genoux.

— J'avais l'espoir qu'en le rendant, tout rentrerait dans l'ordre.

Josie croisa le regard de Noah, qui lui adressa un signe de tête et quitta la pièce. Elle savait que, dans quelques secondes, il serait en ligne avec le gérant de l'hôtel, John W. Brown, pour lui demander de regarder dans le bureau de Max si le sac s'y trouvait. Il n'avait pas été retrouvé à son domicile.

— Alison, reprit Josie, Dina n'était pas certaine que ce soit ce sac que cherchaient ces hommes. Quand tu as dormi chez elle vendredi soir, vous avez discuté ? Elle n'avait aucune idée de ce qu'ils pouvaient chercher, si ce n'était pas ça ?

— Non. Mais qu'est-ce que ça pourrait être d'autre ? C'est la seule chose qu'a prise Dina. Je sais que son père pensait qu'elle avait recommencé à prendre de la drogue, mais c'est faux. Et même si c'était le cas, elle n'est pas bête au point d'aller voler celle de quelqu'un d'autre. Il n'y a rien d'autre. Tout est parti de ce fichu sac, vraiment. Elle m'a garanti qu'elle n'avait rien fait d'autre qui aurait pu lui attirer des problèmes.

— À moins qu'il y ait effectivement eu autre chose dans ce sac, dont Dina ne t'aurait pas parlé, suggéra Josie. Est-ce que c'est possible ?

Alison prit le temps de réfléchir.

— Ben... Oui, j'imagine que oui. Mais on était quand même meilleures amies. Pourquoi est-ce qu'elle m'aurait caché qu'il y avait autre chose ? Quelque chose de dangereux ?

Marlene prit sa main dans la sienne.

— Pour te protéger, ma chérie.

Alison lâcha un soupir de frustration.

— Me protéger de quoi ? Regarde ma tête ! Pourquoi est-ce qu'elle aurait menti ?

— C'est notre travail de le découvrir. Merci, Alison, tu nous as énormément aidés. Je pense que vous devriez toutes les deux rentrer chez vous vous reposer. Si on a d'autres questions, on vous appellera.

— C'est tout ? s'étonna Alison.

Josie sourit.

— Oui. Pour le moment, on a tout ce qu'il nous faut. Juste une suggestion, en revanche : vous pourriez éventuellement passer quelques jours à l'hôtel, chez un ami ou quelqu'un de votre famille.

Marlene eut un sourire hésitant.

— Hein ? Mais pourquoi ?

— Maman ! Ces gens voulaient tuer Dina, et maintenant ils pourraient s'en prendre à moi.

— Mais tu n'as pas pris ce sac, rétorqua Marlene. Personne ne t'a enfermée dans un van noir pour t'arracher les ongles. C'est absurde.

— Peut-être que nous prenons trop de précautions, dit Josie. Dina trempait clairement dans quelque chose d'illégal, potentiellement à son insu, et c'était elle, la cible principale. Il est probable que personne en dehors d'Elliott Calvert ne cherche à s'en prendre à Alison, et il est actuellement en garde à vue, mais, vu la situation, elle pourrait être considérée comme impliquée. Étant donné qu'elles étaient meilleures amies, les hommes qui ont torturé Dina doivent partir du principe qu'Alison est au courant de quelque chose, voire que Dina aurait pu lui donner ce qu'ils recherchent. C'est vraiment par sécurité. D'ici quelques jours, nous aurons, j'espère, avancé dans notre enquête, et nous aurons une meilleure idée des risques encourus par vous et votre famille.

Marlene ramassa son sac à main et le serra contre sa poitrine.

— Ça coûte cher, l'hôtel. Si on doit être protégées, est-ce que ce n'est pas à vous de le faire ?

— Vous ne serez pas sous protection policière, ce serait

inutile, nous ne faisons que vous conseiller de ne pas rentrer chez vous avant quelques jours, clarifia Josie. La presse a été mise au courant qu'Alison a été retrouvée. Si les personnes persuadées que Dina possédait quelque chose qui leur appartient pensent désormais que c'est Alison qui l'a, le premier endroit où elles vont chercher, c'est chez vous. Vous n'êtes pas obligées de rester à l'hôtel. Vous pourriez vous faire héberger par des amis ou de la famille.

— Je n'ai vraiment pas envie d'impliquer quelqu'un d'autre dans ce... chaos, dit Marlene.

— Comme je l'ai dit, ce n'est qu'une suggestion, répéta Josie. Elle leur tendit à chacune une carte de visite.

— Mon numéro de téléphone personnel est dessus. Si vous avez des questions ou besoin de quoi que ce soit, n'hésitez pas à m'appeler.

— Je n'ai plus de téléphone, dit Alison.

— Ah, oui. Il est ici. On va te le rendre avant que vous partiez. Je reviens tout de suite.

Josie partit récupérer le téléphone d'Alison et, quand elle revint, quelques minutes plus tard, la jeune fille avait les yeux rivés sur la carte de visite. Ses lèvres bougeaient, sans qu'elle émette le moindre son. Josie comprit qu'elle était en train d'apprendre le numéro par cœur. Quand elle eut terminé, elle glissa la carte dans une poche de son sweat-shirt et, remarquant que Josie l'observait, expliqua :

— Mon père m'a appris à toujours apprendre les numéros par cœur. En cas d'urgence. Aujourd'hui, tout le monde écrit ça dans son téléphone et n'en connaît pas un seul.

— Très malin, approuva Josie avec un sourire.

— Inspectrice Quinn ? dit Alison. Qu'est-ce qu'on fait, si ces gens cherchent à m'enlever ?

— Alison ! s'écria Marlene.

— Quoi ? Même si on va à l'hôtel, ils pourraient nous retrouver.

— Appelez la police, dit Josie.

38

La grande salle était presque déserte. Il ne restait plus que Gretchen, toujours affairée sur son clavier, et le chef Chitwood, penché au-dessus des bureaux des inspecteurs pour voir s'il restait du café ou des viennoiseries. Daisy et Amber étaient parties. Mettner se trouvait toujours à l'*Eudora*. Josie consulta son téléphone et vit que Noah lui avait envoyé un message : il avait décidé de se rendre à l'hôtel en personne pour vérifier si la sacoche était dans le bureau de Max. Avec Mettner, il en profiterait pour parler à Felicia Koslow. Le chef fouilla dans le sachet *Komorrah's* jusqu'à en sortir une patte d'ours.

— Vous avez pu valider l'obtention d'une brigade canine ? lui demanda Josie.

Il grogna.

— Pas encore. Ce Fuller veut tout l'historique des brigades canines à travers les âges avant de s'engager. Quel emmerdeur. L'interrogatoire de la gamine a donné quelque chose ?

Gretchen tourna son fauteuil vers Josie, laquelle s'installa dans le sien.

— Il semblerait que toute cette affaire ait débuté avec une sacoche.

Le chef haussa un sourcil broussailleux.

— Une sacoche ?

Josie leur expliqua ce qu'elle et Noah avaient appris d'Alison Mills. Dina Hale avait volé un sac dans le bureau de Max Combs, à l'*Eudora*. L'identité de son propriétaire était a priori un mystère. Elle avait trouvé une tablette à l'intérieur qu'elle n'avait pas pu déverrouiller, et de la drogue, dont elle s'était débarrassée sous le pont. Quelqu'un s'était introduit chez elle et avait tout retourné, à la recherche de quelque chose. Puis elle avait été enlevée et torturée par deux hommes, lesquels lui avaient ensuite ordonné de leur rendre ce qu'elle leur avait volé, si bien qu'elle leur avait remis la tablette. Les hommes étaient revenus la torturer de nouveau, l'accusant de mentir et de leur avoir donné le mauvais objet – voulaient-ils dire par là que ce n'était pas la bonne tablette, ou totalement autre chose ? Impossible de le savoir avec certitude. Dina avait dit à Alison n'avoir aucune idée de ce qu'ils cherchaient. Alison avait retrouvé le sac dans une benne à ordures derrière l'hôtel et l'avait examiné, sans résultat, puis l'avait remis dans le bureau de Max vendredi soir. Max avait lui aussi été torturé, avec les mêmes méthodes que celles employées sur Dina, même s'ils ne pouvaient dire précisément quand c'était arrivé – la nuit de sa mort ou plus tôt. Il avait ensuite été assassiné dans sa maison, laquelle avait elle aussi été fouillée de fond en comble. Deux hommes dans un SUV avaient enlevé et torturé Dina. Deux hommes dans un SUV avaient également été vus à quelques mètres de chez Max la nuit de son meurtre. Aucune sacoche n'avait été retrouvée chez lui, mais on avait découvert 363 000 dollars dans le plafond.

Le lendemain du meurtre, Dina et Alison avaient été agressées par Elliott Calvert. Le seul lien établi entre lui et Max Combs était pour le moins minime : ils s'étaient parfois trouvés à l'hôtel au même moment. Calvert avait retiré 213 000 dollars de ses comptes bancaires. Max possédait cette somme, ainsi que 150 000 dollars supplémentaires.

— Vous savez que Max Combs et Elliott Calvert se trouvaient à l'*Eudora* au même moment, mais vous n'avez aucune preuve qu'ils aient été en contact ? demanda le chef.

— Non, à moins que Hummel ne trouve les empreintes de Calvert sur un objet appartenant à Max, dit Josie. Le sac contenant l'argent, par exemple. Il faut attendre que tous les relevés aient été analysés.

— Torture, cambriolage, Combs avec une balle dans la tête ? Deux types qui se promènent en SUV ? Ça ne vous fait pas penser à la mafia, Palmer ?

— Si, un peu, acquiesça-t-elle.

— Donc on a ce type de l'hôtel, Combs, qui fait chanter un autre type, Calvert. Sans doute au sujet de son infidélité, vu les photos retrouvées dans son téléphone. Si tout a vraiment commencé à cause d'un sac, c'est que Dina Hale a menti concernant ce qu'elle avait découvert à l'intérieur.

— Sauf si elle n'a pas compris en quoi c'était important et s'en est débarrassée, rétorqua Josie.

— Mais de quoi s'agirait-il ? demanda le chef.

— D'un téléphone, peut-être ? On n'a pas retrouvé celui de Max Combs, en plus.

— À ce sujet, réagit le chef, vous avez essayé de le localiser ?

— Oui, confirma Gretchen. Sur le dernier relevé, il était près de chez lui. Où qu'il soit à l'heure actuelle, il n'a plus de batterie. Donc impossible de le localiser.

— Vous pensez que les gars du SUV l'ont embarqué avec eux ?

Gretchen haussa les épaules.

— Peut-être que le sac était bien le sien, qu'il avait laissé son téléphone dedans, et qu'il y avait à l'intérieur des éléments sur lesquels tous ces gens voulaient mettre la main, suggéra Josie.

— Mais quoi ? pesta Gretchen. Qu'est-ce qui pourrait avoir tant de valeur aux yeux de la mafia – si on a vu juste concernant nos amis en SUV – et d'un mec sans histoires comme Calvert ?

— Des photos ? tenta Josie. Des vidéos ? Des documents ? Un peu de tout ? Ça expliquerait pourquoi ils ont pris la tablette quand Dina la leur a proposée. Ils devaient croire qu'elle contenait ce qu'ils cherchaient. Et quand ils se sont aperçus que ce n'était pas le cas, ils sont revenus à la charge.

— La question, c'est : des photos et des vidéos de quoi ? dit Gretchen. Des documents sur quoi ? De mon expérience, la mafia n'a pas peur de grand-chose. La police a toujours eu du mal à trouver des motifs d'inculpation, et je ne parle même pas de parvenir à les faire condamner.

La porte de l'escalier s'ouvrit, et Hummel s'engouffra dans la pièce, des feuilles entre les mains.

— Salut, lança-t-il. J'ai les résultats pour les empreintes relevées chez Max Combs.

Josie se leva et lui prit les papiers des mains. Tandis qu'elle les lisait, Hummel les informa à haute voix :

— On a une empreinte partielle sur le sac à dos qui correspond à celles d'Elliott Calvert.

Gretchen alla rejoindre Josie, glissa ses lunettes sur son nez et lut par-dessus l'épaule de sa collègue.

— Ça confirmerait que c'est bien Calvert qui a donné à Max Combs l'argent qu'il a retiré à la banque. Il y a autre chose ?

— On a trouvé beaucoup d'empreintes sur place. La majorité d'entre elle ne sont pas exploitables. Mais on a quand même obtenu un résultat intéressant. Vous savez, la drogue qu'on a trouvée ? Elle était dans de petits sachets en plastique. Sur quatre d'entre eux, on a les empreintes de Felicia Koslow.

Josie tourna brusquement la tête vers Hummel.

— C'est vrai ?

Il désigna les papiers qu'elle tenait.

— Tout est là-dedans.

— Eh bien, dit le chef, vous n'avez plus qu'à rejoindre Fraley et Mett à l'*Eudora*, je crois. Comme Fraley a pris votre voiture, je vais vous y déposer. Si Koslow refuse de répondre à vos questions, ramenez-la ici.

39

Felicia Koslow se tenait face à Josie, les mains sur les hanches. Elle portait une jupe crayon noire et un chemisier sans manches en soie blanche. La buse à queue rousse qui enroulait ses ailes autour de son biceps droit avait un regard particulièrement féroce, à peu près autant que Felicia à ce moment-là. Mais malgré son attitude bravache, sa voix tremblait quand elle dit :

— Je n'arrive pas à croire que vous me fassiez ça. Dans le bureau du patron ? Vous cherchez à me faire virer ou quoi ?

Josie s'appuya sur le bureau de M. Brown.

— C'est M. Brown qui a suggéré que nous discutions ici. Par souci de confidentialité.

La porte du bureau s'ouvrit sur Noah qui entra, des papiers entre les mains. Il lança par-dessus son épaule :

— Merci, Mett.

Felicia ne le quitta pas des yeux tandis qu'il fermait la porte et traversait la pièce pour rejoindre Josie. Adressant à Felicia l'un de ses sourires charmeurs, il tendit les papiers à Josie, tapotant du pouce la ligne qui avait été surlignée. L'inspectrice sentit son pouls accélérer.

— À chaque fois ? murmura-t-elle à Noah.

— Oui, répondit-il.

Il se tourna vers Felicia et lui fit signe de s'asseoir dans l'un des fauteuils prévus pour les visiteurs, mais elle préféra rester debout au milieu de la pièce.

— Sinon, on peut aussi aller au commissariat, proposa Noah.

Elle pointa un long doigt manucuré et accusateur vers lui.

— Je ne mettrai pas les pieds au commissariat.

Sans se départir de son sourire, il dit :

— Alors discutons ici.

Felicia croisa les bras sur sa poitrine et plissa les yeux.

— Je veux appeler mon avocat.

Josie feuilletait toujours le rapport, découvrant de nouveaux traits de surligneur.

— Faites donc.

— Hein ?

— Je pense que l'inspectrice Quinn va un peu vite en besogne, intervint Noah. Vous pouvez appeler votre avocat quand vous voulez. Vous le savez. Vous avez votre téléphone sur vous. D'accord ?

— Euh... oui, je...

Il poursuivit :

— Vous n'êtes même pas obligée de nous parler. Ça aussi, vous le savez, n'est-ce pas ?

— Vous essayez de me piéger ? demanda Felicia.

Josie leva les yeux pour voir Noah secouer la tête.

— Pas de piège. Tout ce que je dis, c'est que vous êtes une femme intelligente. En plus, vous avez déjà eu affaire à la police. Suffisamment pour alimenter une méfiance à notre encontre.

Josie haussa un sourcil. Croisant le regard de Felicia, elle ajouta :

— En parlant de méfiance, vous nous avez menti au sujet de pourquoi vous aviez eu affaire à la police, justement. Ce n'était pas juste que votre petit ami dealait de la drogue. Vous avez vous-même été arrêtée deux fois pour possession de drogue avec intention d'en vendre.

— Ça ne vous regarde pas, répliqua Felicia. Je n'étais absolument pas obligée de vous en parler, d'autant moins qu'on était sur mon lieu de travail. C'était une erreur de parcours. J'étais jeune et bête. C'est du passé.

— Absolument, dit Noah. Passons à autre chose. Ce qui importe, c'est ce qui se passe ici en ce moment. Avant de mourir, Dina Hale a découvert près de 4 000 dollars d'OxyContin. Étiez-vous au courant ?

Felicia ouvrit de grands yeux, sous le choc.

— Quoi ? Non. Je n'étais pas au courant.

— Max Combs a été assassiné à son domicile dans la nuit de vendredi à samedi, enchaîna Josie. On a retrouvé de la drogue sur place. Avec vos empreintes sur les emballages. Pouvez-vous l'expliquer ?

Felicia lâcha un hoquet de surprise. Elle tituba en arrière et tomba dans un des fauteuils. Elle serra les genoux et se couvrit la bouche avec une main, à travers laquelle on l'entendit murmurer :

— Mon Dieu... Oh, pauvre Max.

Noah se dirigea vers le deuxième fauteuil et le retourna face à elle avant de s'asseoir.

— Je sais que Max et vous étiez... proches. À un moment donné, en tout cas. Je suis sincèrement désolé de devoir vous annoncer cette nouvelle.

Felicia fixait Noah sans ciller.

— Je n'arrive pas à y croire. Que... que s'est-il passé ?

— Il a été assassiné, répondit Noah d'une voix douce. Nous cherchons à comprendre qui a fait ça et pour quelle raison. Ce n'est pas de gaieté de cœur après ce que je viens de vous apprendre, mais je suis obligé de vous poser des questions, c'est essentiel pour l'en-quête. Comme l'a dit l'inspectrice Quinn, on a trouvé vos empreintes sur les emballages de diverses drogues dans la maison de Max. Vous avez évidemment le droit de mettre fin à cette conversation. D'appeler un avocat. Je n'ai pas besoin de vous le rappeler.

Felicia jeta un œil à Josie, puis se concentra de nouveau sur Noah et s'accorda quelques secondes avant de répondre. Josie devinait qu'elle examinait mentalement les mensonges qu'elle comptait leur servir afin de s'assurer que son récit tenait la route.

— J'ai trouvé ces drogues dans le bureau de Max, dit-elle. J'y passe régulièrement et, ce jour-là, alors que je cherchais complètement autre chose, je suis tombée dessus. Je ne m'en suis pas rendu compte immédiatement, je fouillais juste dans un tiroir. Donc oui, j'ai touché ces sachets. C'est tout. Je lui en ai parlé et lui ai dit que j'allais le signaler à la direction. Il les a rapportés chez lui après ça. Je n'en sais pas plus.

— Toutes ces fois où vous êtes passée dans le bureau de Max, reprit Noah, avez-vous remarqué une sacoche noire ?

Felicia pencha légèrement la tête, comme déstabilisée par cette nouvelle question.

— Une sacoche ? Je ne sais pas. Enfin, oui, je crois que oui.

— Est-ce que Max en possédait une ? demanda Noah.

— Aucune idée. Peut-être. Je n'y ai jamais vraiment prêté attention.

— Vous avez pourtant été en couple, insista Josie.

Felicia leva les yeux au ciel.

— Il y a une éternité, oui ! Je pense l'avoir vu avec une sacoche, mais je ne peux pas le garantir, c'est tout ce que je dis.

— Est-ce qu'il avait une tablette ? demanda Noah.

— Comme tous les managers de l'hôtel, oui.

— Et avez-vous eu connaissance de sa disparition ces dernières semaines ?

— Non. Il l'avait toujours, je l'ai vu l'utiliser. Pourquoi cette question ?

— Et vous, possédez-vous une sacoche noire ? éluda Josie.

— Non. Vous n'allez quand même pas m'accuser d'avoir transporté de la drogue dans cette mystérieuse sacoche, maintenant ?

Sans prendre la peine de répondre, Josie s'approcha de Felicia et lui remit les papiers qu'elle tenait. Felicia observa la première page, déroutée.

— C'est quoi ? Qu'est-ce que je suis censée comprendre ?

— L'homme que nous avons arrêté pour le meurtre de Dina Hale s'appelle Elliott Calvert, répondit Noah. Ces cinq derniers mois, il s'est rendu seize fois au *Bastian's*. Après avoir bu quelques verres au bar, il monte dans un ascenseur. Nous pensons qu'il se rend dans une chambre, sauf qu'il n'en a jamais loué une à son nom dans cet hôtel. Nous savons qu'il a une maîtresse. Il semble donc logique que ce soit elle qui loue la chambre à sa place. Grâce aux données de son téléphone, nous connaissons les dates de ses visites à l'*Eudora*. Nous avons donc étudié la liste des clients ayant réservé une chambre en ces seize occasions.

Felicia ne quitta pas la feuille des yeux, impassible.

Noah poursuivit :

— Le seul nom qui apparaît systématiquement sur cette liste chaque jour où M. Calvert est venu à l'*Eudora*, c'est le vôtre.

Elle leva brusquement les yeux vers le lieutenant.

— Hein ?

— Les managers bénéficient d'un accès gratuit aux chambres quand il y a peu de clients. M. Brown nous en a parlé. Tout ce que vous avez à faire, c'est vous connecter à la base de données interne de l'hôtel et en quelques clics, hop, vous avez une chambre.

Felicia tourna fébrilement les pages, et quelques-unes volèrent jusqu'au sol. Noah se pencha pour les ramasser.

— Aviez-vous une liaison avec Elliott Calvert ? demanda Josie.

Felicia se figea, les poings serrés autour des deux dernières feuilles de papier qu'elle tenait encore, et leva les yeux vers la policière.

— Quoi ? Je ne connais même pas cet homme ! Je n'ai de liaison avec personne ! Et je n'ai jamais loué ces chambres.

— Ce n'est pas ce qu'indique le registre, rétorqua Josie.

Felicia bondit sur ses pieds.

— Je n'ai pas réservé ces chambres. Écoutez, je sais que je n'ai pas toujours été clean, OK ? J'ai couché avec mon patron... avec Max. J'ai fermé les yeux sur certaines choses. Les filles venaient me voir pour se plaindre de son comportement, de ses remarques gênantes. Voire carrément déplacées. Je lui en ai parlé, mais je n'ai jamais prévenu la direction. Parce que Brown adore Max, que, moi, j'ai besoin de ce boulot, donc je n'ai pas voulu mettre un coup de pied dans la fourmilière. Et oui, j'ai eu des problèmes avec la police pour des histoires de drogue. J'ai fait des choses dont je ne suis pas particulièrement fière. Pour l'argent. Pour garder un toit au-dessus de ma tête. Mais je n'ai pas de liaison avec... cet assassin psychopathe, et je n'ai pas loué ces chambres.

— Vous nous avez déjà menti, fit Josie. Au moins une fois. Pourquoi devrions-nous vous croire, Felicia ?

Cette dernière baissa les yeux vers Noah, l'implorant en silence, mais il ne lui offrit qu'un sourire compatissant. Elle revint alors sur Josie et prit plusieurs inspirations avant de répondre :

— Parce que. Parce que, cette fois, je dis la vérité. De toute façon, vous n'avez aucune preuve que c'était moi. N'importe qui peut réserver une chambre au nom de n'importe qui d'autre. Parmi les managers, je veux dire. Je pourrais me connecter, là, et louer une chambre au nom de Max, de M. Brown, ou de je ne sais qui. Je vous le jure, ce n'était pas moi.

40

— Qu'est-ce que tu en penses ? demanda Noah.

Josie soupira et regarda par la fenêtre l'*Eudora* s'éloigner tandis qu'ils rentraient chez eux.

— Je pense que Felicia Koslow ment, mais je ne sais pas exactement sur quoi.

— La drogue, c'est sûr. Elle connaît du monde. Elle pourrait très bien se fournir auprès de son ex et la revendre ensuite à Max. Qui la revendait à Dieu sait qui. Des membres du personnel, peut-être ? Des clients ? On ne le saura probablement jamais. Il faisait peut-être ça pour rembourser ses dettes de jeu, jusqu'à ce qu'il se rende compte que le chantage était encore plus lucratif.

Josie sortit son téléphone et se connecta sur Instagram.

— Je ne pense pas que Felicia Koslow soit la femme sur les photos de Calvert.

Il lui fallut quelques minutes pour trouver le profil de la jeune femme, qui était public. Quelques secondes plus tard, elle avait ce qu'il lui fallait : une photo de Felicia sur la plage en bikini. Elle montra l'écran à Noah.

— On peut même partir du principe que ce n'est pas elle, vu cette photo.

— Tu crois que quelqu'un d'autre a loué des chambres en son nom, comme elle l'a dit ? Mais qui ? Et pourquoi ?

— Pour qu'on ne puisse pas remonter jusqu'à lui, au cas où ça tournerait mal, et qu'on s'en prenne à Felicia à la place.

Noah hocha la tête.

— OK, mais la liste n'est pas très longue, il suffit de prendre les noms des managers de l'hôtel. Perso, je parie sur Max. Il était déjà en contact avec Calvert.

— Il nous manque encore pas mal de pièces du puzzle, râla Josie.

— On avance, on avance, la rassura Noah. Peut-être qu'une bonne nuit de sommeil ou d'autre chose t'aidera à y voir plus clair.

À la mention de cette autre chose, Josie ressentit un soudain désir pressant. Elle tendit le bras et glissa une main derrière sa tête, les doigts dans ses cheveux épais.

— Oh, oui, autre chose. C'est sûr que ça m'aiderait à y voir plus clair.

Quand ils se garèrent devant la maison, Noah fronça les sourcils.

— Ce sera partie remise, dit-il.

Josie étudia la voiture immatriculée à New York garée dans leur allée. Noah s'arrêta juste derrière.

— Eh merde, lâcha Josie. J'avais oublié.

Noah éclata de rire en éteignant le moteur.

— Tu avais oublié que ta sœur rentrait de New York pour fêter votre anniversaire ?

Sa sœur jumelle, Trinity Payne, était une célèbre journaliste de télévision et présentait désormais sa propre émission dédiée aux crimes non résolus : *Unsolved Crimes with Trinity Payne*. L'emploi du temps de Trinity était plus chargé encore que celui de Josie, ce qui ne l'empêchait pas de faire en sorte de se dégager du temps pour venir à Denton aussi souvent que possible, généralement plusieurs fois dans l'année, et toujours autour de leur anniversaire.

— Parce que ça n'a pas toujours été ma date d'anniversaire, se défendit Josie. Pendant trente ans, j'ai cru que j'étais née un autre jour. J'ai encore du mal à m'y habituer.

— Je comprends, dit Noah en ouvrant la porte d'entrée.

Josie et Trinity avaient passé la plus grande partie de leur vie séparées. Trinity avait grandi avec leurs parents tandis que Josie avait été élevée par la femme qui l'avait kidnappée et son ancien petit ami, Eli Matson. Quand Josie avait six ans, Eli était mort. La mère de celui-ci, Lisette, s'était engagée dans un combat coûteux et éreintant dans l'espoir d'obtenir officiellement la garde exclusive de la petite, ce qui avait fini par arriver quand Josie avait quatorze ans. Les années passées chez Lisette avaient été les plus heureuses de son enfance. Lisette était tout pour Josie : son étoile polaire, son guide, sa stabilité au milieu d'une vie chaotique.

Ce fut donc un véritable choc quand, à trente ans passés, Josie avait découvert qu'elles n'étaient pas de la même famille. Malgré tout, Lisette l'avait encouragée à tisser des liens avec sa famille biologique. Josie se sentait désormais vraiment à l'aise avec eux, et elle avait développé un lien incroyablement fort avec Trinity. Ce qui ne l'avait pas empêchée d'oublier leur fête d'anniversaire.

Josie et Noah attendirent dans l'entrée que Trout vienne les accueillir, mais un coup d'œil vers le salon leur apprit qu'il s'adonnait à une grande partie de cache-cache avec Drake Nally, le petit ami de Trinity, également agent du FBI.

Trinity fit son apparition dans l'embrasure de la porte de la cuisine, un saladier de pop-corn dans les mains. Elle portait un pantalon de jogging gris et un t-shirt du FBI trop grand pour elle, qui appartenait sans aucun doute à Drake. Elle avait attaché ses cheveux noirs brillants en queue-de-cheval sans y apporter de soin particulier. Mais même ainsi, elle était belle, chic, et mille fois plus distinguée que Josie dans ses meilleurs jours. Cela demeurait un véritable mystère pour cette dernière. Était-ce grâce à ses années de télévision ? Ou est-ce que c'était Josie qui ne savait pas s'y prendre ?

— Te voilà enfin ! s'écria Trinity.

Elle traversa le vestibule à grandes enjambées et les enlaça d'un bras chacun leur tour, tout en soutenant son pop-corn de l'autre main sans en renverser. Avec un sourire diabolique, elle ajouta :

— J'ai dit à Drake que tu avais oublié qu'on devait venir. Tu avais vraiment oublié, pas vrai ?

Drake se releva d'un bond et vint les saluer. C'est à ce moment-là que Trout remarqua enfin leur présence et suivit le mouvement, délaissant son jouet. Il gémit jusqu'à ce que Josie et Noah se penchent pour le caresser.

— Je suis vraiment désolée, dit Josie.

Drake fouilla dans la poche de son jean et en sortit un billet de 20 dollars qu'il tendit à Trinity. Elle le glissa dans son jogging.

— Vous aviez carrément parié ? dit Noah en riant.

Trinity lui fit un clin d'œil.

— Je connais ma sœur. J'étais sûre de gagner.

— On allait regarder un film, reprit Drake. Vous voulez vous joindre à nous, ou vous avez du boulot par-dessus la tête ?

Alors que Josie reculait d'un pas, Trinity étudia son expression.

— Du boulot.

Josie sourit.

— On est sur une enquête compliquée, mais on devrait être tranquilles ce soir, donc je suis partante pour le film.

— Je vais faire sortir Trout, décida Noah.

— Ah, euh, au fait, rebondit Drake, vous êtes au courant qu'il y a une structure gonflable dans votre jardin ?

Josie et Noah échangèrent un regard surpris.

— Elle ne devait pas être livrée dans quinze jours ? s'étonna ce dernier.

Elle pouffa.

— Appelle Misty.

Ils sortirent tous les quatre par la porte de derrière. Il y avait effectivement un énorme château gonflable doté d'un toboggan qui occupait l'essentiel de leur jardin. Josie éclata de rire. Trout se faufila entre ses jambes et se mit à renifler avec application cette nouveauté.

— Vous croyez que ça supporte le poids d'un adulte ? demanda Drake.

Noah, son téléphone collé contre l'oreille, répondit :

— C'était mon seul critère.

Puis :

— Ah, Misty, j'ai une question...

Il retourna dans la maison pendant que Josie expliquait pourquoi ce château gonflable était apparu dans leur jardin. Son téléphone vibra dans sa poche arrière. Elle le sortit au moment où Noah revenait vers eux.

— L'entreprise s'est trompée, expliqua-t-il. Elle va les appeler demain.

— Tu devrais demander à le garder pendant deux semaines, suggéra Drake. Ce serait cool, non ?

Josie baissa les yeux vers son téléphone. Elle avait reçu un message d'un numéro inconnu.

Mme Quinn c'est A, besoin d'aide urgente, qqn est entré chez nous.

Son cœur manqua un battement tandis qu'elle réfléchissait pour comprendre de quoi il retournait.

— Noah, souffla-t-elle.

Un nouveau message apparut.

Ma mère est en danger. Je peux pas appeler la police on va m'entendre venez vite je vous en supplie.

Elle tourna l'écran vers Noah et vit la tension qui avait quitté son visage à l'instant où ils étaient arrivés chez eux réapparaître.

— Merde, lâcha-t-il.

— A, c'est pour Alison Mills, dit Josie. Il faut y aller tout de suite.

41

Les jointures de Noah étaient blanches tant il serrait les mains sur le volant. Tout en filant à toute vitesse à travers les rues sombres de Denton, il utilisa le kit mains libre intégré au véhicule pour appeler le central et demander que toutes les unités soient envoyées chez les Mills pendant que Josie, de son côté, cherchait à obtenir plus d'informations de la part d'Alison. Il précisa que les policiers devaient rester discrets, sans gyrophares ni sirènes, et se garer dans la rue plutôt que devant la maison. L'effet de surprise jouerait en leur faveur.

— Il faut qu'on sache combien ils sont, dit Noah. Et s'ils sont armés.

— Je lui ai déjà posé la question, répondit Josie qui écrasait le téléphone entre ses doigts.

Elle ne quittait pas l'écran des yeux, dans l'attente d'une réponse. Enfin, un message arriva.

2 je crois pas sûre mais j'en ai vu 2 et armés.

— Deux hommes, armés, informa-t-elle le central.

— Bien reçu, lui répondit le régulateur.

Josie tapa sa réponse :

Tu te trouves où dans la maison ?

Quelques secondes plus tard, réponse d'Alison :

Placard de l'étage dépêchez svp.

On est en route. Ne bouge pas du placard. Où est ta mère ?

Plusieurs secondes défilèrent, chacune donnant l'impression à Josie de durer une heure. Finalement, Alison écrivit :

Ds la cuisine ils disent qu'ils vont la tuer ils la frappent venez vite je vous en supplie.

On arrive. J'ai besoin que tu m'expliques comment est organisée la maison. Il y a un sous-sol ? J'ai vu le RDC la dernière fois, mais pas le premier. Ça se présente comment ? Il y a des portes ouvertes ?

Portes devant et derrière jms fermées à clé. Oui ss-sol. La porte donne sur la cuisine. Étage de gauche à droite : sdb, ma chambre, ch. d'amis, ch. parents. Grouillez ils lui tapent dessus.

Josie fit passer les informations fournies par Alison à ses collègues, puis Noah termina l'appel.

— Pourquoi elles sont restées chez elles, bordel ? s'énerva-t-il. Tu leur as pourtant dit de dormir ailleurs, non ?

— Oui, c'est ce que je leur ai suggéré. Marlene était réfractaire à cette idée. Elle ne voulait pas payer une chambre d'hôtel ou impliquer quelqu'un d'autre. Tu crois que je devrais prévenir la police d'État ? Demander l'intervention du GSIU ?

Le GSIU, ou Groupe spécial d'intervention d'urgence, était l'équivalent du SWAT, mais au niveau de l'État. Il se divisait en deux unités, tactique et négociation, chacune encadrée par un commandant totalement dédié. Le reste des équipes se composait de vingt-quatre policiers disséminés dans tout l'État et qui ne travaillaient qu'à temps partiel.

— Le GSIU va être trop long à arriver, dit Noah. Le temps qu'ils appellent les gars, qu'ils arrivent sur place, qu'on les briefe… Ça peut prendre plus d'une heure. Les unités de Denton les plus proches devraient suffire pour couvrir le périmètre. Et puis tu es en contact avec Alison, qui se trouve dans la maison. On devrait pouvoir gérer avec nos hommes à nous.

La rue des Mills était plongée dans l'obscurité. La périphérie de la ville n'était pas pourvue d'éclairage public. Noah ralentit en passant devant la boîte aux lettres rouge, la dépassa et se gara à l'angle. Il appela le central pour dire où ils se trouvaient et arrêta le moteur. Il y avait quelques arbres entre la maison et la rue, mais on pouvait voir les phares depuis n'importe quelle fenêtre. Ils sortirent de la voiture, marchèrent en silence jusqu'au coffre, qu'ils ouvrirent pour récupérer ce qu'il leur fallait. Pendant qu'ils enfilaient leurs gilets pare-balles, Josie demanda :

— Où en sont les autres ?

— Ils devraient être là dans dix minutes.

Josie s'éloigna de la voiture, laissant ses yeux s'adapter à la faible luminosité. Un croissant de lune brillait dans le ciel, donnant aux lieux un éclat argenté.

— Je ne vois pas de véhicule, nota Josie. Ils se sont garés où ?

— Dans l'allée ? suggéra Noah en mettant son téléphone en mode vibreur.

Il alluma son émetteur radio et le testa. Josie fit de même.

— Ce serait d'une stupidité sans nom, dit-elle. Il n'y a

qu'une seule issue pour quitter la propriété en voiture, et c'est l'allée qui se trouve devant.

Noah dicta ses instructions via sa radio, ordonnant à toutes les unités de passer sur un canal sécurisé. Puis il ferma le coffre et désigna les alentours.

— Ils ne s'attendent peut-être pas à ce que d'autres gens arrivent. L'endroit est plutôt isolé. On dirait, en tout cas.

Josie ouvrait la bouche pour répondre quand un coup de feu retentit. Ils se figèrent, échangeant un regard. Le téléphone dans la poche arrière de Josie vibra.

Noah enclencha sa radio.

— Coups de feu. Coups de feu.

Une nouvelle détonation éclata. Josie extirpa son téléphone de son pantalon. Alison avait écrit :

Ils lui tirent dessus svp venez l'aider.

Josie avala sa salive et répondit :

Ne bouge pas. On arrive.

— Qu'est-ce qu'on fait ? demanda Noah.

La sagesse voulait qu'ils attendent l'arrivée des renforts, mettent au point un plan d'action, délimitent un périmètre de sécurité, déterminent un unique point d'entrée, préparent un bouclier tactique et entrent dans la maison en compagnie d'un agent équipé d'un bouclier balistique, d'un officier de liaison et d'au moins deux autres agents chargés de s'assurer que la voie était libre avant leur passage de pièce en pièce. Mais avec la recrudescence des fusillades de masse dans tout le pays, les choses avaient évolué. Attendre revenait à mettre plus de monde en danger et, dans ce cas précis, ils étaient déjà entrés dans la maison. Josie savait comment était disposé le rez-de-chaussée – elle s'était rendue dans la cuisine pour remplir un verre d'eau pour Marlene –, et Alison pourrait les guider de l'intérieur.

— Si on attend, elles vont mourir, dit-elle.

Noah empoigna son pistolet.

— Alors on y va.

42

Enveloppés dans les ténèbres, ils remontèrent l'allée en silence. Ils éteignirent leurs radios et gardèrent leurs pistolets dégainés. Arrivés à la maison, ils constatèrent que les portes des deux garages étaient fermées. Pas de voiture en vue. La porte d'entrée était elle aussi fermée, mais de la lumière filtrait à travers les rideaux du salon. Noah regarda Josie, qui avança vers la porte. Ils devaient définir par où ils allaient entrer, en fonction d'où semblaient émaner les coups de feu. Selon Alison, les hommes et Marlene étaient dans la cuisine. Le point d'entrée le plus proche et offrant un accès direct à la maison était la porte principale. En passant par là, ils avaient en outre une chance de ne pas se faire remarquer, alors qu'ils ne bénéficieraient pas de l'effet de surprise en pénétrant directement dans la cuisine.

Ils se mirent en position de part et d'autre de la porte. Noah, d'un signe de la main, indiqua à Josie qu'elle entrerait en premier. Puis il tendit la main et tourna doucement la poignée. Ils ne se signalèrent pas. En l'absence de renfort, et face à la possibilité que Marlene, Alison ou les deux soient grièvement blessées et en grand danger, le plus important pour eux était de neutraliser la menace, et pour cela, de ne pas se trahir trop vite.

Un grondement enfla dans les oreilles de Josie. Son cœur battait la chamade, à tel point qu'elle était persuadée qu'il faisait trembler son gilet pare-balles. Son arme dressée devant elle, comme une extension de ses bras, elle tourna le canon vers la droite. Dans son dos, elle sentit que Noah bougeait et vérifiait la partie gauche de la pièce. Elle remarqua immédiatement le désordre. Des coussins éventrés, des tables et des lampes renversées, même la moquette avait été partiellement arrachée.

Ils dépassèrent l'escalier menant au premier étage, faisant une pause pour guetter le moindre bruit, mais ils n'entendirent rien. La pièce suivante était la salle à manger, elle aussi sens dessus dessous. Seule la grande table au centre était encore sur ses pieds. Toutes les chaises étaient sur le côté, la matelassure arrachée. Les tiroirs d'un buffet en pin étaient disséminés sur le sol, ainsi que leur contenu. Josie et Noah ralentirent, de crainte de trébucher et d'alerter les intrus.

À l'approche de la cuisine, Josie tenta d'apaiser le tonnerre qui grondait dans sa tête. L'adrénaline pulsait en elle au point qu'elle avait le sentiment d'en contenir un océan entier. Il n'y avait pas un bruit. Est-ce que les hommes étaient partis ? Par la porte de derrière ? Ou alors ils étaient à l'étage, à la recherche d'Alison ou de ce qu'ils voulaient récupérer ? Mais elle aurait entendu des bruits de pas, non ? Il n'y avait pas de raisons que les intrus essaient de rester discrets. À leur connaissance, ils étaient seuls dans la maison avec Marlene et Alison Mills.

Josie observa rapidement Noah, qui venait de se mettre en position de l'autre côté de la porte de la cuisine. La tension se lisait sur son visage, sa mâchoire était contractée. Elle dirigea ensuite son regard vers la cuisine. D'où elle se trouvait, elle ne voyait rien d'autre que du carrelage et le bord d'un grand îlot central blanc. Josie était sur le point d'entrer dans la pièce quand elle entendit un bruit. Il lui fallut une seconde pour comprendre de quoi il s'agissait. Un râle, et un objet traîné sur du carrelage.

Le cœur au bord des lèvres, Josie entra promptement dans la cuisine, son arme braquée sur le côté de la pièce qui lui était assigné. Noah la suivit. Nouvelle scène de destruction. Tous les meubles étaient ouverts, tous les tiroirs, arrachés. Au sol, des plats brisés, des ustensiles de cuisine, de la nourriture, des torchons, des maniques, des produits ménagers. Même les petits appareils électriques avaient été balayés des plans de travail. Il était impossible de ne pas marcher sur les débris. Du verre craqua sous leurs pieds. Alors qu'ils contournaient l'îlot, Josie faillit ne pas voir la main ensanglantée qui se levait vers eux. Elle s'arrêta net et fit signe à Noah de faire le tour par l'autre côté. Marlene Mills gisait face contre terre dans une mare de sang.

Plusieurs sons se firent entendre. Marlene peinait à respirer, et ses jambes remuaient faiblement au milieu des objets qui l'entouraient alors qu'elle tentait désespérément de ramper. Puis des bruits sourds s'élevèrent, provenant d'une autre partie de la maison, des chocs étouffés. Josie n'aurait su dire s'ils provenaient du dessus ou du dessous. Sans baisser son arme, elle vérifia chacune des portes de la cuisine. L'une donnait sur le jardin de derrière. Une deuxième à sa gauche était à moitié ouverte sur un cellier, où il ne restait plus rien sur les étagères : le sol était tapissé d'un mélange de poudre, de pâtes crues et de céréales. La troisième porte, encore plus à gauche, était fermée.

Josie croisa le regard de Noah, retira une main de la crosse de son arme et pointa l'index vers la porte close. Elle articula silencieusement : « Couvre-moi. » Il se mit en position dans un angle de la pièce, d'où il pourrait facilement réagir si une menace arrivait de la première ou de la troisième porte. Josie, tout en continuant à pointer son canon devant elle, s'accroupit au côté de Marlene pour qu'elle puisse l'entendre. À voix basse, elle dit :

— Madame Mills, nous sommes l'inspectrice Quinn et le lieutenant Fraley, de la police de Denton. Où sont les hommes ?

Marlene leva les yeux vers Josie, puis sa tête retomba contre son bras étendu. La policière entendit ce qui ressemblait à un soupir de soulagement.

— Madame Mills, où sont les hommes qui vous ont agressée ?

Elle frémit, puis une quinte de toux la fit quasiment convulser. Josie était si proche qu'elle sentait le goût ferreux du sang sur sa langue.

— Je dois rejoindre Alison, chuchota Marlene.

— Elle est toujours à l'étage ?

— Oui.

— Et les hommes ?

De nouveaux bruits retentirent. On bougeait des objets, quelque chose avait été lancé ou était tombé. Mais Josie était toujours incapable de déterminer précisément d'où provenaient ces sons.

Marlene eut toutes les peines à articuler, lentement :

— Je les ai envoyés au sous-sol. Ils veulent... quelque chose. Je... ne sais pas quoi. Mais je leur ai dit que c'était là-bas pour pouvoir aller récupérer Alison et m'enfuir. J'ai dit... Dans la corbeille rouge, cinquième rang en partant... du fond.

Elle essaya de nouveau de bouger, de ramper, plia un genou qui glissa dans la mare de sang sous elle.

Josie posa une main sur son épaule.

— C'est cette porte qui mène au sous-sol ?

— Oui...

— Bien. Écoutez-moi attentivement, madame Mills. Vous devez absolument rester où vous êtes. Ne bougez pas d'ici.

— Alison... Mon... Mon Alison.

Elle ne parvenait plus à lever la tête, mais Josie vit une larme couler d'un de ses yeux. L'espace d'une terrible seconde, elle fut submergée par une vague d'émotions. La tristesse de voir Marlene se battre contre la mort, étendue sur le carrelage de sa cuisine. La peur qu'elle ne s'en sorte pas, qu'aucun d'entre eux ne s'en sorte. Ils étaient actuellement seuls dans cette maison en compagnie de deux hommes qui n'avaient pas hésité un instant à tirer sur une femme qui ne présentait pas la moindre menace. Mais par-dessus tout, c'était la rage qui bouillonnait intensément en elle, mettant à mal son bon sens professionnel. Alors même qu'elle venait de se faire tirer dessus et se vidait de son sang, cette femme cherchait à utiliser le peu de forces qui lui restaient pour rejoindre sa fille et la mettre à l'abri.

Repoussant ses émotions, Josie dit :

— On s'occupe d'Alison. Vous, votre mission, c'est de rester ici, sans bouger. On va vous faire sortir toutes les deux de là aussi vite que possible.

— A-attendez, croassa Marlene.

C'était terrible pour Josie de l'abandonner ainsi, mais elle suivait le protocole : il fallait toujours neutraliser la menace avant de secourir les blessés. Elle se redressa et écrasa divers objets en se rapprochant de la porte menant au sous-sol. Noah la suivit. Elle se prépara à descendre la première. Il poussa le battant de la porte, et Josie s'engagea dans l'embrasure, jusqu'à un petit palier. En bas d'une cage d'escalier brillait une ampoule nue diffusant une lumière jaunâtre.

Et derrière, l'obscurité et deux assassins les attendaient.

43

Le cœur de Josie se serra dans sa poitrine. Quand Noah ferma la porte derrière eux, sa respiration s'accéléra. Elle pria son corps de se détendre. Ils étaient en désavantage tactique, sans la moindre idée de la manière dont était agencé le sous-sol ou de ce qui s'y trouvait. Leurs pieds seraient visibles avant qu'ils aient atteint le bas des marches. Josie prit une grande inspiration et poursuivit la descente de l'escalier en bois, espérant très fort que les hommes n'étaient pas en train de les attendre, prêts à les cueillir.

Même si Noah cheminait en silence, elle sentait sa présence dans son dos. Quelques mètres plus bas, elle entendait le bruit d'objets qu'on déplaçait, tirait, jetait. Elle descendit encore une marche et perçut des voix étouffées, essayant de déterminer à quelle distance elles pouvaient se trouver. La marche suivante craqua bruyamment et Josie se figea, en apnée. Noah l'imita. Le soulagement les envahit quand ils s'aperçurent que les bruits ne s'étaient pas interrompus : les hommes poursuivaient leurs recherches sans se douter de rien. Une partie d'elle aurait voulu dévaler le reste de l'escalier une bonne fois pour toutes, mais elle se retint.

Pitié, ne craque pas, suppliait-elle à chaque marche.

Elle était presque arrivée à destination. La pièce n'était éclairée que par une petite ampoule au plafond et, dans un coin, par un tube fluorescent en fin de vie qui clignotait par intermittence. Le sol était en béton. Des cartons et des caisses en plastique étaient empilés un peu partout, formant un véritable labyrinthe. Certaines piles atteignaient près de deux mètres, d'autres leur arrivaient à la taille. Des étagères contre un mur supportaient d'autres caisses où étaient écrits à la main des mots que Josie ne pouvait pas déchiffrer d'aussi loin. Le sommet du crâne chauve d'un homme brillait dans la lumière frémissante du néon. Malgré la force des battements de son cœur, elle l'entendit parler avec un autre homme, pour le moment invisible.

— C'est pas là.

— C'est pourtant ce qu'elle a dit : dans la corbeille rouge, cinquième rangée en partant du fond. C'est bien ici, le fond, non ? Un, deux, trois, quatre, cinq. Ça doit être là, quelque part.

Josie retira une main de la crosse de son pistolet et fit signe à Noah. Il regarda dans la direction qu'elle lui indiquait et hocha la tête. Il avait vu ce qu'elle avait vu.

— Il n'y a même pas de corbeilles rouges. Elle a menti. Pourquoi tu lui as tiré dessus ? On aurait dû la faire descendre ici avec nous pour qu'elle nous montre. Ça va nous prendre la nuit.

— Eh ben, je lui mettrai une autre balle. Ça fera peut-être sortir la gamine.

— Elle a dit qu'elle était pas là.

Un rire sec.

— Et tu crois tout ce qu'elle raconte ? Je suis sûr qu'elle nous a envoyés en bas pour que la petite puisse se barrer. Tiens, j'ai une idée. On va remonter lui expliquer que si sa gamine se montre pas, on la tue.

La dernière marche craqua quand Josie posa le pied dessus.

— Chut, t'as entendu ?

— Entendu quoi ? Je parie que c'est l'autre conne là-haut qui essaie de bouger. Allez, viens, on va s'occuper d'elle.

Josie continua à descendre, ses deux pieds désormais sur le béton du sous-sol. Noah suivit, évitant la dernière marche, et atterrit sans un bruit à son côté. Le compagnon de l'homme chauve émergea de derrière les cartons.

— Hé ! dit-il.

— Police ! cria Josie. Les mains en l'air !

L'homme s'exécuta. Le néon placé derrière lui ne l'éclairait pas suffisamment pour voir s'il était armé ou non. Puis une détonation étourdissante retentit dans la pièce. Alors, tout s'accéléra. À côté d'elle, Noah vacilla et s'écroula. Josie tira à son tour. Au-dessus de leurs têtes, l'ampoule éclata, envoyant du verre partout. Nouvelles détonations. Une balle lui frôla les cheveux, et elle se laissa tomber à genoux sans cesser de tirer. Elle visait le buste de l'homme mais, dans ce chaos, elle le manqua. Elle étouffa un juron quand le néon explosa à son tour, les plongeant dans l'obscurité.

Josie avait les oreilles qui bourdonnaient, et le bruit des tirs résonnait dans le petit espace, couvrant tous les autres sons.

Dans la pénombre, l'odeur de poudre lui brûlait les narines. Elle avait conscience de sa respiration saccadée. Elle fit ce qu'elle pouvait pour recouvrer son calme, se reconcentrer, mais c'était difficile. Elle ne s'était jamais sentie à l'aise dans les lieux sombres et confinés. Pas depuis que, petite, la femme qui prétendait être sa mère l'enfermait dans un minuscule placard puant, parfois des jours durant.

La poitrine serrée, elle avait le souffle court.

Josie aurait juré qu'elle sentait l'odeur de cigarette et celle de la moquette rugueuse et élimée contre laquelle elle avait passé les pires heures de sa vie à pleurer de terreur. Le vrombissement de son cœur était si rapide et puissant qu'elle craignait qu'il la fasse quitter le sol.

Ce n'est pas réel, pensa-t-elle.

— Josie, appela Noah, la ramenant à la réalité.

Sa voix lui parvenait faible et étouffée.

Elle braquait toujours son arme en direction du dernier endroit où elle avait vu l'homme mais, de son autre main, chercha Noah à tâtons. Ses doigts effleurèrent quelque chose. Ses lèvres formèrent des mots qu'elle prononça sans même s'entendre parler.

— Mon Dieu, Noah. Tu vas bien ?

Elle crut l'entendre répondre :

— J'en ai pris une dans le gilet.

Josie retira sa main et vint la replacer sur son arme. Elle se redressa en titubant et avança droit vers l'obscurité, la respiration toujours sifflante. À son côté, elle sentit Noah bouger et se remettre sur ses pieds. Il posa une main sur son épaule. Ce contact lui fit l'effet d'un shot de Wild Turkey. Doux et réconfortant.

Ses instructions semblaient provenir de très loin.

— Sors ta lampe torche.

Soudain, elle fut brutalement de retour dans le moment présent. Elle trouva la poche de son gilet dans laquelle était rangée sa torche et l'en sortit. Elle l'alluma, et le faisceau éclaira partiellement le sous-sol devant elle. Noah fit de même.

Droit devant eux, des cartons s'écroulèrent par terre. Josie sortit alors de sa torpeur et se mit en marche, de concert avec Noah.

— Police de Denton, cria-t-elle. Montrez-vous, les mains en l'air !

Le cercle de lumière passa sur la silhouette recroquevillée d'un homme. Visage contre le sol, cheveux sombres, vêtements noirs. Un calibre .38 pendait de sa main droite, inerte. Josie l'éloigna d'un coup de pied et se pencha pour presser deux doigts au niveau de sa gorge. Décelant un pouls irrégulier, elle passa prestement un lien de serrage autour des poignets de l'homme pour les maintenir ensemble : tant qu'il n'était pas mort, il représentait une menace, d'autant qu'elle ignorait l'ampleur de ses blessures. Ensuite, elle l'enjamba et se mit en quête de son acolyte chauve. Alors qu'ils s'enfonçaient plus profondément dans le sous-sol, de nouveaux cartons vacillèrent, et certains tombèrent. À l'aide de leurs torches, Josie et Noah suivaient l'homme à la trace. Où allait-il ? Cherchait-il à regagner l'escalier ?

Ils se frayèrent un chemin dans le labyrinthe de casiers et autres boîtes, abordant les allées comme les couloirs d'une maison, tout en continuant à guetter le moindre bruit qu'aurait pu accidentellement faire le second intrus.

L'audition de Josie n'était toujours pas revenue à la normale, mais elle entendit Noah déclarer :

— Vous ne pourrez aller nulle part. Revenez vers nous, les mains en l'air.

Quelques secondes plus tard, un mur entier de cartons s'écroulait sur eux. Josie tomba sur le dos, lâchant sa lampe torche dans sa chute. Heureusement, elle parvint à garder sa prise sur son pistolet. Noah s'effondra à moitié sur elle, si bien qu'il encaissa le plus gros des impacts. Elle sentait son souffle dans son cou, son corps contre le sien, et les cartons qui pleuvaient sur leur dos.

Il s'écarta tant bien que mal pour la libérer et repousser quelques cartons, grognant de douleur. La torche de Josie, qui s'était échouée au milieu de cet enchevêtrement de cartons, de corbeilles, et de leur contenu éparpillé, n'éclairait plus grand-chose.

Mais c'était suffisant pour qu'elle aperçoive la silhouette d'un homme qui s'avançait vers eux. Impossible d'estimer à quelle distance il se trouvait, mais elle sentit sa peau devenir glacée à l'instant où elle prit conscience qu'elle et Noah se trouvaient en ce moment même allongés sur le dos au milieu de cartons éventrés, et que le faisceau les rendait certainement bien plus visibles que lui.

— Arrêtez-vous, ordonna-t-elle en braquant son pistolet vers son abdomen.

Noah, à genoux, l'avait lui aussi en joue.

— On ne bouge plus, dit-il.

L'épaule de l'homme tressauta, mais Josie le remarqua trop tard. Il y eut un coup de feu, un *boum* assourdissant, et Noah s'effondra de nouveau. Sans une hésitation, Josie tira, elle aussi. L'homme s'accroupit et recula. La policière, instable sur ses pieds, escalada une petite montagne de cartons et de boîtes en plastique en se griffant les jambes sur les angles. Quand ses pieds rejoignirent enfin le béton du sol, elle s'arrêta pour tendre l'oreille. Le faisceau de sa torche, toujours au sol, n'atteignait pas cette partie de la pièce.

De nouveau, son esprit s'embourba dans cette période de son enfance où l'obscurité était sans fin, et où sa seule compagnie était une terreur absolue. Sa respiration était laborieuse, sifflante. Elle tenta malgré tout de parler et marmonna :

— Ce n'est pas réel.

Tout en se frayant un chemin entre d'autres cartons qui jonchaient le sol, elle tenta de se repérer, tournant sur elle-même, son pistolet braqué devant elle. Elle devinait la forme floue de l'escalier grâce à l'éclairage offert par sa torche. L'homme était-il remonté au rez-de-chaussée ? Instinctivement, elle se tourna dans cette direction, comme un papillon attiré par la lumière. Elle y était presque quand un cri s'éleva et résonna dans toute la maison. Josie aurait juré l'avoir senti vibrer jusque dans ses os.

Alison.

— Maman ! Oh, mon Dieu. Maman !

Josie se rua vers la cuisine, au-dessus de sa tête. Alison avait de toute évidence quitté son placard. Alors que Josie parvenait à la première marche de l'escalier, une forme massive se matérialisa. Le deuxième homme. Il n'était rien de plus qu'une ombre monumentale et, d'après les craquements qu'on entendait, il commençait lui aussi à monter l'escalier.

— Arrêtez ! cria-t-elle.

Il pointa sauvagement son arme sur elle, tira sans vraiment viser, et repartit aussi sec, grimpant les marches au petit trot, le bois grinçant sous son poids. Josie s'élança à sa suite, escaladant les marches sur ses talons. Son cerveau tournait à plein régime pour analyser la situation. Il avait un pistolet. Il avait déjà tiré à plusieurs reprises sur Josie et Noah. Il était une menace indéniable et, d'ici quelques secondes, il se trouverait dans la même pièce qu'Alison et sa mère. Alors elle le visa et pressa la détente. Rien.

Elle avait déjà utilisé toutes ses balles. Elle avait un chargeur dans son gilet, mais le temps de le récupérer et de le mettre dans le pistolet, l'homme serait déjà avec Alison et Marlene. Josie ne pouvait pas prendre ce risque. Elle rangea son arme et bondit, les mains en avant, pour le retenir. Elle s'accrocha à ce qui semblait être une cheville au moment où il posait le pied sur le palier et ouvrait la porte donnant sur la cuisine. Elle fut momentanément aveuglée par la luminosité, mais elle ne lâcha pas prise et tira de toutes ses forces sur sa jambe, si bien qu'il s'affala face contre terre. Les hurlements d'Alison redoublèrent. Josie entra à son tour dans la cuisine, espérant pouvoir neutraliser l'homme pendant qu'il était sur le ventre, mais ce dernier fut trop rapide. Il roula sur le dos, et elle se retrouva face au canon de son arme. Sans prendre le temps de réfléchir, elle envoya un coup de pied dans ses poignets, l'obligeant à lâcher le pistolet. Une nouvelle détonation retentit, mais loin d'elle. Josie se jeta sur l'homme, l'enfourcha et essaya de lui bloquer les bras. Ceux-ci étaient larges comme de petits troncs d'arbres, et il n'eut aucun mal à la repousser en lui assénant un coup de poing dans la tempe.

Josie ignora la douleur, elle n'avait pas le temps pour ça. Elle atterrit sur le côté, et un objet tranchant s'enfonça dans son épaule. L'homme commença à se redresser, Josie l'imita et glissa sur une sorte de poudre. De la farine, peut-être ? Tout en se levant, l'homme regarda autour de lui, clairement à la recherche de son arme. Mais avant qu'il ait pu se mettre totalement debout, Alison enjamba le corps de sa mère et ramassa quelque chose par terre. Josie ouvrit la bouche pour dire à la jeune fille de reculer, mais celle-ci avait déjà les mains serrées autour de la poignée d'une grande poêle à frire. Elle s'en servit comme d'une batte de base-ball et l'envoya avec une force folle en plein dans la tête de l'homme.

Le bruit du métal contre l'os paralysa Josie. Sonné, l'homme se figea lui aussi, oscillant sur ses pieds. Il baissa le regard vers Alison et la dévisagea pendant ce qui sembla durer une minute. Sa grande main se posa sur l'entaille au-dessus de son oreille, d'où le sang coulait.

Josie passa à l'attaque et glissa sa tête sous son aisselle tout en essayant d'entourer de ses bras sa taille épaisse. Ils atterrirent tous deux sur le plan de travail situé près de la porte de derrière. Sa hanche craqua, et il grogna. Josie s'accrocha à lui comme une moule à son rocher et essaya de lui bloquer les bras, en vain. Il se redressa et se débarrassa d'elle d'un revers de main, comme si elle n'était qu'un insecte. Elle atterrit de nouveau sur le dos, en plein sur un grille-pain. Elle s'en empara au moment de se relever tant bien que mal, et visa sa tête.

Leurs regards se croisèrent pendant une fraction de seconde.

Il se tourna vers la porte qui donnait sur le jardin, les mains sur la poignée. Josie bondit en avant, le grille-pain dans une main, comme si elle s'apprêtait à marquer un panier sur un terrain de basket. L'appareil rebondit contre le côté indemne du visage de l'homme juste avant que Josie se jette de tout son poids contre lui, lui faisant perdre l'équilibre. L'un de ses coudes fit voler en éclats la vitre de la partie haute de la porte. Josie tenta là encore de s'agripper à lui en s'accrochant à son épaule. Son t-shirt était trempé de sang à cause de la blessure provoquée par Alison. Les mains de Josie glissaient, et il parvint encore une fois à se débarrasser d'elle. Avant qu'elle ait pu se relever, il était dehors.

Après un dernier regard à Alison, désormais agenouillée au-dessus du corps de Marlene, Josie se lança à sa poursuite, plongeant dans la nuit.

44

Alors que Josie fonçait à travers les bois derrière la maison des Mills, elle sortit sa radio pour informer ses collègues de la situation : il n'y avait plus de danger dans la maison. Marlene Mills avait reçu une balle et devait être vue au plus vite par un médecin. Un intrus était blessé. Noah était blessé. Elle sentit la panique l'envahir quand elle prononça ces mots. Elle ignorait s'il était mort, grièvement blessé ou s'il avait juste été ralenti par des blessures sans gravité. Elle savait qu'il avait pris au moins une balle dans le gilet, peut-être deux. Il avait certainement une côte cassée. Rien de plus, espérait-elle. Ses yeux s'embuèrent à cette pensée. Elle aurait préféré s'arrêter dans sa course pour s'assurer que Noah respirait et solliciter de l'aide si nécessaire, mais elle était en mission, et ils n'auraient de toute manière pas été en sécurité si l'autre homme était dans le sous-sol avec eux.

Elle raffermit sa voix et conclut son monologue : elle était à la poursuite du second intrus.

Le central allait envoyer du renfort et Josie, visualisant sa carte mentale des environs, réclama que des unités supplémentaires soient placées de l'autre côté du bois. Il y avait une route, là-bas, dont elle précisa le nom. À tâtons, elle trouva le chargeur plein dans son gilet et l'inséra dans son pistolet. Puis elle alluma le flash de son téléphone pour s'éclairer, son arme braquée devant elle. Des branches s'accrochaient à ses bras, à ses jambes. Malgré la lumière prodiguée par son téléphone, elle trébucha deux fois. D'abord sur une pierre, puis sur une racine. Elle ne ralentit pas pour autant, slalomant entre les arbres, concentrée sur son objectif.

Mais Noah ne cessait d'occuper ses pensées. Les images de ce qui s'était passé dans ce sous-sol tournaient en boucle dans sa tête.

Des voix se firent entendre un peu plus loin, et Josie courut dans leur direction. D'après leurs lampes torches, il s'agissait de policiers.

— Par ici ! les héla Josie. Je suis l'inspectrice Quinn.

Zigzaguant entre quelques troncs d'érables, elle retrouva Brennan et Daugherty, les deux agents en uniforme.

— Vous nous avez fait tourner en rond, dit Brennan.

— Vous n'allez pas dans la bonne direction, lâcha Josie.

Les deux hommes échangèrent un regard.

— Si, si, on vous suivait.

Josie regarda par-dessus son épaule, mais elle ne vit rien d'autre que l'obscurité.

— Vous arrivez de la maison ? De la maison des Mills ?

Brennan leva le pouce en montrant derrière lui.

— Oui, elle est juste là-bas. Marchez une vingtaine de mètres, et vous apercevrez les lumières de la cuisine. Qu'est-ce qui s'est passé ? Vous ne l'avez pas retrouvé ?

— Non, répondit Josie. J'ai... Je suis revenue sur mes pas sans le vouloir.

Daugherty dut remarquer quelque chose dans son expression.

— Ne vous en faites pas, tout va bien. Il fait nuit noire et, dans les bois, c'est vraiment compliqué de se repérer.

« Pas pour moi », faillit répliquer Josie. Elle avait perdu sa concentration. Son esprit était avec son mari, même si son corps était à la poursuite d'un meurtrier.

— Il y a des unités qui l'attendent de l'autre côté du bois. Elles traquent les SUV de couleur sombre. On va le choper, c'est sûr.

Josie ravala la boule qui grossissait dans sa gorge.

— Et... le lieutenant Fraley...

Elle ne parvenait pas à formuler sa question.

— La dernière fois que je l'ai vu, il était dans la cuisine et s'occupait de Mme Mills, répondit Daugherty.

— A priori, enchaîna Brennan, elle a pris deux balles dans l'abdomen. Il essayait de stopper l'hémorragie en attendant l'arrivée de l'ambulance qui l'a emmenée à l'hôpital.

Josie chancela, soudain tellement soulagée que tous les muscles de son corps se détendirent.

— Merci, murmura-t-elle.

Les deux hommes commencèrent à s'éloigner. Par-dessus son épaule, Daugherty lança :

— La gamine est toujours sur place, par contre. Elle a dit qu'elle n'irait nulle part sans vous.

45

Le service des urgences de l'hôpital de Denton était en ébullition. Josie le ressentit à l'instant où elle passa la double porte de l'entrée principale, Alison claudiquant à son côté. L'agent de sécurité, habituellement assis derrière le comptoir, était debout devant la porte de la salle d'attente, une main sur sa radio, la tête légèrement penchée, comme s'il se tenait prêt à aboyer des ordres d'une seconde à l'autre. Quand il repéra Josie et Alison, il leur fit signe d'approcher. Une fois que l'infirmière chargée du tri des patients se fut assurée que ni l'une ni l'autre n'avaient besoin de soins, on les laissa pénétrer au cœur de l'hôpital.

Josie entendit avant de les voir les docteurs et infirmiers qui tentaient désespérément de réanimer Marlene Mills et l'intrus sur qui Josie avait tiré. Les salles de traumatologie étaient plus grandes que les traditionnels box entourés de rideaux. Les parois étaient en verre, et l'équipement, bien plus conséquent. Dans la première, l'homme était allongé sur une civière, parfaitement immobile. Son t-shirt, en lambeaux, avait été découpé par l'équipe médicale. Une infirmière tenant les deux électrodes d'un défibrillateur hurla :

— Écartez-vous !

Toutes les personnes autour du lit interrompirent ce qu'elles étaient en train de faire, levèrent les mains, comme si elles se rendaient, et reculèrent d'un pas. L'infirmière choqua l'homme. Son torse fit un bond et l'un de ses bras glissa sur un côté du lit. Josie remarqua qu'il avait un tatouage sur l'avant-bras – un serpent dans une position bizarre, sa langue rouge sortie. Josie ne comprit pas tout de suite de quelle forme il s'agissait. Un ovale ? Une boîte ? Un carré ? Un rectangle ? À moins, se demanda-t-elle en plissant les yeux pour mieux voir alors que l'infirmière envoyait un deuxième choc, qu'il s'agisse de la lettre D ?

Collée à Josie, Alison laissa échapper un couinement. Quand elle tourna la tête vers la deuxième salle de traumatologie, la policière ne vit que du sang, partout : le sol était jonché d'éclaboussures, des serviettes imbibées gouttaient, les draps étaient détrempés. Puis elle vit Marlene Mills être transportée sur un chariot roulant. Elle avait les yeux fermés et son visage, livide, était totalement détendu. Un médecin et trois infirmiers couraient, poussant le brancard devant eux dans le couloir jusqu'à l'ascenseur. On l'emmenait au bloc en urgence.

Josie eut soudain un flash-back. Un an et demi plus tôt, elle s'était trouvée au même endroit, à observer les soignants s'agiter autour de sa grand-mère – elle aussi blessée par balle – avant de se ruer vers le bloc. L'opération n'avait pas pu la sauver. Josie agrippa le bras d'Alison et l'éloigna.

— Tu ne devrais pas assister à ça.

— Mais c'est ma mère ! Elle est morte ? J'ai besoin de savoir ce qui se passe !

— Tu seras tenue au courant, la rassura Josie.

Elle la fit entrer dans un box vide et referma le rideau derrière elles. Puis elle se tourna face à Alison, lui agrippa de nouveau les bras et la regarda droit dans les yeux.

— Vu comme ils couraient, ils l'emmenaient au bloc opératoire. Crois-moi, tu n'as pas envie de voir ça.

Alison releva le menton. Avec son visage tuméfié, on aurait dit une guerrière portant les stigmates de ses précédents combats, et non une adolescente de dix-sept ans terrifiée.

— J'ai *déjà* vu ça. J'étais dans la voiture quand mon père et oncle Billy ont eu l'accident. J'étais là quand ils ont essayé de réanimer Billy. Il y avait du sang partout. Je peux encaisser, vous savez.

Josie s'adoucit. Elle pressa les épaules d'Alison et reprit, à voix basse :

— Je le sais bien, Alison, mais tu ne devrais pas avoir à vivre ça.

Personne ne devrait avoir à vivre ça, compléta une voix dans son esprit.

Elle guida Alison vers un fauteuil disposé à proximité d'un brancard vide et lui fit signe de s'asseoir. Bon gré mal gré, Alison s'exécuta. Josie prit une grande inspiration.

— Laisse-leur le temps de faire leur travail. Nous, on ne peut rien faire d'autre qu'attendre. Tu pourrais en profiter pour me raconter ce qui s'est passé ?

Alison se balançait d'avant en arrière. Elle enveloppa ses bras autour de son torse et regarda ce qui se trouvait derrière Josie, espérant peut-être voir Marlene.

— On était à la maison. J'avais eu mon père au téléphone, il était heureux que j'aille bien. Il va rentrer, mais pour le moment il est bloqué en France en attendant de pouvoir monter dans un avion pour Philadelphie ou New York. Bref, donc ma mère ne voulait pas qu'on aille à l'hôtel à cause du prix. Elle a dit que de toute façon, comme l'affaire avait été relayée dans les médias et que tout le monde était au courant, s'il y avait bel et bien des gens persuadés que j'étais en possession de ce truc que tout le monde a l'air de vouloir, ils ne viendraient pas chez nous. Elle disait qu'ils oseraient jamais. Son amie Sadie est passée et, quand elle est partie, je suis allée me coucher. Ma mère était au rez-de-chaussée. Elle s'est endormie dans le salon, devant la télé. Je suis redescendue pour grignoter un truc et je l'ai réveillée, je lui ai dit d'aller au lit. Elle m'a dit qu'elle allait monter. Je repartais dans ma chambre quand j'ai entendu du bruit. Comme un truc qui se casse, une vitre, quelque chose comme ça. Je crois que ça venait de l'arrière de la maison. Ma mère a bondi du canapé. Elle n'a pas dit un mot. Elle m'a juste regardée et a articulé : « Cache-toi. » Je suis montée à l'étage. J'ai écouté. Je sais que c'était risqué, qu'ils auraient pu venir et me trouver, mais je devais savoir ce qui se passait. Je n'avais pas le choix. Il fallait que je fasse quelque chose. N'importe quoi. J'ai entendu deux voix d'hommes. Ils lui disaient de s'asseoir et de la fermer. Mais elle n'arrêtait pas de parler, vous savez comment elle est... Enfin, non, j'imagine que non...

Josie sourit.

— Si, je vois très bien.

— OK, donc voilà, elle ne s'arrêtait pas de parler, et ça commençait à les soûler. Elle disait des trucs du genre : « Ne me faites pas de mal. Prenez ce que vous voulez et partez, laissez-moi tranquille. » Ils ont demandé où j'étais, et elle a menti en répondant que je n'étais pas à la maison. Alors un des hommes a dit à l'autre que, de toute manière, ils n'avaient pas besoin de moi, ils avaient juste à fouiller la maison. Ma mère continuait à insister sur le fait qu'elle ne voyait vraiment pas ce qu'ils pouvaient espérer trouver chez elle. J'ai cru que l'un d'eux était sur le point de monter l'escalier – j'ai entendu le parquet craquer devant la première marche –, alors je suis partie en courant. Je me suis enfermée dans ma chambre pour récupérer mon téléphone, et c'est là que je me suis rendu compte que c'était là qu'ils allaient forcément chercher en premier ! Alors je me suis cachée dans le placard du couloir. Je voulais appeler la police, mais je savais qu'on risquait de m'entendre parler, alors je vous ai envoyé un message à la place. Il fallait que je fasse quelque chose. Je devais essayer de sauver ma mère. J'aurais peut-être mieux fait de descendre pour leur parler directement. Peut-être qu'elle irait bien, si j'avais fait ça. Je n'arrête pas de repenser à Dina, à la manière dont je l'ai abandonnée. Et maintenant, elle est morte.

— Tu n'y es pour rien, Alison.

La jeune fille cessa de se balancer. Elle regarda Josie dans les yeux.

— Bien sûr que si ! Je l'ai abandonnée ! Je me suis sauvée le plus loin possible et je n'ai même pas cherché de l'aide. Je me suis juste barrée et planquée comme la pire des lâches.

— Alison...

— Et si j'avais pu la sauver ? OK, je ne suis pas Wonder Woman, mais là, j'ai même pas essayé. Et si j'avais pu l'empêcher de s'en prendre à elle ? Ou au moins, si j'étais allée immédiatement chercher de l'aide... Elle serait peut-être toujours en vie. Tout ça, c'est ma faute !

Alors qu'elle parlait, ses yeux s'embuèrent, et une unique larme coula sur sa joue enflée.

Josie se décala et s'assit sur le brancard. Elle observa cette fille, si jeune, avec un tel poids sur les épaules. Josie connaissait cette culpabilité du survivant. Plus d'une année s'était écoulée depuis le meurtre de Lisette, et elle continuait à se rejouer la scène, analysant tout ce qu'elle aurait pu faire différemment et qui n'aurait pas mené au décès de sa grand-mère. Mais tous les scénarios dans lesquels Lisette ne venait pas se placer devant le canon pour protéger Josie ne changeaient rien à la réalité : Lisette était bel et bien morte, et Josie était vivante.

— Alison, dit Josie. Même si tu étais restée sur place et que tu avais tenté d'empêcher Elliott Calvert de s'en prendre à Dina, même si tu étais immédiatement allée chercher de l'aide, Dina serait peut-être morte.

Alison écarquilla les yeux de surprise.

— Et c'est censé m'aider ?

Josie sourit faiblement.

— Tu crois qu'il y a vraiment quelque chose que je pourrais te dire, moi ou n'importe qui, d'ailleurs, qui pourrait te faire te sentir mieux au sujet de la mort de Dina ?

Lentement, Alison secoua la tête.

— Parfois, reprit Josie, même dans le meilleur des scénarios d'un événement tragique, la personne qu'on aime meurt malgré tout.

Alison la dévisagea un long moment. Puis, d'une voix rauque, elle dit :

— Comme mon oncle Billy.

Ce n'était pas une question. Josie lui laissa une minute pour y réfléchir, et Alison poursuivit :

— Mon papa dit que, pour cet accident, on n'aurait pas pu mieux réagir. Les secours ont été appelés immédiatement, mon père a pratiqué un massage cardiaque en attendant l'arrivée de l'ambulance, j'ai pu le relayer pendant qu'il était au téléphone, et les secours sont arrivés quatre minutes plus tard. Ils avaient tout l'équipement nécessaire pour le maintenir en vie, et c'est ce qu'ils ont fait, pendant tout le trajet jusqu'à l'hôpital. Sur place, un chirurgien l'attendait pour l'opérer immédiatement. Et pourtant il est mort.

Josie hocha la tête.

— Ce qui n'empêche pas ton père de se sentir coupable, j'imagine.

— Oui. C'est lui qui a perdu le contrôle de la voiture parce qu'il n'était pas concentré. C'était ça, le point de départ. Moi aussi, je m'en veux pour Dina. Vous voulez dire que... ce sera comme ça pour toujours ?

— Je ne sais pas.

Alison resta silencieuse quelques secondes.

— Et si c'est le cas ? Si ça ne disparaît jamais ?

— Tu vivras avec.

Alison leva une main et la pressa contre son cœur.

— Vivre avec ? C'est tout ? C'est ça, votre solution ? Vous êtes quel genre d'adulte, sérieux ?

— Le genre à croire que te mentir et te sortir des banalités sur la mort et le deuil ne t'aidera en rien. Moi, ça ne m'a jamais aidée. La vérité, Alison, c'est que toutes ces choses que tu ressens, elles sont là. C'est dur. Parfois, c'est même dévastateur. Mais peu importe à quel point ça te fait mal, à quel point tu culpabilises, ça ne change rien. Absolument rien.

Alison l'observait, captivée.

Josie poursuivit :

— Alors pourquoi ne pas affronter ces sentiments ? Les regarder droit dans les yeux. Dire à cette terrible culpabilité et à cette douleur : « Je sais que vous êtes là. » Arrête d'essayer de les combattre à tout prix. Tu ne peux rien y changer. La vie continue d'avancer et, que ça te plaise ou non, toi aussi. Alors oui, tu vas apprendre à vivre avec cette douleur, cette culpabilité. Je ne sais pas par quels moyens, c'est vraiment un cheminement personnel, mais je te déconseille d'avoir recours aux drogues ou à l'alcool.

Alison rit.

— Ah ! voilà, maintenant on dirait une adulte normale.

Josie gloussa.

— Peut-être que l'un de ces moyens, c'est de réagir différemment dans les situations qui se présentent plus tard. Comme tu l'as fait pour ta mère.

Une nouvelle larme coula sur la joue d'Alison.

— Mais je n'ai pas agi différemment pour ma mère. Elle est ici, en train de se battre pour survivre.

— Absolument. Elle se bat, Alison. Et elle a cette chance parce que tu m'as contactée sans attendre. Parce que tu as frappé cet homme à la tête avec une poêle. C'était vraiment impressionnant, tu sais.

Alison rougit, et un léger sourire se dessina sur ses lèvres.

— Imagine un peu si tu avais tardé à m'envoyer ce message ?

continua Josie. À appeler la police ? Ta mère aurait pu se vider de son sang. Et si tu n'avais pas frappé cet homme ? Il aurait pu s'en prendre de nouveau à elle. À nous tous.

Alison haussa un sourcil.

— Je ne pense pas. Vous étiez carrément féroce, vous aussi. Vous lui avez sauté dessus, et après, avec le grille-pain... Vous ne lui avez pas laissé une chance, vous ne l'avez pas lâché. Il a fini par fuir.

— Grâce à ton aide, oui, insista Josie. Tu m'as aidée à le combattre. Tout comme tu as aidé ta mère. Elle a une chance de s'en sortir. Grâce à toi.

Des semelles grincèrent sur le carrelage. Des voix se rapprochaient.

— Il faudra nettoyer la salle 1 en traumato, fit un homme.

Josie tira le rideau et vit le docteur Ahmed Nashat, l'un des médecins urgentistes – celui qui avait pris en charge sa grand-mère –, debout devant la porte de la salle déserte.

— Inspectrice Quinn, dit-il.

— La femme qui se trouvait dans cette salle s'appelle Marlene Mills, c'est sa mère, dit Josie en désignant Alison de la tête.

Le docteur Nashat sourit à la jeune fille, l'air grave.

— Votre mère est forte. Elle s'accroche, mais elle a dû être opérée d'urgence. On a récupéré deux balles. L'une d'elles l'a atteinte au foie, l'autre au niveau de l'intestin grêle. Le chirurgien est avec elle en ce moment même.

Il se tourna vers Josie.

— Votre deuxième blessé par balle était décédé à l'arrivée à l'hôpital. La docteure Feist va s'occuper de lui. J'imagine que vous aurez une enquête à mener.

— Merci. Vous m'appelez dès qu'il y a du nouveau concernant Mme Mills ?

— Bien sûr, répondit-il avant de s'éloigner.

— Alison, dit Josie, il faut que tu appelles ton père tout de suite. Il doit être tenu au courant de ce qui est arrivé. Comme tu vas devoir être hébergée chez quelqu'un, on a besoin de son avis et de son autorisation. En attendant, tu vas rester avec moi. J'ai juste un truc à faire avant de retourner au commissariat.

Josie se glissa dans la première salle de traumatologie et, avec son téléphone, prit une rapide photo du curieux tatouage de serpent sur le bras de l'homme. De retour dans le couloir, Alison regardait toujours dans la direction où s'était éloigné le docteur Nashat.

— Il parlait de qui ? demanda-t-elle.

— D'un des agresseurs de ta mère. On a été obligés de lui tirer dessus quand il a cherché à nous échapper. Il n'a pas survécu.

— Et l'autre ? Vous avez réussi à le rattraper ?

Josie baissa les yeux sur son téléphone, pour consulter les notifications. Il n'y en avait aucune.

— Non. Pas encore.

46

Josie déposa Alison au bureau des infirmiers avec pour consigne d'essayer de contacter son père. Puis elle trouva Noah en train de se reposer sur un brancard derrière un autre rideau. L'équipe soignante lui avait fourni une blouse d'hôpital, mais il avait gardé son jean et ses bottes. Les genoux de son pantalon étaient noircis par le sang, qui avait tout imbibé, jusqu'à la semelle de ses chaussures. Il lui sourit, leva une main et lança :

— Coucou.

Elle se fit violence pour ne pas courir et bondir sur le lit à côté de lui.

À la place, elle vint s'asseoir en marchant sur un côté du brancard. Il semblait fatigué mais bien réveillé, le regard brillant. Elle sentit que ses yeux commençaient à piquer. Elle refoula ses larmes et souffla d'une voix enrouée :

— Non, pas « coucou ». On t'a tiré dessus, Noah.

Il souleva la blouse, révélant deux zones bleuies qui avaient déjà commencé à s'étendre sur un côté de son torse.

— J'en ai pris deux dans le gilet.

— On t'a tiré dessus, insista-t-elle.

Il essaya de s'asseoir mais en fut incapable. Il gémit entre ses dents serrées.

— Combien de côtes cassées ? demanda-t-elle.

Il leva trois doigts.

Josie se releva pour se pencher vers lui jusqu'à ce que leurs fronts se touchent. À son grand regret, des larmes dévalèrent ses joues. Avec précaution, Noah leva un bras et l'enroula autour de sa nuque.

— Je vais bien, murmura-t-il.

Il avança le menton et vint effleurer ses lèvres des siennes.

— On t'a tiré dessus, coassa-t-elle.

— Le gilet m'a sauvé, Josie. Je vais bien. J'ai promis de toujours affronter le danger à ton côté, tu te souviens ?

Elle soupira contre son visage, sentit la pulpe de ses pouces effacer ses larmes.

— C'était une promesse idiote, dit-elle.

Il voulut rire, mais s'arrêta brutalement. Il inspira doucement et dit :

— Aucune autre n'aurait eu de sens.

Ils s'embrassèrent délicatement, et Josie recula.

— Ils vont te garder ?

Il secoua la tête. À la pâleur de son visage, Josie comprit à quel point ces quelques minutes de conversation lui avaient coûté.

— Je vais appeler Drake et Trinity, dit-elle. Ils vont venir te chercher. Il faut que je trouve un foyer pour Alison.

— Ça marche, répondit Noah. On se voit à la maison.

Dans le bureau des infirmiers, Alison était en train de laisser un message sur la boîte vocale de son père. Josie envoya un message à sa sœur en attendant qu'elle ait terminé. Cette dernière accepta immédiatement de venir récupérer Noah à l'hôpital et de rester avec lui à la maison pour l'aider. Quand Alison eut raccroché après avoir laissé un message sans queue ni tête entrecoupé de sanglots à son père, elles se mirent en route pour le commissariat.

Le parking était quasi désert, ce qui n'était pas surprenant, étant donné que la plupart des unités étaient parties chez les Mills pour analyser les lieux, poursuivre le deuxième agresseur ou rechercher un SUV sombre à travers la ville. Josie se gara au plus près de la porte d'entrée. Clint Mills appela Alison à la seconde où elle coupait le moteur.

— C'est mon père ! cria Alison, partagée entre nervosité et excitation.

Elle décrocha et, à l'instant où elle entendit sa voix, elle s'effondra. Heureusement qu'elles se trouvaient encore dans la voiture, songea Josie. La jeune fille était secouée de spasmes, et le téléphone lui échappa des mains. Josie se pencha pour le récupérer par terre entre ses pieds et le pressa contre son oreille.

— Monsieur Mills ?

— Qui est à l'appareil ? répondit une voix tremblante. Qu'est-ce qui se passe ? Il y a un problème ? Où est Marlene ? Comment va ma fille ?

Josie se présenta et lui expliqua la situation aussi clairement et calmement que possible. Elle n'entendit qu'un bruissement et des sanglots étouffés en réponse, alors elle attendit patiemment, une main sur le téléphone, l'autre frottant le dos d'Alison. Clint Mills reprit ses esprits plus vite que sa fille. Il y eut de nouveaux crépitements, puis un reniflement sonore, et enfin, il déclara :

— Excusez-moi. J'avais besoin d'un peu de temps. J'essaie de rentrer au plus vite. Je... Oh ! Mon Dieu. Alison. Qu'est-ce qu'elle va faire ? Elle ne peut pas rentrer à la maison. Vous ne pouvez pas la laisser aller là-bas. Où est-elle ? Où êtes-vous ?

— Nous sommes au commissariat de Denton, répondit Josie. Alison va rester avec moi en attendant qu'on trouve un arrangement approprié.

— Un arrangement approprié ? Ah, vous voulez dire lui trouver un endroit où rester en attendant mon retour ?

— Oui, il faut qu'elle soit en sécurité, mais elle a besoin d'un foyer. Elle est épuisée. Y a-t-il quelqu'un que je pourrais appeler ?

— La meilleure amie de ma femme. Sadie.

Alison se redressa soudain et déclara :

— Maman ne voulait pas l'impliquer.

Josie entendit Clint Mills répondre à sa fille dans son oreille.

— Voyons, ces deux-là sont inséparables ! Dites à Alison que je vais l'appeler, d'accord ? Je l'appelle tout de suite. Et si Sadie pense que c'est trop dangereux de rester chez elle, je leur paierai une chambre d'hôtel. Je vais lui demander de venir chercher Alison au commissariat, ça ira ?

— C'est parfait, dit Josie.

— Vous pouvez me passer ma fille ?

Josie tendit le téléphone à Alison et attendit qu'elle termine sa conversation. Elle paraissait bien plus sereine quand elle raccrocha. Après s'être essuyé le nez avec sa manche, elle dit :

— On aurait dû aller chez Sadie dès le départ.

— Allez, viens, dit Josie. On va l'attendre à l'intérieur. J'ai des coups de fil à passer.

Dix minutes plus tard, Alison était installée dans la salle de conférences, les bras croisés sur la table, sa joue posée dessus. En quelques secondes à peine, elle somnolait. Son nez sifflait à chaque expiration. Josie diminua l'intensité de la lumière et quitta la pièce pour remonter le couloir afin d'informer l'agent d'accueil, Dan Lamay, qu'Alison faisait une sieste, et qu'elle remontait travailler au premier étage.

— Si elle me cherche, envoyez-la en haut, précisa-t-elle.

— Pas de souci, patronne.

À l'étage, Josie se laissa tomber sur son fauteuil de bureau. Elle sortit la photo qu'elle avait prise du tatouage de l'agresseur décédé et l'étudia. Elle n'avait que peu de doutes quant au fait que les hommes qui s'étaient introduits chez les Mills et avaient tiré sur Marlene étaient les mêmes que ceux qui avaient torturé Dina Hale et qui avaient été aperçus aux abords de la maison de Max Combs. Josie était convaincue qu'ils appartenaient à un gang, voire à la mafia. Tout chez eux, de leur apparence à leurs actes, puait le crime organisé. La question était de savoir pour qui ils travaillaient.

Josie espérait qu'une fois que la scène de crime et le corps de l'homme auraient été analysés, ils récupéreraient une carte d'identité ou un téléphone qui leur permettraient d'obtenir plus d'informations mais, pour le moment, elle n'avait que ce tatouage. Ça ne lui dirait peut-être pas qui il était, mais ça pouvait indiquer qui était son employeur. Malheureusement, il n'existait pas de base de données dans laquelle elle pourrait simplement déposer la photo. Les tatouages étaient recensés dans un fichier général, et certaines prisons de comté prenaient des clichés des tatouages des personnes incarcérées mais, pour effectuer une recherche, il lui fallait plus qu'une simple photo. Le fichier de la prison d'État, par exemple, ne lui serait utile que si le propriétaire du tatouage était actuellement incarcéré, or leur inconnu se trouvait en ce moment dans un tiroir à la morgue. Cela faisait maintenant des années que le FBI travaillait à la mise en place d'une base de données nationale dans laquelle les policiers pourraient faire des recherches à partir d'une unique photo, mais elle n'était toujours pas en service.

Il y avait toutefois bien une source qu'elle pouvait utiliser, officieusement.

Elle écrivit un message à Drake.

Tu as déjà bossé sur des affaires de gangs, non ? Est-ce qu'il y en avait en lien avec la mafia ?

Il répondit quelques secondes plus tard.

Pas beaucoup, mais oui, j'en ai eu. Tu as besoin de quoi ?

Elle lui envoya le cliché.

*J'essaie de comprendre s'il a une signification particulière
ou si ce type a juste un faible pour les serpents bizarres.*

Une autre minute s'écoula. Puis la réponse de Drake arriva.

Je peux me renseigner. Discrètement.

Josie le remercia, puis téléphona à l'hôpital : Marlene était toujours au bloc. Elle appela ensuite Noah, qui était à la maison, au lit en compagnie de Trout, shooté aux antidouleurs. Ils discutèrent quelques minutes, jusqu'à ce qu'il commence à piquer du nez. Elle raccrocha et passa à Gretchen, qui l'informa que les relevés étaient toujours en cours chez les Mills, et que ni le fugitif ni le SUV sombre n'avaient été repérés, mais que le chef avait autorisé la poursuite des recherches jusqu'au matin.

— Gretchen, on sait que ces types se baladent à Denton dans ce SUV depuis minimum une semaine. Quand ils ont kidnappé Dina Hale, ils ne l'ont pas emmenée dans un bâtiment. Ils se sont garés en extérieur, dans un endroit isolé.

— Ce qui veut dire qu'ils n'ont pas de base ici, compléta Gretchen.

— Voilà. Et s'ils n'étaient pas du coin ? S'ils venaient d'une autre ville ?

— Tu penses qu'ils dorment à l'hôtel ? Ici, à Denton ? demanda Gretchen.

— Je ne sais pas, peut-être pas à Denton même. On devrait envoyer des unités dans les hôtels du coin pour vérifier. Et sinon, tu as trouvé quelque chose sur notre mec à la morgue ?

— On n'a pas encore son identité. Mais on a trouvé un téléphone. Un prépayé avec lequel il n'a passé qu'un seul appel. On a essayé le numéro, mais ça n'a rien donné.

— Sans doute celui de l'autre gars, qui a dû s'en débarrasser depuis.

— Oui, c'est sûr, fit Gretchen. Bon, on va envoyer du monde dans les hôtels. Si ça pouvait nous donner une piste...

Josie la remercia et raccrocha. Elle se leva, s'étira et prit finalement conscience de ses nombreuses douleurs. Dans le bas du dos, à l'épaule, aux jambes, à la hanche. Elle fouilla dans un tiroir de son bureau jusqu'à mettre la main sur un flacon d'ibuprofène. Elle en avala deux comprimés sans eau et retourna au rez-de-chaussée. La porte de la salle de conférences était fermée. Dans le couloir, personne : toutes les unités étaient parties à la recherche du deuxième agresseur. Josie tourna la poignée et poussa, mais la porte ne s'ouvrit que très partiellement. Josie colla son œil à la fente.

— Alison ?

Elle ne voyait rien d'autre que la longue table. Toutes les chaises étaient en place, sauf une. La plus proche de la porte. Celle utilisée pour bloquer la poignée, comprit-elle.

— Alison !

Josie entendit un soupir, puis un râle étouffé, un grognement, et enfin, un gros *bang*. Son cœur se mit à battre la chamade. En un éclair, elle tourna la tête et estima le temps qu'il lui faudrait pour rejoindre le hall d'entrée et revenir. Cela valait-il la peine de perdre de précieuses secondes pour aller chercher Dan Lamay ? Josie cria son nom aussi fort que possible, puis recula de quelques pas et se rua vers la porte. Celle-ci trembla, sans s'ouvrir.

La voix d'Alison était désormais perceptible.

— Au...

Mais sa phrase fut brutalement interrompue.

Alors que Josie reprenait son élan, elle entendit qu'on

renversait des chaises de l'autre côté de la porte. Elle leva un pied et frappa au niveau de la poignée.

— Police, hurla-t-elle. Ouvrez cette porte !

Mais là encore, la porte vibra sans céder. Josie redoubla ses coups, sans cesser de crier, soit pour alerter le sergent Lamay, soit pour ordonner à la personne qui avait bloqué la porte de lui ouvrir.

— Patronne ?

Dan descendait le couloir aussi vite que son âge et son genou abîmé le lui permettaient.

À cet instant, le coup de pied de Josie envoya valser la chaise, et la porte s'ouvrit d'une dizaine de centimètres. Elle poussa de toutes ses forces et entra. Dans la moitié de la salle qui était demeurée invisible, les chaises étaient retournées, et un homme brun était penché sur Alison, la plaquant contre le mur. Il avait les mains serrées autour de sa gorge. Les deux pieds d'Alison ne touchaient plus le sol. Elle essayait de lui envoyer des coups, mais il était trop grand, si bien qu'il parvenait à les éviter tout en la maintenant en place. Elle crocheta ses doigts autour de ses mains dans une tentative de libérer sa gorge, les yeux révulsés.

— Il est où ? gronda l'homme.

D'un coup d'œil, Josie comprit ce qui se passait. Derrière elle, Dan aboyait des ordres, et le temps lui parut ralentir. Son cerveau avisa l'amoncellement de chaises renversées. Elle choisit plutôt de bondir sur la table. Les semelles de ses bottes glissèrent sur la surface brillante. Elle plongea vers l'homme, lui plantant un coude dans les côtes, qui émirent un craquement satisfaisant. Sonné, il relâcha Alison et chancela. Josie s'empara d'un de ses poignets et le plaqua contre la table. De son autre main, elle lui écrasa la tête. Il hurla quand elle tira brutalement ses bras derrière son dos tout en lui bloquant les poignets. Elle le maintint dans cette position en attendant que Dan parvienne jusqu'à eux et le menotte.

— Vous êtes en état d'arrestation, déclara ce dernier.

Josie se tourna vers Alison, qui s'était laissée tomber par terre, massant sa gorge. Quand elle repoussa ses mains, Josie vit d'énormes marques rouges sur sa peau. Elle s'agenouilla devant la jeune fille.

— Ça va ?

Alison hocha la tête.

— Je... Je suis... Oh, ça fait trop mal quand je parle.

— Alors ne parle pas, dit Josie. On va te ramener à l'hôpital pour te faire examiner. Tu vas réussir à te lever ?

Alison hocha de nouveau la tête et se remit tant bien que mal sur ses pieds, s'accrochant à Josie pour ne pas perdre l'équilibre. Elle regarda par-dessus l'épaule de la policière pour voir son agresseur. Maintenant qu'Alison était en sécurité, Josie prit elle aussi le temps d'étudier l'homme. La première chose qu'elle avait remarquée, c'étaient ses cheveux. Il ne s'agissait donc pas du fugitif.

— Allons-y, décida Dan en forçant l'homme à se redresser.

— Oh, putain... laissa échapper Josie.

Alison lui serra le bras et demanda :

— Qu'est-ce qu'il y a ?

Dan fit contourner la table à l'homme pour ne pas avoir à passer devant les deux femmes en quittant la salle. Josie attendit qu'ils aient disparu et que les bruits de pas dans le couloir s'atténuent avant de déclarer :

— C'est Pierce Fuller. Il est conseiller municipal.

47

À l'hôpital, Josie s'endormait dans le fauteuil installé près du lit d'Alison. Une infirmière avait éteint le plafonnier et tiré le rideau de séparation pour leur offrir un peu de calme. Les sons du hall des urgences leur parvenaient néanmoins en continu : les discussions entre médecins et infirmiers ; les patients qui réclamaient de l'aide, des médicaments ou se plaignaient de la douleur ; les bips et les chuintements des perfusions à changer, des sonnettes d'appel, des moniteurs de constantes vitales qui s'affolaient. Mais malgré ce capharnaüm, Alison s'était assoupie presque instantanément. Josie luttait, les yeux fermés, se promettant de ne pas s'endormir profondément.

Le rideau frémit et, tirée de son demi-sommeil, Josie fit un bond, prête à en découdre. Une femme petite et corpulente entra, son sac à main serré contre elle, une expression inquiète sur le visage.

— Sadie, dit Josie.

Celle-ci observa Alison et chuchota :

— Est-ce qu'elle va bien ? Je suis allée au commissariat après le travail, comme me l'avait demandé Clint, mais ils m'ont dit là-bas qu'il était arrivé quelque chose et qu'elle était ici. J'ai eu tellement peur ! Et Marlene ! Clint m'a tout raconté. Vous avez eu des nouvelles ?

Josie se déplaça pour lui laisser le fauteuil qu'elle venait de quitter. Sadie s'y installa, sans quitter Alison des yeux.

— Marlene est sortie du bloc. L'opération s'est bien passée, a priori, mais son état est toujours critique. Elle va devoir rester en soins intensifs au moins un jour ou deux. Elle n'est pas encore tirée d'affaire. Quant à Alison, ses blessures sont superficielles.

Sadie tendit le bras pour toucher la main de la jeune fille. Même endormie, celle-ci sursauta et retira sa main. Sadie semblait déconfite.

— Ces derniers jours ont été très durs pour elle, dit Josie. Il va lui falloir du temps pour s'en remettre.

— Bien sûr, dit Sadie. Est-ce qu'elle va sortir aujourd'hui ?

— Oui. On devrait nous apporter les papiers bientôt.

Le rideau s'ouvrit cette fois sur le chef Chitwood, baignant dans la lumière fluorescente du couloir.

— Quinn. Je suis venu dès que j'ai pu. Le sergent Lamay m'a tout expliqué.

Il tourna la tête et, remarquant la présence de Sadie, se tut.

Josie fit les présentations.

— Je suis juste là pour la ramener à la maison, indiqua Sadie. Mais peut-être qu'on ferait mieux d'aller à l'hôtel.

— Je suis ravie que vous soyez ici, madame Bacarra, dit le chef. C'est vraiment louable de votre part d'accepter de vous occuper d'Alison dans ces circonstances, mais je pense que, pour sa sécurité et la vôtre, il serait préférable de la garder sous protection policière, surtout après ce qui vient d'arriver.

Sadie se leva, sans desserrer sa prise sur son sac à main.

— Protection policière ? Comment ça ? Un genre de dispositif de protection des témoins ?

Le chef sourit.

— Non, pas vraiment. Je souhaiterais simplement qu'Alison bénéficie de la présence de la police pour le moment. J'aimerais aussi éviter de vous mettre, vous et votre famille, en danger. Juste le temps de régler cette affaire.

Sadie regarda Alison, avant de revenir au policier.

— J'ai fait une promesse à son père.

— Je suis sûr qu'il approuvera l'idée de garantir votre sécurité à toutes les deux.

Il déposa une carte de visite dans sa main.

— N'hésitez pas à m'appeler si vous avez des questions ou des inquiétudes mais, pour le moment, j'aimerais que vous rentriez chez vous. Enfermez-vous bien, et prévenez les secours si vous avez l'impression qu'il se passe quoi que ce soit d'inhabituel. C'est d'accord ?

— Vous... Vous pensez que je suis en danger, moi aussi ?

— Non, mais Alison l'est, elle, et on ne peut pas prendre le risque que vous deveniez une cible par association. Comme je vous l'ai dit, c'est juste le temps qu'on reprenne un peu le contrôle sur cette affaire.

— Vous allez l'emmener où ? demanda Sadie.

Le chef sourit, s'avança vers elle et posa une main sur son coude pour la guider vers la sortie.

— Laissez-nous nous occuper de ça, d'accord ? On tiendra son père au courant.

Quand Sadie fut partie, Josie interrogea son chef :

— Une protection policière ?

Le chef lui fit signe de le suivre dans le couloir, à distance des oreilles d'Alison, même si Josie savait, au sifflement que faisait son nez, qu'elle était profondément endormie.

— Un conseiller municipal en poste s'est introduit dans notre commissariat et a essayé de tuer une adolescente de dix-sept ans. Quinn, tant que nous n'aurons pas tiré tout ce bordel au clair, nous devons garder un œil sur Alison Mills. Compris ?

Josie hocha la tête. Elle se recoiffa d'une main.

— Et comment comptez-vous procéder ?

— Vous pouvez vous installer chez moi toutes les deux.

— Euh...

— Daisy est chez Gretchen avec Paula. Noah m'a dit que vous aviez du monde à la maison qui pourrait prendre soin de lui. Et puis... c'est moi, le chef. Vous êtes tous sous ma responsabilité. Alors elle vient chez moi. Au moins pour cette nuit. On verra bien où on en est demain.

— Et pourquoi pas l'hôtel ? suggéra Josie.

— Trop risqué. Trop visible. Trop de monde capable de donner un numéro de chambre en échange de quelques billets. Il faut qu'on garde cette petite en vie. Vous n'êtes pas d'accord avec moi, Quinn ?

Josie était trop épuisée pour penser à quoi que ce soit d'autre qu'un lit confortable et un peu de sommeil. La maison du chef était isolée, entourée de plusieurs hectares de champs. Elle était certaine qu'Alison serait en sécurité, là-bas, pour quelques heures.

— Si, je suis d'accord.

48

Elle a presque quinze ans quand son père montre son vrai visage. Le garage, encore. Cette fois, elle cherche des bouteilles vides pour un projet d'arts plastiques. Elle en trouve plein dans la poubelle de tri. C'est le milieu de l'après-midi, elle a quitté le lycée plus tôt en raison d'une alerte à la bombe qui s'est avérée n'être qu'un canular. Tous ses amis sont sortis déjeuner, mais Chouchou est chez elle. Elle n'a plus le cœur à grand-chose depuis ce jour où son monde a éclaté. Mais son père est tout le temps sur son dos au sujet de l'école, alors elle décide de prendre de l'avance sur son projet d'art.

Cette fois, ce n'est pas un groupe d'hommes qu'elle voit. Non, il n'y a que son père. Il se tient au-dessus de son ouvrage, le souffle court, une soif de sang et une satiété absolue anime son visage, et Chouchou sent son estomac se contracter.

Avant qu'elle puisse faire demi-tour, il la voit. Il sourit.

Une petite voix lui dit de partir en courant, mais pour aller où ? Elle n'a rien. C'est tout ce qu'elle a. C'est ça, sa vie. Elle peut toujours fuir, cet homme sera toujours son père.

Elle entend quelque chose qui goutte, voit son père se tourner vers elle, les mains sur les hanches.

— Je n'avais pas le choix, Chouchou, dit-il.

Elle voudrait détourner les yeux du carnage devant elle, mais elle n'y parvient pas. Depuis le tréfonds de son esprit, les mots de Mug refont surface. « Ma puce, personne n'a envie de se battre mais, des fois, il faut faire son boulot. »

Est-ce qu'elle l'a toujours su ? Est-ce qu'une part muette de son inconscient a toujours su que son père était un monstre ? Ou n'était-elle qu'une gamine idiote vivant dans un monde imaginaire sous la supervision vigilante de Mug et de sa mère ?

— Chouchou, dit son père.

Sa voix est voilée, mais pas par la tristesse, le regret ou toute autre émotion humaine que Chouchou pourrait comprendre en cet instant. Non, c'est d'exaltation qu'il s'agit, et ça lui donne la nausée.

Il fait un pas vers elle.

— Ma princesse.

— Arrête. Reste où tu es. Ne t'approche pas de moi. Plus jamais.

49

Un contact léger sur sa joue tira Josie du sommeil. Des doigts familiers repoussèrent les cheveux tombés sur sa peau. Elle reprit doucement conscience, tout son corps réchauffé par la présence de Noah. Un grand sourire s'afficha sur son visage avant même qu'elle ouvre les yeux. Et quand elle le fit, il était là, penché au-dessus d'elle, ses yeux noisette chargés d'inquiétude.

— Coucou, murmura-t-il.

Josie se redressa et regarda autour d'elle ce lieu qu'elle ne reconnaissait pas, puis les événements de la nuit précédente lui revinrent brutalement en mémoire. Alison et Marlene Mills. Les hommes entrés chez elles par effraction. Les blessures de Marlene. Alison agressée par Pierce Fuller. Le chef insistant pour qu'elles passent la nuit à son domicile. Alison était à peine consciente quand Josie et le chef l'avaient fait marcher de la chambre d'hôpital à sa voiture. Elle n'avait posé aucune question et, quand ils étaient arrivés chez lui et qu'il lui avait montré dans quel lit elle pouvait dormir, elle s'était littéralement effondrée. En quelques secondes, son nez s'était mis à siffler au rythme de sa respiration. Josie avait insisté pour être dans la même chambre qu'elle.

« Comme vous l'avez dit, on ne doit pas la quitter des yeux », avait-elle dit à son chef.

Il lui avait donc fourni un lit de camp, une couverture et un oreiller. En d'autres circonstances, elle n'aurait pas apprécié ce couchage inconfortable, mais rien n'était normal depuis vingt-quatre heures – ou, plus généralement, dans cette affaire. Elle tourna la tête et vit qu'Alison n'était pas dans son lit.

— Elle est où ?

Noah, à genoux près du lit, vint s'asseoir à côté de Josie. Il bougeait avec difficulté, grimaçant de douleur.

— Elle est en bas avec le chef. Il lui prépare à manger.

— Il... cuisine ?

Noah eut un sourire hésitant.

— Je ne suis pas certain qu'on puisse parler de cuisine, mais Alison semble s'en satisfaire.

— Et toi, qu'est-ce que tu fais là ? Tu étais censé rester à la maison pour te reposer. Tu dois avoir tellement mal.

— Pas tant que ça, la rassura-t-il. J'avais envie de te voir.

Josie se pencha en avant pour l'embrasser.

— Je suis contente que tu sois là. Il y a eu du nouveau ? Ils ont chopé l'autre mec ? Et le SUV, ça a donné quoi ?

— Il a été retrouvé abandonné près de l'autoroute. C'était une location. Gretchen est sur le coup pour retrouver le nom du conducteur et les dates de location. Elle m'a aussi dit que la tournée des hôtels n'avait rien donné, mais elle est persuadée que quelqu'un ment. Sans doute un employé d'un des hôtels les plus miteux, ceux où on ne paie qu'en liquide et où personne ne pose de questions.

— Oui, dit Josie. Ça se tient.

— Pas de trace du mec, mais on a repéré le SUV sur quelques caméras de surveillance et on pense que tu avais vu juste : ils se sont garés le long d'une route derrière chez les Mills et ont traversé le bois à pied.

— Ce qui veut dire qu'il est retourné chercher le SUV après s'être enfui dans les bois. Si je n'avais pas perdu sa trace, il serait en garde à vue à l'heure qu'il est.

— Josie...

Avant qu'il puisse ajouter quoi que ce soit, cette dernière demanda :

— Et celui qui est mort ? Toujours aucune idée de son identité ?

Noah secoua la tête.

— Non.

— Et Pierce Fuller ? poursuivit Josie.

Noah détourna le regard. Josie devina qu'elle n'allait pas apprécier ce qu'il s'apprêtait à lui révéler.

— Il a demandé un avocat environ cinq secondes après avoir été placé en détention. Tu lui as cassé une côte, alors il a fallu l'emmener à l'hôpital, où son avocat l'a rejoint. Il a été soigné, puis remis à la garde du shérif du comté d'Alcott.

Bien que le commissariat de Denton dispose de cellules de détention, toute personne inculpée était transférée à la prison du comté, plus grande et mieux équipée, en attendant de passer devant le juge.

— J'imagine qu'il a déjà été libéré ? dit Josie, le cœur serré.

— J'en ai bien peur.

— Il a essayé de tuer une fille de dix-sept ans. Une gamine sans défense. Dans un commissariat. On peut difficilement faire plus culotté et incontrôlable. Comment un juge a-t-il pu auto-riser ça ?

Noah soupira.

— Tu sais comment ça marche, Josie. Il est conseiller muni-cipal. Un citoyen modèle, sans casier judiciaire. Même pas une contravention.

Au ton sarcastique qu'il employait, Josie comprit qu'il ne faisait que répéter les dires de l'avocat de Fuller.

Un mari dévoué, bien intégré dans la communauté. Aucun risque qu'il tente de s'enfuir. Le juge lui a accordé une libération sous caution, et sa femme a payé.

Josie se leva et lissa ses vêtements de la veille. De la poudre et ce qui ressemblait à des flocons d'avoine, ramassés dans la cuisine des Mills, étaient collés au bas de son jean.

— Je n'arrive pas à y croire. Même pas de bracelet électronique pour l'empêcher d'approcher Alison ?

— Non, malheureusement.

Josie réfléchit à ce que ressentirait la jeune fille en apprenant que cet homme était toujours en liberté après s'être introduit dans un commissariat pour l'assassiner. Et ses parents, comment prendraient-ils la nouvelle ?

— Et Marlene Mills ? demanda-t-elle. Des nouvelles ?

— Toujours en soins intensifs. Le chef a eu Clint Mills au téléphone. Il est bloqué en France. Il lui a demandé de tout faire pour garantir la sécurité d'Alison en attendant son retour. Honnêtement... Je ne connais pas cet homme, mais je doute qu'il ait pris la mesure de ce qui se passe ici.

Un crissement de pneus sur du gravier attira l'attention de Josie vers la fenêtre. Elle écarta le rideau et fut soulagée de voir la petite Fiat Spider rouge de Trinity arriver dans l'allée et se garer à côté de la voiture de Noah. La portière côté conducteur s'ouvrit, et Drake s'extirpa du véhicule.

— Drake est là, dit Josie.

Noah se dirigea vers la porte et attrapa un sac de voyage qu'il lui tendit.

— Va te changer. Brosse-toi les dents. Je t'attends en bas.

Josie ne se rendit compte de son état qu'une fois dans la salle de bains, face au miroir. Une partie de ses cheveux était collée à sa tête, l'autre formait une espèce de crête indéfinissable. Elle passa un coup de brosse dans ses cheveux récalcitrants, s'aspergea le visage et les mains, se lava les dents et enfila des vêtements propres, puis descendit au rez-de-chaussée.

Alison était dans la cuisine avec le chef, engloutissant le contenu de son assiette. Un grand plat d'œufs brouillés et de bacon trônait au centre de la table. Chitwood, lui, n'avait qu'une tasse de café à moitié vide. Noah et Drake étaient debout, appuyés contre deux sections du plan de travail en L.

Le chef fit signe à Josie de s'asseoir.

— Servez-vous.

Elle ne pensait pas avoir faim, mais les odeurs de nourriture lui mirent l'eau à la bouche. Elle savait où était rangée la vaisselle, alors elle prit une assiette et une fourchette, puis s'installa à table avec lui et Alison. Entre deux bouchées d'œufs brouillés, elle demanda à Drake :

— Tu as trouvé quelque chose sur le tatouage ?

Il croisa les bras et hocha la tête.

— Ah ça, oui.

— Quel tatouage ? intervint le chef.

Josie lui expliqua de quoi il s'agissait, et Drake précisa :

— Le serpent en forme de D, généralement tatoué sur l'avant-bras, est un symbole de l'organisation criminelle Discala.

— Discala ? répéta le chef. Johnny Discala ?

— De Philadelphie, oui. Son organisation opère de New York à Baltimore, en passant par la Pennsylvanie. Drogue, blanchiment d'argent, traite d'êtres humains, paris illégaux... Il touche à tout. Il a gravi les échelons chez Lugo. Il a été son bras droit pendant des années avant de l'évincer pour prendre sa place. Il est connu pour sa brutalité.

— Comme tous les mafieux, non ? répliqua Noah.

— Oui, sans doute, concéda Drake.

— Donc vous croyez que ces deux types qui sèment la terreur dans ma ville travailleraient pour Discala ? résuma le chef.

Drake leva les mains devant lui.

— Je ne crois rien. Quinn m'a juste demandé de faire une recherche sur ce tatouage. Mais oui, si deux types avec ce dessin sur le bras se baladent à Denton, ce sont ses hommes. Les soldats de la mafia le reçoivent une fois intronisés.

Alison, qui n'avait encore rien dit et les écoutait attentivement, les interrompit :

— Des soldats ?

— Dans la mafia italienne, les rôles sont définis ainsi : tout en haut, tu as le grand chef, celui qui décide de tout. Il y a ensuite un sous-chef, et le *consigliere*, qui fait office de médiateur entre les deux. Encore en dessous, on a les capos, qui dirigent leurs propres équipes, sur un secteur donné. Et enfin, il y a les soldats, les exécutants. Ils sont tout en bas dans la hiérarchie et ne font qu'obéir aux ordres.

Alison déglutit.

— Vous pensez que la mafia est liée à…

Elle désigna son visage tuméfié, puis son cou couvert de marques

— À ce qu'on m'a fait ? Je croyais que Calvert était architecte et que l'autre travaillait à la mairie. Quel rapport avec la mafia ?

— C'est ce qu'on essaie de comprendre, répondit Noah. Ton ancien patron, Max Combs, avait d'énormes dettes de jeu. Ça pourrait être ça, le lien. Il a fait chanter Calvert, et peut-être quelqu'un d'autre, vu les sommes qu'on a retrouvées chez lui.

— Il faut décortiquer les comptes en banque de Fuller, dit le chef. Voir s'il fréquentait l'*Eudora* ou s'il connaissait Max Combs. Sur quoi est-ce qu'on pourrait le faire chanter ? Mettez Mett et Palmer sur le coup. Qu'ils creusent.

Noah sortit son téléphone et envoya des messages.

Josie réfléchit à haute voix :

— Admettons que Combs faisait chanter Calvert et peut-être même Fuller pour éponger ses dettes. Si c'est à Discala qu'il devait de l'argent, pourquoi ne pas avoir payé quand ses hommes sont venus chez lui pour le torturer et le tuer ?

— Max est mort ? lança Alison.

Tous les regards convergèrent vers elle.

— Merde, fit Noah.

— Désolée, dit Josie. On ne pouvait le dire à personne avant d'avoir prévenu sa famille. Je ne sais même pas si ça a été fait. Tu dois garder ça pour toi.

— À qui voulez-vous que je le dise ? fit-elle en désignant la pièce d'un geste du bras.

— On en revient à la question de départ, dit Noah. Qu'est-ce qu'ils cherchent tous, au juste ?

Josie se tourna vers Drake.

— Quel objet Johnny Discala aurait peur de voir tomber entre de mauvaises mains au point d'envoyer une équipe le récupérer ici, à Denton ?

Drake réfléchit, puis secoua la tête.

— Aucune idée. On n'a rien contre ce gars. Beaucoup de gens pensent qu'il a des juges et des procureurs dans sa poche puisque les poursuites contre lui sont systématiquement abandonnées. Les preuves ont une fâcheuse tendance à disparaître quand elles incriminent Discala et ses capos.

— Même si on avait une vidéo de lui en train de tuer quelqu'un de sang-froid ? insista Josie. Il ne craindrait rien ?

— Un meurtre, ce serait plus difficile à esquiver, mais pas impossible. Bien sûr, il faudrait que la vidéo disparaisse pendant les prémices de l'enquête. Mais rien ne filtre jamais dans la presse quand il s'agit de Discala. Il y a quelques années, un autre gang s'en est pris à sa famille. Sa femme a été abattue dans une église. Discala a pété les plombs. Il a éliminé presque l'intégralité du gang et leurs familles. Un vrai bain de sang. Les procureurs pensaient tenir un des tireurs, mais une preuve essentielle est soudain devenue introuvable, et les charges ont dû être abandonnées. Peu après, le gars en question a disparu de la surface de la Terre. Discala a descendu des dizaines de personnes et a poursuivi son chemin comme si de rien n'était.

— Ce sont ses hommes qui ont fait ça, corrigea le chef. Lui, il a donné les ordres.

— On raconte qu'il en a tué lui-même, rétorqua Drake. Et leurs familles. Mais évidemment, il n'y a aucun moyen de le prouver.

— Ça remonte à quand ? demanda Josie.

— Deux ou trois ans, peut-être quatre. La presse n'en a quasiment pas parlé. Je crois qu'il n'y a eu qu'un seul article sur le sujet. Tu peux faire une recherche sur sa femme pour avoir la date exacte. Elle s'appelait Renatta Discala. Bref, écoute, je dois filer.

Son regard fit des va-et-vient entre Josie et Noah.

— Puisque vous êtes plongés jusqu'au cou dans ce qui ressemble à une affaire sacrément compliquée, Trin et moi, on va aller passer quelques jours chez vos parents.

Josie se leva pour l'enlacer.

— Merci.

Il lui souhaita bonne chance et s'en alla. Josie chercha son téléphone, incapable de se rappeler où elle l'avait laissé ou si elle l'avait branché.

Le chef devança sa question :

— Il est dans le salon. Je l'ai mis à charger.

Josie lui adressa un sourire et alla le récupérer. De retour dans la cuisine, elle lança une recherche internet sur Johnny Discala. Au fil des ans, plusieurs articles de presse avaient été publiés, relatant les accusations portées contre lui : racket, corruption, extorsion... Mais, comme Drake l'avait expliqué, il s'en était toujours sorti, soit parce que les charges étaient abandonnées, soit parce qu'il avait été acquitté.

Un article vieux de sept ans montrait une photo de lui sortant d'un bâtiment fédéral à Philadelphie. Il était encerclé par une foule de journalistes, mais il les dominait de sa haute silhouette ; grand et mince, il en imposait dans son impeccable costume trois-pièces. Ses épais cheveux noirs étaient rejetés en arrière, son menton sévère accentuait sa mâchoire, et ses yeux de rapace transperçaient l'objectif, contrastant avec le pli suffisant de ses lèvres.

« Un jury fédéral disculpe Discala dans une affaire d'extorsion », annonçait le titre. Josie lut le texte qui suivait en diagonale, et frôla la syncope en découvrant une autre photo. On y voyait Johnny et un autre homme monter dans une berline noire. Ce dernier se tenait derrière la portière ouverte du côté conducteur, le visage fermé, les yeux rivés sur le photographe. La voiture paraissait ridiculement petite à côté de lui. Le soleil brillait sur son crâne chauve.

Josie déchiffra rapidement la légende : « Suspecté d'être un parrain de la mafia, Johnny Discala quitte le tribunal fédéral avec son associé Matteo "Mug" Marrone après son acquittement inespéré. »

Elle tendit aussitôt son téléphone vers Noah et le chef, pointant Marrone du doigt.

— C'est lui ! C'est avec lui que je me suis battue chez les Mills !

Le chef ajusta ses lunettes de vue et se pencha sur l'écran.

— Eh merde.

Le silence s'éternisa. Puis Noah demanda :

— Bon, comment vous envisagez les choses ?

Le chef retira ses lunettes et promena son regard autour de lui, comme si la réponse se cachait sur la table ou le plan de travail.

— Chef ? insista Josie.

— Je ne veux pas un mot dans la presse. Pas encore. Je vais prévenir nos gars que c'est lui qu'on recherche, mais ça s'arrête là. Pour l'instant. Je vais chercher mon téléphone.

Il se dirigea vers le salon, Noah à sa suite.

Josie chercha ensuite des informations sur la mort de

Renatta Discala. Elle trouva rapidement un avis de décès, puis un article d'un petit média local de Philadelphie.

Le titre disait : « L'épouse du présumé parrain de la mafia Johnny Discala abattue dans une église. »

Josie nota que le meurtre avait eu lieu quatre ans plus tôt. En lisant l'article, son cœur s'emballa.

— Nom de Dieu, murmura-t-elle.

— Quinn ? fit le chef en revenant dans la cuisine.

Elle leva les yeux de son téléphone et croisa son regard.

— Vous pouvez rester ici avec Alison ?

Il l'observa un long moment avant de hocher la tête.

— Oui. Si je dois sortir, elle viendra avec moi ou je m'assurerai que quelqu'un reste avec elle.

Josie sentit la main d'Alison se poser sur son bras.

— Je ne veux pas rester avec quelqu'un d'autre. Je veux partir avec toi.

— Non. Tu es plus en sécurité ici.

La voix d'Alison monta d'un ton.

— Je suis plus en sécurité avec toi !

Josie recouvrit sa main de la sienne avec un sourire.

— Je serai de retour dans quelques heures, d'accord ? C'est important.

— Où est-ce que tu dois aller pour que ce soit si important ? insista Alison en retirant sa main.

— Je dois parler à la fille de Johnny Discala.

50

Le campus de l'académie Sainte-Catherine-de-Sienne s'étendait sur une trentaine d'hectares de collines verdoyantes, au sud de Denton. Il comprenait une église, deux bâtiments scolaires, une bibliothèque, un petit local portant l'inscription « Entretien » et un unique dortoir, aménagé dans une ancienne école primaire et transformé en résidence permanente pour les élèves. Les doubles portes du dortoir étaient verrouillées. Un boîtier noir doté d'une fente était fixé au mur, sans doute pour y insérer une carte d'accès. Il y avait également une caméra, un micro et un bouton. Josie appuya dessus et attendit.

— Tu es sûre que c'est une bonne idée ? demanda Noah.

— Ça ne peut pas être une coïncidence que la fille unique de Johnny Discala soit scolarisée ici alors que ses hommes de main se promènent en ville et tirent sur tout le monde, répondit Josie.

— Je sais, mais si elle est ici, c'est pour une raison. Une école privée, exclusive, avec quoi... une cinquantaine d'élèves à tout casser, des frais annuels de plusieurs dizaines de milliers de dollars, perdue au milieu de la Pennsylvanie... Elle est là pour rester discrète. Rien ne prouve qu'elle soit mêlée à tout ça.

— Elle travaillait pour un homme probablement assassiné par les sbires de Discala, rétorqua-t-elle.

Noah leva les mains.

— Des tas de gens bossent à l'*Eudora*. Et Discala n'appréciera sans doute pas qu'on vienne interroger sa fille.

— On l'a déjà interrogée à l'hôtel, fit remarquer Josie.

Le haut-parleur grésilla.

— Oui, c'est pour quoi ?

Josie sortit son badge et le brandit devant la caméra.

— Détective Josie Quinn. Lieutenant Noah Fraley. Police de Denton. Nous voudrions parler à Gianna Sorrento.

Noah marmonna :

— Débarquer dans son école privée pour l'interroger, elle et personne d'autre, ce n'est pas pareil que de la questionner dans le cadre d'entretiens avec tous les employés de l'hôtel.

— Un instant, répondit la voix masculine.

Josie posa les poings sur ses hanches et fusilla Noah du regard.

— Je n'apprécie pas que ce type lâche ses gorilles dans ma ville, et je me fiche pas mal qu'il soit le plus gros ponte de la mafia. On se retrouve actuellement avec une ado morte, un homme mort, une femme à l'hôpital entre la vie et la mort, et une autre ado à surveiller comme le lait sur le feu parce que certains sont prêts à la tuer pour ce qu'ils croient qu'elle détient. Je fais mon boulot, et ça implique de parler à Gia Sorrento.

— Je vous ouvre.

Un bourdonnement résonna aussitôt, suivi du déclic de la serrure. Noah tira l'une des portes et fit signe à Josie d'entrer la première dans un sas climatisé et lumineux.

Ils se dirigèrent vers un bureau où un agent de sécurité les attendait. Noah se pencha à son oreille et chuchota :

— Ça m'excite un peu, quand tu parles comme ça.

Elle lui adressa un sourire en coin.

— On en reparlera.

L'agent de sécurité examina longuement leurs insignes, appela ensuite le commissariat de Denton pour vérifier leur identité, puis nota leurs noms sur une feuille marquée « Visiteurs ». Enfin, il passa leurs pièces d'identité dans un scanner. Voilà à quoi servait l'argent de Johnny Discala.

L'agent pointa Josie du doigt.

— Chambre 306. Elle peut monter.

Il se tourna vers Noah.

— Pas vous.

Noah ouvrit la bouche pour protester, mais Josie l'interrompit :

— Très bien.

Elle se tourna vers lui.

— Garde l'œil ouvert, au cas où tu verrais nos « amis ».

Le garde la fit traverser le hall : un vaste espace décloisonné meublé de canapés, de fauteuils et de tables basses, visiblement conçu pour favoriser les échanges. Contre un mur, on trouvait une série de tables hautes avec tabourets, chacune équipée d'une borne de recharge, et en face, des distributeurs automatiques. Une élève, plus jeune que Gia, y glissa un billet sans même lever les yeux quand Josie passa devant elle pour rejoindre l'escalier principal.

Au troisième étage, Josie trouva la chambre 306. La lourde porte en bois était entrouverte. Elle frappa et attendit que Gia vienne. La jeune fille portait un survêtement rose, et ses cheveux lâchés retombaient en cascade sur ses épaules : rien à voir avec l'employée qu'ils avaient interrogée à l'*Eudora*. Elle passa la tête dans le couloir et vérifia les deux côtés, méfiante.

— Entrez, dit-elle.

La pièce était spacieuse, plus grande que certains studios que Josie avait connus. Il n'y avait certes ni cuisine ni salle de bains, mais assez de place pour un grand lit, un bureau et même un petit canapé. La lumière du soleil inondait l'endroit par de larges fenêtres. Le placard près du lit débordait de vêtements, chaussures et sacs à main, et de nombreux autres étaient éparpillés sur le canapé. Un cartable entrouvert traînait près du bureau, lequel était couvert de produits cosmétiques et d'un petit miroir. Le parquet était dissimulé sous un grand tapis. Presque tout était rose : le tapis, le canapé, la literie.

Gia se posta entre le bureau et le canapé, mains sur les hanches.

— Qu'est-ce que vous me voulez ?

— Vous êtes la fille de Johnny Discala, dit Josie.

Gia ne répondit pas.

— Les hommes de votre père ont été vus dans plusieurs endroits de la ville récemment. Nous pensons qu'ils sont responsables d'au moins un meurtre, peut-être deux.

— Vous vous trompez de Discala. En fait, je ne suis même plus une Discala. Mon père m'a laissée prendre le nom de jeune fille de ma mère quand je suis arrivée ici. Après ce qui lui est arrivé, il a admis que s'appeler « Discala » pouvait être risqué.

— C'est pour ça que vous êtes ici ? Pour votre sécurité ?

Gia leva les yeux au ciel et se laissa tomber sur le canapé sans l'inviter à s'asseoir.

— Je suis ici parce que je voulais prendre mes distances avec mon père. Ce n'est pas assez loin à mon goût, mais c'est lui qui paie la facture, alors je m'en contente.

— Que savez-vous des activités de votre père ? demanda Josie.

Gia tourna la tête, un sourire méprisant aux lèvres.

— Vous n'êtes pas la première flic à essayer de me soutirer des infos sur lui, hein. Vous me prenez pour une débile ? Vous croyez que je ne sais pas qui il est ou ce qu'on raconte sur lui ?

Elle leva les mains pour mimer des guillemets.

— « Parrain présumé. » « Supposé chef de la mafia. » Si vous avez des questions sur mon père, allez les lui poser directement.

— Très bien. Mais dites-moi : est-ce que vous avez une garde rapprochée ? Votre père vous en a imposé une ?

Gia éclata de rire.

— Ici ? Non. Il a essayé, mais j'ai réussi à le convaincre que ce n'était pas nécessaire. C'est déjà assez nul comme ça d'être coincée ici, sans vie sociale, sans amis. Mais si mourir d'ennui dans un vieil internat d'une ville paumée est le prix à payer pour ne plus le voir, alors OK. Par contre, hors de question que ses gorilles me collent aux basques et lui rapportent tous mes faits et gestes.

— Vous ne connaissez donc personne à Denton qui soit lié à votre père ?

Gia leva les yeux au ciel.

— Je vous l'ai dit. Si vous avez des questions pour lui, demandez-lui directement.

— C'est lui qui vous a obtenu ce boulot à l'*Eudora* ?

— Non. Il ne veut pas que je travaille. C'est moi qui ai vu passer l'offre d'emploi sur internet, et j'ai postulé.

— Aviez-vous une relation avec Max Combs ?

Elle éclata de rire.

— Max ? Ça va pas ?

— Avez-vous perdu ou vous êtes-vous fait voler un sac sur votre lieu de travail, ces dernières semaines ?

Gia la fixa avec une expression presque impassible. Presque. Un battement de cils, quasi imperceptible, la trahit. Elle savait quelque chose. Mais était-ce son sac à elle ? Josie ne pouvait en être certaine. Gia se passa la langue sur les lèvres avant de répondre :

— Non.

Josie s'approcha du placard.

— Vous avez une sacoche à bandoulière ?

— Oui, j'imagine, répondit-elle en jetant un coup d'œil par-dessus le dossier du canapé. J'ai beaucoup de sacs. Des sacoches, des pochettes, des tote bags, des cabas, des sacs à dos... Quoi que vous cherchiez, il y en a sûrement un ici. Tous des cadeaux de papa. Il a les moyens, en même temps, non ? J'ai même du Gucci. Vous voulez m'en emprunter un ?

— Est-ce que j'ai une tête à avoir besoin d'un sac Gucci ? répondit la policière avec un rire.

— Euh… pas sûre.

— Donc votre père vous couvre de cadeaux, mais vous prenez un petit boulot à l'hôtel. Pourquoi ?

Josie reporta son attention sur Gia, juste à temps pour apercevoir un bout de son ventre. En se contorsionnant par-dessus le canapé pour regarder le placard, son sweat-shirt était remonté. À gauche de son nombril, sa peau était constellée de taches de rousseur en forme de S. Son cœur se serra.

— C'était une façon de prendre mon indépendance. D'avoir mon propre argent. J'en ai marre de dépendre de lui pour tout. Si je pouvais ne jamais le revoir, ça m'irait très bien. Malheureusement, c'est impossible…

Josie la coupa :

— Pourquoi avoir menti au sujet d'Elliott Calvert ?

La bouche de Gia se referma brutalement. Les yeux écarquillés, elle tourna la tête vers la porte, comme si elle envisageait de s'enfuir.

— Il ne s'est pas contenté de flirter avec vous, hein ? insista Josie. Un homme marié qui couche avec une mineure. La fille mineure de Johnny Discala, rien que ça. Je doute que votre père apprécie la plaisanterie.

Gia se leva d'un bond, les bras croisés.

— Comment vous êtes au courant ?

Josie fit un pas vers elle.

— Elliott Calvert avait des photos dans son téléphone.

— Non.

— Eh si.

— Vous ne pouvez pas prouver que c'était moi. Il m'avait promis de ne jamais montrer mon visage.

— Comment ça a commencé, Gia ?

Elle baissa les yeux vers ses pieds nus.

— À votre avis ? Je vous ai déjà tout raconté.

— Il est venu flirter avec vous au bar de l'hôtel, donc. Ça dure depuis combien de temps ?

— Quelle importance ?

Josie pensa au fait qu'Elliott Calvert avait manipulé une adolescente et s'était servi de l'hôtel pour entretenir cette liaison.

— Comment faisait-il pour réserver les chambres ?

— Quoi ?

— Vous vous voyiez à l'*Eudora*. Il devait bien louer une chambre. Et pourtant, on n'a pas retrouvé son nom dans le registre.

— Qu'est-ce que j'en sais, moi ?

Gia se mit à faire les cent pas dans la pièce, nerveuse.

— Je ne veux pas parler de ça. Vous ne devez en parler à personne. Ça n'a pas d'importance, c'est fini.

Josie savait que Max Combs avait découvert cette liaison et s'en était servi pour faire chanter Elliott, ce qui signifiait qu'il avait en sa possession des photos ou des vidéos compromettantes. Le genre de contenu que Johnny Discala aurait tout fait pour détruire.

— Non, ce n'est pas fini, Gia, dit Josie. Les hommes de votre père cherchent quelque chose. Un objet qui se trouvait dans une sacoche à bandoulière, dans le bureau de Max. Dina Hale l'a pris et ça lui a coûté la vie. Elle ignorait ce qu'elle détenait. Il y avait de la drogue dans le sac. Par sécurité, elle s'en est débarrassée, mais ce n'est pas ça qui les intéressait. J'imagine que ce que veulent récupérer les hommes de votre père, ce sont les preuves que vous avez eu une relation avec Elliott Calvert. Peut-être que vous vous fichez de Dina Hale – je sais que vous n'étiez pas amies –, mais, la nuit dernière, les hommes de votre père se sont introduits chez Alison Mills. Ils ont tiré sur sa mère. Elle est à l'hôpital, entre la vie et la mort. Sa mère, Gia.

Cette dernière s'immobilisa, les mains tremblantes. Son regard, rivé sur Josie, était vitreux, comme si elle n'était plus vraiment là. Après quelques secondes, elle cligna des yeux et sembla revenir à la réalité.

— Qu'est-ce que vous attendez de moi ?

— Que vous me disiez tout ce que vous savez. Absolument tout.

— Je vous ai déjà tout dit. Qu'est-ce que vous voulez de plus ?

Josie refit le point dans sa tête. Elle touchait au but, elle le sentait, mais certaines pièces du puzzle ne s'emboîtaient pas. Si Max possédait des informations sensibles depuis le début, pourquoi le vol du sac avait-il été l'élément déclencheur de toute cette affaire ? Comment les hommes de Discala l'avaient-ils appris ? Et Calvert ? Et Fuller, quel était son rôle dans tout ça ? Max aurait-il vraiment conservé des preuves aussi cruciales dans un simple sac qu'il aurait ensuite laissé sans surveillance dans son bureau, alors qu'il avait pris la peine de dissimuler son argent dans une bouche de ventilation ? Comment expliquer ce manque de précaution qui pouvait lui coûter la vie ? Qui lui *avait* coûté la vie ? Ou bien était-il censé remettre le sac à quelqu'un d'autre, et Dina l'avait intercepté ? Était-ce ainsi que Discala avait eu vent de l'affaire ? Max aurait prévu de leur donner le sac, à eux ou peut-être même à Elliott Calvert, mais il avait fini entre les mains de Dina ? Pourtant, la jeune fille avait rendu le contenu du sac aux hommes de Discala dès qu'ils le lui avaient demandé. D'après Alison, elle leur avait remis la tablette, qu'ils avaient prise, lui laissant la vie sauve. Ce n'était que plus tard, quand ils s'étaient rendu compte qu'elle n'abritait pas les informations qu'ils recherchaient, qu'ils étaient revenus la torturer de nouveau.

Une autre pensée s'imposa dans l'esprit de Josie. Et si Dina avait menti au sujet du sac depuis le départ ? Tout ce qu'ils savaient au sujet de son contenu et de ce qu'Elliott Calvert, les hommes de Discala et Pierce Fuller cherchaient leur venait d'Alison, pas de Dina directement. Et si Dina n'avait pas tout dit à son amie ? Ou si c'était Alison, la menteuse ? Elliott Calvert s'était attaqué aux deux filles, mais les hommes de Discala et Pierce Fuller s'étaient concentrés sur Alison, même après le décès de sa meilleure amie. Josie s'était dit qu'ils devaient imaginer que Dina lui avait confié un secret, voire le fameux objet.

Il y avait bien quelques certitudes : Dina avait été torturée, sa maison avait été fouillée. Mais de nombreux points ne reposaient que sur le témoignage d'Alison.

— Je pense que vous feriez mieux de partir, déclara Gia. À moins que vous ne soyez là pour m'arrêter ? Je n'ai rien fait. Et ne comptez pas sur moi pour témoigner contre Elliott. Il ne m'a jamais forcée à quoi que ce soit.

— Connaissez-vous Pierce Fuller ? demanda Josie.

— Qui ?

Gia ne semblait vraiment pas voir où elle voulait en venir.

— Un conseiller municipal.

Josie sortit son téléphone, chercha une photo officielle sur le site de la mairie et la montra à Gia.

— Jamais vu.

Elle marcha vers la porte et l'ouvrit.

— Maintenant, partez, s'il vous plaît.

Josie se retourna une dernière fois avant de franchir la porte et plongea son regard dans celui de Gia. Les cils de la jeune fille frémirent, presque imperceptiblement.

— Gia, je crois que vous ne m'avez pas tout dit. Est-ce par crainte de votre père ? De ce qu'il pourrait faire si vous parliez ?

La lèvre inférieure de Gia trembla.

— Mon père ne me ferait jamais de mal. Jamais. Mais vous devez comprendre qu'il serait capable de réduire cette ville en cendres s'il découvrait ce dont on vient de parler. S'il apprenait que vous êtes ici, avec moi. Moi, je n'ai pas peur de lui. Mais vous, vous devriez.

51

Josie laissa tomber son sac de voyage sur le sol du salon de Chitwood. Derrière elle, Noah verrouilla la porte puis s'y adossa, les bras croisés. À sa pâleur, Josie devina à quel point il souffrait, mais elle savait d'avance qu'il refuserait de rentrer se reposer. Si Alison, enroulée dans une couverture, tourna la tête vers eux, le chef, installé dans son fauteuil, ne leva pas les yeux de son téléphone. Il ne sembla remarquer leur présence que quand Josie attrapa la télécommande sur la table basse pour éteindre la télévision, plongeant la pièce dans le silence.

— Pourquoi vous rentrez si tard ? demanda Alison.

— Je devais prendre une douche, me changer, donc je suis repassée par chez moi quelques heures. J'ai appelé l'hôpital : ta mère s'accroche.

— Oui, M. Chitwood m'a dit ça. Vous avez pu parler à la fille du type, là, le mafieux ?

Sans répondre à sa question, Josie contourna la table et vint se percher à côté d'elle sur l'accoudoir du canapé.

— Qu'est-ce que Dina a volé dans le bureau de Max ?

— Hein ?

Alison regarda tour à tour Josie, Noah et leur chef.

— Regarde-moi, ordonna Josie. Je ne t'en veux pas, et il ne t'arrivera rien. Mais j'ai besoin que tu me dises la vérité. Qu'est-ce que Dina a volé dans le bureau de Max ? Ce n'était pas un sac, si ?

— Bien sûr que si ! Je vous l'ai dit !

— Ne nous mens pas, Alison.

La jeune fille ramena ses genoux contre sa poitrine et balaya de nouveau les alentours d'un regard implorant. Sa voix se fit suraiguë.

— Je ne mens pas. Je vous jure. Dina a pris un sac. Il y avait un sac dans le bureau de Max. C'est exactement ce que j'ai dit.

Noah s'avança.

— Alors dis-nous ce qu'il y avait vraiment dans ce sac, insista-t-il avec douceur.

— Je vous ai déjà tout raconté. Enfin... je ne l'ai pas vu moi-même mais, d'après Dina, il y avait de la drogue et une tablette...

— Le contenu de ce sac a valu à Max Combs de prendre une balle dans la tête, dit Josie.

Alison se figea.

— Mais je vous dis la vérité.

— Max a été torturé à cause du contenu de ce sac, ajouta Noah. Ou, plutôt, il a été torturé parce qu'il n'avait plus ce qu'il contenait. Ce n'était pas une histoire de drogue, d'argent ou de tablette.

— Écoute, petite, dit le chef, tu n'as pas besoin de nous mentir, tu comprends ?

Le silence s'installa, pesant. Josie savait que patienter était souvent un bon moyen de faire parler les enfants et les ados. Pour combler le vide, ils finissaient toujours par céder. Mais dans ce cas précis, Alison était soit trop effrayée, soit trop butée. Peut-être les deux. Elle ne dirait rien.

— On va te protéger, insista Josie, mais il faut que tu nous dises la vérité. On a besoin de savoir à quoi on a affaire. Ta meilleure amie est morte. Ton patron est mort. Ta mère est en soins intensifs. Je ne sais pas ce que tu nous caches, mais des hommes sont prêts à te tuer pour ça. Et je peux te garantir que ça n'en vaut pas la peine.

Quand Alison reprit la parole, sa voix était si basse que Josie dut tendre l'oreille.

— Je ne pensais pas que ça deviendrait... aussi grave.

Le chef poussa un long soupir, mélange de déception et de soulagement.

— Allez, raconte-nous, l'encouragea Noah.

Alison resserra la couverture autour d'elle. Recroquevillée comme elle l'était, elle paraissait aussi petite que les coussins qui l'entouraient.

— Je suis désolée. Vraiment.

Josie leva une main.

— Pour l'instant, on veut juste la vérité. C'est tout.

— On n'est pas en colère, petite, dit le chef.

— Non, mais vous êtes déçus. Ça se voit. C'est pire que si vous étiez en colère. Mes parents vont être déçus aussi, quand ils apprendront tout ça.

— Tes parents seront soulagés que tu sois en vie, répliqua Noah. C'est tout ce qui compte. On ne pourra continuer à te protéger que si tu es complètement honnête avec nous. Il y avait vraiment un sac à bandoulière dans le bureau de Max, donc ?

Alison hocha la tête.

— Oui. Ça, c'est vrai. Dina a vu Max au bar avec Gia. Ça l'a rendue jalouse, alors elle est allée le voir dans son bureau, mais il n'était pas là. C'est là qu'elle a décidé de se venger en volant le sac.

— Tu nous as pourtant dit que, d'après toi, il n'y avait rien entre Max et Gia, rappela Josie.

— Oui, mais Dina, elle, en était persuadée. C'est pour ça qu'elle a pris le sac. Elle était en colère contre Max.

— Et il n'y avait rien à l'intérieur qui permettait de s'assurer qu'il appartenait vraiment à Max ? demanda Noah.

— D'après Dina, non. Je vous ai dit la vérité au sujet du sac et de ce qu'il y avait dedans. De l'Oxy et une tablette. Elle s'est débarrassée de la drogue, a gardé la tablette et a jeté le sac à la poubelle.

— Quand ces hommes l'ont kidnappée, elle leur a donné la tablette, poursuivit Noah. Mais ce n'est pas ça qu'ils cherchaient, puisqu'ils sont revenus à la charge. C'était vrai, ça ?

Alison hocha vigoureusement la tête.

— Oui ! Quand ils sont revenus, elle n'avait rien de plus à leur donner.

— Mais toi, tu as trouvé l'objet qu'ils cherchaient, non ? Le jour où tu es allée récupérer le sac dans la benne.

Alison acquiesça.

— Il y avait une petite poche cousue dans la doublure. On aurait dit une couture normale, mais en fait c'était une ouverture avec un scratch. Je ne l'avais même pas remarquée, au départ. Dina m'avait demandé d'arracher la doublure mais, après avoir découvert la poche, je ne l'ai pas fait.

— Qu'est-ce qu'il y avait dans cette poche ? demanda le chef.

Alison soupira.

— Un carnet à la con, c'est tout. Je ne comprends vraiment pas pourquoi tout le monde s'excite pour ce truc.

— Quel genre de carnet ? rebondit Noah.

— Je ne sais pas, un truc tout petit avec une couverture bleue. Dedans, il y avait juste des noms et des numéros.

— Les noms de qui ? la questionna Josie.

— J'en sais rien, j'ai pas vraiment regardé. Je l'ai juste feuilleté vite fait. J'étais même pas sûre que c'était vraiment ça que tout le monde cherchait.

— Et il n'y avait rien d'autre ? Dans la poche ? Une clé USB ? Une carte SD ?

Alison parut décontenancée.

— Non, juste le carnet.

— Est-ce que tu as reconnu l'écriture ? demanda Noah.

— Non.

— Tu as déclaré à l'inspectrice Quinn que tu avais replacé le sac dans le bureau de Max, dit le chef. Tu avais remis le carnet à l'intérieur ?

Alison plongea la tête dans le trou de la couverture comme une tortue rentrerait dans sa carapace.

— J'ai remis le sac, mais j'ai gardé le carnet.

— Tu savais que ta meilleure amie avait été torturée, qu'on menaçait de la tuer, et tu ne lui as rien dit à propos de ce carnet ? s'étonna Noah.

— J'allais le faire, je vous jure !

Josie posa la main sur son genou.

— Pourquoi tu ne l'as pas fait ?

Alison disparut encore un peu plus sous la couverture.

— Parce que ça avait de la valeur, apparemment.

— Comment ça ? fit le chef.

Alison ne quittait pas Josie des yeux.

— Ça avait forcément un minimum de valeur si tout le monde était prêt à faire des choses horribles pour le récupérer, non ? Si ces gens pouvaient enlever une ado en plein jour pour lui planter des aiguilles sous les ongles, j'ai pensé qu'ils accepteraient de payer pour récupérer ce carnet.

Noah haussa un sourcil.

— Tu pensais pouvoir faire chanter les hommes qui s'en étaient pris à Dina ?

Elle ne répondit pas.

— Mais... pourquoi prendre le risque de vous mettre en danger, toi et ta meilleure amie ? Qu'est-ce que tu voulais faire avec cet argent ?

— Je voulais aider ma famille. On est vraiment fauchés. Ma mère n'en parle à personne mais, depuis l'accident, on n'a plus rien. C'est pour ça que mon père est parti travailler à Hong Kong. Il n'avait pas le choix, sinon, on allait perdre la maison. Et sans doute tout le reste. Il va devoir y rester des mois, peut-être des années ! Si ça se trouve, on ne le verra pas pendant un an et demi ! Tout ça à cause de moi ! Il n'a pas été blessé dans l'accident. Moi, si. Il est encore endetté à cause de la perte de son entreprise, et toutes les factures pour mes soins sont venues s'ajouter à ça.

— Alors tu t'es dit que tu pourrais faire chanter la mafia pour payer tes frais médicaux, résuma Noah.

Alison leva les yeux au ciel.

— Je ne pouvais pas deviner qu'ils étaient de la mafia ! Je savais même pas si j'allais vraiment le faire, au bout du compte. Je n'avais rien planifié. J'ai juste pensé que... J'en sais rien, en fait. Le problème, c'est que comme j'avais dit à Dina qu'il n'y avait rien d'autre dans le sac, il fallait que je lui avoue que je lui avais menti. Je ne voyais pas comment faire, elle ne me l'aurait jamais pardonné. Alors je me suis dit qu'étant donné qu'elle n'avait pas entendu parler de ce carnet, si les poubelles avaient déjà été ramassées, moi non plus, je n'en aurais rien su. Si elle ne l'avait pas, ils n'allaient pas la tuer pour ça, puisqu'ils ne pourraient pas le récupérer.

Josie ferma brièvement les yeux. Quand elle les rouvrit, elle croisa le regard de Noah. Elle voyait qu'il contenait sa frustration à grand-peine. La naïveté d'une adolescente les avait menés là, laissant derrière elle un champ de ruines. Josie savait que, comme elle, il avait très envie de hurler sur Alison, de lui dire à quel point son comportement avait été stupide et dangereux, mais ça ne servirait à rien. Ils avaient encore besoin de sa coopération.

Témoin de cet échange muet, Alison sortit la tête de sa couverture et dit :

— Je sais que c'était bête, d'accord ? Je le sais maintenant. Je l'ai compris dès que j'ai trouvé le carnet et que j'ai menti à Dina.

Franchement, comment j'aurais pu ne serait-ce que contacter ces types qui le cherchaient ? Combien je pouvais leur demander en échange ? Comment organiser ça ? Et une fois qu'ils auraient su que j'avais le carnet, qu'est-ce qui les aurait empêchés de me tuer pour le prendre ? Même si, par miracle, j'avais réussi, qu'est-ce que j'aurais fait ensuite ? Je serais rentrée chez moi avec une enveloppe pleine de billets en mode : « Ta-da ! Voilà de quoi permettre à papa de rentrer à la maison. » Comme si mes parents n'allaient pas se poser de questions ! Je sais à quel point ça paraît débile... Mais sur le moment, j'ai juste... J'ai cru que je pouvais aider ma famille. C'est tout. Et puis, quand j'ai compris que je n'aurais jamais le courage d'avouer la vérité à Dina, j'ai décidé de me débarrasser du carnet et de faire comme si rien ne s'était passé.

— Qu'est-ce que tu en as fait ? demanda Josie.

Noah et le chef ne quittaient pas Alison des yeux, attendant sa réponse.

— Je l'ai caché.

— Où ça ? Il est où, maintenant ?

— Chez Dina.

— Tu as caché le carnet chez Dina ? dit Noah, abasourdi.

Alison le regarda comme s'il était le dernier des idiots.

— Ben, oui. Sa maison avait déjà été fouillée, et ils n'avaient rien trouvé. Il n'y avait pas de raison qu'ils reviennent, alors je l'ai planqué dans sa chambre.

Le chef se leva d'un bond et pointa un doigt vers elle.

— Allez, debout. On va chercher ce carnet fissa.

52

Au commissariat, Alison était assise devant le bureau de Josie, la tête en arrière, la bouche entrouverte, profondément endormie. Quand le chef avait envisagé d'aller avec elle chez les Hale récupérer le carnet, la jeune fille avait totalement paniqué. Finalement, ils avaient envoyé Mettner sur place avec des instructions précises de sa part.

Josie, Noah, Gretchen et le chef se tenaient désormais autour du bureau de Mettner, lequel avait posé devant lui un sac en papier marqué comme pièce à conviction.

— Je n'ai pas eu de mal à le trouver, dit-il. Hummel pense pouvoir relever des empreintes, mais je sais que vous aviez besoin de le voir sans attendre. Vous avez des gants ?

Une paire de gants en latex apparut devant Josie. Elle leva les yeux : Noah les lui tendait.

— Merci, dit-elle en les enfilant.

Mettner fit de la place sur son bureau, et Gretchen sortit son téléphone, prête à prendre des photos. Josie posa le petit carnet sur le plateau. Les premières pages étaient vierges, et les suivantes couvertes de listes. D'abord, un nom d'homme, puis un numéro de téléphone – sans doute le sien. Plus bas, des initiales suivies de dates. Chaque date portait un X à côté.

— Je n'y comprends rien, dit Mettner.

Josie tourna les pages jusqu'à tomber sur le nom d'Elliott Calvert. Les entrées commençaient presque six mois plus tôt. Sous son nom, toujours les mêmes initiales :

G. S. 13/04 X
G. S. 27/04 X
G. S. 01/05 X
G. S. 20/05 X

Et ainsi de suite. Il ne se passait jamais plus de trois semaines entre deux dates.

Elle trouva ensuite le nom de Pierce Fuller. Sa liste était bien plus longue et remontait à près d'un an. Josie compta au moins quatre séries d'initiales différentes sous son nom : A. P., G. M., R. C. et G. S. Chaque ligne était marquée d'un X.

Josie fut soulagée de ne pas voir apparaître les initiales « A. M. » dans le carnet.

— Vous pensez à la même chose que moi ? dit Gretchen.

— Comment ça ? fit Noah.

Le chef vint prendre la place de Gretchen près de Josie pour mieux voir tandis que l'inspectrice feuilletait les pages. Certains noms lui étaient familiers, la plupart, non. Une vague de nausée la submergea soudain.

— Mon Dieu.

Mettner fronça les sourcils.

— Attendez une seconde. Ça ne peut pas être... Si ?

— Faites-moi la liste de tous les noms suivis de G. S., ordonna le chef. On doit savoir combien il y en a. Et je veux la liste de toutes les filles qui bossent – ou ont bossé – au service restauration et événementiel, aussi loin que ces dates remontent. On croise les infos et on les convoque.

— Qu'est-ce que vous fabriquez ? demanda Alison dans un bâillement.

Elle s'étira, fit pivoter le fauteuil de Josie, et ses yeux tombèrent sur le carnet.

— Oh.

Josie observa son visage constellé de taches bleues, jaunes, vertes.

— Tu ne sais pas de quoi il s'agit ?

Alison secoua la tête.

— Vous croyez encore que je mens ?

— C'est très important. Tu peux nous faire confiance. Est-ce que tu sais quelque chose ?

Alison fit claquer ses paumes sur ses cuisses.

— Je vous dis la vérité. Oui, j'ai menti avant, mais plus maintenant. Comme vous l'avez dit, ça n'en vaut pas la peine.

— Tu ne sais vraiment pas ce que ça signifie, alors ? insista Noah.

— Non, répondit-elle en levant les yeux au ciel. Pourquoi, je devrais ?

— Alison, tu n'as pas remarqué que Max tenait un... commença Gretchen.

— Palmer, la coupa le chef en secouant la tête.

La policière se tut aussitôt. L'enquête était en cours ; Alison n'avait pas à tout savoir, encore moins ce qu'ils n'avaient pas l'intention de rendre public.

— Quand tu nous as parlé de ce carnet pour la première fois, dit Josie, tu as dit que tu n'avais pas reconnu l'écriture. Tu voulais dire que tu ne savais pas qui avait écrit, ou simplement qu'elle ne ressemblait pas à celle de Max ?

Alison haussa les épaules.

— Les deux. Je ne connais personne qui écrit comme ça.

Josie ouvrit le carnet devant elle.

— Ce n'est donc pas l'écriture de Max ?

Alison regarda autour d'elle, en quête de soutien. N'en trouvant pas, elle lâcha :

— Je ne peux pas en être cent pour cent sûre, mais non, on dirait pas.

Josie retourna le carnet et le secoua, puis elle tâta l'intérieur de la couverture, cherchant une fente, une ouverture dissimulée.

— Tu fais quoi ? demanda Mettner.

— Je cherche une carte SD. C'est le seul objet suffisamment petit et fin pour contenir des vidéos et être caché dans ce carnet.

Elle examina le dos, la tranche. En haut de la reliure, elle repéra un minuscule interstice... puis soupira.

— Rien.

À voix basse, pour qu'Alison n'entende pas, le chef dit :

— Ce carnet pourrait suffire à faire tomber pas mal de monde, si on arrive à prouver leur culpabilité. Les noms sont là. On les convoque tous. Et si Max avait un complice, l'un d'eux le sait peut-être.

Josie réfléchissait à toute vitesse, les pièces du puzzle s'emboîtaient enfin.

— Ça ne suffira pas, chuchota-t-elle à son tour.

— Comment ça ? demanda Mettner. C'est quand même ignoble, ce que faisait ce mec.

— Oui, mais seul, ça ne suffira pas, rétorqua Josie en replaçant le carnet dans son sachet. Pas pour Gia Sorrento. Pas pour Johnny Discala. S'il y avait des vidéos d'elle avec ces hommes, ce serait différent.

— Je suis d'accord, dit Gretchen. Je pense qu'il serait prêt à aller très loin pour détruire toute vidéo compromettante.

— Sauf si ce ne sont pas des vidéos qu'il cherchait, contra le chef. Il voulait peut-être juste la liste des hommes.

— Pour les éliminer lui-même, dit Noah. Si ce que Drake a dit est vrai concernant la façon dont il s'est débarrassé d'un gang rival après la mort de sa femme, il voudra faire disparaître tous les hommes qui ont touché Gia.

— Ce qui expliquerait pourquoi Calvert et Fuller étaient prêts à tout pour récupérer ce carnet, dit le chef. Max a dû leur dire qu'il avait été volé. Ensuite, il a tenté de les faire chanter. Il savait que Dina avait pris le sac. Il aurait pu la baratiner pour le récupérer mais, entretemps, il a soutiré des centaines de milliers de dollars à ces deux hommes et les a probablement menacés de les balancer à Discala. Puis Dina a jeté le sac et tout est parti en vrille. C'est probablement là que Max les a lancés à sa poursuite.

— Ou peut-être qu'il leur a dit à tous les deux que, s'ils payaient, il leur donnerait le nom de la personne qui avait pris le carnet, ajouta Gretchen. Une fois l'argent encaissé, il les a envoyés vers Dina. Il se fichait bien de comment ça tournerait pour elle.

— Mais à quel moment les hommes de Discala entrent dans l'équation ? se demanda Josie. Quelqu'un les a forcément mis au courant. Eux aussi, ils cherchaient ce carnet.

— Il nous manque encore des éléments, dit le chef.

Josie se repassa mentalement toute l'affaire, espérant qu'un détail auquel ils n'avaient pas prêté attention jusqu'alors lui sauterait aux yeux.

— Quand j'ai parlé à Gia, elle m'a dit que son père réduirait la ville en cendres s'il apprenait que je lui avais adressé la parole. Juste ça. Même sans savoir que je lui posais des questions sur Elliott Calvert. Ma simple présence dans sa chambre d'internat suffirait à le faire sortir de ses gonds, d'après elle. Quand sa femme a été tuée, il a exécuté des dizaines de personnes.

— Et alors ? fit Mettner.

— Alors, reprit Noah, si Discala savait pour ce carnet, il aurait déjà rasé la ville. Il ne se serait pas contenté d'envoyer deux gars pour le récupérer discrètement.

— Il ne s'est pas « contenté d'envoyer deux gars », rétorqua le chef. L'un d'entre eux, c'est Mug Marrone, son bras droit.

— Mais pour une affaire aussi sensible, c'est une armée qu'il aurait envoyée, contra Josie. Je pense que Discala n'est pas le commanditaire. Peut-être même qu'il n'est au courant de rien.

— Tu es sérieuse ? lâcha Mettner.

— Si ce n'est pas lui, alors qui ? demanda Gretchen.

— Gia.

Ils la fixèrent.

— On doit retourner la voir, décida Noah.

— J'y vais, répondit Josie. Gretchen viendra avec moi, cette fois. Toi, tu restes ici pour surveiller Alison. Et passer en revue les noms listés dans le carnet.

53

Dans le hall de la résidence de Sainte-Catherine-de-Sienne, l'agent de sécurité fronça les sourcils en apercevant Josie et Gretchen.

— Mlle Sorrento n'est pas ici.

— Comment le savez-vous ? demanda Gretchen.

— Elle est partie il y a une demi-heure environ, avec sa mère.

Josie et Gretchen échangèrent un regard.

— Comment savez-vous que c'était sa mère ? demanda Josie.

— Parce qu'elle a dit qu'elle était la mère de Mlle Sorrento, répondit-il comme si c'était l'évidence même.

Josie se pencha par-dessus le bureau, à quelques centimètres de son visage.

— Tout à l'heure, quand je suis venue avec mon collègue, vous avez vérifié nos pièces d'identité au moins trois fois. Vous en avez même fait une copie, et vous avez appelé le commissariat. Mais quand une femme débarque en prétendant être la mère de Gia, vous gobez ça sans broncher ?

— Elle n'a pas voulu monter, se justifia le gardien, une lueur de doute dans le regard. Elle m'a juste demandé de prévenir

Mlle Sorrento que sa mère était là. Alors je l'ai appelée. Cinq minutes plus tard, Mlle Sorrento est descendue, et elles sont parties ensemble.

— La vidéo, dit Gretchen en tapotant l'écran de son ordinateur. Montrez-nous les images de la vidéosurveillance.

Il leva les mains en signe d'impuissance.

— Impossible. Il vous faut un mandat.

Josie sentit la colère monter.

— Vous comprenez que Gia Sorrento pourrait être en danger ? Sa vie est peut-être menacée, et vous nous faites perdre notre temps avec une histoire de mandat ? Vous expliquerez ça à son père mafieux.

— Patronne, dit doucement Gretchen.

Le gardien se ratatina sur sa chaise.

— Je suis désolé. Mais si je ne respecte pas les règles, je vais me faire virer.

Gretchen attrapa Josie par le bras et tenta de la tirer en arrière.

— Très bien, dit-elle. On reviendra avec un mandat.

Mais Josie ne bougea pas d'un pouce.

— Elle ressemblait à quoi ? Pas besoin de mandat pour répondre à cette question.

Il haussa les épaules.

— Taille moyenne, corpulence moyenne. Blonde.

— Les cheveux rasés sur un côté ? demanda Josie, songeant à Felicia Koslow.

— Je n'en sais rien. Je n'ai pas fait attention.

— Et elle avait l'âge d'être la mère de Gia ? compléta Gretchen.

— Euh... je ne sais pas. Oui, j'imagine.

Josie sortit son téléphone et ouvrit le compte Instagram de Felicia Koslow pour trouver un selfie récent.

— C'est elle ?

Le gardien examina la photo quelques secondes.

— Non, ce n'est pas elle.

— Allons chercher ce mandat, patronne, insista Gretchen.

De retour dans la voiture, Josie ne parvenait pas à se calmer.

— Tu crois que c'est qui, cette femme qui se fait passer pour sa mère ? demanda Gretchen.

— Je n'en sais rien, répondit Josie. Qui dans l'entourage de Gia à Denton pourrait passer pour sa mère ?

— Tu crois qu'elle est en danger ?

— Aucune idée.

Josie se résuma intérieurement toute l'affaire, mais avec une nouvelle perspective : et si c'était Gia qui tirait les ficelles ? Comment aurait-elle su pour le carnet ? Par Max ? Ou bien son mystérieux complice ? Était-ce ce complice qui se faisait passer pour sa mère ? Dans quel but ? Est-ce qu'elle aussi voulait récupérer ce carnet ?

Encore ce fichu carnet... Son existence n'aurait pas dû surprendre Gia. Peut-être même que cela ne l'inquiétait pas. Après tout, c'était une façon très rudimentaire de gérer l'activité : en l'absence d'empreinte numérique, il ne risquait pas d'y avoir des copies disséminées un peu partout. Et puis, sorties de leur contexte, ces notes ne prouvaient rien. Il n'y avait même pas son nom complet, seulement des initiales. Cela pouvait correspondre à n'importe qui.

— Mett dit qu'il va préparer le mandat, dit Gretchen.

Josie ne s'était même pas rendu compte que sa collègue était au téléphone.

— D'accord.

— Mais ça va prendre un peu de temps. On fait quoi, en attendant ?

— Allons à l'hôpital, dit Josie. Je veux parler à Elliott Calvert.

54

Dans le couloir, un nouvel agent faisait le guet devant la chambre d'Elliott Calvert, affalé sur une chaise en vinyle, le nez sur son téléphone. Il hocha la tête en voyant Josie passer devant lui pour pénétrer dans la pièce. Calvert était assis dans son lit, son bras cassé replié sur son ventre, et regardait la télévision. Le son grésillant du programme sortait d'un petit appareil fixé au lit. En la voyant, il écarquilla les yeux et, de sa main valide, attrapa la télécommande pour couper le son.

— Dehors, dit-il.

— Ce n'est pas au sujet de Dina Hale ni d'Alison Mills, répondit Josie.

— Je m'en fous. Dehors.

Elle l'ignora et s'avança jusqu'au bord du lit, si près que sa chemise frôlait la barrière métallique. Elle lui lut ses droits et, quand elle lui demanda confirmation qu'il avait bien compris ce qu'elle venait de dire, il grogna :

— Ça ne change rien. Je ne parlerai pas.

— Je ne vous ai pas demandé si vous alliez parler, je vous ai demandé si vous aviez bien compris vos droits, tels que je viens de vous les énoncer, rétorqua-t-elle.

— Bon sang, lâcha-t-il en fixant l'écran muet. Vous êtes infernale. Très bien. D'accord. J'ai bien compris. C'est bon ?

— Je sais ce qui s'est passé, Elliott.

Il l'ignora et remit le son. Les rires enregistrés d'un jeu télévisé emplirent la chambre.

— Vous alliez à l'*Eudora* pour voir une fille. Gia Sorrento. Sauf que ce n'était pas... consensuel.

Il coupa de nouveau le son de la télé et, cette fois, croisa son regard. Ses lèvres tressaillirent, comme s'il hésitait à répondre.

— C'était entièrement consensuel, lâcha-t-il finalement à contrecœur. Entièrement.

— Non. Vous payiez pour la compagnie de Gia.

Il se figea, le regard de nouveau rivé sur l'écran.

Josie poursuivit :

— Max Combs engage des adolescentes, il les drague, teste leurs limites pour voir ce qu'elles sont prêtes à accepter. Certaines se laissent séduire – peut-être pas par lui, mais par l'idée qu'il leur met en tête : gagner beaucoup d'argent. Il trouve les clients, les sélectionne, réserve une chambre sous un autre nom pour ne jamais apparaître dans le registre, et... la fille est déjà là, pas vrai ? Ou pas loin.

Il garda le silence.

— Gia Sorrento était escort. Vous étiez son client.

Toujours pas de réaction. Son doigt lévitait au-dessus du bouton du son de la télécommande, sans appuyer dessus.

— Max gagnait la confiance des filles et choisissait les clients, mais ce n'était pas lui qui dirigeait l'affaire, je me trompe ? C'était une femme. Une maquerelle. Elle tenait un carnet avec les noms, les dates, des croix pour vérifier que le paiement de chaque rendez-vous avait bien été encaissé. Tout sur papier, comme ça, pas de traces, et aucun moyen de remonter jusqu'à elle ou de prouver son implication.

Son regard glissa vers la fenêtre. Sa main valide trembla légèrement, jusqu'à se crisper sur le drap.

— Elle vous a appelé, hein ? poursuivit Josie. Ou bien c'est vous qui l'avez appelée pour un rendez-vous, et c'est comme ça que vous l'avez su ? Ou c'est Max qui vous l'a dit ?

Il se mordilla la lèvre inférieure.

— C'était Max, décida Josie. C'est lui qui vous a mis au courant. Le carnet avait été volé, et il se trouvait que la jeune femme que vous voyiez depuis cinq mois était non seulement mineure, mais aussi la fille d'un parrain de la mafia. Max vous a peut-être précisé son nom, et vous avez fait des recherches ? Ça a dû vous faire un choc.

Ses yeux croisèrent brièvement les siens, animés d'un éclair de panique, avant de retourner au téléviseur.

— Je ne suis pas... Je ne suis pas un monstre, dit-il entre ses dents.

Josie dut se retenir de lui rappeler qu'il avait trompé sa femme, qui venait d'accoucher, avec une escort mineure, avant d'étrangler une autre adolescente pour couvrir son premier crime. Il pouvait bien se raconter ce qu'il voulait. Ce qu'elle désirait, elle, c'étaient des réponses.

— Max vous a dit qu'il pouvait récupérer le carnet et que personne ne saurait jamais rien. Il savait qui l'avait volé. Une gamine qui bossait pour lui à l'hôtel. Une brune, toujours dans ses pattes, pendue à ses lèvres. Elle ne savait pas ce que c'était, elle. Elle l'avait juste volé pour se venger. Max n'aurait qu'à la baratiner un peu pour le récupérer. Mais il ne travaillait pas gratis. Il vous a fait chanter. Vous lui avez versé tout l'argent disponible sur vos comptes – 213 000 dollars –, sinon, il menaçait d'aller voir directement Johnny Discala et de lui raconter tout ce que vous aviez fait avec sa fille unique.

Elliott rougit.

— À vous entendre, ça paraît tellement sordide. Mais pas du tout. J'aimais bien Gia. Vraiment.

Josie était certaine qu'il y croyait. Bien sûr qu'il l'aimait bien, cette adolescente payée pour lui faire du bien. Ce n'était qu'une illusion, mais Elliott était trop bête pour s'en rendre compte.

— Si vous le dites. Peut-être que vous n'aviez pas peur de Max. Ou que votre femme découvre la vérité et vous quitte. Peut-être même que vous n'aviez pas peur de finir derrière les barreaux. Après tout, ces perspectives restaient plutôt agréables, en comparaison du traitement que Johnny Discala vous aurait réservé.

Il se tourna vers elle.

— Oui, c'est vrai, j'ai fait des recherches. Je me suis renseigné pour voir si Max ne se foutait pas de moi. Vous savez ce qu'il fait aux gens ? Bien sûr, il n'y a jamais de preuves, mais c'est assez clair. Les types soupçonnés d'avoir tué sa femme, on les a retrouvés écorchés vifs, avec des morceaux en moins... Il les a torturés avant de les abattre. D'après le médecin légiste qui témoignait dans un article, l'un d'eux serait même mort avant de se faire tirer dessus, à cause de la torture. Oui, j'ai peur de Johnny Discala. Oui, je voulais ce carnet, mais surtout, je ne voulais pas qu'il tombe dessus et voie mon nom.

— Mais vous n'avez pas eu le carnet, dit Josie. Quand vous avez donné l'argent à Max, il ne l'avait pas encore récupéré. Vous êtes allés plusieurs fois à l'hôtel pour comprendre ce qui se passait, et il vous a réclamé encore plus d'argent. Sauf que vous n'en aviez plus, alors vous avez décidé de prendre les choses en main. En laissant ce carnet entre les mains d'une ado, Max se protégeait. Qu'est-ce qui vous empêchait, vous ou les autres hommes qu'il faisait chanter, de le tabasser, voire de le tuer pour mettre la main sur ce carnet ? Rien. Alors que si une fille inno-cente l'avait, il était tranquille. Ce qu'il n'avait pas prévu, c'est qu'un de ses clients paniqués ose s'en prendre à la fille. C'était facile de savoir de qui il s'agissait : la gamine qui le suivait partout avec des étoiles dans les yeux. Il vous l'avait déjà décrite. Il vous suffisait de la suivre.

Et une fois Dina Hale hors d'état de nuire, il n'avait pas été difficile pour les autres hommes piégés par Max de comprendre que sa meilleure amie, Alison Mills, détenait peut-être le carnet ou savait où il était. Eux aussi étaient désespérés. Pierce Fuller, surtout, au point de prendre le risque de l'agresser jusque dans le commissariat.

Elliott répondit à voix basse :

— Je préfère la prison à ce que Discala me ferait.

— Votre vœu va être exaucé, dit Josie.

— Non, répliqua Elliott. Je ne serai pas forcément en sécurité en prison. Si Discala découvre ce qu'il y avait entre Gia et moi, il va envoyer quelqu'un me tuer. Après m'avoir torturé, j'imagine. Je voulais juste ce putain de carnet. Si ce qu'il contenait disparaissait et n'arrivait jamais jusqu'à Discala, alors oui, la prison ne serait pas un sort si terrible.

Josie n'avait pas besoin de le lui confirmer. Ils savaient tous les deux qu'il avait raison. C'était sans doute ce même raisonnement qui avait poussé Pierce Fuller à agresser Alison.

Elliott relâcha le drap, détendant enfin ses doigts crispés. Il passa la main dans ses cheveux gras.

— Je suis foutu.

Josie ne le contredit pas.

— Vous n'êtes pas là pour me dire ce que je sais déjà. Qu'est-ce que vous voulez ?

— Qui était la maquerelle ?

— Je crois que je ne devrais pas... Enfin, elle n'a rien fait de mal. Tout ça, c'était Max. Juste Max.

Décidément, le sens moral discutable d'Elliott n'en finissait plus d'étonner Josie.

— Vous la contactiez sur son portable pour prendre rendez-vous, c'est ça ?

Elle lui lut les chiffres du numéro de téléphone prépayé retrouvé dans ses relevés.

— Vous avez essayé de la joindre quand le carnet a disparu, pour être sûr qu'elle ne vous balancerait pas à Discala comme

Max prévoyait de le faire. Mais le numéro était déjà hors service. Qu'avez-vous fait ensuite ?

— En vous donnant son nom, je la mets en danger.

Josie s'accrocha à la barrière du lit et se pencha vers lui.

— Si vous ne me le donnez pas, c'est Gia qui est peut-être en danger.

Son visage se crispa. Josie tenta de deviner si c'était sincère. Aussi répugnant que ce soit, il semblait avoir développé un certain attachement envers la jeune fille.

— Je ne connais pas son nom, dit-il. Elle ne me l'a jamais donné, et je n'ai pas demandé. Elle bosse à l'hôtel. Elle fait le ménage.

Josie sortit de la chambre, où Gretchen l'attendait.

— Alors ? demanda-t-elle.

— La maquerelle travaille à l'hôtel comme femme de ménage.

55

Gia a dix-sept ans lorsqu'elle devient la fille de son père. Elle ne veut faire de mal à personne, mais elle ne peut pas prendre le risque que son père, ou qui que ce soit d'autre, découvre ce qu'elle a fait. La première fois qu'elle comprend qu'il y a quelque chose qui cloche, c'est quand on lui propose moins de travail. « On doit rester discrets, lui dit-on. On nous surveille. »

Les autres employées, pourtant, continuent à travailler comme d'habitude.

Elle proteste. Elle ne peut pas perdre ce boulot. Elle va bientôt avoir dix-huit ans et terminer le lycée. Après ça, son père va l'obliger à rentrer à la maison et elle redoute ce qui l'attend là-bas. Depuis la mort de sa mère, il est obsédé par l'idée qu'elle soit sa princesse parfaite, intouchable. Comme si elle appartenait à une espèce rare qu'il fallait garder sous verre, à l'écart du reste du monde. L'image d'elle qu'il s'est construite est désormais si loin de la réalité que Gia a peur de ce qui se passera quand elle le décevra, ce qui arrivera inévitablement. Il ne lui fera pas de mal, pas physiquement. Ça, elle en est sûre.

Mais il existe d'autres moyens de l'atteindre. D'autres moyens de la blesser. Des libertés qu'il peut lui retirer.

Depuis le jour où elle l'a surpris, dans le garage, en train de s'occuper des hommes soupçonnés d'avoir tué sa mère, elle n'a plus eu qu'une idée en tête : échapper à l'influence de son père. Elle pourrait aller voir la police et leur raconter ce qu'elle a vu, ce qu'elle sait. Espérer bénéficier du programme de protection des témoins. Repartir à zéro, ailleurs. Mais cela se ferait en suivant les conditions du gouvernement. Elle ne ferait que passer d'une prison invisible à une autre.

Gia voulait être autonome. Avoir le pouvoir d'agir, comme disait sa mère. Elle allait disparaître : c'était le seul moyen d'échapper vraiment à son père – même depuis une cellule de prison, il garderait la mainmise sur elle. Mais elle voulait le faire selon ses propres termes, et pour cela, chaque centime comptait.

Quand elle fait remarquer que les autres filles travaillent comme avant, on finit par lui dire la vérité : Max a découvert qui est son père, et il flippe. On préférerait qu'elle s'en aille. Furieuse, elle va trouver Max et le supplie de la laisser continuer. Peu importe que son père soit Johnny Discala. À Denton, il est le seul à connaître sa véritable identité avec Sadie, qui le savait depuis le début et à qui ça n'a jamais posé de problème. C'est même elle qui a proposé ce boulot à Gia. Elle a besoin de ce travail. Elle a besoin de cet argent. Comme Max en pince pour elle, il lui dit de patienter un peu, qu'il la reprendra. Du moins, c'est ce qu'elle croit. Elle ne comprendra que bien plus tard que Max avait ses propres projets.

Comme tous les autres.

La deuxième fois qu'elle comprend qu'il y a quelque chose qui cloche, c'est quand elle apprend que le carnet a disparu. Qu'elle n'est pas la seule à en connaître l'existence. Quelque part, il existe une preuve de ce qu'elle a fait. De ce qu'a fait la parfaite princesse de Johnny Discala, sa Chouchou. Et au même moment, elle apprend qu'il n'y a pas que le carnet qui a disparu. Quelque chose d'autre a été volé. Quelque chose qui compte bien plus pour Gia que ce carnet. Quelque chose qui lui revenait. Elle a passé des mois à manœuvrer, à parlementer, à insister pour l'obtenir. Elle a même renoncé à une partie de ses gains pour être sûre que ce serait elle qui l'obtiendrait. Elle touchait au but. Et puis tout a disparu, avec le carnet. Des décisions ont été prises à propos de ces objets, à propos d'elle, sans qu'on la consulte, sans même qu'on l'en informe.

Elle a besoin de reprendre la main.

Elle appelle Mug. Il a toujours été un père pour elle, plus que son propre père. Depuis toute petite, il est la seule personne en qui elle a jamais eu totalement confiance. Quand elle lui donne ses ordres – récupérer le carnet et l'objet précieux, sans rien dire à son père –, il ne pose pas de questions. Il ne juge pas. Il agit.

56

Devant les ascenseurs, Josie s'acharnait sur le bouton pour descendre tout en mettant Gretchen au courant de ce qu'elle venait d'apprendre d'Elliott Calvert. Enfin, les portes s'ouvrirent. Josie et Gretchen attendirent que tout le monde sorte et, quand elles furent seules à l'intérieur, Gretchen dit :

— Bon, on sait qui est la « mère » de Gia, maintenant. Je vais appeler le commissariat pour informer le reste de l'équipe. Mett pourra envoyer quelqu'un faire un tour chez elle, même si je doute qu'elle y soit. On peut aussi lancer un avis de recherche.

Gretchen passa l'appel tandis qu'elles arrivaient au rez-de-chaussée et traversaient le parking. Dans la voiture, Josie resta immobile, les mains posées sur le volant.

— Patronne ? fit Gretchen.

L'esprit de Josie était en ébullition, elle reprenait chaque élément de l'enquête pour l'étudier, encore et encore.

— Qu'est-ce qui m'échappe ? marmonna-t-elle.

— Comment ça ? demanda Gretchen. On a tout. On a tout reconstitué. Sadie et Max géraient un service d'escorts à l'hôtel. Felicia servait de couverture à Max. Si quelqu'un commençait à mettre son nez dans ses affaires, il aurait vu que les chambres étaient louées en son nom à elle. Ça laissait le temps à Max de se retourner, d'inventer un mensonge ou, qui sait, de s'enfuir. En revanche, je pense que Felicia fournissait de la drogue à Max. Mais c'était indépendant du reste.

— Oui, dit Josie. Je suis assez d'accord.

— Mais tu ne seras pas satisfaite tant qu'on n'aura pas éclairci toutes les zones d'ombre. Je le vois à ta tête.

Josie lui lança un sourire.

Gretchen sortit son bloc-notes et feuilleta ses pages noircies.

— Dina a volé la sacoche, qui contenait le carnet de Sadie, et c'est ce qui a mis le feu aux poudres. Je pense que ta version est la bonne : Max a fait chanter Elliott Calvert en le menaçant de le balancer à Discala s'il ne payait pas. Mais quand il a obtenu l'argent, il n'a pas rendu le carnet. Calvert a probablement mené sa propre enquête à l'hôtel, il a compris que Dina avait mis la main dessus, et c'est là qu'il l'a agressée, avec Alison. Fuller devait se trouver dans la même situation : il a payé Max pour qu'il récupère le carnet, ce que ce dernier n'a pas fait. Il ne pouvait pas savoir qui avait le carnet avant le meurtre de Dina...

— Et la disparition d'Alison, compléta Josie. C'est passé aux infos. C'est là qu'il a commencé à venir faire de grandes promesses au chef avec sa brigade canine. Son seul but, c'était d'obtenir des infos sur l'enquête.

Gretchen continuait à parcourir ses notes.

— Exact. En attendant, Gia a décidé d'agir de son côté. Elle a appelé les sbires de son père et leur a ordonné de récupérer le carnet. Mais elle avait une longueur d'avance sur les autres.

— Grâce à Sadie, dit Josie.

Gretchen leva les yeux de son bloc-notes.

— Oui. C'est probablement par elle que Gia a appris la disparition de ce carnet.

— C'était donc le sac de Sadie, dit Josie.

— Peut-être.

— Non, pas « peut-être ». Ce carnet était dans une poche

secrète. Il n'avait pas été mis là par hasard. C'était forcément le sac de Sadie. Les cachets aussi étaient sûrement à elle, sans doute fournis par Felicia, comme pour Max. Sadie est peut-être accro à l'Oxy.

Gretchen hocha la tête en suivant le raisonnement de Josie.

— Ça se tient. Peut-être même qu'elle se fournissait auprès de Max qui se fournissait auprès de Felicia. Ça expliquerait pourquoi le sac se trouvait dans son bureau.

Josie observa une famille qui traversait le parking pour retrouver sa voiture. Un père, une mère, une petite fille.

— Oui, ça colle. Sadie et Felicia se détestaient. C'est bien plus plausible que Sadie ait acheté sa came à Max. Ils géraient déjà ensemble le service d'escorts. Elle laissait son sac dans son bureau, il y déposait les médocs, et elle le récupérait ensuite. Ni vu ni connu.

— Jusqu'à ce que le sac disparaisse, dit Gretchen. Et ça, c'était une catastrophe, aussi bien pour Sadie que pour Calvert ou Fuller. Si ce carnet tombait entre de mauvaises mains, elle risquait gros.

Les parents attrapèrent chacun leur fille par une main et la soulevèrent dans les airs. Elle éclata de rire, répétant en se tortillant : « Encore, encore ! »

— Pourtant, ce n'est pas après Sadie que Gia a envoyé les hommes de son père, fit remarquer Josie.

— Parce qu'elle savait qu'elle n'avait pas le carnet.

— Mais elle les a envoyés après Max. Pourquoi ? Max était son partenaire dans toute cette affaire d'escorts. Pourquoi aurait-elle eu besoin de récupérer le carnet auprès de lui ? Qu'est-ce qu'il avait comme levier ? S'il avait parlé à son père de toute l'histoire, c'était une condamnation à mort pour lui. Il le savait forcément. Pourquoi Gia aurait-elle ordonné de fouiller sa maison, de le torturer et de le tuer ?

Gretchen expira longuement.

— Ça n'avait rien à voir avec le carnet.

— Pour Calvert et Fuller, si. Mais pas pour Gia, dit Josie.

— Il y avait autre chose.

Les parents balancèrent leur fille encore une fois, plus haut, et elle poussa un cri aigu. Ils éclatèrent de rire tous les trois.

— Oui, confirma Josie. Quelque chose de très, très important.

— Mais les sbires – et même Gia – ne savent pas de quoi il s'agit, continua Gretchen. Sinon, ils l'auraient demandé à Dina. Quand elle leur a donné la tablette, ils ont commencé par la prendre, avant de revenir quelques jours plus tard en affirmant qu'elle leur avait menti. Ils ne savent pas précisément ce qu'ils cherchent. Bon sang. Qu'est-ce que ça pourrait être ? Tu crois qu'Alison ne t'a pas tout dit quand elle t'a parlé du carnet ?

Josie secoua la tête.

— Non. Je crois vraiment que c'est tout ce qu'il y avait dans le sac quand elle l'a récupéré. Donc... quoi que ce soit, c'est Dina qui l'avait.

— Et elle ne l'aurait pas donné, malgré deux séances de torture ?

La petite famille venait d'arriver à sa voiture. La mère ouvrit la portière arrière et se pencha à l'intérieur de l'habitacle pour triturer la ceinture.

— Parce qu'elle s'en était sans doute déjà débarrassée, sans imaginer que c'était important.

— La drogue ? demanda Gretchen.

— Non. Quelque chose d'autre. Quelque chose qu'elle ne voulait pas conserver.

— OK, et qu'est-ce qu'elle en aurait fait ?

Le père et sa fille discutaient devant le coffre de la voiture, puis la mère fit signe à la petite qu'elle pouvait monter. Le père regarda l'enfant, souriant, et lui ébouriffa les cheveux.

Soudain, Josie comprit.

— Nom de Dieu, lâcha-t-elle.

— Quoi ?

La rage l'envahit. Elle tourna la clé, et le moteur rugit.

— Quel connard.

La voiture bondit hors du parking puis descendit la colline au sommet de laquelle se trouvait l'hôpital.

Gretchen agrippa la poignée de la portière.

— Qui ça ?

— Needle.

57

En cette fin d'après-midi, le soleil commençait à se coucher, laissant derrière lui une brise fraîche. Sous East Bridge, l'air était plus vif encore. Gretchen peinait à suivre Josie qui passait d'un abri de fortune à l'autre en appelant Needle par son vrai nom.

— Zeke ! Zeke ! C'est JoJo. Je sais que tu es là. Montre-toi tout de suite.

Au bout de plusieurs minutes, une femme sortit de sa tente et leur dit :

— Zeke est pas là. Il ne vit pas dans ce coin. Si vous voulez lui parler, c'est par là.

Elle désigna le rocher plat où Josie et Noah l'avaient trouvé en train de bronzer quelques jours auparavant.

— Il a une petite cabane dans les bois, juste là-bas, pas loin de l'eau. Faudra peut-être attendre, par contre, parce qu'il a déjà de la visite.

Elle les détailla de haut en bas.

— Deux femmes, comme vous. Il est drôlement populaire, faut croire.

Josie la remercia et se mit en route, une Gretchen essoufflée sur les talons.

— Paula a raison, haleta-t-elle. Il faut vraiment que je me mette à courir.

— Deux femmes, dit Josie en enjambant des rochers boueux. Sadie et Gia.

— Mais pourquoi seraient-elles ici ? demanda Gretchen.

Josie soupira.

— J'ai dit à Gia que Dina s'était débarrassée de la drogue sous ce pont. Elle a dû penser que ça valait le coup d'essayer, elles auront posé des questions jusqu'à ce qu'on les oriente vers Zeke.

Gretchen sortit son téléphone.

— Je préviens les collègues. Il n'y avait pas de voiture garée au-dessus du pont, si ?

Elles dépassèrent le rocher plat. Au-delà, le sol devenait plus marécageux.

— Non, je n'ai rien remarqué, mais il y a d'autres endroits où se garer le long de la berge. Demande des unités des deux côtés.

Il n'y avait maintenant presque plus la place de poser un pied entre l'eau et les arbres. Gretchen passa son appel, puis les deux femmes avancèrent en slalomant entre les troncs. Josie perçut une odeur de fumée, de nourriture avariée et de transpiration. Elles approchaient.

— C'est ça qu'elle appelle une cabane ? murmura Gretchen en découvrant une petite clairière.

Au centre se dressait une construction en bois délabrée, pas plus grande qu'un abri de jardin. Les planches, gondolées et écaillées, tenaient à peine ensemble. La porte, pourrie, s'était partiellement détachée de ses gonds et pendait en travers d'une ouverture sombre. Le toit était partiellement effondré. L'odeur devenait insoutenable.

Josie posa la main sur son holster, défit la sangle de sécurité et avança d'un pas.

— Nee... Zeke ! appela-t-elle. C'est JoJo.

Gretchen fit de même et lança d'une voix ferme :

— Police de Denton. Monsieur Fox, sortez immédiatement.

Pas de réponse. Elles contournèrent l'entrée, se placèrent de part et d'autre, puis Josie repoussa les restes de la porte.

— Allez, Zeke. On doit te parler.

Un bruissement se fit entendre à l'intérieur, suivi de voix étouffées. Gretchen sortit son arme et la braqua devant elle, imitée par Josie. Un instant plus tard, Zeke apparut, pieds nus, en haillons. Il marchait lentement, avec prudence, et avait les mains en l'air. Josie crut d'abord qu'il faisait ça pour elle et Gretchen mais, dès qu'il eut franchi le seuil, elle aperçut le canon d'un pistolet pressé contre l'arrière de son crâne.

Malgré la situation, il adressa à Josie un sourire complice, comme s'ils étaient de vieux amis.

— Ma petite JoJo... Tu viens à mon secours. Ça alors...

On le bouscula par-derrière et il faillit tomber, ses pieds glissant dans la boue tandis qu'il moulinait des bras. Quand il retrouva son équilibre, il osa un regard en arrière. Sadie Bacarra plaça aussitôt son pistolet pile entre ses yeux.

— Mademoiselle Bacarra, posez cette arme, ordonna Josie.

Sadie ne répondit pas. Elle fixait Zeke, qui avait toujours les mains levées, un sourire narquois aux lèvres.

— T'as entendu ? lança-t-il. Pose ton flingue.

Gia surgit derrière Sadie, éblouie par la lumière du jour. Elle croisa brièvement le regard de Josie avant de baisser la tête.

— Quel merdier, marmonna Sadie.

— Mademoiselle Bacarra, dit Gretchen, baissez votre arme tout de suite. Posez-la par terre et mettez les mains en l'air. Maintenant.

— Tu es en infériorité, Sadie, marmonna faiblement Gia. Laisse tomber...

Les yeux de Sadie se rétrécirent. Ses mains se crispèrent sur la crosse.

— Facile à dire pour toi, petite garce privilégiée. Si je lâche ce flingue, c'est moi qui vais en taule. Tout ça, c'est ta faute.

Gia fit un pas en avant, contournant Sadie pour lui faire face. Elle se retrouva à un mètre de Zeke. Sadie n'aurait eu qu'à pivoter de quarante-cinq degrés pour l'abattre. Josie et Gretchen restèrent immobiles, chacune d'un côté du trio, dans une position qui leur garantissait de ne pas tirer l'une sur l'autre si elles devaient ouvrir le feu.

— Posez votre arme, répéta Josie.

Gia se rapprocha encore, les yeux étincelants de colère.

— Ma faute ? Tu crois que c'est ma faute ? C'est toi qui as laissé traîner ce foutu sac. Rien de tout ça ne serait arrivé si tu avais fait un peu attention. Tu savais ce qu'il y avait à l'intérieur. Tu savais à quel point ça comptait pour moi.

— Tu crois que je voulais qu'on me le vole ? Tu n'as aucune idée de ce que j'ai dû faire pour l'obtenir. Aucune !

— Bacarra ! cria Gretchen, plus fort cette fois. Posez votre arme et levez les mains.

— Je commence à fatiguer, intervint Zeke. Écoutez, j'ai dit que je vous montrerais où je l'ai planqué, mais va falloir vous calmer. Maintenant, vous avez JoJo sur les bras.

Il ricana.

— Vous allez pas aimer.

— Ferme-la, grogna Sadie.

— Il est où ? demanda Gia.

Avant qu'il puisse répondre, une autre voix résonna derrière eux. Masculine, calme, presque amusée.

— Eh bien, regardez-moi un peu ce bazar.

Johnny Discala et Mug Marrone entrèrent dans la clairière. Jeans, bottes noires, t-shirts noirs. Tous deux tenaient un pistolet d'une seule main, d'un air plutôt nonchalant. Josie échangea un regard avec Gretchen. Pendant toutes ces années de collaboration, les situations imprévisibles et périlleuses n'avaient pas manqué, et elles n'avaient plus besoin de mots pour communiquer. Josie hocha imperceptiblement la tête et reporta son attention sur Discala, tandis que Gretchen observait Sadie, devenue livide, les yeux écarquillés de stupeur. Pourtant, son arme restait braquée sur Zeke.

— Papa, dit Gia.

Sa voix fêlée poussa Josie à tourner la tête vers elle. Le visage de la jeune femme avait perdu toutes ses couleurs, elle semblait à la fois terrifiée et dépitée. Josie se demanda si Gia était réellement convaincue que son père ne lui ferait jamais de mal.

Josie regarda de nouveau Discala. Un sourire froid étirait ses lèvres.

— Ma princesse, tu pensais vraiment pouvoir utiliser mes hommes, mes ressources, pour arranger ton petit désastre ici sans que je sois au courant de rien ?

Gia passa devant Josie, évitant le canon de son arme, et s'approcha de Mug. Une larme roula sur sa joue.

— Comment tu as pu me faire ça ? murmura-t-elle.

Mug détourna les yeux.

Johnny la saisit brutalement par le bras et la fit pivoter en la secouant.

— Regarde-moi un peu ce merdier. Regarde dans quoi tu nous as embarqués. Ce sont des flics, Gianna ! Des flics ! T'es stupide ou quoi ?

Les narines de Gia frémirent. Furieuse, elle répliqua :

— Depuis quand ça te gêne de tuer des flics ?

— Johnny, intervint Mug.

— J'en ai marre, les gars, rappela Needle. Je m'en fous de vos histoires, moi. Allez, je vous donne ce que j'ai et chacun rentre chez soi.

Johnny désigna Josie puis Gretchen d'un geste de son arme.

— Deux flingues contre trois, les poulettes, vous êtes en infériorité.

Du coin de l'œil, Josie vit Sadie relâcher ses épaules, soulagée.

— Posez vos armes et envoyez-les-moi, ordonna Mug.

Josie et Gretchen savaient ce qu'il leur restait à faire : gagner du temps en attendant l'arrivée des renforts. Provoquer une fusillade en étant en infériorité numérique, en compagnie de civils désarmés, c'était impensable. Elles s'accroupirent en silence, déposèrent leurs pistolets dans la terre et les poussèrent du pied vers Mug et Johnny. Tel un agent de piste à l'aéroport, ce dernier les fit reculer contre la cabane de Zeke, juste à côté de la porte.

— Bien, dit-il avec un sourire satisfait.

Il serra le bras de Gia si fort qu'elle poussa un cri de douleur.

— Ces deux femmes sont pleines de bon sens, contrairement à toi.

Il repoussa brutalement sa fille et s'approcha de Sadie, prise de tremblements.

— Et toi, sale fouineuse. Tu n'avais qu'une seule chose à faire. Protéger ma fille. Ma princesse. Je t'ai laissé la vie sauve après ce que tu as fait à la femme d'Antony. Je t'ai laissée venir ici pour veiller sur ma Gianna. Et c'est comme ça que tu me remercies ?

Les bras de Sadie tremblaient, ses doigts blanchis par la pression sur la crosse.

— C'est elle qui est venue me voir, Johnny. C'était son idée.

Il jeta un coup d'œil à Gia, bouche bée.

— Que ma princesse t'ait demandé de profiter de ta liaison avec Antony pour enquêter sur le meurtre de sa mère, je veux bien le croire. Elle est obsédée par cette histoire.

De nouveau, il fixa Gia, qui tressaillit.

— Apparemment, mes efforts n'ont pas été à la hauteur.

L'esprit de Josie s'emballa pour remettre les pièces du puzzle en place. Sadie leur avait bien dit avoir vécu à Philadelphie avant de revenir à Denton. Felicia leur avait quant à elle raconté qu'elle avait divorcé après avoir trompé son mari.

Elle avait eu une liaison avec un des hommes de Johnny Discala.

La bouche de Gia s'ouvrit et se referma plusieurs fois avant qu'elle ne parvienne à parler.

— Tu as tué tout un tas de personnes sans réfléchir, sans aucune raison. Tu t'es servi de la mort de maman comme excuse pour éliminer tes... ennemis. Tu n'as jamais cherché les preuves. Tu as massacré tous ces gens, qu'ils aient joué ou non un rôle dans le meurtre de maman. Tant de victimes. Pourquoi ?

Johnny la fusilla du regard.

Elle redressa le menton d'un air de défi.

— Tu crois que je n'ai pas fait de recherches ? lança-t-il. J'ai envoyé tous mes hommes pour retrouver le meurtrier de ta mère.

— Tu n'as rien cherché, répliqua Gia. Tu as organisé le vol des pièces à conviction chez le procureur pour que le tireur soit relâché. Et ensuite... Ensuite, tu ne l'as même pas traité comme les autres. J'ai vu ce que tu as fait aux hommes que tu croyais coupables.

Elle serra le poing et se frappa la tempe.

— C'est gravé dans ma tête. Chaque fois que je ferme les yeux, je revois la scène. Impossible de m'en débarrasser. Mais le véritable tireur présumé, il a été relâché et il a disparu. C'est tout. Pourquoi ? Qu'est-ce que tu caches ?

— Ma puce... commença Mug.

Elle l'ignora.

Un regard glacial de Johnny l'empêcha de toute façon d'en dire plus.

— Ce n'est pas ton rôle de m'interroger, Gianna.

Elle émit un son à mi-chemin entre le grognement et le gémissement.

— Je sais. Mon rôle, c'est juste d'être ta princesse. Me taire. Être jolie.

Johnny reporta son attention sur Sadie.

— Est-ce qu'Antony t'a dit ce que c'était ? La preuve que tu lui as demandé de me voler ?

Elle secoua la tête.

— Non. Je n'ai pas posé de questions. Gia savait que tu avais fait disparaître des preuves du bureau du procureur. C'est elle qui m'a demandé d'enquêter.

— Demandé ?! s'écria Gia. Je t'ai suppliée. Et comme ce n'était pas suffisant, je t'ai donné de l'argent.

Johnny, les yeux rivés sur Sadie, ne réagit pas.

— J'ai parlé à Antony, poursuivit celle-ci. Je l'ai convaincu de me l'apporter. Il m'a donné une boîte. Je devais la remettre à Gia. C'est tout. Je ne l'ai même pas ouverte.

Johnny secoua la tête et soupira.

— Comment veux-tu que je te croie, Sadie ? Tu m'as trahi. Tu as utilisé un de mes hommes pour trahir ma confiance. Et ensuite, tu as demandé à ma princesse de se prostituer comme une vulgaire traînée.

— C'est elle qui voulait le faire ! cria Sadie. Pour pouvoir s'enfuir. Elle économisait pour t'échapper à jamais.

Brusquement, Johnny leva son arme, la posa contre la tempe de Sadie et tira.

58

Le corps de Sadie s'effondra. Tout le monde sursauta, sauf Gretchen et Mug. Needle recula brusquement et tomba sur les fesses. Gia porta ses mains à ses oreilles et se mit à hurler.

Mug s'approcha doucement et posa une main sur son épaule, mais elle le repoussa violemment.

— Ne me touche pas !

Josie sentit la main de Gretchen effleurer la sienne. Du bout du doigt, elle tapa cinq fois contre son poignet. Les renforts seraient là dans cinq minutes. Mais il leur en faudrait sans doute dix de plus pour parvenir à les localiser et intervenir. Est-ce qu'elles survivraient jusque-là ?

Johnny balança un coup de pied à Needle.

— Allez, debout, le camé. Tu as quelque chose qui m'appartient, j'aimerais le récupérer.

Sans un mot, Needle se releva et passa de l'autre côté de l'embrasure, où ce qui restait de la porte avait basculé au sol. Il la poussa sur le côté, se laissa tomber à genoux et retira la terre, les cailloux et la mousse qui dissimulaient un trou de la taille d'une boîte à chaussures, sous le sol de la cabane. Needle s'allongea, roula sur le côté et enfonça son bras dans le trou jusqu'à l'épaule. Josie jeta un coup d'œil vers Mug : il les surveillait toujours, elle et Gretchen. Gia était comme pétrifiée au milieu de la clairière, le corps de Sadie gisant entre elle et la cabane. Elle regardait Johnny pousser l'épaule de Needle avec le canon de son arme.

— Pas d'embrouille, le camé. C'est bon, tu l'as ?

Sans rien laisser paraître, Needle fit signe à Johnny de reculer. Dans un grognement, il tira du trou une petite boîte métallique verrouillée. Quand Johnny l'eut récupérée, Mug fit signe au vieil homme de rejoindre Josie. Quand il prit place près d'elle, son épaule effleura la sienne. L'odeur était insoutenable.

Johnny coinça la boîte sous son bras et agita son pistolet en direction de Josie, Gretchen et Needle.

— Allez, Mug. On règle leur compte à ces trois-là et on se casse. Toi, Gia, tu rentres avec moi à la maison. On discutera de ton cas plus tard.

La jeune fille pointa un doigt tremblant vers la boîte.

— Je veux voir ce qu'il y a là-dedans.

— Tu n'es pas en position de me donner des ordres, Gianna.

Il s'éloigna d'un pas, mais Gia poussa un hurlement de rage venu du plus profond de ses entrailles. Elle bondit en avant, le bouscula et récupéra la boîte. À genoux, elle souleva le couvercle de ses mains tremblantes. Mug fit mine de vouloir intervenir, mais Johnny l'arrêta d'un geste. Résigné, il observa sa fille sortir un objet de la boîte.

— Non.

Cet unique mot contenait tout un univers de douleur. Il fit l'effet d'un coup de poignard à Josie. Gia tenait l'objet à bout de bras, telle une offrande, les yeux rivés dessus comme s'il s'agissait d'une tête décapitée. Des larmes roulaient en silence sur ses joues.

Josie se pencha pour mieux voir : c'était un revolver avec une gravure sur la crosse. D'où elle se trouvait, il lui sembla reconnaître une faucheuse.

Gia retourna l'arme dans ses mains et fit courir son doigt sur l'autre face de la crosse, enfonçant un ongle dans un creux, là où une dent de la faucheuse manquait.

Gretchen tapota une fois sur le poignet de Josie. Leurs collègues étaient peut-être déjà sous le pont, à questionner les gens, fouillant sûrement la rive où Discala et Marrone avaient dû se garer.

Gia leva des yeux hagards vers son père.

— Ton arme ? haleta-t-elle. C'est toi qui as tué maman ?

Johnny sourit, et Josie dut se retenir pour ne pas se recroqueviller sur elle-même. Il semblait savourer d'avance les mots qu'il s'apprêtait à prononcer.

— Pas moi, princesse.

Il fixa ostensiblement Mug, qui baissa la tête, incapable d'affronter le regard de Gia.

Pour la première fois depuis qu'ils étaient arrivés, ni Johnny ni Mug ne les surveillaient. Josie tenta d'évaluer la distance qui la séparait de son arme. Elle n'aurait jamais le temps de parcourir ces quelques mètres : Mug ou Johnny – ou les deux – l'auraient abattue avant.

— Non, dit Gia. Je ne te crois pas.

— Dis-le-lui, ordonna Johnny.

Mug releva les yeux avec une grimace.

— C'était moi. Je suis désolé, ma puce. Comprends-moi, je...

— La ferme, Mug, le coupa Johnny. Tu vois, princesse, Mug est loyal envers moi. Pas envers toi.

— Mais pourquoi ? sanglota Gia. Pourquoi ? Ma mère ! Ta propre femme !

— Elle avait pris contact avec le FBI, Gianna, expliqua Johnny. Elle allait tous nous faire tomber. Je voulais qu'elle prenne la mesure de sa trahison, et pour ça il fallait que le boulot soit fait correctement. C'est pour ça que j'ai envoyé Mug. C'est pour ça que je lui ai donné mon arme. Pour que ta mère sache. Mug t'a appris un paquet de choses, mais la plus importante ne s'est jamais imprimée dans ta tête, pas vrai ?

Gia ne répondit pas. D'une main tremblante, elle reposa l'arme dans la boîte et referma doucement le couvercle.

Johnny acheva toutefois sa tirade :

— Rien n'arrive sans mon accord.

Ses mots restèrent suspendus dans l'air.

Josie entendit Needle murmurer :

— Ils vont nous tuer, JoJo. Fais quelque chose.

Josie résista à l'envie de lui enfoncer son coude dans les côtes. Il avait raison. Une fois la petite réunion de famille terminée, leur sort à tous serait scellé. Elle échafaudait un plan quand, soudain, Gia se précipita vers le corps de Sadie. Elle ramassa le pistolet abandonné et le braqua sur la poitrine de son père.

Josie ignorait s'il réagit par instinct ou avec l'intention réelle de blesser sa fille, mais il la visa en retour.

— Gia ! cria-t-elle.

Tout se passa au ralenti. Avec une clarté parfaite, Josie vit l'index de la jeune fille se poser sur la détente. La surprise et l'incompréhension se lisaient sur le visage de Johnny quand il l'imita. Josie bondit vers lui – il était le plus proche – dans l'espoir de le déstabiliser, de dévier son tir. Elle vit Mug la viser avec son arme. Gia tira. Une fois, deux fois, trois fois. Du coin de l'œil, Josie perçut une ombre qui vint s'interposer entre elle et Mug. Quand un quatrième coup de feu éclata, Needle et Johnny Discala s'effondrèrent en même temps.

Josie cligna des yeux, ramenée brutalement au présent par le vacarme et l'odeur de poudre. Elle s'aperçut que Gretchen était parvenue à récupérer leurs armes, contournant Mug pendant qu'il visait Josie. Elle se trouvait maintenant près de lui et le tenait en joue. Elle criait quelque chose, mais Josie n'entendait rien d'autre qu'un bourdonnement après le fracas des détonations. Elle percevait pourtant nettement le canon de Mug toujours pointé sur sa poitrine. Son cœur s'emballa, tambourinant contre ses côtes.

Gia, elle, n'avait pas bougé et visait l'espace vide où Johnny s'était tenu un instant plus tôt. Elle avait le souffle court. Quand elle tourna son arme vers Mug, Josie intervint :

— Gia, non. Pose ça. C'est fini.

La jeune fille renifla.

— Ce sera fini quand il sera mort.

— Ne fais pas ça, Gia, insista Josie en s'avançant. Ça n'en vaut pas la peine.

— Ça va aller, ma puce, renchérit Mug.

— La ferme, le coupa Gretchen. Pose ton arme et lève les mains. Tout de suite.

— Pourquoi ? demanda Gia, comme si elle et Mug étaient seuls. Pourquoi ? Je te faisais confiance. Plus qu'à n'importe qui.

Mug secoua la tête, les lèvres pincées. Josie savait qu'aucune réponse ne pourrait satisfaire Gia, et certainement pas la plus évidente : il était un psychopathe sanguinaire. Alors il se contenta de :

— Je suis désolé, Chouchou.

Josie se trouvait coincée entre Gia et le canon de l'arme de Mug. À ses pieds, Needle gisait dans une mare de sang, recroquevillé, haletant. Cette vision fit naître en elle une peur profonde, inattendue. Elle se détesta pour ça.

— Gia, reprit-elle. S'il te plaît. Pose cette arme. N'empire pas les choses.

Mais Gia n'en fit rien.

Josie se tourna vers Mug.

— Marrone, si tu me tires dessus, tu te retrouveras avec deux armes pointées sur toi. Même si Gia pose la sienne, tu auras encore ma coéquipière à gérer, et tu n'es pas assez rapide pour tirer avant qu'elle ne t'abatte. Les renforts seront là d'une seconde à l'autre. Tant que tu es armé, l'issue est inéluctable : tu vas te prendre une balle. Tu peux m'entraîner dans ta chute, mais ça ne changera rien pour toi. La différence, c'est qu'on se souviendra de toi comme du type qui a tué une femme désarmée avant de tomber sous les balles.

— Une femme désarmée. Comme ma mère, lança Gia.

Mug sembla soudain se vider de toute son énergie. Ses épaules s'affaissèrent. Il baissa la tête et jeta son arme au sol. Comme s'il l'avait fait cent fois dans sa vie, il se mit à genoux et croisa les mains derrière sa tête. Gia laissa aussi tomber son arme, puis s'assit à même le sol et ramena ses genoux contre sa poitrine en se balançant d'avant en arrière. Josie aida Gretchen à passer des liens de serrage autour des poignets massifs de Mug. Puis elle se pencha sur Needle. Sa peau était froide et moite. Elle le retourna sur le dos. Ses yeux étaient grands ouverts. Elle appuya deux doigts contre sa gorge et, curieusement soulagée, sentit son cœur qui battait encore.

— JoJo, gémit-il.

— Je suis là, Zeke. Tiens bon, OK ?

— Va jouer dehors, JoJo, murmura-t-il avant de sombrer dans l'inconscience. Va jouer dehors.

59

UNE SEMAINE PLUS TARD

Josie frappa à la porte de la chambre 407. En l'absence de réponse, elle insista, puis une voix l'invita à entrer. À l'intérieur, Needle était allongé sur ses couvertures, vêtu d'une simple blouse d'hôpital. Ses bras et ses jambes étaient plus maigres que ce qu'elle avait imaginé mais, peut-être pour la première fois de sa vie, il avait l'air propre. Une infirmière lui avait même taillé la barbe. Cette odeur d'antiseptique était une véritable bénédiction pour ses narines.

Il lui adressa un large sourire et tapota du doigt la tablette près du lit.

— JoJo, qu'est-ce que tu m'as apporté ?

Josie posa sur la table le sac à dos qu'elle avait acheté le matin même et l'ouvrit. Elle en sortit les articles un à un, les lui détaillant au fur et à mesure.

— Deux chemises, deux pantalons, des chaussettes, des sous-vêtements, du déodorant – et vraiment, Zeke, si tu ne dois utiliser qu'une seule chose dans ce sac, opte pour le déodorant, s'il te plaît –, une brosse à dents, du dentifrice. Et un peigne. Idée un peu folle, je sais.

Il arqua un sourcil touffu.

— T'as pas fini de faire la maligne, JoJo ?

Josie se figea, une main encore dans le sac.

— Moi ? Jamais !

Il secoua la tête.

— T'as pris quoi d'autre ?

— Une paire de bottes neuves.

— Rien de bien, quoi.

— Et une cartouche de cigarettes.

— Ah ! Enfin un truc intéressant.

Il lui arracha presque la cartouche des mains, son sourire aussi large que celui d'un gamin le matin de Noël.

— Tu ne peux pas fumer ici, lui rappela-t-elle.

— Je sais, je sais.

Il déchira l'emballage et vint coller un paquet contre son nez, le humant avec passion.

— Mais je pourrai tout à l'heure, je sors aujourd'hui.

Josie avisa la chaise près du lit, mais choisit de ne pas s'y asseoir.

— Aujourd'hui, tu es sûr ?

— Ouais. Je dois loger dans un foyer et revenir me faire soigner ici régulièrement jusqu'à ce que la plaie guérisse. Ils ont dit que si j'acceptais cet arrangement, ils me laissaient sortir aujourd'hui.

Josie savait pertinemment qu'il n'en ferait rien.

Il sortit une cigarette et la frotta sous ses narines. Josie commençait à se dire qu'elle devrait le laisser seul quand il demanda :

— JoJo, qu'est-ce qu'elle est devenue, la jolie fille ? Celle qui a tiré sur son père ?

— Gia Sorrento ? Elle va devoir répondre de son acte devant la justice, mais son père lui a laissé beaucoup d'argent et son avocat pense qu'il pourra plaider la légitime défense. Et si elle aide à coincer les clients du réseau d'escorts, elle pourrait s'en tirer avec du sursis.

Il hocha la tête.

— Ça, c'est bien, c'est bien.

Les choses se terminaient certainement bien pour Gia, mais Josie ressentait une profonde tristesse chaque fois qu'elle songeait aux ravages que cette affaire avait causés. La police avait retrouvé les autres filles qui travaillaient pour Sadie et Max. La plupart acceptaient de témoigner contre les clients, mais leur vie ne serait plus jamais la même. Clint Mills avait enfin pu rentrer chez lui, et Marlene avait été autorisée à quitter l'hôpital maintenant qu'il pouvait s'occuper d'elle. Les factures s'accumulaient, et Alison allait devoir apprendre à vivre avec la culpabilité d'avoir trahi sa meilleure amie, en plus de tout le reste. Mais ils étaient tous en vie. Ils étaient encore une famille. Les Hale, eux, ne se remettraient jamais de la perte de leur enfant. Même Tori Calvert et sa petite Amalise resteraient marquées par les crimes d'Elliott.

— Ne fais pas cette tête, JoJo, dit Needle, la ramenant au présent. T'as bien bossé. Encore une grosse affaire de résolue !

— Zeke, pourquoi est-ce que tu ne m'as pas dit que Dina Hale t'avait apporté une arme, le jour où elle t'a demandé de revendre la drogue ?

Il sourit et lui fit un clin d'œil.

— Tu ne m'as pas demandé.

Josie allait s'emporter, lui faire remarquer que l'enquête aurait pu être bouclée bien plus vite s'il avait dit la vérité, mais elle fut coupée par son téléphone qui vibra dans sa poche. C'était un message de Trinity.

*Tu es où ? Le repas est presque prêt. Tout le monde est là.
12 gamins de 7 ans et 2 hommes adultes dans un
château gonflable. Tu ne peux pas manquer ça.*

Josie sourit et répondit qu'elle arrivait. Quand elle releva les yeux, Needle la fixait, résigné.

— Tu dois partir, je sais, t'inquiète, JoJo. T'as été vraiment sympa avec moi depuis que je suis ici, et j'apprécie beaucoup.

Josie sentit sa gorge se nouer. Il lui offrait une porte de sortie. Chaque cellule de son corps voulait en profiter : faire volte-face, quitter cette pièce, en espérant ne plus le revoir avant des années, voire jamais.

Mais ses pieds restèrent cloués au sol. Sa bouche s'ouvrit et les mots s'échappèrent :

— Tu m'as sauvé la vie, Zeke.

Pour la troisième fois, ajouta-t-elle intérieurement.

Il parut surpris, lui qui avait volontairement pris une balle à sa place.

— On dirait bien, JoJo.

Finalement, prononcer ce qu'elle articula ensuite ne lui fit pas aussi mal que ce qu'elle aurait cru.

— Merci.

UNE LETTRE DE LISA

Merci beaucoup d'avoir choisi de lire *Disparition d'une ado du coin*. Si vous avez apprécié ce livre et que vous souhaitez être tenu au courant de mes dernières publications, vous pouvez vous inscrire grâce au lien suivant. Votre adresse mail ne sera jamais divulguée, et vous êtes libre de vous désinscrire à tout moment.

france.bookouture.com/subscribe/

Une fois encore, ce fut un énorme plaisir et un grand privilège de vous entraîner dans une nouvelle aventure de Josie Quinn. J'adore écrire ces histoires pour vous. Comme dans chacun de mes romans, j'ai fait de mon mieux pour retranscrire les éléments liés à la procédure policière avec le maximum d'authenticité. J'ai été néanmoins contrainte de supprimer ou modifier certains détails au profit du rythme et du divertissement, car ne l'oublions pas : il s'agit d'une fiction. Si vous avez repéré des erreurs ou approximations dans mon texte, j'en suis la seule responsable.

Comme vous le savez, j'adore lire les avis de mes lecteurs. Vous pouvez me contacter via Facebook, mon site internet et ma page Goodreads. Je vous serais très reconnaissante de bien vouloir y laisser un commentaire et peut-être recommander *Disparition d'une ado du coin* ou d'autres titres de la série des *Enquêtes de l'inspectrice Josie Quinn*. Le bouche à oreille est très important pour aider les lecteurs à découvrir mes livres.

Encore une fois, merci pour votre soutien. Je vous donne rendez-vous pour le prochain tome !

Merci,

Lisa Regan

www.lisaregan.com

facebook.com/LisaReganCrimeAuthor

REMERCIEMENTS

Mes chers lecteurs extraordinaires : je dois toujours commencer par vous remercier, car sans votre enthousiasme persistant pour cette série, nous ne serions pas ici, ensemble, sur cette page. J'aimerais pouvoir le crier sur tous les toits : vous êtes les meilleurs lecteurs du monde ! Je le pense vraiment, et j'espère que vous le savez et que vous vous en souviendrez. Merci d'avoir accompagné Josie (et moi) dans chacune de ses aventures.

Je remercie tout particulièrement Fred, mon mari. C'est le premier livre que j'ai terminé dans les délais depuis le décès de mon père, et c'est presque entièrement grâce à mon mari dévoué, qui m'a aidée à garder le cap, à rester motivée, à continuer d'écrire. Il a apporté énormément à ce livre d'un point de vue créatif. J'ai intégré certaines de ses brillantes idées, et il m'a accompagnée dans l'écriture du début à la fin, m'aidant à résoudre des problèmes dans la narration parfois très complexes. Je lui répète souvent qu'il a manqué sa vocation : il aurait dû être scénariste, je persiste et signe.

Merci, comme toujours, à ma fille, Morgan, pour sa patience et son soutien. Elle sait toujours quand me laisser tranquille, quand m'interrompre, et trouve systématiquement les mots justes pour me redonner du courage quand j'en ai besoin. Merci à mes premières lectrices : Katie Mettner, Dana Mason, Nancy S. Thompson et Torese Hummel. Merci à Matty Dalrymple et Jane Kelly. Merci à ma formidable amie et fabuleuse assistante, Maureen Downey, pour tout ce qu'elle est capable de faire :

deviner mes pensées, anticiper le moindre de mes besoins, m'aider à rester concentrée, supporter mes angoisses, me faire rire, et jouer les bêta-lectrices. Merci à mes grands-mères, Helen Conlen et Marilyn House ; à mes parents, Donna House, Joyce Regan, feu Billy Regan, Rusty House et Julie House ; à mes frères et belles-sœurs, Sean et Cassie House, Kevin et Christine Brock, Andy Brock ; ainsi qu'à mes adorables sœurs, Ava McKittrick et Melissia McKittrick. Merci également à mes complices de toujours pour leur fidélité, leurs encouragements constants, et la publicité : Debbie Tralies, Jean et Dennis Regan, Tracy Dauphin, Claire Pacell, Jeanne Cassidy, Susan Sole, les Regan, les Conlen, les House, les McDowell, les Kay, les Funk, les Bowman et les Bottinger ! Merci aussi, comme toujours, à tous les blogueurs et critiques formidables qui reviennent à Denton, tome après tome, pour suivre les enquêtes de Josie.

Merci, comme toujours, au lieutenant Jason Jay, qui répond à toutes mes questions – oui, toutes, et elles sont innombrables ! Vous faites preuve d'une patience et d'un soutien incroyables, et je vous en suis infiniment reconnaissante. Merci à Lee Lofland, qui se penche sur toutes les questions étranges et obscures liées aux forces de l'ordre que je lui soumets, et qui sait m'orienter vers des experts quand c'est nécessaire. Merci à Stephanie Kelley, ma merveilleuse consultante, qui a répondu avec tant de gentillesse et de précision à mes interrogations au sujet de la police, puis a relu tout le manuscrit en l'annotant. Vous m'avez énormément appris, et votre aide est inestimable. Merci à l'architecte Jaime Kelly, qui m'a aidée dans la description du cabinet Stamoran. Merci à Kisber Mettner et Sylvia Knorr pour leur expertise médicale en soins infirmiers d'urgence ! Merci à Dana Conlen pour le nom du bar/restaurant de l'hôtel, le *Bastian's* ! Merci à Michelle Mordan pour son aide précieuse sur tout ce qui concerne les ambulanciers ! Merci aux lectrices suivantes d'avoir proposé des noms pour les établissements de

Denton : Candice Gold pour *Cadeau* ; Michele Taylor pour le *Lotus Lounge* ; et Amanda Schmeltzer pour le projet Locke Heights !

Merci à Jenny Geras, Noelle Holten, Kim Nash et toute l'équipe de Bookouture, y compris ma chère préparatrice de copie, Jennie, ainsi que ma correctrice, Jenny, qui sont, comme toujours, géniales. Enfin, et surtout, merci à la meilleure éditrice du monde, Jessie Botterill. Que puis-je dire de plus que je n'aie pas déjà dit ? À chaque livre, tu tires le meilleur de moi-même, d'une manière ou d'une autre. Merci de ne jamais perdre confiance en moi, de faire preuve de patience en toutes circonstances. Je serais totalement perdue sans toi, et c'est un bonheur de pouvoir travailler à tes côtés au quotidien !